U0470042

忧心鸟之恋

[爱尔兰]希拉·奥弗拉纳根——著

张雅楠——译

新星出版社 NEW STAR PRESS

Far from Over
By Sheila O'Flanagan
Copyright © 2000 Sheila O'Flanagan
This edition arranged with Blake Friedmann Literary, TV and Film Agency Ltd through Andrew Nurnberg Associates International Limited
Simplified Chinese edition copyright © 2012 New Star Press
All rights reserved

图书在版编目（CIP）数据

忧心鸟之恋 ／（爱尔兰）奥弗拉纳根（O'Flanagan，S.）著；张雅楠译．
—北京：新星出版社，2012.7
ISBN 978-7-5133-0466-5
Ⅰ.①忧… Ⅱ.①奥… ②张… Ⅲ.①长篇小说-英国-现代 Ⅳ.①I561.45
中国版本图书馆CIP数据核字（2011）第257315号

忧心鸟之恋

[爱尔兰] 希拉·奥弗拉纳根 著　张雅楠 译

统筹编辑：高　磊
责任编辑：战　丹　向小佳
责任印制：韦　舰
封面设计：天行健设计

出版发行：新星出版社
出 版 人：谢　刚
社　　址：北京市西城区车公庄大街丙3号楼　100044
网　　址：www.newstarpress.com
电　　话：010-88310888
传　　真：010-65270449
法律顾问：北京市大成律师事务所

读者服务：010-88310800　service@newstarpress.com
邮购地址：北京市西城区车公庄大街丙3号楼　100044

印　　刷：北京佳顺印务有限公司
开　　本：660mm×970mm　1/16
印　　张：28.5
字　　数：276千字
版　　次：2012年7月第一版　2012年7月第一次印刷
书　　号：ISBN 978-7-5133-0466-5
定　　价：38.00元

版权专有，侵权必究；如有质量问题，请与出版社联系更换。

我记得有句谚语，大意应该是这样的：

你无法阻止忧心之鸟在你的头顶盘旋，
但可以阻止它们在你的头发里筑巢。

我要感谢一直帮我驱赶着忧心之鸟的
（虽然结果难如人愿）：
经纪人卡罗勒·布雷克
安妮以及海德林出版社的全班人马
我真正的朋友帕特里西娅
我的家人
科尔姆

当然还有所有花钱买了这本书的读者，
非常感谢——希望你们能够喜欢！

Sheila O'Flanagan

希拉·奥弗拉纳根

第一章

大卫·埃内西迎娶那个高高瘦瘦的红发小贱人的那天,婕玛到商场疯狂地血拼了一通。大卫和那个小贱人彼此承诺的那一刻,婕玛已经斩获了一件皮亚邦①的亮橙色夹克衫、三件无线电②丝质小背心、一条普林斯普斯③粗斜纹布小短裙,另外还有九西④的两双鞋子以及在棕色托马斯⑤买的一只贵得离谱的包包。然而就在棕色托马斯的化妆品专柜前——那些东西完全在她的计划之外——事情出了些差错。

专柜小姐莫妮卡·科迪向她展现了灿烂的笑容。那天的客流确实是差强人意——美好的天气让人们都跑到海滩上去了,谁还会来逛街呢——显然这张单子能让她的提成迈上一个高台阶。

"实在是太抱歉了,加维太太,"她看着眼前的机器说,"但是您的银行卡被拒绝了。您是不是可以放弃其中某一样东西……"

婕玛看着眼前的迪奥洗面、爽肤、面霜套装,还有奢华生活⑥的粉底、唇膏、腮红和其他瓶瓶罐罐。她努力计算着在这一天的疯狂采购之后,银行卡里到底还能剩下多少余额。

"哦。"她尽量让表情显得从容,"我可能买得有些忘乎所以了。"

"忘乎所以"是句潜台词,她想。这一整日,她一直穿梭于各大商场之间,

---

①皮亚邦,服装品牌。
②无线电,服装品牌。
③普林斯普斯,服装品牌。
④九西,鞋品牌。
⑤棕色托马斯,都柏林著名的购物商厦。下同。
⑥奢华生活,化妆品品牌。

只是为了购物而购物，那感觉实在是太好了。每每有某样货品被包裹整齐放进袋子里的时候，她都会真真切切地感到浑身一震。那些导购小姐们态度喜人，一直在冲着她微笑，让她的情绪也随之雀跃起来。所以每当在信用卡单上签一次自己的大名，她的心情就会变好一些。

然而现在，她的感受就只剩下尴尬了。

"我想还是算了吧。"她说，莫妮卡看上去很是恐惧。

"我想卡里肯定还是有一些余额的。"那位导购小姐说，"没必要都不要了呀。或者您可以用借记卡，现金当然也可以。"

现金！婕玛一脸苦相。"这次算了吧，"她告诉莫妮卡，"我想我今天花得够多了。对不起。"

"没关系。"莫妮卡努力让自己看上去友善些，不过想到那一大笔提成就这么付诸东流，她实在是友善不起来。"那我们下次见。"

"好的。"婕玛回答道，随后便走上了格拉夫顿大道。她额头上渗出了一颗颗汗珠，一半是因为日照当空，一半是因为刚刚在商厦里发生的那一幕。她已经尽力不去留意其他顾客看着导购把化妆品重新摆回去时的好奇目光了，但有什么区别呢，屈辱还是一样的屈辱。她之前就应该弄清楚自己卡里有多少余额。她平常对自己的支出还是比较关注的。可今天她没有，因为她不想。

她咬紧了牙关，向着圣史蒂芬绿地公园的方向走去。她必须要找个地方坐下来，让双脚休息一会儿。她已经感到大脚趾开始起水泡了，因为今天她是光着脚穿的皮鞋。另外，鞋跟的地方都磨破了。

公园里有成堆的人——袒胸露怀的男人，穿着小背心或者是只穿着蕾丝胸罩的女人。婕玛希望她有胆量脱下自己的 CK[①]牌的 T 恤，身上只留下胸衣和小短裙，就那样坐在圣史蒂芬绿地的草坪上。可十八岁的姑娘半裸着坐在都柏林的市中心是一回事，一个三十五岁的妇女在公众场合酥胸半露就是另一回事了。

公园里已经没有空余的长凳了。婕玛穿过草坪，走过一群学生，坐在了一

---

① CK，Calvin Klein，美国时装、香水等产品品牌。下同。

棵栗子树的树荫里。她重新整理了一下购物袋，然后闭上了双眼。

三十五岁。她思考着自己是何时开始感觉到衰老的。也许是在她认识到无论怎样锻炼都没办法找回之前的身材的那一刻吧——曾几何时，她也拥有着那样苗条紧实的身体，无论吃多少东西都不会增加任何脂肪。虽然这并不是说她如今有多么臃肿，然而，十年的光阴，再加上两个孩子，让她变成了现在这个自己并不喜欢的样子。有时候，她望着镜子中的自己，会感到镜子里那个人陌生得很。

她非常肯定，街上有一大群三十五岁的女人看上去和二十五岁的年轻少女们没什么两样，有一些甚至更加迷人也说不定。更可怕的是，今天她在杂志里看到了一张戈尔迪·霍恩的照片，苗条纤瘦、笑容迷人。看在上帝的分上，那女人都已经五十多岁了！哪怕有一两条皱纹也不会让我觉得这么难过啊，婕玛边想边叹气。看着现在的自己，她都不敢想象自己五十岁的时候会变成什么样子。尤其还要和那个比自己年轻十一岁的红发小贱人相比。

她总是把那个女人想象成一个"贱人"，从她第一次听说有关她的事起，就一直如此。这样想其实很傻——自己连见都没见过她，而且这又关自己什么事呢？大卫第一次见到那个女人时，婕玛和他已经在办理离婚的手续了，所以那个没脑子的红发美女根本没有伤害到他们的婚姻。她从来都不是第三者，并没有插足到他们的婚姻中，把大卫勾引走。但她的存在还是令婕玛感到困扰。人们告诉她，大卫在和公司里的一个女人约会，那女人很年轻、红头发，而且非常漂亮。

婕玛最终见到那个女人时，几乎要心肌梗死了。她看到了奥尔拉平滑而白净的皮肤，那金里透红、红中带金的头发，还有她短短的裙子下面露出的长腿。婕玛几乎要大叫了，大卫居然可以找到这样的美人。想到他得到了年轻貌美的奥尔拉，而自己却要独自一个人在步入中年的道路上挣扎，婕玛不由得感到无比嫉妒。当然，孩子是她唯一的安慰。可无论她多爱他们，她的生活依然不可救药地艰难。

她告诉自己他们的感情是无论如何也长久不了的。大卫终有一日会厌倦了奥尔拉傻乎乎的笑容，还有她说话前总要清一清嗓子的坏习惯。不过这信念总还是不够坚定。她注意到了他们之间默契的眼神，那眼神和她与大卫初相识时无异，那种彼此间的信任让除却他们二人之外的整个世界都变得无足轻重了。

她把脚趾埋进了草坪中，深深地叹了口气。真是奇怪，她第一次见到大卫·埃内西时的情景依然清晰如昨。实在很难相信那已经是十五年前的事情了。她虚弱地笑了一下。真的是老了，她告诉自己，十五年的时光如今看来居然像是片刻一般。

那是一个周五的傍晚，天几乎和今天一样暖和，空气潮湿得有些沉重。婕玛感到又热又累，背部还一阵阵酸痛。那天，她工作的那间美发沙龙里的客人格外多，而且其中一大半都是约了婕玛做头发的。因为她是一个天生的美发师，客人们总是趋之若鹜。

六点钟左右，她的工作表里还剩下斯蒂芬妮·拉塞尔的洗剪吹预约。不过斯蒂芬妮打电话来说她可能要晚一些才能到，大概十五到二十分钟左右，她要等公司驻美国办公室的一个重要电话，至多半个小时。这也没什么大碍，不是吗？只是洗剪吹而已。又没有染色或是其他工艺复杂的流程。

斯蒂芬妮是一个常客，而且在给小费方面非常慷慨。婕玛回复她说完全没有问题。而且，她也希望能休息一会儿。

她坐在黑色的塑料长椅上，呼吸了一口新鲜空气。虽然沙龙里的风扇一直在猛吹，可是里面依然像是桑拿房一般，而且氤氲着氨水和发胶喷雾的味道。

然后他走了进来。他至少有一百八十厘米高，皮肤晒得黝黑，长着方正的面庞，非常迷人。他的身材看上去像是一个足球运动员，肩膀很宽，腿部长着结实的肌肉。婕玛看得到他的肌肉是因为他穿着一条百慕大短裤。短裤上方的T恤衫上幽默地写着"对我好些，我今天很惨"的字样。

"我们不都是这样吗？"婕玛打趣地对他说，"我能帮上什么忙吗？能让你感觉稍好些？"

"我需要剪个头发。"他边说边把手指插进了自己的头发里，"我想换一个比较商务的发型，不要像现在这样随便。"

"哪种商务呢？"她问道。

"穿正装的商务。"他回答说,"我需要适合穿正装的那种发型。"

"没问题。"她看了看表,离斯蒂芬妮过来还有很长时间呢。就算她完成不了,斯蒂芬妮也可以等一会儿嘛。婕玛希望能亲手剪掉那些又粗又黑的发丝。

她带着他走到洗头的地方,递给他一件袍子。

"我不需要穿这个。"他说。

"你当然需要。"她依然举着那件袍子,"你一定不想把自己弄个透湿,对吧?而且弄一身头发楂儿也不是什么好事,你说呢?"

"对不起,"他微笑着,眼角挤出了几条可爱的纹路说,"今天真是够倒霉的!"

"怎么回事?"婕玛问他说。

"因为今天早晨我下了个决心,决定我的人生不能再这么晃过去了,所以一定要找个体面的工作。"

"结果呢?"婕玛边问边打开了水龙头。

"嗯,找到了。"他看上去有些惭愧,"我找到了,条件是我必须剪个头发。"

她把手挡在他的额头前,打湿了他的头发。"什么工作?"

"个人理财顾问。"他告诉她。

"那是什么意思?"婕玛往手心里挤了一些洗发香波,然后开始给他按摩头部。整个过程很缓慢,香波完全化作了一堆白色的泡沫。婕玛享受着和他的"亲密接触",指尖和他皮肤的摩擦带给了她莫名的快乐。

"事实上就是推销保险,"他说,"不过我们必须称自己为理财顾问,这头衔要比保险经纪好听些。"

婕玛咯咯地笑着。"确实如此。那你什么时候开始工作呢?"

"周一。"他叹了口气,"我自己都觉得难以置信。直到今天,我的生活一直都是晃晃悠悠的,在酒吧打打工,到处旅旅游——你懂的,差不多就是那样。"

"我听说过这样的生活。"婕玛自己从来都没有"晃晃悠悠"过。她走出校门之后就开始实习了。从扫地打杂到亲自为客人剪头发,她几乎是一蹴而就。她一直期盼着有一天可以开一间自己的沙龙,自己做老板。她从童年给洋娃娃剪头发的那天起，就开始做这样的梦了。婕玛的脑子里一直勾勒着自己沙龙的样子。她甚至想好了名字——"流行巅峰"。她唯一需要的不过是时间和经验而已。

"你都去过哪里旅行呢？"她帮他冲掉了头发上的肥皂泡，再用毛巾擦干。

"很多地方，"他回答道，"欧洲、远东、美国——哪里都去过。"

"幸运的家伙，"她说，"我最远也只到过托雷、莫利诺斯，还有圣蓬萨。"

"旅游对人很有好处，"他边说边坐在了一面镜子前，"它可以让你对人有更深的了解。"

"应该是吧，"婕玛说，"看，你能不能别乱动？我可不想把你的耳垂剪下来，或者更糟，可能弄伤你的脖子。"

"对不起。"他说。

她剪短了他的头发。

"这样会不会太过了？"他有些怀疑地看着自己的一绺儿头发掉到了地板上。

"你说了，适合正装的发型。我的很多客人都穿正装，我知道什么发型适合你。"

剪完之后，他看着镜子里的自己，不住地点着头。婕玛给他喷了些发胶，然后把前面的头发向后梳了梳。

"上帝，"他说，"我看上去简直像是个成功人士了。"

"可能你就是吧。"她对他说，"有一天你会成为一个非常成功的个人理财顾问也说不定。"

"至少我看上去像。"他说，"我进来的时候完全不像样，现在却好像天生就该做那一行！多亏了你！"

"别客气。"

他跟她走到前台，付了钱，并给了她一英镑作为小费。

"希望能再见。"她望着他走出了大门，迈步走进了那片温暖的夜色中。

"当然。"他挥了挥手。

"屁股很漂亮哦！"已经坐在那儿等了五分钟的斯蒂芬妮·拉塞尔冲着婕

玛坏笑。

"还好吧。"婕玛带着斯蒂芬妮走到洗头发的地方。然而在给她洗头的时候，婕玛还惦记着刚才的那个男人。

那确实就像是眼前的事。婕玛甚至记得当时自己穿的是什么衣服——白色的牛仔裤，上身是一件加了厚垫肩的白上衣，衣服前面还有一头狮子。她的头发很长，染成了金黄色，在头顶绾成了一个发髻，所以她看上去比一百六十二厘米要高出不少。那天她穿了一双番茄红的凉鞋。她很漂亮，那时的她是十码[①]身材。

她用手抚摸着自己的裙褶。今天的她已经是十四码了。基林出生后她的肚子就再没有回去过，所有的运动方法都回天乏术。另外，她的臀部随之变宽了，乳房当然也变大了。她的头发虽然修剪得当，却还原了本来的颜色：有些沉闷的浅棕色，偶尔还会出现几抹银灰。

起初大卫告诉她，他喜欢她长胖后的样子，他说刚见到她时她太清瘦了些，抱着她时只有骨头的感觉有些奇怪。而且他从来就不喜欢金发女人。

不过她当时并没有太相信他的话。当然，那个小贱人虽然不是金发，但身材可绝对是十码。

十码身材，而且比婕玛遇到大卫时大不了多少。有哪个男人在离婚后去寻找一个比前妻年龄还要大的女人呢？她思量着。有人会选择一个有着更多灰头发、更宽臀部和更松弛胸部的女人吗？或是某个带着两个没完没了吵闹的孩子的女人？

可又是什么原因让那个又年轻又窈窕的美女愿意嫁给一个四十岁男人的呢？性爱？婕玛抖了一下。她并不后悔和大卫离婚。嫁给他本身就是个错误。他身上的那种随性的魅力和他周游世界的经历轻而易举地征服了她。她没有意识到，在给他剪头发的同时，其实也剪去了他的一大半生活。她嫁给了她脑海中的那个男人，可眼前的他却是一个完全不同的人。哪怕是此刻，她都非常确定离婚是在所难免的。可她也从没想象过他会再和什么人结婚。她简

[①]欧洲女装尺码，八码、十码相当于小号，十二码、十四码相当于中号，十六码、十八码相当于大号。

直无法相信有什么人能够再把他推上婚姻礼堂——当然,这个红发贱人的确把他推进了婚姻注册处。想到他的一切都进展得如此完美,她不禁感到一种强烈的挫败感。

她揉了揉太阳穴。她并没有那么失败,她已经竭尽全力了——所有人都这样告诉她。可也没有人对他们分开感到惊讶,除了大卫本人。她提出离婚的时候,他震惊极了。而她的母亲弗朗西丝基本上是被吓坏了。无论是她还是大卫都不明白婕玛究竟是怎么想的。弗朗西丝说和大卫在一起是婕玛最大的福气。她告诉婕玛,再想找到像大卫这样的丈夫就只能靠运气了。而婕玛生气地回答说但愿她没有这样的运气,弗朗西丝只能叹着气说她不知道感恩。大卫也总是希望她感恩,因为他给了她宽敞的房子、轻松的假期,还有很多其他奢华的东西。诚然,婕玛喜欢漂亮的奢侈品,也享受花钱,然而如果他每晚都不可能在十点以前回家的话,这一切也都没什么意义了。

她已经在学习怎样依靠自己生活了。她现在的日子虽然没么令人兴奋,却也过得规规矩矩。她尽到了做母亲的职责。之前和她一起工作的闺蜜妮娅姆·康兰如今已经自己开了一间美发沙龙,她请婕玛到她的沙龙去工作,而且工作时间还非常灵活,婕玛心怀感激地接受了她的好意。她几乎可以说是做得尽善尽美了,除了财务以外。在这一点上,她恐怕永远都没办法及格了。她从来都不是一个会理财的人。离婚前一直是大卫负责家里的经济事务。

现在,他又结婚了。她感到自己把之前的痛苦又重新经历了一遍。她没想到自己会如此震惊,甚至是感觉到了背叛。因为她认为生活会像过去的那几年一样就这么过下去。即使他们不再相爱,可是彼此之间还是会因为孩子而有所联系。大卫很在乎两个孩子。他每周都会来见他们,也从来都不会忘记他们的生日——虽然离婚前他从来都没记得过,而且他非常在意他们的每一种兴趣喜好。

她又叹了口气。此刻她觉得他已经成功地重新建构了自己的生活,而她却只是活着。他们离婚后,她从来没有和任何男人约会过。她对开始另一段关系简直一点儿兴趣都没有。看在上帝的分上,她根本没有时间开始另一段感情。

但他有。大卫，那个仿佛连一分钟时间都抽不出、一心扑在工作上的男人，那个无暇和她一起去给孩子们买圣诞礼物的男人，如今却有时间给自己找一个新的伴侣。同时，他也摧毁了婕玛全心全意、谨小慎微地搭建起的新生活。

她站起身来，掸掉了裙子上沾着的干草。我恨她，婕玛想着。当然，我也恨他。

在这个下午，奥尔拉·奥尼尔最终变成了奥尔拉·埃内西。她站在齐尔奇堡花园中，眼睛望着远方。在万里无云的蓝天的映衬下，整个花园如同一场色彩的盛宴。阳光洒在她的身上，透过她身上薄薄的纱裙温暖着她的身体。

她闭上了双眼。这应该是她一生中最奇怪的一天了，她心里想着。也许没什么人会觉得他们的婚礼有什么奇怪的，可奥尔拉自己却这样认为。

她没办法不去想大卫曾经经历过一次一模一样的流程。那时的他看着婕玛的眼神应该和他现在望着奥尔拉·奥尼尔的眼神没什么两样吧，而他对婕玛说过的承诺和今天对她说的恐怕也区别不大，而且那个时候，他的每个字都应该是发自内心的。婚礼就在她的一片混沌中飞快地过去了。她已经结婚了，虽然在她心中这一切都是那么的不真实。她几乎被这个事实吓到了。她从没想过自己会在三十岁之前结婚，可是她太爱大卫了，婚姻仿佛是一件顺理成章的事。从第一次见到他起，她就感受到了一种莫名的吸引力，在两个人约会之后，她便非常笃定地相信这个男人就是她希望与之共度一生的人了。他也爱她，这一点她非常清楚。他一直在不停地向她表明心中的爱。她确信这个决定是对的，可心底却希望能在国外举行这个仪式，那样他们就不用担心双方家庭的感受了。

奥尔拉走在那条庄严的通道上，心里想着他们二人各自的家庭。他的父母倒并不难相处，真的。也许是因为他们年事已高，不会再去过度插手他的生活了，只要他开心就好，虽然他的母亲明确地向她表达过对婕玛的喜爱，也告诉了她他们依然会时常见到婕玛，因为她会带着孩子们过来，之后他们也不可能因为大卫的再婚就停止和婕玛的来往。当然，这并不是要向奥尔拉示威，埃内西夫人微笑着向她澄清，同时希望奥尔拉可以相信她的真诚。

事实上，大卫的母亲比自己的母亲罗姗娜·奥尼尔要释然多了。奥尔拉的母亲完全不赞成他们的婚姻。奥尔拉并没有期待母亲会开心，但她母亲的抵触态度还是让她感到十分吃惊。罗姗娜·奥尼尔已经完全不在意自己的措辞了。

"你吃错药了吗？"她质问着奥尔拉，"他比你大一倍。而且他结过婚，还有孩子。"

"他已经离婚了，"奥尔拉冷静地说，"而且他没有比我大一倍。他只是比我大十五岁零三个月。"

"哦，别发疯了。"罗姗娜望着她，眼睛里充满了忧虑，"你是个年轻的姑娘。你很漂亮，也非常聪明。你实在用不着找一个结过婚又有孩子的人。"

奥尔拉努力压抑住了自己的情绪，没有对母亲说出什么过分的话来。她可以理解罗姗娜的心情，但她也十分确定大卫就是她要找的那个男人。她很确定自己要嫁给他，而他也很确定要娶她为妻。

现在，仪式已经完成了。他们在注册处的办公室举行了这个小小的仪式，互许了诺言，现在则走向齐尔奇堡去和为数不多的亲朋好友一起庆祝这个意义非凡的日子。

可一切看起来居然是那样的不真实，奥尔拉坐在长凳上暗自想道。她根本就不觉得自己已经结婚了。

婕玛到家后便小心翼翼地拆开了买来的那些东西的包装，把新衣服都挂进了衣柜里。不能让基林看到它们。如果女儿知道她把他们整个月的预算都用来买了这些东西，一定会气疯的。婕玛只是希望此刻能够感受到瞬间的愉悦。她用手抚摸着那件橙色的夹克。它确实很漂亮，样式高雅。她可以经常穿着它，哪怕橙色不再流行也无所谓。另外，她也确实需要买新鞋子了。尤其是这种矮跟而且穿起来舒服的鞋子。她工作时总需要站着，所以合脚的鞋子对她来说至关重要。不过无论如何，在这种还有很多账单没付的时候，她实在不应该再扩大自己的债务了，婕玛叹了口气。

她走下楼梯，走进了厨房，为自己倒了一杯金汤力酒。外面的天气依然很暖和。森迪蒙特①这座宅子的后花园简直就是一个堆满了鲜花的"陷阱"。她挚爱的粉红色玫瑰散发出的香味弥漫在空气里，舒缓着她的情绪。她拿着杯子，坐到了花园的木椅子上。四周一片宁静。她几乎爱上这一切了。

可这儿永远没办法和敦劳费尔②相提并论。那儿是那么的美妙——大大的房间、美好的景致，还有那些昂贵的家具。我一定是疯了，才会放弃拥有的一切，住进这样的一个火柴盒里，婕玛突然想道。三个小卧室，一个客厅，厨房和餐厅连在一起。整个房子还赶不上敦劳费尔的起居室大。

但我那时并不快乐，她提醒着自己。我和大卫在一起并不快乐。

她看了看表。孩子们马上就要回来了。她用三大口就喝光了杯子里的金汤力。

"你没事吧？"

奥尔拉听到大卫的脚步声，转过身来微笑着望着他。"当然没事。"

"那你为什么要出来？大家都在里面玩呢。"

"我想自己待一会儿。"她对他说。

"别告诉我你已经后悔了。"他装出一副非常恐惧的表情。

"还没有吧。"她又笑了，"我还没这么幸福过呢。"

"那为什么不开心呢？"他问。

"我觉得我应该感到些不同，"她说，"我知道这么想挺傻的，但是我总觉得我应该感觉到一些特别的变化，可我却没有。我简直没办法相信我们已经结婚了，大卫。"

"我相信，"他说，"我看到你站在这儿，戴着戒指，就知道我们结婚了。"

她笑了。

---

①森迪蒙特，爱尔兰地名。下同。
②敦劳费尔，爱尔兰地名。下同。

"一切都会好起来的，相信我。"他告诉她。

"好起来？"

"一切都会很完美。我知道你有时会担心，奥尔拉。"

"我不担心。"她说。

"你担心。你害怕会出什么差错。"

"别傻了。"

"可我爱你胜过一切。"

"胜过你爱婕玛？"她忍不住问道。

他紧紧地握着她的手。"我娶婕玛的时候，我想我是爱她的。但是那感觉和对你的感觉不同，奥尔拉。完全不同。虽然之前我从来没想过要离开她，但此刻我非常高兴我们分开了。否则我永远都不可能遇到你。"

"你会遇到我。"她对着他坏笑着说，"然后你就会有一段糟糕的外遇。"

"那我还是情愿和你结婚。"

"我爱你。"她抚摸着他的脖子说。

"我也爱你。"他吻住了她的嘴唇。

　　太阳躲到了树后面。露台的地面上洒着点点光斑。婕玛站起了身，又倒了一杯酒。她向自己发誓不能再听任情绪这样忧郁下去了。但让心情变好确实是件很难的事。虽然事实上她与其憎恨奥尔拉·奥尼尔，还不如替她感到难过。

　　她想过是不是应该直接开车去齐尔奇堡，然后偷偷地溜进那家酒店，找到大卫和奥尔拉，证实一下他们是不是真的结婚了。因为此刻，这一切对她来说实在是太不真实了。她完全没办法相信他真的结婚了。在婕玛看来，这比离婚本身更像是一次终结。

　　奥尔拉跟着大卫回到了酒店里面，坐在了艾比·约翰逊旁边的那把空椅子上。

"你看起来很漂亮，"她的朋友对她说，"真的很棒。"

"谢谢，"奥尔拉用手抚弄着自己的头发，"我觉得我满头都是发胶和卡子。"

"你要是动错了一个地方，整个发型可就会散了哦。"艾比咯咯笑着说，"这样看起来已经很好了呀，奥尔拉。而且我喜欢你的裙子。"奥尔拉身上穿的是奶白色的丝质礼服，裙边刚刚过膝。

"谢谢。"

"你不喜欢在教堂行礼吗？"艾比问。

奥尔拉摇了摇头。"你了解我的，艾比。我从来都不喜欢那样。这种仪式更适合我。"她笑了一下说，"虽然我亲爱的妈妈不太赞同。"

说到这儿，两人同时向着罗姗娜坐着的方向望去。她僵直地坐在椅子上，面前的白葡萄酒完全都没有动过。

"她会习惯的，"艾比说，"从统计数字上看，近些年来很多年轻的女孩儿都嫁给了结过婚的年长男人。"

"你真这么看？"奥尔拉大笑着问，"妈妈一直觉得大卫是个二手丈夫。我完全没办法改变她的看法。我并不期望她能理解我，可是总该尝试一下吧。可她一点儿也不。而且每次想起那两个孩子的时候，她都会抓狂。"

"你会抓狂吗？"艾比问。

"有时候吧。"奥尔拉咬了咬嘴唇，"坦率地讲，我只比基林大十一岁！理论上说我应该算是她的继母。可实际上我觉得我更像是她的姐姐。"

"她心里怎么想呢？"

奥尔拉耸了耸肩膀。"很难说。我想她应该是很恨我吧。如果我是她的话，应该会是那样。可是又不是我破坏了她父母的婚姻。我跟这件事一点儿关系都没有。无论怎么说，她都不应该太介意我的存在。"

"和他们相处可真是个问题。"

"我不需要和他们相处！"奥尔拉加重了语气，"大卫每周都会见他们——但是说实话我也不是每次都会见到他们。我猜以后见面可能会比以前频繁些，但我不会让自己走进他们的关系里。"

"这完全是成年人的生活了，"艾比打趣地说，"不过大卫本来就是。"

"什么意思？"

"现实点儿，奥尔拉，大卫本来就是个成年人！他年纪比我们大，不是个小伙子了。他和我们很不同。"

"我也不是个小姑娘了，"奥尔拉说，"不过我明白你的意思。"

"可能他有孩子这件事让一切变得更不同了吧。"艾比说。

"也许吧。"奥尔拉耸了耸肩。

"为什么他们今天没来啊？"艾比又问。

"谁？"

"孩子们啊。"

"这件事我们谈了好久。大卫问过他们，但他们拒绝了。我想这应该是婕玛的意思吧，不过大卫也不想给他们压力。艾比，他的心真的很好。而且这件事确实可能会伤害他们的感情。"

"可能吧。"艾比又倒了一杯酒说，"无论如何，我希望你和大卫能一直幸福，奥尔拉，我是真心的。"

"谢谢你。"

"不过你要是从我的闺蜜变成了一个可怕的已婚老女人的话，我可就懒得理你了。"

"有那个可能性吗？"奥尔拉打趣地问，接着两个女孩儿就大笑了起来。

第二章

弗朗西丝·加维把她那辆绿色的大众 Polo①停在了女儿家门外，然后拔下钥匙。

"到家啦，"她对基林和罗南说，"别忘了拿上你们的东西。"

"外婆，您进去吗？"罗南问。

弗朗西丝看了看手表。虽然已经快九点钟了，可是天色看上去还像是很早的样子。"好吧。"她从座位下面拿出了手包，"不过我应该不会待太久。"

她知道婕玛不会希望她久留的，尤其是今天。她跟着基林和罗南顺着小径走到了房门前，罗南一只手按住了门铃不放，她望着他皱了皱眉头。

婕玛打开了门。罗南飞快地冲进了客厅。婕玛听到电视被打开了。

"嘿。"基林进去后直接上楼去了。

"你好，婕玛。"弗朗西丝跟着婕玛走进了厨房。她从柜子里拿出了几个杯子，婕玛则把暖壶里注满了水。

"今天过得怎么样？"婕玛问。

"还好吧。"弗朗西丝拿起了一块餐布，擦了擦那些杯子。婕玛压抑着自己想夺过那块餐布的冲动。"布里塔斯实在是太拥挤了，不过那儿真的挺漂亮。基林整天都躺在沙滩上——我逼着她一定要擦防晒霜——罗南倒是交了几个朋友，他们一直在踢球。我们看不到他，却能听到他的叫声。我基本上都是和你父亲在一起。基林不太爱说话，只是躺在那里，闭着眼睛。典型的青春期啊！我们回来的时候吃了汉堡和薯条，所以他们现在应该不饿。"

---

① 大众 Polo，德国大众汽车公司的一款小型经济型轿车。

"基林不可能吃汉堡。"婕玛向明黄色茶壶里放了几个茶包,"她现在正处于素食阶段。"

"我能不知道吗!"弗朗西丝一脸无奈地说,"她吃了一个素汉堡。她不停地讲着吃动物死尸的事,把我恶心得差点吐了。"

婕玛微微地笑了一下。"我知道,她在家也这样。"

"她什么时候开始变成这样的?"弗朗西丝问道。她又用那块餐布在茶几上抹了下,然后便坐了下来。

"几个月以前,"婕玛回答说,"她看了一部关于集中饲养的电影。"

"这样对她很不好,"弗朗西丝语气有些尖锐,"不是说我有多么保守。可她才十三岁,正是长身体的阶段——我发誓这几个月她又长高了几厘米。她需要维生素和蛋白质。"

"哦,我一直在给她吃维生素丸。"婕玛叹了口气,"我基本上是直接把药丸塞进她喉咙里的。后来我看到一些文章上写着维生素过量也会有很大问题。是啊,她又长高了。希望她能赶紧度过这个素食主义阶段。"

她往茶壶里倒了一些热水。客厅里传来了AK47[①]的炮火声,随之而来的就是罗南在他的新游戏中获胜后的欢呼。

"那你呢?"弗朗西丝最终还是问出了这句话,"你今天过得如何?"

"还好。"婕玛回答说,"我去逛街了。"

"我猜到了,"弗朗西丝说,"你永远都是用这一套解决问题,对吧?"

"你这是什么意思呢?"婕玛转过脸去望着她的母亲。

"哦,拜托了,婕玛!你考完试之后会去干什么?逛街。得到面试机会以后呢?逛街。找到工作?逛街。我早就猜到了你今天应该是在城里面。"

"那确实有用。"婕玛带着种胜利者的姿态说。

"你有钱的话就没问题。"弗朗西丝说。

婕玛咬了咬牙。她母亲对她的拮据现状一清二楚。当然,今天,她应该说是更加拮据了,她花尽了卡里的余额。蠢,蠢,蠢!弗朗西丝永远都不会做

---

① AK47,卡拉什尼科夫自动步枪。

出这样的事！她会四处转上一转，把每样东西都端详一遍，然后在心中盘算着今天已经买了一条围巾，所以其他一切都免谈。自己今天的行为实在是太不理性了。弗朗西丝是个非常理性的女人。可是她居然生了这样两个不理性的女儿，婕玛把茶壶拿进了厨房，心里越想越觉得有趣。

"你最近和莉斯联络过吗？"她刻意地转移了话题。

"今天没有。"弗朗西丝用小茶匙搅了搅杯子里的茶，然后从桌子上拿起了一块姜饼。

"我在想苏西的手臂好些了没有。"婕玛说。

"傻孩子！"弗朗西丝哼了一声。

"莉斯还是苏西？"

弗朗西丝表情阴沉地看着她。"你妹妹，"她说，"我永远也不明白她为什么要让苏西去滑旱冰。"

"通常来讲，那应该是很安全的。"婕玛说。

"苏西刚四岁，"弗朗西丝变得很生气，"莉斯应该搞清楚状况。"

"很多四岁小孩子都可以滑旱冰，而且滑得很好。"婕玛反对说，"当然，她应该戴上防护板或者其他什么东西，不过医生说早晚会经历骨折，所以哪怕戴了那些防护的东西也没用。"

"我告诉过莉斯她应该打理好自己的生活。"弗朗西丝说。

"她从来都不善于打理生活。"婕玛告诉她。

"你们两个都不善于，"弗朗西丝说，"我总在想，我到底是哪里做错了。"

婕玛抿起了嘴唇。她不想再听一次母亲那套"我哪里做错了"的说教课。从小到大，她已经听了无数次了。当她告诉弗朗西丝她不想再读书，而想去做发型师的时候，弗朗西丝大惊失色，结果就给她上了一堂题为"浪费你的才华"的大课。她假期里和尼娅姆还有其他三个女孩子出游，之后弗朗西丝看到了她们在海滩上赤裸着上身的照片，于是又上了一堂"你们应该懂得尊重自己"的道德课。当然，婕玛宣布要和大卫离婚时的那堂课应该是最精彩的了。当时的情景仿佛是婕玛要谋杀大卫一样恐怖。

她叹了口气。弗朗西丝对两个女儿的生活从来都没有满意过。至少我已经结过婚了，婕玛对自己说。那段婚姻期间，弗朗西丝还算满意。

小她几年的妹妹莉斯一直都是独身。直到她回到家里宣布自己怀孕的那天，还都从来没经历过哪怕是一段严肃的感情。婕玛想起了那时母亲的反应，不禁浑身一颤。她没必要陪着莉斯听她那一课。

"谢谢你今天帮我照看他们两个。"她打破了沉默，"我知道那并不容易。"

"如果我知道你要去逛街，就不会答应帮这个忙了。"弗朗西丝说，"我以为你会好好反思一下你的生活，婕玛。"

"反思什么？"婕玛问，"反思我的生活狗屁不如吗？"

"婕玛！"

"哦，够了！"婕玛爆发了，"这就是你所想的，不是吗？我是个丢人的女儿，因为我没上过大学；是个丢人的妻子，因为我失去了我的丈夫；是个丢人的母亲，因为我的女儿吃素，儿子是个小混混。"

"我并没有那么想。"弗朗西丝说。

"没有吗？"

弗朗西丝深深地叹了口气。"我想你应该把一切安排得更好些。"她说，"我的意思是，你自己应该能意识到，你原本可以生活得更好。"

"当然，"婕玛说，"但我已经尽力了。"她努力控制着情绪。她不想在母亲面前哭出来。如果她哭了，弗朗西丝会觉得自己胜利了。

"我想你过得还是要比莉斯强的。"弗朗西丝承认道。

"那不是莉斯的错。"

弗朗西丝扬起了一边的眉毛，说："你竟然也那么想。"

"不全是她的错。"

"她应该告诉孩子的父亲，"弗朗西丝说，"让他负起自己的那份责任。"

婕玛什么都没说。

"至少迈克尔过得还不错。"弗朗西丝想到了自己的儿子，嘴角自然而然地扬了起来。

"当然，"婕玛说，"他攀上了一个高枝，搬去伦敦了。"

"黛比是个好姑娘，"弗朗西丝的声音里充满了喜爱，"而且她很爱迈克尔——"

"而且他们有两个完美的孩子。"婕玛帮她母亲补充上了后面要说的话。这样的话她已经听了无数次了。

"他们确实是很可爱的孩子,"弗朗西丝说,"很有教养。"

"我的孩子没有教养吗?"

弗朗西丝生气地望着她。"我可没有那么说。"

"但您很可能是那样认为的。"婕玛站起身,把杯子放进水池里。

"他们不一样,"弗朗西丝说,"黛比是全职太太。她可以照料孩子。"

"你说的话很有问题。"婕玛努力选择最平和的用词,"我也在照料我的孩子。"

"你当然可以,"弗朗西丝说,"可是黛比有更充足的时间来陪伴托马斯和波莉。"

"她当然有。我没离婚的时候也有,可是我现在没时间了。"婕玛咬了咬牙,"我已经尽全力了。"

"我知道你尽全力了,"弗朗西丝说,"我知道你为他们付出了多少,只是——"

"够了!"婕玛疲倦地打断了她,"我知道您并不希望让我觉得我是世界上最糟糕的母亲。"

"我当然不想。"弗朗西丝回答。

"那么就让一切顺其自然吧,"婕玛说,"再次感谢您今天照料他们。"

"你需要的时候可以再找我帮忙。"弗朗西丝告诉她。

但是你永远会希望他们是托马斯和波莉,婕玛苦闷地想。你忍受着我的孩子,而你却爱他的孩子,来自于我完美哥哥完美家庭的两个完美的孩子。

奥尔拉站在浴室里,散开了自己的头发。她拿下所有卡子之后,那些黏糊糊的发丝便沾在了她的脸上。她很难想象有比这些头发更不浪漫的事了。

她看着镜子里的自己。睫毛膏已经晕开了,持久型的口红也消失得无影无踪，眼睛里也因为疲惫而充满了血丝。她打开了淋浴。

"你在做什么呢？"大卫在卧室里喊着。

"我必须把头发上的发胶洗掉，"她大声回答着，"一秒钟都受不了了！"她站到了喷头下面，让水打在自己的脸上。顷刻间，她感到舒服多了。

大卫打开了浴室门。"为什么？"

她拨开挡在眼前的湿漉漉的头发。"什么为什么？"

"为什么忍受不了？"

"因为我觉得很痒，"她告诉他，"我觉得头发里有一瓶发胶。"

"我帮帮你吧。"大卫解开了衬衫。

"你要和我一起洗吗？"奥尔拉问。

"哦，我想是的。"他脱掉了裤子，"你看起来应该需要有人帮忙。"

"也许你说得对。"

"我知道我说得对。"他站在了她旁边，用手抚摸着她的头发说，"感觉刚刚好啊。"

"不好。"奥尔拉说，"需要放些香波。"

"好的。"大卫把香波涂在了她的头发上，然后开始为她按摩。

"好舒服。"奥尔拉低语道。

"其他地方呢？"他问。

"其他地方？"

"你可能需要一次全身按摩。"他冲她坏笑着，"过来，女人。"他往自己的手心里放了一些沐浴露，然后开始在她纤瘦而紧实的身体上涂抹。

"真舒服啊。"她的语气里充满了享受。

"喜欢吗？"他问。

"毋庸置疑。"

"喜欢在这里吗？"

"我还能在哪里呢？"

"愿意做埃内西夫人吗？"

"我同情那些做不成的人。"她说。

他用手环着她，让她光滑的身体和自己贴得更近。"你知道我爱你……"他说。

"嗯？"

"胜过世界上的一切。"他告诉她。

"你保证？"

"当然了。"

她把两条腿盘在了他的身上，他趔趄了一下。

"你没事吧？"她紧张地问。

"这儿太滑了，"他说，"不适合这样。"

"所以才更刺激。"她对着他坏笑。

"你无论做什么都刺激，"大卫说，"任何事情。"

基林平躺在了床上。她的肩膀疼极了。这一天的日晒显然是灼伤了肩上的皮肤，虽然她涂了很多防晒霜，但显然漏掉了肩膀上那一小块地方。

今天可真糟糕。对她母亲来说，让他们和外祖父母一起去海滩应该算是个伟大的计划，可她并不想去。她希望可以去参加大卫和奥尔拉的婚礼。大卫问过她是否想去，但是那个时候她心里并不确定。他注意到了她的犹疑，所以马上告诉她不去也没关系。然而事实上她是很想去的。那样的话一切就可以变得更真实些了。一整天都躺在海滩上实在是件奇怪的事。直至此刻，她都没办法相信她的父亲又结婚了。而那个女人，奥尔拉，则成了他们家的一员。

当然，也不完全是，她想。如果婕玛知道基林把奥尔拉当成了家里的一员，一定会气疯的。但是她应该怎样去看待那个嫁给了她父亲的女人呢？一个关系疏离的朋友？

她叹了口气。奥尔拉这件事让她感到很不舒服。那是一个周日，他们和父亲一起去比利餐厅吃早餐。父亲告诉了他们这件事。

"你们会喜欢她的，"他保证说，"她很棒。我希望你们能见见她。"

"今天不行。"基林冷冷地看着他，心里其实充满了恐惧。她完全没准备好去见她父亲的女朋友。随后她挽起了袖子。

"下次吧,"大卫说,"等我们下次去打保龄球的时候。"

他经常带她去打保龄球。那是他们父女二人都擅长也都喜欢的运动。她不想这个叫奥尔拉的人介入到他们的保龄球时光中。她不想她介入到他们的生活里。

基林看着奥尔拉满头的红色波浪,闪着光亮的眼睛,还有她超级时髦的打扮,心中完全不能相信这个女人会嫁给父亲。她是那么的年轻而又充满活力,大卫和她比起来实在是行将老朽了。

基林没办法不拿她来和婕玛对比。婕玛的脸上永远都带着一种忧愁的表情,而且从来都不可能穿短过膝盖的裙子。并不是说婕玛不时髦——婕玛的很多衣服都非常漂亮——但是那些衣服总还是带着一种成熟的韵味,和奥尔拉今天穿着的蓝色迷你裙绝对大相径庭。

基林不想比较奥尔拉和婕玛。她们两个人完全没什么可比性。

"我绝对是无药可救了!"奥尔拉又把球扔到沟里去了。目前为止,她只打倒了一个瓶子。"基林,你一定得教给我怎么打。"

"我也不知道我是怎么打的。"基林并没有抬眼看她,而是直接拿起了一个九磅重的球,站在了球道前。她走上前去扔出球,球从右边旋向了左边,划出了一条完美的弧线。又是一个漂亮的全中。

"你真的要教教我。"奥尔拉又说。

基林耸了耸肩,坐在了椅子上。她刻意让自己黑色的头发遮住大半个脸,假装集中精神看着记分板上的分数,不理身后父亲恼怒的注视——他仿佛马上就要喊出声来了。她可以感受到他有多生气,但她显然没准备让他太好过。因为他也没有让她好过,难道不是吗?他把他们扔在了一边,任他们自生自灭。如果他给他们一些钱呢?婕玛总说他给的钱不够。无论如何,这不关钱的事。从来都不关钱的事。

现在他正在和一个可以做她姐姐的女人约会。她更漂亮、更性感的姐姐。基林抖了一下。这件事让她很不舒服。太不真实了。

奥尔拉不会希望她参加他们的婚礼的。大卫说她很高兴让基林去,可基林知道那是不可能的，如果她是奥尔拉的话，也不会希望在自己的婚礼上看到爱人与前妻的孩子出现，以提醒自己对方是个结过婚的男人，那不是他的第一次，她嫁给了一个中年人。她有没有介意过大卫已经四十岁了呢？她有没有问过大卫和婕玛在一起时的生活是什么样子呢——当他和她生活在敦劳费尔的那栋有五个卧室的大宅子里，而不是婕玛现在的那个鸽子笼的时候？

"我能进来吗？"婕玛在外面敲了敲门。基林从床上坐了起来。

"嘿。"基林说。

"嘿。"婕玛坐在了床边上。她满怀思绪地望着自己的女儿。基林看上去很疲倦，婕玛想。她深蓝色的眼睛里充满了孤独，头发散在晒得发红的肩膀上。"你今天过得好吗？"婕玛问。

"还好吧。"基林说。

"你的肩膀有点儿发红。"

基林耸了耸肩。好疼。"我涂防晒霜时没涂到那里。"

"要不要我帮你涂一些晒伤膏？"

"我已经涂过了。"

"你用过芦荟胶了吗？"婕玛问。

基林摇了摇头。

"我去拿。"婕玛说。她出去拿了一瓶绿色的凝胶，轻轻地涂在基林的肩膀上。

"谢谢。"基林说。

"外公和外婆怎么样？"婕玛边挤着凝胶边问。

"老样子，"基林说，"外婆发布命令，外公执行。"

婕玛笑了起来，基林也跟着微笑了一下。

"可怜的外公，"婕玛说，"他娶你外婆的时候一定不能预测未来。"

之后就是一阵沉默。

"你做什么了？"基林问。

"哦，乱七八糟的事情，"婕玛说，"我买了点儿东西。"

"我以为我们没钱呢。"

婕玛做了个鬼脸。"我们确实没有。"

"那你怎么还能买东西呢？"

"我们没有很多钱，"婕玛修正道，"但我们还不至于是赤贫。"

"我们至少没钱给我买一件新皮夹克。"基林说。

"是的，没有。"婕玛的脸倏地红了。她不喜欢基林看上的那件黑色带拉链的皮夹克。她告诉女儿那些钱可以派上更好的用场，而不是浪费在这件一无所值的夹克上。但显然那夹克要比她今天买的手提包便宜得多。

"这个假期我会去找个工作。"

"什么工作？"

"我不知道，"基林说，"但我希望自己能有些钱。"

"好啊，"婕玛说，"这是个好主意。"

她们再次陷入了沉默。

"你听说婚礼进行得怎么样了吗？"基林最终还是按捺不住了。

"没有，"婕玛说，"我怎么会听说呢？"

基林又耸了耸肩。"我只是随便问问。"

"我相信一定很顺利。"婕玛小心翼翼地回答说。

"我猜也是吧。"

"你其实可以去的，"婕玛告诉她，"我不会介意。"

"你会的。"基林反驳道。

婕玛轻轻地笑了一下。"嗯，就算是吧。但我还是不会阻止你去。"

基林咬住了嘴唇。"我不觉得爸爸希望我去。"

"他不是邀请你了吗？"

"那只是出于礼貌，"基林说，"不是因为他真的在意。"

"哦，基林，他当然在意啦。他依然爱你，你知道的。"

基林突然有一种想哭的冲动。"至少他表达得不太够。"

婕玛叹了口气。"这就是问题的所在，基林。他对我表达得也不太够。"她抱了抱女儿，小心地避开那些晒伤的部位，"你想待在房间里呢，还是想下楼来坐一会儿？"

"我待在这儿就行了，"基林说，"我还有些事要做。"

"好的。"婕玛冲她笑了笑，走了出去。

基林又躺回了床上，闭上眼睛。这一天真的好怪。而且听到婕玛说大卫很少向她表达爱意也是件很怪的事。那简直是无稽之谈。他给她买了无数的东西。她喜欢的一切。

基林揉了揉眼睛。她一直偷偷地期望着有一天父亲会再次回到家里，期望婕玛能意识到他有多爱她，期望他们一家人又可以生活在一起。他们离婚后，她一直抱着这样的幻想。

但现在再这样想已经全无意义了。他不会再回来了。奥尔拉把一切都改变了。

那个贱人。

第三章

奥尔拉站在栏杆旁,喝着杯子里的香槟。虽然她不喜欢,可大卫还是坚持要订香槟酒。她说香槟气泡太多了,可他却大笑着说没有人会不喜欢香槟酒。

她看了看脚旁的那个银桶。白雪香槟的瓶子基本上已经空了。他们晚饭后叫了这瓶酒,基本上都是大卫一个人在喝。这艘船的顶层没什么人。海上的夜一片漆黑,安静而祥和。晚风吹过她裸露着的肩膀。她望向远方,仿佛可以看到一点点星光,那儿不是佛罗里达就是巴哈马的某一个岛屿。明天早晨九点,他们就可以在纳索靠岸了。她一直希望可以到巴哈马度蜜月。可当美梦成真时,她又觉得有些奇怪了。就像中国人说的:小心许愿,因为愿望有可能会成真。

她突然抖了一下,然后开始嘲笑起自己的胆怯来。她已经得到了自己想要的一切,应该算是世界上最幸福的女人了。她放下了手中的杯子,从栏杆上方探出身子。

"你不会想要跳海吧?"大卫从后面揽住了她的腰。

她转过身来对着他。"你会跳下去救我吗?"

"不会。"他坏笑着说,"那会弄湿我的衣服的。我可能会扔条皮带给你。"

"谢谢啦。"她笑了起来,钻进了他的怀里。

"你真美。"大卫说。

"谢谢。"

"不,我真的是这样想的。"他盯着她栗色的眼睛说,"我从来都没认识过像你这样的人。那天,我一直在观察着你,就站在门口。我实在难以相信那个美丽的女人现在变成了我的太太。"

"为什么？"

"我不知道。"他摇了摇头说，"我看着你，突然觉得总有一天这个梦会醒的。"

"别傻了。"她轻轻地吻了吻他的嘴唇。

他们并排站在那里，望着大海待了一会儿，然后便坐在了并排摆在甲板上的躺椅里。大卫闭上了双眼，但并没有睡着。他记起了第一次见到奥尔拉的情景。那个时候他就知道，这个女人将成为他生命中一个重要的人。不过当时他想到的也只是在工作中，因为那是他一直以来思考问题的方式。他遇到的所有人不是竞争对手就是客户。奥尔拉·奥尼尔走进那个房间的那一刻，他就已经把她定义成了竞争对手。那天他正在给大家讲授销售技巧。格雷维塔斯公司只要招进一批新人，他就会开一次课。他是过去五年中最顶尖的销售人员，每一年都轻而易举地打败竞争者，高居榜首。他那天的任务是告诉大家怎样去完成一次销售，以及如果成功完成的话他们可以赚到多少钱。

他以顶尖销售人员如何热爱他们的工作作为开场白，然而奥尔拉·奥尼尔马上打断了他的话。

"前十名中有女性吗？"

他望着她。她那天穿了一套炭灰色的制服套装，白色的丝质背心，戴了一对黄金耳环和一条黄金项链，红色的长发被整整齐齐地扎在脑后。

"请重复一遍？"他问。

"女性，"奥尔拉说，"前十名中有没有女性？"

"去年没有，"他回答道，"事实上，去年的前十五名都是男性。"

"为什么？"奥尔拉问。

他不易察觉地扬起了眉毛。

"为什么？是不是这种技巧更适合男人呢？女人会不会感到不太舒服？"

"她们应该不会的，"大卫说，"如果她们真的那样想，那也应该是她们自己的问题，你难道不觉得吗？无论如何，这种技巧让我和我的家人可以去开普敦、阿斯彭旅行，同时我可以拥有高尔夫俱乐部的会籍，开豪华轿车，而且也负担得起高档西服。"

"雨果·波士[①]！"她说。

"什么？"

"你的西服。雨果·波士。很好看。"她的嘴唇展现出一个似笑非笑的弧线。

"谢谢你，"他说，"现在我们可以继续了吗？"

他又讲了一个小时。他给他们看了那些提示卡片，上面写着"你希望在退休后有额外收入吗"之类的话，客户当然会回答"是"。他带着他们浏览了一系列需要问的问题，并且告诉他们应该用什么样的方式提问，最后顺理成章地谈到了怎样去完成一笔交易。

"就是这样了。"他冲着他们微笑着说，"客户的平静。格雷维塔斯的生意。当然还有你们账户里的进账。"

协调员走了进来。"咖啡和饼干就在隔壁，"她告诉大家，"大卫也会过去，所以如果大家有什么问题的话，我相信他很愿意为大家解答。"

他认为奥尔拉可能会问他一些问题。他把她定义成了那种咄咄逼人的类型，那种永远想从你那里得到些什么的人。他喜欢那样的客户，因为他总可以在他们身上赚到钱。

但是她没有。她站在角落里一口一口地喝着咖啡，看着一本企业宣传册。

"你可以走好每一步吗？"他走到她身边问。

"什么？"

"你能完成任务吗？"他问，"完成交易。"

"我不知道。"她冲他笑了一下，"不过这很有挑战性。"

"很多人不喜欢这种挑战。因为你必须让客户回答'是'。很多人不喜欢让别人回答'是'。"

"为什么这儿的女人这么少呢？"她问。

"因为她们不喜欢卖退休计划，"大卫告诉她说，"或者说她们会卖一些便宜一点的产品。她们会观察家庭支出，觉得应该把支出缩减到尽可能低的程

[①] 雨果·波士，德国著名时装品牌。下同。

度。所以她们会选择卖一些便宜的产品。"

"对客人好些？"奥尔拉问。

"种瓜得瓜。"大卫回答道。

她笑了。"明年，"她说，"我会是第一名。"

"不，不可能的。"大卫也笑了，"不过我还是希望你能为这个目标尽最大的努力。"

第二年，她没有成为第一名。大卫是。她是第四。亨利·吉尔平——那个被她挤到第五名的人——感到异常惊讶。

"恭喜你，"他说，"没人想到你能获得这样的成绩。"

"谢谢。"她举起了奖品——一个奖杯和周末往返纽约的机票。

"虽然没能最终如愿，"大卫说，"不过绝对算得上是非常出色了。"

"我尽了最大努力，"她说，"被一个更棒的男人打败了。"

"三个更棒的男人。"他提醒她。

"哦，那可不一定。"她笑了。那一刻，大卫就想和她上床了。他甚至被自己的欲望吓呆了。

"你在想什么？"她的声音把他拉回了现实。他睁开了双眼。

"想你，"他说，"想我们第一次见面时的情景。"

"啊。"她做了个鬼脸说，"你对我很粗鲁。"

"我没有！"

"你看我的样子就像是在说：'坐下，小姑娘，别烦我了。'"

"我永远都不可能那样对你说话。"大卫假装恐惧地看着她，"而且你也不是小姑娘。你是个大巨人。"

她又笑了。"你知道我是什么意思。你在对我摆家长架子。"

"我可不是故意的。"

"绝对是故意的。"她说。

"可能有一点儿吧。"他承认道。

她站了起来，伸了个懒腰，淡蓝色真丝裙下的身体显得颀长。

"别那样。"大卫说。

"哪样？"

"那样伸懒腰。你让我想入非非了。"

她坏笑了一下。"好啊。"

"我没力气想入非非，"他对她说，"现在还没有。"

"好啦，"她说，"我们去跳迪斯科吧。"

"我更没有力气去跳迪斯科了。"他反对着。

"相信我吧，"她告诉他，"你一定会喜欢的。"

尼娅姆和婕玛一起坐在电视机前。基林正在邻居家帮忙看孩子。罗南已经睡了。

"为什么你会觉得嫉妒呢？"尼娅姆跪在沙发上，从咖啡桌上的盒子里拿起了一块巧克力。

"因为他们现在正在一艘船上。因为她又年轻又漂亮。因为她和我非常不同。"

"她比你嫁给大卫时要老哦。"尼娅姆说。

婕玛的表情有些难过。"但是她看起来要年轻多了。"

"但是谁拦着你和一个年轻猛男一起去坐游轮了呢？"尼娅姆问。

"哦，行了。"婕玛用手指头捋了捋头发，"别胡说了。就算有个年轻猛男站在面前我恐怕都看不到。而且我也没钱去玩。"

"你可以借啊，"尼娅姆说，"你应该休息一下了。"

"那孩子们怎么办？"婕玛问，"如果我突然离开了，他们怎么办？"

"你应该让大卫照顾他们。"

"大卫！"婕玛看上去很是恐惧，"这可不行。"

"为什么不行？"尼娅姆问，"现在他和奥尔拉结婚了，他可以空出点时间来了。"

"你是说孩子们可以到他们那里去?"

"当然了。"

"不。"婕玛很坚决。

"为什么不?"

"因为我不想他们和她相处。"

"别傻了,婕玛。"

"我不傻,"婕玛说,"我不想让她了解我的孩子。"

"她已经了解他们了。"尼娅姆又吃了一块巧克力,"面对现实吧,婕玛,他们去的时候她不可能永远不在。"

婕玛咽了一下口水。"不。"

"那好吧,至少她以后也会了解他们。"

"好吧。"婕玛说,"但是我不希望她对他们友善,也不希望他们对她友善。而且我不希望大卫和孩子们在一起的时候她也在场。"

"我觉得你有点儿不讲理了。"尼娅姆冷静地说。

"当然没有!"

尼娅姆什么都没再说。

婕玛叹了口气,抓了抓脖子。"我不知道为什么会有这样的感觉,"她告诉尼娅姆,"并不是说我还有多么在乎他,真的不是。可是我还是不能接受他会娶像奥尔拉·奥尼尔这样的女人,而且更不能接受我的孩子和她越来越亲近。"

"那你觉得他应该娶什么样的人呢?"

"我猜我从来都没想到过他会再婚,"婕玛回答道,"我也不知道我想怎么样。可能我希望事情能一成不变吧。我们分开后相处得应该还算不错。"

"是你决定要离婚的,"尼娅姆说,"不是他。"

"是他让我这样决定的,"婕玛说得简洁明了,"在我和工作之间,他选择了他的工作。"

"你现在经济状况如何?"尼娅姆为她们二人倒满了加利佛尼亚沙尔多奈酒,"我并不是想打探这些,婕玛,不过他应该在给你们提供一些经济支持吧?"

"他当然会支持孩子们，"婕玛说，"直到他们毕业。当然如果他们能上大学的话，他依然会出钱的。"

"那你呢？"

婕玛摇了摇头。"我到你这边工作之后，他就不给我钱了，"她解释道，"虽然我不停地告诉他养这两个孩子不是件容易的事，而且开销非常大，但他还是不觉得有什么理由要负担我的生活。"她想起了自己将信用卡刷爆的情景，脸不由得红了起来。她马上又要进入一个很拮据的阶段了。这一次她只能自己面对这一切，可她到现在对理财依旧一窍不通。

"生活就是难啊！"尼娅姆说，"不过不知道那位新的埃内西太太如果知道了大卫要给孩子们这么一大笔钱，会怎么想。"

"我才不管她怎么想，"婕玛回答说，"那是我们的钱。我们理应拿到的。而且——她赚得也很多啊，那个红头发贱人！"

"也许时间久了他们并不会很开心。"尼娅姆突然转换了话题，不过她不知道这个新话题会不会让婕玛更加恼火。

"嘿，拜托了，尼娅姆！"婕玛把杯子放在桌子上说道，"他们为什么不开心呢？大卫已经美到月亮上去了，而且她又有什么可愁的呢？"

"谁知道呢？"尼娅姆耸了耸肩。

"排骨精。"

"不过随着年龄增大了她肯定也会发胖的。"

婕玛看着她。"为什么？"

"如果，如果他们有孩子的话，很难不——"她望着婕玛的表情，马上住了口。"怎么了？"她问，"我说错什么了？"

"他不想要孩子了，"婕玛说，"他是这么告诉我的。罗南五岁的时候我问过他这个问题，他说他不想再要孩子了。"

"可是她有可能想要啊。"

婕玛耸了耸肩膀。"我不这么看。她和他一样重视事业，上帝才知道为什么。那真是个烂工作。说实话，我很怀疑他们有没有见面的时间。"

"但这不要紧的。"尼娅姆带着一个不信任的表情说，"她还年轻，婕玛。

她以后可能会改变想法。"

"我看她已经很笃定了。"

"但想法随时都会变。"

婕玛拿起杯子，吞了一口酒，说："我不希望他们有孩子。"

"为什么？"尼娅姆说，"有了孩子后，他就会觉得她不那么诱人了，整天都要喂奶、换尿布。"

"我还是不希望他们有孩子。"婕玛说，"我难以接受他们有自己的孩子这件事。"

"为什么？"

婕玛又耸了耸肩。突然，她不再生气了，声音有些发颤。"我——好吧，现在起码我还是他孩子的母亲。我是不同的。如果她也有了孩子，可能他会爱那些孩子胜过爱基林和罗南。"

"哦，婕玛，不会的。"尼娅姆抱住了她的朋友说，"他不会那样的。你知道他不会的。他非常爱基林和罗南。"

婕玛努力地克制着眼眶里的泪水。"现在他确实很爱他们，"她轻轻地咕哝着，"但是如果奥尔拉有了自己的孩子，一切都可能会变的。你可以预见到的，不是吗？"

"他不会更爱那些孩子，"尼娅姆坚定地说，"他当然会爱他们，但不会更爱。"

婕玛从夹克衫的口袋里拿出一包纸巾，抽出其中的一张，擤了擤鼻子，说："以前他对基林他们并不感兴趣。"

尼娅姆没有搭话。

"当然，他会和他们一起玩，但是他自己并不享受其中。他和他们说话的时候就像是对成年人说话一样。他从来都不会去想他们只是孩子。"

"那现在呢？"尼娅姆问。

"我不知道。"婕玛叹了口气，"他来接他们时我只会说一句'再见'。我不会看到他们在一起的情况。这也是我们离婚时的协议。"

"真抱歉，婕玛，"尼娅姆说，"看到你不开心，我真的很难过。"

"我也是，"婕玛说，"如果我没离婚的话，现在在那艘船上的人就是我。"

"他自费去的吗？"尼娅姆好奇地问，"还是他们公司今年的奖励？"

婕玛笑了。"我不知道。可能他们赚了很多钱，完全负担得起这项开支吧。"

"你们也出去玩过几次啊。"尼娅姆提醒她说。

"阿斯彭，"婕玛回忆着说，"还有开普敦。我真的很喜欢开普敦！"她叹了口气，"尼娅姆，我真的很留恋那些日子。我怀念有钱的日子。我讨厌每天都要算着钱过日子。在这件事上我实在是太没用了。我看到喜欢的东西就应该可以把它们买下来。"她做了个鬼脸，说："我不能成天告诉孩子们我们买不起什么东西。大卫的钱是给他们的。倒是我应该穿着麻袋片走来走去！"

尼娅姆大笑了起来。"这不是最糟的情况，"她告诉婕玛，"如果你没离婚，事情会更糟糕。"

"或者更更糟糕的事情是，"婕玛强颜欢笑地接着说道，"我可能宁愿没有离婚。"

第四章

纳索的天气非常热。奥尔拉坐在一棵棕榈树下，等着大卫回来。她向前伸展着双腿，检查着身上有没有什么地方被晒伤了。谢天谢地，因为出来之前她在身上涂了厚厚的防晒霜，所以目前皮肤还一切正常。奥尔拉很容易晒伤，不像大卫，肤色本来就比较深，而且头发也很黑。虽然她喜欢温暖的阳光，但还是不得不躲在树荫下面。

她靠在树上，闭上了眼睛。之前他们本来已经快回到船上了，可大卫突然清了清喉咙，满面羞愧地望着她。

"怎么了？"她问。

"我得再去一趟商店。"他告诉她说。

"为什么？"

"我需要给孩子们买一些礼物。"

她吃惊地看着他。"为什么你刚才不买呢？"她问，"就是我们在那儿散步的时候？或者我们逛市场的时候？那儿有好多东西卖啊。"

"我知道。"大卫抱歉地说，"可是我不想当着你的面给他们买东西。"

"哦，大卫！"她拥抱着他，轻轻地吻了吻他的嘴唇，"你真傻啊！"

他笑了。"我知道。可是我就是觉得——嗯，这是我们的蜜月，对吧？我如果对你说要给孩子们买东西，实在是太煞风景了。"

"大卫，我本来就知道你会给孩子们买东西的，"她告诉他说，"而且我也很乐意和你一起帮他们选礼物。不过不是现在，"她加了一句，"我实在没力气再走一遍那条路了。我可以在树荫下面等着你。"

"谢谢。"他抚摸着她的头发说，"我知道我有点儿蠢，可是我没办法。"

"我倒是挺喜欢你这么蠢的，"奥尔拉说，"这说明我们的未来会相当美好。"

她睁开了双眼。这就是典型的大卫的想法，不愿意让她想起他有两个孩子这件事。孩子是他的一部分。她从来就没想假装他们不存在，不过她也的确希望他们确实不存在。

她一直都没有仔细思考过她已经是一个十三岁女孩儿和一个十一岁男孩儿的继母这件事。她并没有感到自己是谁的继母。她获得了一些权威的想法有点可笑，这权力有些渺小，而且对象是个可以做她妹妹的小姑娘。

如果是在工作中，向人发号施令对奥尔拉来讲并不难。他们知道自己的位置，明白每个人的不同层级。可是和基林·埃内西的关系确实让奥尔拉感到踌躇。基林和她之间当然没什么感情可言，这一点她非常清楚。设身处地地想，基林一定很难接受自己的父亲再婚这个事实。至今为止，她和基林的对话都是单音节的。

她回忆起第一次在保龄球馆见到基林时的情形，不禁抖了一下。在那儿见面是大卫的主意。他说，僵局总是要打破的，奥尔拉犹豫着同意了。

基林用她藏在长睫毛下的深蓝色眼睛望着她，用十几岁的孩子和成人对话时特有的厌倦态度和她打了个招呼。然后，她便开始打起球来，几乎再没说过任何话。奥尔拉第一次把球扔进球道，之后又只打倒了一个瓶子的时候，基林脸上的表情充满了不屑。之后她马上打了一个全中。奥尔拉嘲笑着自己的保龄球技术时，基林也只是无所谓地笑了笑，说："没关系。"她让奥尔拉觉得自己没用极了。之后，他们坐下来吃了些意大利面和沙拉，而那个小姑娘几乎没有说过只言片语。

接下来的那次见面，情况也基本上没有任何好转。大卫有些担心，不过他们二人都认为时候还未到。那不是问题。

此时，她望着眼前飞着的蜻蜓想：时间不是问题。那女孩儿不喜欢我。就像虽然我爱大卫，可也并不爱那个女孩儿，尽管她确实有很多可爱之处。

一个年轻的巴哈马女孩儿走到了奥尔拉面前。"想编小辫吗？"

奥尔拉睁开眼睛摇了摇头。

"我编得不错哦。"

"不,不用了。"奥尔拉说。

"真的很好看。整头的、半头的,一两条也可以。任你选。"

"我不想编小辫!"奥尔拉又闭上了眼睛,不再理她。朋友们警告过她,让她小心路边那些给人编辫子的人。奥尔拉可不打算把钱浪费在那些彩色塑料珠子上,它们几天后就会掉下来,而且带着那些珠子根本就没办法睡觉。

她心里还在琢磨着基林是怎么看待她父亲再婚的。这件事真的让她很难过吗?大卫已经离开很久了,这会不会让一切变得容易接受一些?或者她只是不够了解奥尔拉?又或者奥尔拉对于她脑海中的家庭概念来讲是一个危险因素?

奥尔拉心中觉得那两个孩子很可能会来参加婚礼。她告诉过大卫,她会很高兴在婚礼上看到他们,而且说实话,她确实不太在意罗南出席。他是个非常直率的孩子,而且在他心里,他的父亲不会做错任何事。但当大卫告诉她孩子们不会参加的时候,她倒真是松了一口气。想着基林看过整个仪式后再回去汇报给婕玛,她整个人都抽搐了起来。奥尔拉很确定基林每次见过大卫之后,都会向婕玛简单报告一下。

她叹了口气。她不愿意想到大卫的第一任太太,至少今天不想。此刻一切都太完美了。她打了个哈欠,温暖的阳光让她感到有些困了。

"编几条辫子吧。"那个女孩儿坐在了她身边,头上扎满了金色与绿色的珠子。

"我不想编辫子,"奥尔拉告诉她,"编辫子意味着我的头皮会晒伤!"

那女孩儿大声笑了起来,露出了整齐而洁白的牙齿。奥尔拉也笑了。

"只编几条而已。在你的脸两边。不会晒伤头皮。"她保证说。

"哦,好吧。"奥尔拉叹了口气,彻底投降了。如果是其他的时间其他的地点,她可能早已经走开了。可此刻她觉得实在是太热了,而且那女孩儿完全把她逼到了绝境。她想那姑娘年龄大一点后可以去卖保险。

"你叫什么?"奥尔拉问。

"可可。"那女孩儿在奥尔拉晒得滚烫的头发中间分了一条缝。"女士,你的头发很卷啊。"

"我知道,"奥尔拉说,"你也是。"

可可又笑了。"选颜色吧。"

"什么?"

"珠子。什么颜色?"

"你决定吧。"奥尔拉说。

"紫色,"可可看都没看那些珠子,"适合你的头发。"

她熟练地把那一绺头发编成了一个小辫子,在发尾绑了一根金属丝,然后穿上了珠子,最后再把金属丝扭一下,这样珠子就不会滑落下来了。

"转个身。"她命令道。

奥尔拉转了一个方向,这样可可就可以把她另一边的头发也编起来了。此时,大卫冲着她们走了过来,奥尔拉朝他招了招手。

"你这是在干吗呀?"

"你觉得我在干吗呢?"她问,"我在编辫子呢。"

大卫看了看表。"我们二十分钟之内必须要回到船上,"他告诉她说,"你没时间了。"

"我只是每一边编几条而已。"奥尔拉冲他笑着说,"可可保证过编完了会很好看。"

"确实好看。"可可在第二条辫子上放了三颗珠子,"看!"

奥尔拉照了照镜子。两边的辫子再加上大卫在市场买给她的那顶五彩斑斓的帽子,让她看上去就好像是红发版的乔治男孩①。

"这要多少钱?"大卫问。

"几块钱而已。"奥尔拉说。

"这些珠子加起来也不值一块钱。"他不满地说。

"还有手编费用啊,"可可严肃地回答道,"而且我很专业。"

奥尔拉和大卫一起笑了。之后奥尔拉把钱递给了可可。

"快点儿吧,"大卫说,"在你决定要把所有头发都编起来之前,咱们还是

---

① 乔治男孩,二十世纪八十年代英国的流行偶像,一个男扮女装的漂亮人物。

赶快回到船上去吧。"

他们走到了踏板上，把手伸到紫外线灯下，手上显示出下船时盖在上面的印章。

"这让我觉得自己像个间谍。"奥尔拉一边跟着大卫走向自己的舱位一边咕哝着。她一下子躺在了床上。"你买了些什么？"

"什么？"

"给孩子们。买了些什么？"

"哦，一点点小玩意儿。"大卫打开了衣柜，把塑料袋放了进去。

"不要这么扫兴嘛，"奥尔拉坐了起来，"给我看看。"

"只是些小东西，"他低声说，"真的，奥尔拉。"

她从衣柜里把那个粉红色的袋子拿了出来。

"T恤衫，"他说，"还有贝壳，以及类似的一些东西。"

她打开了一件T恤，上面写着"牙买加"。"我们不在牙买加。"她说。

"罗南才不会在乎呢。"大卫说。

"那你给基林买了什么呢？"奥尔拉打开了一个方形的包装盒，顿时一脸惊讶。"相框？"那是一个纯银制的四乘四英寸相框。

"这不是给基林的，"大卫清了清喉咙说，"是给婕玛的。"

"婕玛？"奥尔拉瞪着他，"你给婕玛买了礼物？"

"我想她应该会希望得到些什么吧，"大卫说，"她喜欢照相。所以我想相框……"他看着奥尔拉望着他的眼神，声音渐渐低沉了下去。

"你给婕玛买了礼物？"她的声音中满是不信任。

"为什么不呢？"他问，"我想这算是一种礼貌吧。"

奥尔拉把相框扔在了床上。"为什么不？"她重复着，然后用手捋了捋头发，头上的珠子碰撞着发出声响。

"没什么特别的，"大卫说，"但是如果我给孩子们买了很多东西，却什么都没买给她，好像不太好。而且她对我们结婚表现得也很正面，另外……"他无助地耸了耸肩。

"你离婚了，"奥尔拉说，"她只能那样表现。"

"但她有可能不那样,"大卫告诉她说,"她可以在孩子的事情上做文章。"

奥尔拉叹了口气。"和我结婚并不意味着她可以剥夺你和孩子接触的权利,"她说,"婕玛只是做了她应该做的事。"

"我指的是她对待这件事的方法,"大卫说,"她让整件事情变得很容易,奥尔拉。在这一点上我很感激她。"

奥尔拉咬住了下嘴唇,然后冲他笑了笑。"大卫·埃内西,我永远不可能成为像你这样的好人。"

"不能这么说。"他环住了她说,"你从现在就可以练习做一个好人,对我好一些。我肯定你有自己的方法。"

"我当然有,"奥尔拉甩掉了脚上的凉鞋,说,"让我向你展示展示吧。"

基林已经醒了。

大概四点半的时候,有只画眉在房顶叫个不停,那时她就醒了。然后她便开始睡一阵醒一阵,可是每一次都睡得很浅,而且次次都是惊醒的。

她看了看收音机上的时钟,已经八点了。阳光从窗外射了进来。今天应该会很热,可现在还是暑假啊,她应该在床上多赖一会儿的。于是她依然躺在那里,看着天花板上斑驳的痕迹,脑子里浮现出父亲和奥尔拉·奥尼尔在一艘大船上度蜜月的情景。

她一直在避免想到他们,但这实在是太难了。昨晚入睡前,她脑海中想的就是他们,今天醒来时,第一个蹦进来的还是他们。她的父亲和奥尔拉。她一想到他们在一起就会周身不自在。是他引诱的她吗?还是她勾引的他?无论怎样,都是很恶心的事。

眼泪从她脸上滑了下来。母亲说即使没有父亲,生活依然可以过得很好。当然,这对母亲来讲也许是事实,但是基林并不确定。基林希望在清晨醒来的时候知道父亲就在家里,哪怕她上床睡觉的时候他还没有回来都行。她喜欢在提出任何要求的时候,父亲定定地看着她,然后大笑着说上一句:"当然没问题。"她想念他。别人可能觉得因为他住得很远,所以有一天她会忘记他。但他们不懂——他们怎么可能懂呢？他依然是她的父亲，她想念他。

婕玛推开了房门。"你醒了吗？"她轻柔地问。

"现在醒了。"基林坐了起来。

"我要去上班了，"婕玛说，"罗南今天会跟内维尔和杰克在一起。你问问他会去哪里，好吗？"

"我不是一直都在这样做吗？"基林反问。

"当然，"婕玛说，"但是我必须一直这样说。这是做母亲的通病。我们会唠叨。"

基林脸上泛起了一个笑容。"太准确了。"

"外婆会过来给你准备点心。"婕玛告诉她说。

"我自己就可以准备，"基林回答道，"我们不需要谁过来照顾。看在上帝的分上，我已经长大了。"

"我知道你长大了，"婕玛说，"但是我不想把你一个人留在这儿，基林。那不公平。"

基林耸了耸肩膀。"我无所谓，而且外婆也不喜欢来这儿。"

"不可能。"婕玛坚定地说。

"这是真的，"基林反驳说，"外婆每次都会跟我抱怨。"

"她是好意。"婕玛说。

"哈！"基林不置可否，"随便吧，反正我今天会去肖娜家。"

"好吧，"婕玛说，"六点前回来就可以了。"

基林做了一个鬼脸，说："我想在外面多玩一会儿。"

"你可以晚一点儿再出去。但是你不能在晚餐的时候打扰菲茨帕特里克一家。要替别人着想。"

"我经常替别人考虑，"基林说，"只是没人感激而已。"

"我很感激你。"婕玛坐在了床上，说，"你知道我很感激，基林。在我心里，你是最好的女儿。"

基林感到泪水又要涌出来了。她眼睛一眨不眨地盯着她的母亲。

"我今天会在八点前回来，"婕玛保证道，"我最后一个预约是在七点钟。"

"你为什么不能把工作时间缩短一点呢?"基林问,"为什么那么晚还要工作?"

"因为那个时候他们才需要我,"婕玛说,"而且晚上他们给的小费会更多。这样我才能负担你们的生活!"

"我觉得应该是爸爸在维持我们的生活吧。"基林说。

婕玛看着她,可基林却一直在看着床上的被子。

"大部分吧。"婕玛最后回答道。她站起身来向房门走去。"晚上见。"

"妈妈?"

"怎么了?"

"他们会有孩子吗?"

婕玛感到喉咙被一个肿块塞住了。"我不知道。"

"如果那样的话她就不会那么漂亮了,"基林说,"挺着一个大肚子。"

"是啊。"婕玛说。

"可是我并不确定我愿不愿意他们有孩子。"

"也许他们不会有吧。"

"也许吧。"可基林的语气却并不坚定。

第五章

大卫和奥尔拉抵达都柏林机场时，雨下得很大。

"我实在觉得难以置信，"他们乘着机场巴士穿梭在去停车场的路上，奥尔拉说道，"广播里说，我们不在的这几天，这儿天气可是非常好的。"

"永远是这样。"大卫的情绪和天气一样阴沉。飞机在迈阿密延误了三个小时，以致他们错过了在伦敦转乘的班机，之后又不得不在盖特威克人满为患的候机大厅等了三个小时。大卫讨厌人多的地方。

"没关系的。"奥尔拉安慰他说，"我们马上就到家了。"

"我不知道那是不是件好事，"大卫说，"房间里估计也冷得要命。"

"你太夸张了，"她说，"现在是夏天，大卫，不会那么冷的。"

"哈！"他指了指自己手臂上起来的鸡皮疙瘩，"那你觉得这是为什么呢？因为暖和？"

她笑了。"你只是不习惯了。就是因为佛罗里达现在是三十二摄氏度。"

"我真希望我现在在佛罗里达。"他嘟囔着。

奥尔拉把前额贴在他的肩膀上。她已经筋疲力尽了，可是因为大卫的情绪，她没办法休息。她希望能让他开心起来。

他们把车停在了停车场附近。

"妈的！"大卫拿起了他们的两个箱子，快步向车子走去，"我湿透了。"

"我也是，"奥尔拉气喘吁吁地说，"而且我的裙子太薄了，湿了以后就变透明了。"

"真的吗？"大卫转过头去看着她，结果踏进了一个水坑里，"哦，妈的！妈的！"

奥尔拉笑出了声，结果半只脚也踩到了水坑里。

大卫拿出了车钥匙，按了开锁键。奥尔拉优雅地坐进了车子里，尽量让裙子不弄湿座位。

"行了。"大卫说，然后把箱子放到了后备箱里，"我们走吧。"他转动钥匙打火。车子没有任何反应。奥尔拉看着他。他的拳头攥得紧紧的。他又转了一次钥匙。

"是不是受潮了？"她问。

"我他妈怎么知道？"大卫继续拧着钥匙，脚踩油门。

"我那辆菲亚特在下雨的时候总是这样。"她告诉他说。

"这部车不会受潮，"大卫说，"看在上帝的分上，这是宝马。"

"就算是最好的车有时候也会出问题。可能是因为雨下得太久了。"

"我才不管下不下雨。"大卫走下了车，说，"这车就不该有事。"他打开了车前盖，检查引擎，奥尔拉则坐在座椅上，想把衣服弄干。

"引擎没事。"大卫盖上了前盖，接着说，"再试试吧。"他又拧了一下钥匙。这一次引擎响了一下，然后便又熄火了。

"电池没事吧？"奥尔拉问。

"奥尔拉，别班门弄斧了。"大卫一脸不屑地看着她说，"我比你清楚。"

"我只是想帮忙。"她告诉他说。

"是吗，还是算了吧。"大卫说着又转动了钥匙。引擎响起的时候，他一脚踏在了油门上。突然，车子恢复了正常。"看到了吧，"他转向奥尔拉，脸上浮现出了满意的笑容，说，"我知道怎么处理这些事。"

"对我来说现在最重要的就是把自己弄干，"她从齿缝间挤出了一句话，"我已经快冻死了，大卫。而且越来越冷。"

"再忍耐一两分钟，车热起来我就开暖风，"大卫说，"很快你身上就能吹干了。"

"我会得肺炎的。"她嘟囔着。

"如果我知道你不怕淋湿，就应该推荐你去参加'湿衬衫小姐'比赛。"

她低头看了看自己，整条裙子都已经贴在了身上。她实在是太冷了，乳头在薄纱下面异常明显。

"它们看上去就像是小门把手。"大卫说。

"大卫！"

"真的，"他说，"或者是挂衣钩。你可以在上面挂一件衣服。"

"不可能！"她笑了，然后他也笑了。

"过来。"大卫说。

"哦，不，"她说，"我太冷了，而且还湿透了。再说我觉得我们需要尽快离开这里。"

"不，什么时候离开都行，"大卫说，"他们是按天收费的，不是按小时。"

她靠在了他身上，他用胳膊环住了她。他吻着她的嘴唇，然后解开了她的扣子，用手握住了她的乳房。"这样你就暖和了。"他低声说。

她抖了一下。这本来是很性感的，她想，可是她太冷了。大卫看来已经忘记了她有多冷多湿。

"你在停车场做过爱吗？"大卫问。

"没有，"奥尔拉说，"而且大卫，我现在真的不行。我湿透了，实在太狼狈了。再说，别人会看见的。"

"谁又会在乎呢？"

"我在乎，"奥尔拉说，"求求你了，大卫。"

"哦，好吧。"他松开了手，坐回了自己的座椅里。

"对不起，"她说，"真的，我——"

"没关系。"大卫说。

"但我不想让你觉得——"

"没关系。"他开动了车子，说，"你很冷很累，没有情绪。而且说真的，我也是。"

"我——"

"别再提了。"他说。

他开出了停车场。奥尔拉带着怀疑的情绪望着他。而他又开始和暖风机赌起气来。

"谢谢啦,西娅拉。"婕玛拿起了她客人留在镜子旁边的小费,"今晚玩得愉快些。"

"我会努力的,"西娅拉说,"不过我希望雨能停。实在不想刚刚剪过头发就淋个透湿。"她穿上了大衣,拿起雨伞。"下个月见。"

"拜拜。"婕玛微笑着说,然后用手揉了揉酸痛的脊背。她从早上八点开始一直站到现在,此刻已经五点钟了。她五点一刻还有一个客人。她很想能在后屋坐一会儿,喝一杯咖啡。

婕玛走进后屋的时候,尼娅姆正在里面调颜色。

"栗色?"婕玛看了看碗里的混合物。

尼娅姆点了点头。"她们都喜欢这个颜色。"

婕玛把自己的头发揪到眼前。"我应该也染一染颜色了。"

"如果你愿意,我可以帮你染。"尼娅姆主动要帮忙。

"谢谢,可是我要早点儿走,基林今天一个人在家,所以我不想太晚回去。否则她可能会把罗南杀掉。"

"好吧。"尼娅姆又在调色碗里搅了几下,说,"那下星期吧。"

"好的,"婕玛说,"而且你可能还要帮我修剪一下。我知道我现在看起来糟透了。"

"你看起来很疲惫。"尼娅姆说。

"我确实有点儿疲惫,"婕玛承认道,"我今天会尽量早点儿结束工作。"

尼娅姆点了点头,拿着那个塑料碗回到沙龙里去了。婕玛打开水壶的开关,那里面已经装满了水。然后她往一个浅蓝色的大瓷杯里面加了几勺咖啡。

今天应该算是她遇到的最繁忙的一个周五了,真是腰酸背痛。她坐在了一把三条腿的小凳子上,等着水烧开。她可以听到外面尼娅姆在跟染头发的客人聊天。"是啊,非常忙,"尼娅姆说,"不过忙对我们来说是好事,杰吉,虽然我知道客人总是希望美发师比顾客多!"

46

尼娅姆说得很对，婕玛想着，他们可以多雇几个美发师。他们客源很多，这是多年以来尼娅姆辛勤工作的结果。她自己也非常努力，所以人们走进这间沙龙后会有一种放松的感觉。

现在沙龙的赢利状况应该算是非常好了。十年前尼娅姆买下了马里诺的这间小理发店，现在它已经变成了一间非常时尚绚丽的美发沙龙了。一些大型连锁机构想买下这家店，但尼娅姆全都拒绝了。有时婕玛的心中会产生一种嫉妒，因为尼娅姆所做的事情是婕玛一直以来最大的梦想。唯一不同的就是，婕玛希望给自己的店取名为"流行巅峰"，而尼娅姆的沙龙叫"卷卷廊"。婕玛每一次推开那道玻璃门的时候都会想象一下，如果买下这家店的人不是尼娅姆，而是她自己，那么人生又将会是怎样的？

但她嫁给了大卫，然后马上怀上了基林。突然间，她变成了一个居家太太，除了家庭和孩子之外，再没什么事与她有关了。

她并没有后悔，她边冲咖啡边告诉自己，她享受与基林在一起的每一个瞬间。还有罗南。他们是她的一切。她太爱他们了，有时候爱得让自己都感到有些害怕——和大卫离婚之后，他们对她来说变得更加重要了。不过，无论自己的技术如何高超，最终作决定的依然是尼娅姆，承认这个现实不是一件容易的事。她们一起在城里工作的时候——在婕玛遇见大卫·埃内西之前——尼娅姆一直在嘲笑婕玛的野心。

"你自己的地方！太麻烦了吧！"她大笑着说，"我永远也做不到。"她冲着婕玛坏笑了一下，看了看手表，然后求婕玛帮自己做一个发型，因为之后她要和前一天晚上在托曼哥酒吧遇到的一个男人约会。

可如今的尼娅姆和那时简直判若两人。她是个女强人。她称自己为女单身汉，而且告诉婕玛她对婚姻一点儿兴趣都没有——虽然她平日里约会不断。她此刻的人生几乎是完美的。为什么要把一个男人拉到一个永恒的关系中呢？婕玛和大卫的婚姻出现问题时，尼娅姆一直在支持着婕玛的决定，并且马上邀请她来沙龙工作。

起初婕玛有些犹豫，但很快这间沙龙就变成了她的救生圈。这里的工作让她逐渐进入到正常的生活状态里，让她明白告诉大卫结束一切是正确的选择，同时也帮她意识到她需要自己打理自己的生活。所以接受尼娅姆的提议应该算是婕玛最正确的决定了。

"我来吧。"婕玛接过了安妮玛丽手中的雨伞。

"七月，上帝帮帮我们吧，"安妮玛丽叹息着说，"上个月天气那么好，我们还以为今年一切都会很正常呢。可是现在看起来就像是十一月了。"

"真倒霉，不是吗？"婕玛边帮安妮玛丽脱大衣边赞同道，"我一直翻箱倒柜，想找到一件厚点儿的衣服，可我柜子里全都是背心和短裤。"

"我要移民。"安妮玛丽把胳膊伸进了防水外罩的袖子里，"我实在是受不了了。"

婕玛把她领到了洗头的地方。"你去度假了吗？"

"没有。"安妮玛丽闭上眼睛，快乐地叹了口气。温水浸湿了她的头发。"我们九月会去旅行。九月！还有两个月。"

"很快了。"婕玛说。

"是啊。可我真希望现在就是九月。"

我也是，婕玛想着，不过和你的原因不同。我希望现在是九月，因为那样的话我就不用因为把孩子们自己留在家里而感到内疚了。我讨厌让妈妈去照顾他们——她当然会觉得我和莉斯没用。尤其是她还要照料苏西。而且我也非常不喜欢他们到朋友家一待就是一整天。想到其他的母亲们会讨厌她把孩子扔在她们家里，或者会同情她成了单亲妈妈，她不禁咬了咬牙。

"你自己休假了吗？"安妮玛丽问。

"哦，我怎么可能。"婕玛关上了水龙头，用一条毛巾裹住了安妮玛丽的头发。

"你看上去很憔悴，"安妮玛丽说，"你应该去度个假。"

"那看来还要一段时间。"婕玛告诉她说。和大卫离婚后她只去度过一次假。她和莉斯去了西班牙南部。那是她们两人第一次一起出游，而且很可能是最后一次，婕玛想。她们都觉得很内疚，把孩子们放在家里自己跑开。而且她们的兴趣也不一样。婕玛喜欢坐在太阳底下，而莉斯则热爱一切运动——风帆冲浪，高崖跳伞，等等。当然还包括和一个英国男人调情，婕玛有些嫉妒地回忆着。没有人和婕玛搭讪。

"你九月要去哪里?"她开始帮安妮玛丽设计发型了。

"牙买加。"安妮玛丽的声音里充满了兴奋。她说:"我从来都没去过那里,可是我的男朋友詹姆斯去过几次。他说那儿很漂亮。非常浪漫!"她咯咯笑了。

看来今年每个人都要去加勒比海了,婕玛绝望地想着。去那儿度过一个浪漫的假期。今天已经听两个客人说去了牙买加或是巴巴多斯了,不是刚刚回来就是即将回来。

"牙买加的哪里呢?"她让安妮玛丽把头保持在某一个姿势不动,想看一看两边的头发是不是对称。

"蒙特罗湾。"安妮玛丽做梦一样说,"听起来美吗?"

"美啊。"婕玛低声说。

他们今天应该到家了,她记得很清楚。大卫和奥尔拉。从那个阳光天堂回来了。她四十岁的前夫和他二十岁的完美太太。

"别太短,"看着婕玛要继续修剪,安妮玛丽有些担心地说,"我还是想保持这个长度。"

她们永远想保持长度。婕玛有些恼火地想着。如果要保持长度,又为什么跑到这里来剪呢?

奥尔拉走进家门的时候依然觉得又冷又湿。她脱下那件薄裙子的时候浑身抖了一下。大卫也换上了仔裤和T恤衫。

"对不起。"他说。

"什么?"

"抱歉我刚刚冲你发脾气。"

她看着他。"没关系。"

"不,"大卫说,"有关系。我因为生气,所以迁怒到了你身上。"

"你也不是故意的。"

"不是故意的也不意味着我没有错。"他把她拉进了怀里,说,"你觉得暖和些了吗?"

"好一点了。"她说。

他吻着她的嘴唇。

"我知道我应该信任身体本身的温度,"她对他说,"不过你介意我们喝上一杯茶或者其他什么东西吗?"

"浪漫!"不过他还是笑着放开了她。

"这就是结了婚的老夫老妻啊!"奥尔拉冲着他坏笑。

"我爱你。"他说。

"我也爱你。"

她走进了厨房,冲了两杯咖啡。他把手伸进了她的上衣底下,再次拥她入怀。

咖啡只能等一下了。

第六章

奥尔拉刚刚打开房门,手机和家里的座机就同时响了起来。

"可恶!"她骂了一句,然后用一只手在包里找手机,同时另一只手拿起了座机的听筒,说:"嘿,我是奥尔拉,请等一下。"她先接了座机。"你好?"然后她又对着手机问了一句。

"你好,请问是奥尔拉·奥尼尔吗?"

"是的。"

"奥尔拉,我是萨拉·本顿。您之前曾经跟我和我丈夫谈过有关储蓄和养老金的事。"

"哦,是的,萨拉。您能稍等我一下吗?"奥尔拉把手机放到一旁,又回到了座机上。"嘿,抱歉让你等。"

"是我,"大卫说,"怎么回事?"

"哦,没什么,"她说,"有个客户在打我手机。你们两个同时打过来的。你能过两分钟再打给我吗?"

"我打给你是想说我今天回家会比较晚,"大卫说,"我要见一个客户。在德尔加尼,我们七点才能见面。"

奥尔拉看了看表。现在是六点钟了。

"见鬼,大卫,"她说,"这样吧,我现在正忙。我一会儿回给你吧。"她放下电话,之后又马上拿起了手机,说:"嘿,萨拉,对不起让你久等了。你考虑过我传给你的那份计划书吗?"她用欢快的语气问。

"是的,"萨拉回答说,"不过我还有一些问题。当然,我丈夫也有一些问题想问。有几件事我们还需要弄清楚。"

奥尔拉叹了口气。她已经把能讲的都跟萨拉讲过一遍了。经验告诉她，一般来说这种事情都是由女人来作出最后决定的。她实在想不到任何可以让萨拉感到耳目一新的东西了。

"当然可以，"她说，"你想现在谈吗？"

"事实上，我还是希望我们能碰个面，"萨拉说，"莫里斯想见见你。"

"什么时候方便呢？"奥尔拉问。去客户的家碰面应该是一个不错的征兆。

"今晚行吗？"萨拉问。

"嗯……"奥尔拉犹豫着。

"大概八点半左右吧，"萨拉建议说，"这样莫里斯能在晚餐后准备一下，保持高昂的情绪。"

奥尔拉的心一下子沉了下去。本顿一家住在巴尔布里根，城北三十公里外的地方。跟他们讲一遍保险计划就已经需要一个小时的时间了，回家又需要一个小时。她在心底呻吟着。提成当然是好事，她想，可是工作还是有底线的啊。

"没问题，"她说，"八点半见。"

她脱下外套扔到沙发上。这就像是一个阴谋，让她永远不可能在家和爱人一起过一个美好的晚上。她坐了下来，拨通了大卫的电话。

"嘿，"她说，"德尔加尼的会是怎么回事啊？"

"对不起，奥尔拉，"大卫说，"我没办法脱身。"

"我们今晚应该去看电影的。"她提醒他道。

"我知道。我会弥补你的。我会在回家的路上买一张碟，再买点中国菜带回去。"他知道她喜欢中国菜。

"没关系，"她说，"我也要和客户见面。"

"是吗？谁啊？"

"一对姓本顿的夫妇，"她告诉他说，"我跟他们联络已经很久了，觉得基本上已经没希望了。可是今天她又打电话过来，就是刚才和你同时打过来的。她几个月前到公司来，托尼·坎佩尔让我跟进她。我本来以为托尼就是为了给我出难题，结果没想到现在她居然打电话过来想和我面谈。唯一的问题是他们住在巴尔布里根，所以我觉得也许你会比我到家还早，那样的话你只能一个人吃中国菜了。"

"本顿家？"大卫的声音有些犹疑，"在巴尔布里根。她是不是个瘦小的女人？四十几岁、染了灰金色的头发、穿得很简单？"

"是吧，"奥尔拉缓慢地回答说，"听起来好像是她。"

"席琳？桑德拉？苏珊娜？"

"萨拉。"奥尔拉说。

"她丈夫是个瘦弱的男人。下巴很瘦，留着乱糟糟的山羊胡子？"

"这我就不知道了，"她说，"我没见过他。"

"我应该认识他们，"大卫说，"你要是去的话那简直就是浪费时间！我去年就想能让他们买一个计划。简直像跟他们说了一辈子。第二次见他们之后我感觉他们有点躲闪的意思，所以后来我就怀疑是不是放弃为妙。不过那时我很固执，还是想拿到他们的单。结果那个月我的业绩糟糕透了。他们想找一个高回报的计划。我见了他们三次，奥尔拉，最后他们还是什么都没买。"

奥尔拉做了个鬼脸。她可不想听这个。"可能他们这次已经准备好了呢。"她说。

"我了解这类人，"大卫非常坚定地说，"他们不会和你做生意的。他们喜欢让人到他们家里，把所有的细节都掰开揉碎地讲给他们听。这让他们觉得自己是个大人物。可是他们不会有什么行动的。"

"我会利用自己女性的魅力，"奥尔拉说，"这次他们说不定会下决心购买。"

"不可能，"大卫说，"如果我做不到的话，你也做不到。"

"胡说八道！"她愤愤不平地喊道。

"好吧，"他说，"我打赌他们不可能点头，就赌你这单生意能赚到的提成。"

奥尔拉笑了。"大卫，这简直太奇怪了。"

"如果你坚持要去他们家的话——"他补充说，"但如果你选择待在家里，乖乖地吃点东西，看看光盘的话，我就把我下一单生意一半的提成双手奉上。"

她又笑了。"今天晚上赚到的提成？"她问，"整个一家公司的退休金计划？"

"怎么可能？"大卫问，"我下一单生意是我昨晚见的那个家伙。但那也不错了，奥尔拉，你可以用那些钱买一套新西装。"

"谢谢，不过不用了。"

"你不需要证明什么，你知道的。"他正在过隧道，声音变得不那么清晰了。

"证明什么？"

"向我证明，"大卫说，"你是一个非常出色的销售人员，奥尔拉。你做得已经是超乎寻常的好了。不过你不用和我竞争，你知道的。"

"我根本就没有和你竞争，"奥尔拉又变得愤愤不平了，"我只是想做好我的销售。我想卖掉更多的计划。"

"我知道。我也希望你能做得更好。但我的工作已经能让我们生活得很好了，所以你不用为了一张单子这样满城跑。我真的认为你和本顿他们谈根本就是浪费时间。我已经向那个女人使尽浑身解数了，可是好像还是在跟一座山对话一样！无论如何，我会带吃的东西回家，以防万一。"

"我打赌我可以拿到这张单，"奥尔拉说，"你到时候要记得自己说过的话！"

"迟点见吧，"大卫说，"听我的建议，好好在家待着。那样你的晚上会更美好的。"

"也许吧，"奥尔拉说，"拜拜。"

她放下电话。此刻她知道自己必须要拿下本顿夫妇。这真的不是要向大卫证明些什么，可是谁说他一个人就可以养活他们两个了呢？好吧，这几个星期她的业务或许确实不怎么理想，可总有一天她会和他一样出色的。

无论如何，本顿一家没有答应大卫买任何计划并不意味着他们也不会答应她。也许大卫没有成功的原因正是因为萨拉不喜欢他这个人。可能她喜欢和女人谈生意。奥尔拉希望如此。这关乎她的骄傲。她要告诉他，她和他那个待在家里等着他供养的妻子不一样。"前妻。"她自言自语着。婕玛·加维是他的前妻！

她站起身来，给自己煮了一杯咖啡，然后走到露台上。坦率地说，她确实不想晚上大老远跑到巴尔布里根去，不过既然大卫也不在，她留在家里又能做什么呢？他们两个人在同一个晚上去谈生意不是更好吗？

大卫自从蜜月回来之后就一直非常忙碌。她已经厌烦了一个人守在房子里了。他告诉她，他需要把蜜月离开时落下的工作弥补上。她的回答是：蜜月可没有什么要弥补的。他当时一脸尴尬。

她从没有意识到工作在他的心里居然占了这么大的分量。他会一丝不苟地为每一次会面作准备，而且为了能在客户方便的时间会面，他毫不介意在城市的各个角落往来穿梭。她只是希望他不用这么频繁地在晚上去见客户。这让她觉得仿佛没有任何家庭生活，虽然事实上她已经在逐渐习惯这种模式了。

他们的公寓位于一栋四层小楼的顶层。房子很大，有两间卧室、一个浴室、一个很宽敞的厨房和一个相当气派的客厅，而且客厅尽头还有一个大露台，望出去就是都柏林湾。和婕玛分开后，大卫选择了留在敦劳费尔。那是一栋风格独特的寓所。大卫雇了一位室内设计师，让她可以坐享其成，最后的结果就是眼前这个现代感和时尚元素的结晶。这非常符合奥尔拉的审美，虽然她的闺蜜艾比觉得有一些地方应该推翻重来。"应该加入你自己的特色，"奥尔拉带她参观的时候她是这样评价的，"让它真正属于你。"

可奥尔拉倒真的不想改变什么，除了卧室墙角的那个非洲裸女铜像。每次看到那个东西，她都会起一身鸡皮疙瘩。她喜欢房间里的地板，喜欢淡松木色的家具，还有色彩柔和的墙壁。当然她也知道艾比说得对。不过直到现在，她还是没有想办法让它变成她自己的房子。她还是总觉得她正在参观着某人的住所，到了晚上，她会感到自己应该起身回家。

她抿了一口咖啡，盯着对面的海湾。水面上有几百艘小小的船只。那些船帆五颜六色，与碧海蓝天映衬得相得益彰。大卫年轻的时候曾经扬帆出海。他有一艘船——是一艘很小的船——但他还是靠那艘船赢了很多场比赛。在竞赛方面他很在行。他告诉过奥尔拉，他是在澳大利亚学的风帆，他在那里待过几个月的时间。婕玛讨厌帆船，讨厌出海，当然也不太满意大卫把闲暇时间都花在海上。她一直在抱怨他周六上午要去练习风帆这件事。大卫说，她最终还是让他放弃了这项活动，因为这比听她唠叨要容易承受些。我可以理解，奥尔拉边喝完最后一口咖啡边想，他本来也没多少空闲的时间！如果他又要开始练习风帆，那我也一定会唠叨的。她浑身一震。原来自己也会和大卫的前妻达成共识。而之前她所听到的有关婕玛的事，让她觉得那应该是一个她会轻视的女人，那种一切都围着丈夫转、完全没有自己人生的女人。

她在七点差一刻的时候离开了家，向巴尔布里根驶去。她希望时间上能够从容一些。一路上她都在准备着自己一会儿的说辞，可是她实在是不知道还能再说些什么去打动萨拉·本顿，该说的已经都说了。她希望大卫的预言是错的，希望他们这一次是真的想买一种储蓄理财产品。如果他们是在浪费她的时间，那么她一定会气疯的——那样她等于是白白牺牲掉了电影和中国菜。

八点半整，她把车停在了本顿家的宅子前，熄了火，锁上了车子。

"请进，"萨拉·本顿说，"你能准时过来真好。"

"真高兴能再见面。"奥尔拉跟着她走进了那间俗气的客厅。她很高兴大卫没有把自己的房子装修成这样。这个房间里堆满了乱七八糟的装饰品和小古董，最抢眼的还是那张套着花布套的大沙发。

莫里斯·本顿正坐在一把扶手椅里。他冲奥尔拉点了点头。

"现在，"萨拉坐在了那张沙发上，"我希望可以和二位谈一谈最常规的储蓄计划。"

奥尔拉几乎把格雷维塔斯人寿公司销售的每一款理财产品都介绍了一遍。她详细阐释了每一个细节，回答了莫里斯·本顿所有那些假充行家的问题。她告诉他们为什么有一些产品不适合他们，同时也特别强调了有哪些是适合他们的。她结束了一番讲解之后，他们向她表示了感谢，告诉她他们很有感触。他们的话让奥尔拉非常明白，他们是不会出钱的。

大卫最终还是说对了，她一边这样想着，一边把手提电脑扔到了车子的后座上。整个一个晚上就浪费在了这对可恶的夫妇身上。为什么她不听他的话呢？他对这样的事确实有先见之明。他有着她所没有的社会经验。无论如何，他还是比她强。

她转到了一条高速公路上，一脚踩下了油门。快些到家吧，越快越好。她叹了口气，突然车子一下子猛拐到了逆行车道上。她马上把车头扭了回来。一时间，她心跳加速，嘴唇都变干了。她知道出什么事了——车爆胎了。

没人停下来帮她。事实上她情愿如此，因为天已经黑了，如果有什么陌生人想帮她的忙，她反而会感到紧张。但她在费尽浑身力气把备胎抬出来的时候，还是希望能有个善良的人来助她一臂之力。

她回到家时已经十一点多了。打开屋门，她看到大卫正躺在沙发上，紧闭双眼。房间里弥漫着酸酸甜甜的酱汁味道。桌上摆着一个空盘子。她轻轻地在他的嘴唇上吻了一下。

"嘿，回来啦，"他轻声说，"事情办得怎么样？"

"还用问吗？"她把电脑和文件扔在了桌子上。

"浪费时间吧？"他睁开了眼睛。

"彻彻底底，"她说，"我应该听你的。"

"我知道，"他说，"不过我爱你的其中一个原因就是你不是个对我言听计从的女人。"

"谢谢。"她坐在了她身旁的地板上。

"别着急，"大卫抚摸着她的头发，"你这个月会赶上来的。"

"我不在乎这个月，"她说，"但我在乎开了八十公里的路却一无所获，而且还爆了胎！"

"哦，奥尔拉！"他坐了起来，说，"不会吧？"

"真的。"泪水突然间涌进了她的眼睛。她快速地眨着眼，以阻止它们流出来。可还是有一滴眼泪从她的脸上滑了下来，从下巴滴到了地板上。

"奥尔拉！"大卫凝视着她，问，"怎么了？"

"我累了。"她抽噎着，"我烦透了。我明明可以和你在家度过这个晚上，而不是在离家几十公里的高速公路上换轮胎！"她咬住嘴唇。"对不起。我实在没什么可哭的。"

"可怜的宝贝。"大卫用胳膊环住了她，把她拥进怀里，"没关系的。我在这儿。我会照顾你的。"

她靠在了他的胸口上。有人能照顾她确实是件好事。可她并不需要那样。她希望凯旋而归，希望可以搞定本顿夫妇，而不是一无所获而且满身土灰地回到家里。也许我是希望证明自己，她苦涩地想着。

"想喝点儿茶吗？"大卫问。

她点了点头。

"饿吗?"

她再次点了点头。

"已经没有中国菜了,"他抱歉地说,"我把所有吃的都吃光了。不过如果你愿意的话,我可以帮你烤面包。"

"面包就够了。"她说。空气里酸酸甜甜的味道让她饿得心慌。不过有面包吃总比什么都没有要好。

"你的生意谈成了吗?"她问他说。

"谈成了。"他说。

"恭喜。"她向他祝贺道。

"你下次一定能成功的,"他告诉她,"你知道你可以的。"

"也许吧。"

她觉得他听起来好像挺开心。不过她不希望自己这样想。大卫不会希望用她的失败去证明些什么的。他会吗?

第七章

尼娅姆关掉了吹风机，研究着婕玛的头发。

"有点儿光泽的栗色很适合你，"她说，"可以衬托出你的肤色。"

"别奉承我了，"婕玛说，"我又不是你的客人！"她把头靠向了一边接着说："不过我很喜欢，尼娅姆。谢谢！"

"别客气，"尼娅姆说，"你错了，你知道的。这种颜色真的可以凸显你的肤色。让你看起来更健康。"

"那就值得。"婕玛叹了口气说，"我最近觉得懒懒的。做什么都觉得疲倦。"

"我想办一张健身卡，"尼娅姆说，"我最近几个月又胖了几磅。我想努力减肥。"

"你根本没胖。"婕玛从镜子里看着她。

"不是，我真的胖了。"尼娅姆叹息着说，"所以我觉得我应该在跑步机上跑一跑。你也跟我一起去吧，应该很有意思。"

"我可不想。"婕玛把脸转向了另一边，以便仔细观察头发染色后的效果。

"为什么不呢？"

"我从来都不是在机器上跑来跑去的那种人，"婕玛回答说，"我不介意散散步、偶尔打打网球什么的。但是健身房的运动太无聊了！即使那时候大卫在里弗维尤①或是修士陆地②有会员卡，我也只去过几次，而且还是为了泡按摩浴。"

"那是因为去那儿的人本身就非常瘦了，"尼娅姆说，"谁愿意和一群竹节

---

①里弗维尤，健身俱乐部名。
②修士陆地，健身俱乐部名。

虫一起做有氧运动呢？"

婕玛笑了。"你说得太对了。而且每个人还都穿着名牌运动装。事实上，我也买了一套。粉红色的紧身连衣裤。可难看了，穿上之后就像一团棉花糖。"

"婕玛，你一点儿都不胖。"尼娅姆说。

"哦，我很胖。"婕玛掐起自己腰间的赘肉说，"看，大卫当然会放弃我了。"

"大卫没有放弃你，是你让他离开的。"

"啊，但是如果我还是十码身材的话……"

"别胡说了，婕玛。"尼娅姆往婕玛的头发上涂了一些发蜡。

"我没有胡说，"婕玛说，"他遇到我的时候我很瘦。我知道他一直说我太瘦了，可是他其实根本不是那样想的。面对现实吧，你看看奥尔拉·奥尼尔就知道他喜欢什么样的人了。"

"是你甩掉他的，婕玛。而且你们分开前他根本就不认识奥尔拉·奥尼尔。我看你已经忘了这件事了。"

"我没有忘。"婕玛叹了口气，"我怎么可能忘呢？妈妈到现在还喋喋不休。"

"她看来真的很不希望你们离婚，对吧？"

"她对离婚本身就很反感。"婕玛微微仰起头，这样可以方便尼娅姆帮她涂发蜡，"她觉得人生就是'自酿苦酒自己尝'。"

"他们不知道，没有人喜欢离婚，"尼娅姆说，"他们可能觉得你在逃避，但其实对你来说压力大得根本难以想象。"

"就好像你能明白一样。"婕玛冲她挤了挤眼睛，"你一开始就避免了整个悲剧。"

"我实在没有兴趣。"尼娅姆往后退了一步，欣赏一下自己的杰作，"你觉得怎么样，婕玛？周六去酒吧足可以艳惊四座吧？"

"你说得就好像我真可以去似的！"

"好吧，就算不去酒吧，"尼娅姆回应说，"但你怎么都应该有点儿夜生活啊，婕玛。你刚刚离婚的时候，还经常出去玩呢。"

"那应该是当时不自觉的反应吧，"婕玛说，"后来我觉得对孩子们很是愧疚。"

"你的问题就在于你已经愧疚太久了。"尼娅姆拉过来一把舒服的皮椅子,坐在了她朋友身旁,"别因为嫁给了一个错误的男人就一直责怪自己。"

"我并没有那样。"

"你就是!你总是在怀疑自己离开他是不是对的。让我告诉你,你做得很对。所以,忘了大卫吧,也忘了奥尔拉,为你自己找一个人。"

婕玛笑了起来。"看在上帝的分上,尼娅姆,谁会愿意卷进我的生活里来呢?三十五岁,越来越胖,生活乱七八糟,还有两个孩子。"

"漂亮的蓝眼睛,很棒的身材。没有厌食症。还有,当你不再去焦虑这样那样的时候,一切会变得相当有趣。"

"那两个孩子呢?"

"都是可爱的孩子啊。"尼娅姆忠诚地说。

"我喜欢你。"婕玛探过身子抱了抱她的朋友,"你总说一些非常美好的话来安慰我。"

"开心起来吧,婕玛。"尼娅姆把面前托盘里的那堆烫发卷堆起来,"别让他把你今后的生活也毁了。"

婕玛叹了口气。"有时候我觉得我今后的生活已经毁了。二十五岁前就结了婚,三十五岁又带着两个孩子离了婚,生活还有比这更糟糕的吗?"

"你还很年轻啊,婕玛。别总是觉得你已经老了似的。你应该马上去找个男人,找点儿乐子。这本来就不是什么严肃的事情,你明白的。"

"目前任何男人对我来说都算不上是什么乐子了,"婕玛说,"不过想到他过得这么好,确实是有点儿不公平。"

"你是说大卫?"

"你不觉得他过得很好吗?"婕玛瞪着她问,"每天晚上都有个二十四岁的女人用腿盘着他。"

尼娅姆笑了。"真能想象!"

"当然了,不过要是每晚都那样的话,我估计他也应付不下来!"婕玛的脸上泛起了光,"可能她欲望很强,已经让他吃不消了。"

"然后他可能就真'不行'了,她只能一次又一次地说她能理解,任何人都可能会发生这样的事。"

"然后他觉得自己的尊严受到了侮辱,这种感觉让他更'不行'了!"婕玛冲着尼娅姆坏笑。

"这就对了,"尼娅姆说,"你看,一切还不算太坏。"

"事实是他们很可能每天都做爱,周末甚至可以两次。"婕玛说,她的语气突然变得苦涩起来,"她也许把他变成了一个全新的人。他绝对喜欢这个新的自己。"

"不可能,"尼娅姆坚定地说,"她一定是把他搞得筋疲力尽,对他的表现很是担心。我保证。"

基林·埃内西坐在车厢里,双腿伸得长长的。她的朋友肖娜坐在旁边。

"我们要去哪儿啊?"肖娜问,"亨利大街还是格拉夫顿大街?"

"我可买不起格拉夫顿大街上的任何东西,"基林说,"我们还是去ILAC中心吧。在那儿比较容易讲价。"她叹了口气。"我经济上很拮据啊。"

"至少你现在有属于自己的钱,"肖娜说,"你再不用求着你妈妈买这买那了,而且我觉得在便利店里工作总比什么都不做好。"

"也许吧。"基林说。事实上,她倒是真的不介意在那儿工作,虽然她要在年龄上撒个谎。不过她看上去真的不止十三岁。尤其是这几个星期以来,她几乎忽然变成了个大人。

"你想买什么呢?"肖娜问。

基林耸了耸肩膀。"不知道。买点儿特别的东西吧,好看的。"

"你的衣服都很好看啊。"肖娜说。

"哦,得了吧!"基林转过去望着她说,"我好几年都没买什么新衣服了。别人肯定会看着我说:'这是基林·埃内西,多奇怪啊,她还穿着那件灰毛衣和黑色牛仔裤呢!'"

基林把整只手臂都缩到了袖子里,连手都缩了进去。肖娜看着她,咧嘴笑了。

"这毛衣很好看啊。"她很认真地说。

"它已经完全被穿烂了，"基林抱怨道，"我现在能穿着它的唯一原因，就是当时我要求我妈妈买了特大号的。"

"这毛衣还是很合身啊。"肖娜说。

"但这是去年的款式！"

"我喜欢它，"肖娜反驳说，"你是个时尚罹难者，基林·埃内西。"

基林笑了起来，她的脸一时间又变得明快而年轻了。"我希望你说得对，"她说，"不过我真的想要一些新衣服了。我妈妈很长时间都没有给我买过新衣服了。"

"你家开销很紧张吗？"肖娜有些同情地问。

基林脸上又愁云笼罩了。"她一直这么说。但是我爸爸结婚那天她还是花了很多钱去买东西。"

"物质疗法吧。"肖娜猜测着。

"自私，"基林责备地说，"她一直在我面前说我们得如何互相支持，要小心每一笔开销，不能有太多欲望，因为经济状况和之前已经大不一样了。可是她又是怎么做的呢？买了一堆外套啊，短裙啊，小背心啊，还有鞋子。而且她逛的可是格拉夫顿大街。对她来说完全没有省钱的概念。"

"你说这和你爸爸再婚有关吗？"肖娜小心地提出了这个问题。虽然她和基林从小学起就一直是好朋友，但是她们依然没有详细地交流过有关基林父母离婚的事。基林不是那种会把所有心事都跟你分享的女孩儿，而且肖娜也不是那种喜欢打听别人私事的人。她把一缕头发从眼前拨开，带着询问的神情望着基林。

"可能吧，"基林回答说，"一开始我以为她并不在乎。她一直告诉我们她不在乎。你知道我妈妈，肖娜。如果买某样东西能让她觉得开心，没人能拦得住她。"

"你呢？"肖娜问道，车子停在了康诺里车站，"你介意那件事吗？"

"有一点儿吧。"基林站起身来，"有时候会。应该算是介意吧。"她按了一下门上的按钮，走上了站台。"快点儿吧，"她对肖娜说，"咱们去买东西吧!"

奥尔拉走进了酒吧,点了两份杜松子酒和奎宁水。她端着两杯酒回到了艾比那张桌旁。

"我还点了一份烤花生,"她说,"我今天没吃午餐,已经快饿死了。"

"我们现在就可以去吃东西啊,如果你愿意的话。"艾比说。

奥尔拉摇了摇头。"大卫七点就到家了。"她告诉艾比说,"我们今天会吃外卖。本来前几天就约好要一起吃晚餐的,可是出了点事情。"

"别告诉我卡米洛特①已经出问题啦。"艾比把奎宁水倒进了酒里。

"别傻了。"

"好吧,那到底出了什么事呢?"

"哦,他要去见个客人。我也是。然后出了点儿状况。我们蜜月回来之后两个人都很忙。完全是'硬着陆'!"

"你蜜月度得怎么样?"艾比问,"游轮有意思吗?"她带着一种评判的目光望着奥尔拉。"你看上去漂亮极了。"

"简直太开心了,"奥尔拉说,"我重了好多!所以我回来之后基本上没怎么吃东西。你简直难以想象船上的菜量大得有多夸张。简直太可怕了!"

"巴哈马呢?"

"美极了,"奥尔拉说,"水很清,天气又好……"她回忆着和大卫一起躺在白色沙滩上的感觉,不禁叹了口气。她大部分时间都在一把大伞下面躺着,而他则让太阳直接晒在身上。假期快结束的时候,他的皮肤都完全成了深棕色。奥尔拉觉得他看上去性感极了。

"哈罗!"艾比拿着一罐啤酒在奥尔拉眼前晃了一下,"你还在地球上吗?"

奥尔拉的脸红了。"对不起,回忆得出神了。"

"显然回忆很美啊,"艾比说,"不过你以后会和那位成熟、忠诚、经济稳

---

①卡米洛特,英国传说中的亚瑟王的宫殿所在之地。这里比喻童话般的宫殿,是种揶揄的说法。

定的埃内西先生拥有大把大把的美好回忆的。"

"别胡扯。"不过奥尔拉还是笑了,"他又不是万能的。"

"我脑海中他就是那样的啊。"

"嗯……"奥尔拉思考了一下,"我想他应该算是忠诚吧——我们都结婚啦!成熟?我必须承认他确实比那些我交往过的男生要成熟些!经济稳定——希望如此吧,虽然他一直叨唠着要给孩子们更多的钱。"

"为什么?"艾比问,"我记得你告诉我钱的事都已经定下来了啊。"

"是定下来了,"奥尔拉说,"他总觉得他应该尽自己所能为孩子们做些事。"

"别让他做得太过分。"艾比望着奥尔拉,脸上一副很精明的样子,"别让他因为负罪感给他们很多钱。你需要为自己想想。"

"我不需要他为我花钱,"奥尔拉说,"不管怎么说,我都是个独立的女人。"

"但是如果你自己有了孩子该怎么办?"艾比问,"如果你有自己的孩子,总不会希望他把钱全都花在基林和罗南身上吧?"

"这都是多少年以后的事了,"奥尔拉自信地说,"如果真的要生的话。"

"你不想要孩子吗?"艾比问她道。

奥尔拉耸了耸肩膀。"也许会要吧,不过不是现在。"

"那他的孩子怎么看待你们结婚这件事呢?"

"我也不知道,"奥尔拉说,"他还没见到他们呢。这个周日他们应该会过来吃午餐。"

"哦!"艾比把侍应叫了过来,又点了两杯酒,"你会在吗?"

"会。"奥尔拉点了点头,"大卫应该上星期去见孩子——他一个人。可是他们生病了,至少婕玛是这么说的!我们两个都很怀疑,不过大卫不想小题大做。我觉得她是不想让他见他们,艾比,但她是没办法做到的。不过,大卫认为这次吃午饭其实更好。他觉得我应该见见他们,打破僵局。让大家都面对现实,这样每个人也就可以明确自己的立场了。"

"一定很难。"艾比说。

"你指谁?"奥尔拉用手搅着杯子里的冰块。

"每个人,"艾比回答着,"对大卫来讲,他爱你,所以他会怕他的孩子或是前妻会让你难堪。孩子们也会害怕，因为他们脑海中的后妈会逼着他们吃一些自己不喜欢吃的东西，或者是做一些他们不喜欢做的事情。而且我保证你会觉得同时爱他和他的孩子也是件很难的事情。"

"我不用爱他的孩子，"奥尔拉直截了当地回答道，"只要跟他们和平相处就够了。每个星期日填饱他们的肚子，这对我来说可能比较难！"

"你准备给他们做什么吃？"艾比问。

"意大利面，"奥尔拉说，"基林是素食主义者，而且罗南喜欢意大利面。最重要的是那是我唯一会做的东西。"

"你担心吗？"

"担心？做饭？有一点儿吧。"

"不是做饭，白痴！我当然知道你不会做饭。我说的是那两个孩子，你担不担心再见到他们？"

奥尔拉又耸了耸肩。"能糟糕到哪儿去呢？"

"他们是孩子，奥尔拉。你是个邪恶的后妈。"

"别瞎说了，"奥尔拉说，"也别忘了我们之前已经见过了。他们又不是不认识我。"

"但那个时候你只是他们父亲的朋友。现在不同了，奥尔拉。"

"没有那么不同。"奥尔拉说。

"完全不同。"艾比口气坚定。

奥尔拉不置可否，拿起杯子边上的那片柠檬片。她吮着柠檬的汁液，因为太酸，所以禁不住挤着眼睛。她不想在艾比面前承认这个周日的见面让她有多紧张。她想到他们会暗自评判她，心里就很不舒服，但他们一定会那样做。她会幻想基林走进他们的公寓，看着她的每一样物品。她其实并不害怕罗南，那是个快乐单纯的小孩子。不过，谁又知道呢？她自问着。他是那种外表乖巧其实非常难搞的孩子也说不定。对于那个满面阴郁、言语刻薄的基林，她简直是连想都不敢想。

"你还好吗？"艾比问，"你又神游太空了。"

"想着购物的事呢，"奥尔拉撒谎说，"周日前我要买一大堆东西。"

"忘了我刚刚说的话吧。"艾比冲着她微笑,"他们只是孩子,不会咬人的。"

"希望你是对的!"奥尔拉喝光了杯子里的酒,向侍应生摇了摇手,又叫了一杯。

基林逛完街回到家的时候,婕玛已经回来了。她听到女儿直接跑上了楼,用力关上了门。婕玛心想基林是不是又有什么不开心的事了,还是她只是想自己独处一会儿。婕玛记得自己小时候也会生着气跑回自己的房间里,心里却期盼弗朗西丝能把头伸进来张望一番,问问她出了什么问题,但弗朗西丝从来都没进来过——无论婕玛心里多希望她能关心一下自己。然而,婕玛在基林房门口转悠的时候,得到的却是女儿坚持希望独处的反馈。都是一样的——婕玛叹了口气。她心里有些害怕地想,无论她怎么做,在基林看来也许都是错的。

婕玛走进了客厅。罗南正在那里把曼彻斯特联队的球员卡片粘在一张球场示意图上。

"她太吵了。"他说。

"谁啊?"

"基林。"罗南粘完了最后一张卡片,满意地看着自己的作品,"她总是制造噪音。"

基林此时正好打开了音响,房间里顿时响起了吵闹的乐声。楼下的母子看着彼此,会心地笑了。

如果我让她把音量调低的话,不就成了我母亲?婕玛想。而如果我不说的话,我们非变成聋子不可。她揉了揉前额。你是什么时候从一个正常人变成一个唠叨的母亲的呢?或者唠叨的母亲其实就是一种精神状态?

"我说过了,她总是制造噪音。"罗南说。

"你说得太对了。"

过了十分钟,基林自己关掉了音乐,走下楼来。

"逛街逛得如何？"婕玛问。

"还可以，"基林说，"不过我买不起什么真正好的东西。"

"买了些什么？"婕玛接着问。

"几件上衣。"基林回答得很简单。

"能给我看看吗？"

基林摇了摇头。"我穿了你自然就看到了。"

"咱们去见爸爸的时候你会穿吗？"罗南问。

"可能会吧。"基林说。

"贵吗？"婕玛问。

"在你看来一定不贵。"基林冷冷地回答道。

"年轻人可以穿便宜些的衣服，"婕玛告诉她，"你们的身材好。"

大家一阵沉默，之后基林耸了耸肩膀，近距离地观察着婕玛。

"你染头发了吗？"

"对啊。"婕玛回答。

"为什么不等着它变成灰色呢？"基林问。

"为什么要那样呢？"婕玛反问道，"而且我的头发也没有那么灰！"

"自然不是更好？"基林说。

"等你长出第一根灰色的头发再说吧。那时候你马上会变成另一个腔调了，"婕玛反驳着，"而且，我是在美发沙龙工作。顾客会希望美发师至少应该把自己的头发打理得好看些。"

"灰色的头发没什么不好的啊，"基林说，"肖娜妈妈的头发也是灰的。"

"肖娜的妈妈比我要老十岁呢。"

"我喜欢肖娜的妈妈，"基林说，"和她相处很容易。"她转过身去，背对着婕玛，拿起了一本杂志随便翻着。

婕玛艰难地控制着自己的怒气。"你们想吃点儿什么吗？"她最终开口问。

"香肠薯条，"罗南说，"我最爱吃了。"

"基林？"她对着女儿的后背问，"你想吃什么？"

"什么也不需要。"基林继续翻着那本杂志，"我一会儿自己做。"

"你得吃点儿东西。"婕玛说。

"我知道。我已经说过了,一会儿。"

"好。"婕玛已经无法忍受了。她不想吵架。

"香肠别烤煳了!"她走进厨房后罗南在外面喊着,"而且要好多的薯条,还有番茄酱!"

第八章

　　大卫离开家去接基林和罗南了,而奥尔拉则留在家里做沙拉。他吻了吻她的脸蛋、告诉她他们一会儿就回来的时候,她的目光都没有从面前的菜叶子上离开一下。看着她脸上的表情,大卫担心自己也许不应该回来得太快。他实在难以理解为什么她这么紧张。这只是和他的孩子吃顿午餐而已啊。

　　他开车到了婕玛的家。阳光洒在海湾的水面上,闪着明媚的光芒。三三两两的人们愉悦而轻快地从路边走过。就像之前他和婕玛一样,他想道。每个夏日的周日,他们都会沿着海岸从森迪蒙特走到梅里恩,然后再返回。孩子们那个时候还小,所以一家人一路上都会手牵着手。婕玛和大卫走在两边,孩子们在中间。他喜欢那样的散步,让他觉得自己是个成人了。他曾经是那样的自豪,因为两个健康的孩子,还有自己漂亮而无忧无虑的妻子。那不是一场糟糕的婚姻,他一边想着一边拐上了婕玛家的小路。他们只是想要不同的生活而已。

　　他停在了森迪蒙特村的那栋红砖房旁。她在这栋房子上花了很多钱,大卫非常清楚,不过这个地段很好,所以应该也算是项不错的投资。其实没什么不同,他盘算着,她如果能少在房子上花些钱,日常开支就可以不那么紧张了。只要是跟钱有关的事,她就会变得像个天真的孩子一样——之前一直是他打理这方面的事情。哪怕是最简单的事,比如去超市采购,对婕玛来讲也像是一次冒险。手推车只要没有满得溢出来,婕玛总会觉得还缺点儿什么。他知道这些日子以来她一定是在艰难地打理着生活琐事。有时候她会紧张兮兮地打电话给大卫,告诉他她又没有计划好开销,问他能不能暂时借给她几百块钱,月底再还给他。他通常都会答应——虽然在这之前他会给她上一堂大课,告诉她应该好好地计划自己的收支，改掉乱花钱的坏习惯，凡事都有个预算。最终她会把钱还给他。不过，他还是会打趣说，她可绝不是一个能独立自如应付生活的典范。

他做了个鬼脸。他并不是多么在乎借给她钱，当然，他还是会打心底里同情她。有些人在财务上很有天分，可有些人则相反。她就属于后者，而他总觉得自己应该时常关照她一下。本来他认为离婚后他的想法会慢慢改变，可事实却正好相反，他反而更加感到自己应该多了解一下她的经济状况，这样才能确保孩子们能够过上正常的生活。旁人都觉得他应该会恨她，可他并没有。她永远都会是他生活的一部分，而他也会一直存在于她的生活里，不管他们二人内心是怎样希望的。

婕玛开了门，他觉得她看上去好像漂亮了很多。她的头发梳在了后面，在阳光的照射下闪闪发光。她身穿一套松松的海军蓝裙装，紧身上衣上点缀着一朵小花。海军蓝很适合婕玛，让她的蓝眼睛显得更加迷人了。

"嗨。"大卫向她打着招呼。

"嗨。"她的笑容有些不自在，"他们马上就好。你想进来吗？"

"当然。"他跟着婕玛走进了厨房。操作台上摆满了各式蔬菜——番茄、茄子、还有辣椒，整个图景简直和他家的厨房一模一样。他眨了眨眼睛。"田园沙拉？"他问。

"蔬菜宽面，"婕玛告诉他说，"我想做出两份的量来，这样就可以放一些在冰箱里留给孩子们吃。"

"好主意。"大卫说。

"我们吃饭的时间都不一样，"婕玛解释着，"基林在便利店工作，罗南在学校做他的夏令营项目，我也要工作。"

"生活很忙碌啊。"

"是啊。"婕玛说。

大卫清了清喉咙。"我给你带了些东西。"

"哦？"

"只是个心意，婕玛，你知道的。想对你表示感谢。"

"感谢?"她惊讶地望着他。

"感谢你能这么理解我。"

婕玛转开了身子,打开了水龙头。

"你对奥尔拉的事情一直表现得很理解,尤其是在孩子们面前。你从来没有让我难堪过,也没有和我作对。"

"为什么?"婕玛问,"为什么我要那样做?"

他耸了耸肩膀。"嫉妒?你现在一个人,而我则娶了一个女人,诸如此类。"

"哦。"

"我会一直关照你的,婕玛。你知道的。"

"有点儿晚了。"婕玛把辣椒放进了水中,"几年前你关照得不够。那也许还有用。而且,当然,你——"

"我很抱歉,"他打断了她,"我真的真的很抱歉,婕玛。"

"我知道。"婕玛说。

"无论怎样,"大卫的语气欢快了起来,"这是给你的礼物。"

她擦干了手,接过了他手里的礼物,拿在手里端详了一下,但并没有打开。

"你应该会喜欢的。"他肯定地说。婕玛喜欢照相。房子里的整面墙上都挂着孩子们每个年龄段的照片,或者是放大了的他们一家人旅游时拍的照片。

"谢谢。"

"爸爸!"罗南跑进了厨房,张开双臂扑到了大卫身上,搂住了大卫的腰,"你已经很久没来过了。"

"因为他在度蜜月。"基林跟着弟弟走进了厨房,"享受阳光,和奥尔拉一起。"她的黑眼睛仿佛变得更黑了。

"那确实是很好的经历,"大卫很肯定地说,"好了,如果你们准备好了,咱们就走吧。"

"玩得开心些。"婕玛说,"六点前送他们回来,大卫。"

"我知道,"他说,"我很清楚规矩。"

"抱歉。"

他们经常会向对方道歉,婕玛心里想着。自从离婚之后,他们向彼此道歉的次数绝对超过了离婚前。

大卫搂着两个孩子的肩膀。"我们很快就回来。别担心。"

"回头见。"基林回头望了望自己的母亲,"祝你今天开心。"

罗南坐在副驾驶的位子上。基林觉得自己作为年长些的孩子,理应坐在那里,可她并不太在乎这些。尤其是今天,她不想坐在父亲旁边。她从后视镜里快速扫了一眼父亲,他看上去棒极了,她想。他不像是一个四十岁的中年男人。也许是和奥尔拉在一起他才没有显得那么老。不过,十六岁的差距!比她活过的年龄还要长!想到这些她会有些恶心的感觉。人们看到他们两个人在一起,一定会觉得很可笑。

奥尔拉听到了大卫用钥匙开门的声音。她又检查了一下餐桌,确保一切都万无一失。她把所有她能想到的东西——圣女果、奶酪、青葱、辣椒、洋葱,还有玉米穗都堆在了那个大大的沙拉碗里。意大利面和酱汁都在锅里冒着泡泡。蒜蓉包也已经在炉子里保温了。一股番茄和大蒜混合在一起的香气在屋子里氤氲着。奥尔拉对自己很是满意。没人知道她究竟有多紧张。

"我们到了!"大卫叫道。

"太好了!"

她已经有好几个星期没见过基林了。她确定那个小姑娘一定是又长高了几厘米。她几乎和大卫一样高了,而且瘦得像一根芦苇。如果她能胖一点儿的话,应该会美得不得了吧,奥尔拉在心里勾勒着。基林真幸运,遗传了大卫的优点,而不像胖乎乎的婕玛。

"嗨,"基林说,"能再见到你们可真好。"

"嗨,"罗南说,"爸爸给我们讲了你们在游轮上的事。听起来很有意思。我也想去玩一次。"

"下次吧。"奥尔拉说,"你还好吗,基林?"

"还好。"基林拽了拽上衣的袖子。

"我觉得你长高了。"奥尔拉说。

"可能吧,"基林非常简短地回答了一句,"我这个年龄本来就该长个子。"

"你想喝点儿什么吗?"大卫问,"罗南,你呢?我们有柠檬水和果汁。"

"你们有'悠悠'吗？"罗南问。

大卫和奥尔拉交换了一个焦虑的眼神。

"是一种酸奶。"基林解释着。

"是我最喜欢的。"罗南接着说。

"恐怕我们没有，"奥尔拉告诉他，"我们有芬达，还有果汁。"

"什么果汁？"

"橙汁或者苹果汁。"

"没有黑加仑？"

"没有。"奥尔拉说。

"你喜欢苹果汁，"大卫说，"我知道你喜欢的。"

"我以前喜欢，"罗南告诉他，"不过现在已经不喜欢了。橙汁吧。"

"你呢，基林？"奥尔拉问。

"白开水。"

"气泡水还是蒸馏水？"

"蒸馏水。"

"好的。"奥尔拉走去给他们准备喝的。

大卫使劲吸了吸鼻子，脸上一副赞美的表情。"什么东西这么好闻啊？"他问孩子们。

"蒜蓉包，"罗南说，"可臭了。"

基林没搭话，径自走向露台。她靠在围栏上，看着楼下的小花园。

"别摔下去。"大卫站在了她身后。

"我不会的。"她转过身去看着他，"你觉得我还是小孩子吗？"

"对不起，"大卫说，"不由自主。"

他们肩并肩地站在那里，两个人都没说话。罗南则坐在屋里的沙发上，喝着橙汁。奥尔拉把基林的白开水放在了桌子上。

"你妈妈告诉我你在一家便利店工作，"大卫说，"你现在去工作是不是太小了点？"

基林耸了耸肩。"再过几个星期我就十四岁了。"

"你喜欢那工作吗?"

她带着一种同情的目光望着他。"那是一份工作。我只是想赚点钱,没理由喜欢。"

"我想也是。"大卫说。

基林用手摆弄着自己的耳环。

"耳环很漂亮。"大卫说。

"我用我第一份工资买的,"她告诉他,"还买了这件上衣。"

那是一件邮筒红的紧身莱卡上衣。大卫觉得那衣服的式样很难看,不过颜色还挺适合基林有些发黄的脸色。

"你妈妈觉得你的工作怎么样?"

"她一定很高兴,"基林说,"这就意味着她不用给我花钱买东西了。"

"她应该为你花钱,"大卫说,"我给她的钱就是给你们花的。"

基林耸了耸肩。

"你的意思是钱不够用吗?"大卫问,"看在上帝的分上,她都买了些什么啊?"

基林再次耸了耸肩。

"午饭好了。"奥尔拉出现在了露台的门口,"希望你们都饿了。"

大卫和基林走进了客厅。圆形的餐桌上摆着奥尔拉拌好的那一大碗沙拉,还有蒜蓉包和颜色鲜艳的装意大利面用的盘子。那些盘子是她昨天刚刚买的。

"看上去很不错啊。"大卫搓了搓手,坐在了餐桌旁。

"你想我坐哪里?"基林问。

"你喜欢坐哪儿就坐哪儿啊。"大卫说。

她又带着询问的目光看着奥尔拉。

"哪里都可以。"奥尔拉说。

基林坐在了父亲的对面。奥尔拉端了一大锅通心粉过来,摆在了桌子上,然后把通心粉盛到了每个盘子里,接着再把空了的锅端回厨房,放在水池子里,之后马上又端来了一锅酱汁。

酱汁并不是她自己做的。她在烹饪书里看了一下怎么做意大利面的酱汁,可是当她去超市的时候，发现那些现成的酱汁正在做活动，买一送一。对她来说，这可省去了不少麻烦，也不需要太过紧张，只要回去加热一下就可以了。他们只是小孩子，她想，不用把事情搞得太严肃。

她用勺子把酱汁浇在了通心粉上。"希望你们都很饿，"她说，"酱多着呢，还有沙拉。"

"是你自己做的酱吗？"基林指着通心粉问。

"我真希望我可以回答是，可我必须承认那不是我自己做的。"奥尔拉诚实地回答。

大卫笑了。"奥尔拉还没有熟悉所有的家政知识呢。"

"她显然也没有熟悉素食的知识，"基林把面前的碗推到了一边，"这是波罗纳肉酱。里面有肉。"

他们愣愣地望着她，屋里一片沉默。

"她说得对，"罗南开心地回应道，"不过没关系，奥尔拉，我可以把她的都吃掉。"

"你确定吗？"大卫问。

基林看着他，一脸同情。"我当然确定。"

他和奥尔拉交换了一下眼神，奥尔拉的表情如刚刚遭了雷击一般。

"我很确定那个瓶子上写的是番茄罗勒①酱啊，"奥尔拉说，"我检查过的，基林。我很确定。"

"没关系，"基林说，"我可以吃蒜蓉包，还有沙拉。"

"当然有关系，"奥尔拉告诉她，"我看过标签的。"

"你不可能看过，"基林顶嘴道，"看这些碎渣子。是什么呢，奥尔拉？巧克力？"

"基林！"大卫瞪视着她。

她耸了耸肩膀。"这是肉。我不吃肉。"

奥尔拉站起身来，走进了厨房。她看着那两个罐子。离她近一些的那个

---

① 罗勒，一种矮小、幼嫩的香草植物。下同。

小罐上确实写着番茄罗勒酱，可远处的那个则写着波罗纳肉酱。她咬了咬牙。那是买一送一的特惠装。两个罐子是被绑在一起的。她当时想当然地认为它们是同一种酱。她怎么这么傻呢？

"对不起，"她走进客厅后道歉说，"你说得对，基林。我买了一罐番茄罗勒酱，一罐波罗纳肉酱。我没仔细看。"她的脸因为尴尬而涨得通红，在一个十三岁的女孩儿面前，她显得像个白痴。她甚至连看都不敢看大卫一眼。

"没关系，"基林短促地说，"我本来也不饿。"

"还有番茄罗勒酱吗？"大卫问。

奥尔拉摇了摇头。

"我跟你们说了，没关系的。"基林拿起了一块蒜蓉包，"我可以吃这个。"

"不如我再给你做一些新的吧。"奥尔拉想弥补过失。

"不用了，谢谢。"

"橱柜里还有一些零食，"奥尔拉建议，"你可以吃一些。"

"不用了，谢谢。"

"可是——"

"别管她了，"大卫说，"她可以吃面包和沙拉，不会饿着的。"

"我如果饿的话可以回去吃一些宽面，"基林说，"妈妈已经做好了，很好吃。她自己调的酱。"

奥尔拉坐下来，把食物推到了盘子边上。她也没觉得饿。为了准备这顿午餐，她一直紧张得要命，根本顾不上自己饿不饿。而现在，她几乎把一切都搞砸了。

"吃得很带劲嘛，"大卫对罗南说，"看来是很爱吃啊。"

"还好，"罗南说，"妈妈说人在饿的时候什么都可以吃得下去。"

基林费力忍着笑。奥尔拉咬了咬嘴唇。大卫对着罗南干瞪眼，可罗南却还是毫无知觉地把意大利面一口一口地填进嘴里。

每个人都很沉默。基林第一个吃完，然后站起身来。

"你去哪儿？"大卫问。

"洗手间。"她说。

"你离开饭桌前应该跟大家说一声。"

"为什么？"她的语气很粗鲁，"你离开我们的时候也没有说一声啊。"

罗南不吃了，很有兴味地抬头望着姐姐和父亲。大卫的眼睛几乎变成了纯黑色。他的脸色异常阴沉。基林拨了拨肩膀上的头发，转身走了。

"我会杀了她，"大卫说，"我真的会。"

"大卫。"奥尔拉拍了拍他的手臂，"没关系的。"

"当然有关系。"他说。

"现在不要。"奥尔拉无法想象她居然要让大卫冷静下来。她自己还一塌糊涂呢。

"为什么不是现在？"罗南说。

"吃你的午饭吧，"大卫说，"我不想再听到你也说一些不礼貌的话！"

"我吃完了。"罗南把叉子放到了桌子上。奥尔拉看到叉子上的番茄酱沾到木头桌面上时，不由得心疼得挤了一下眼睛。

"还有甜品呢，"奥尔拉说，"是冰激凌。"

"什么口味的？"罗南问。

"香草，"她说，"非常好吃。"

他做了个鬼脸。"现在我只吃香蕉冰激凌。不是因为像基林那样的原因，只是因为我喜欢。"

"那如果在香草冰激凌里放一些香蕉块呢？你会喜欢吗？"奥尔拉近乎绝望地问，"如果你喜欢的话，我可以放一些。"

"不用了，谢谢，"罗南礼貌地说，"那不一样。"

基林可以隐约听到他们在交谈。她在想他们是不是在谈论她。无论如何，她并不在乎。大卫很可能在说一些关于"阴郁的青春期"或是"难搞的十几岁孩子"之类的话题，就好像他很明白似的！他从来就没有陪伴过她。他并没有那么爱她。他爱的是那个红头发长腿、穿着超短裙的女人。他怎么能这样？难道他不明白整个事情有多荒谬吗？

她坐在了浴缸的边沿，环顾四周。浴室里的大部分东西都和她家里的东西很不同。婕玛喜欢棕榄香皂，奥尔拉用美体小屋沐浴露。婕玛喜欢伊卡璐洗发香波，奥尔拉用约翰·弗丽达，旁边摆着大卫的海飞丝。

基林拿起一瓶迪奥身体乳。这是唯一一款奥尔拉和婕玛都用的产品。基林打开了盖子，在自己的手臂上涂了一点。味道很好闻。她在家的时候从来都没有涂过，因为有一次她刚刚要涂，婕玛就走进了洗手间。婕玛一下子把那瓶子从她手中夺了过去，说这东西太贵，小孩子不能用。基林接着又往手臂上涂了一些，然后才盖上了盖子。

她打开了镜前灯，仔细地端详着自己的脸。她和大卫还是有一些相似的地方，尤其是头发。但那其实是最大的缺点，因为她的头发又厚又长，很难打理。婕玛每星期都帮她修剪，而且一直建议她再剪短一些。但是基林不希望婕玛帮她剪头发，连让她修剪都不愿意。

她打开了浴室的小柜子。里面放着大卫的鼻子喷雾灵。他有花粉症。基林记得他们一起生活的时候，他会不停地打喷嚏。有时候他被折磨得在厨房里来来回回地转着圈子，满脸都是眼泪，婕玛会笑得前仰后合。当然，那绝不是邪恶的笑，只是觉得有趣而已。然后她会跑到厨房去把他的鼻子喷雾灵和眼药水拿过来。基林很想把那瓶喷雾都倒进下水道，再在瓶子里面装上自来水。或者，她有些邪恶地想，可以带走一瓶润肤露。不过她想还是算了吧。柜子里还有一包卫生巾。她喉咙里仿佛哽住了一般。看到奥尔拉的卫生用品摆在爸爸鼻子喷雾灵的旁边，这让她觉得恶心。

她关上了柜门，洗了洗手，然后走了出去。

"我们在喝咖啡。"奥尔拉的声音显得很紧张，"你想喝点吗？"

"好啊。"基林说。

"看来你对咖啡没什么伦理学上的反感喽？"大卫讽刺地问，"或者不该喝的道德原因？"

基林坐在了一把扶手椅上。"如果种咖啡豆的人不受剥削，我会感觉更好些。"她说，"我们买的是那种可以让种植者直接受惠的咖啡。肯定是要贵一些，不过妈妈说那也值得。"

"我的忍耐力是有限的，小姑娘。"大卫的声音非常阴沉，"真的。"

"为什么？"

"你知道为什么。奥尔拉今天已经非常辛苦了,而你则表现得非常幼稚。"

"我没让她这样辛苦。"基林非常愤慨地说。

"你——"

"来,你的。"奥尔拉很快地把一杯咖啡递到了基林手里。

"谢谢。"

奥尔拉坐在沙发上。她知道对于基林来讲,这很难接受。对罗南也是一样。但她意识到,自己在尽量遮掩一些小事故,在他们面前尽量显得成熟友善。这样在这一天结束的时候,他们才会尊重她,甚至喜欢她。也许她甚至还有一个模糊的希望,希望自己可以比婕玛更有趣。她是这样想的吗?这个她并不确定。她并不信任自己的感受。除了这种感觉之外,这一天可以说是一个完完全全的失败。

算了吧,她边想边喝光了杯子里的咖啡。他们不需要喜欢她。和睦固然是好事,不过她绝对不会再为他们的事而失眠了。他们又不会和她生活在一起,她也不用去和婕玛竞争。如果她愿意,她完完全全可以把他们抛到脑后。

已经五点半了,这真是一个漫长的下午。大卫把他们送回了家。

"我对你很失望。"他对基林说。

"为什么?"

"你知道为什么。"

"家长们最喜欢用这句话了,"基林说,"尤其是在他们都搞不清楚自己要说什么的时候。"

"基林,你对奥尔拉很粗鲁。"

"我没有,"基林反对,"她不应该给我一份波罗纳肉酱。她又不是不知道。笨猪。"她自言自语地咕哝着。

"你说什么?"

"什么都没说。"

"我并没有希望一切都完美,"大卫说,"我也没想让你们把奥尔拉当做一个无时无刻不想在一起的朋友。可是她是我太太,所以我希望你们对她起码要有最基本的礼貌,懂了吗?"

基林耸了耸肩。

大卫从后视镜看着她。"听明白了吗?"

"明白得不得了。"她望向窗外。

婕玛打开门的时候,大卫马上闻到了一股意大利菜的味道。他觉得那味道比之前还要浓,有晒干了的番茄的香气,还隐约夹杂着罗勒和牛至①油的味道。

"你们过得好吗?"婕玛还没问完,基林和罗南就已经消失在楼梯尽头了。

"那得看你怎么定义好和不好。"大卫跟着她走进了厨房。

"发生什么事情了吗?"

"奥尔拉买错了酱料,买了波罗纳肉酱,"大卫说。

"你在开玩笑吧!"婕玛抑制住了想笑的冲动,那个红头发小贱人居然蠢到给她的素食女儿做肉酱。

"基林非常清楚地说她一口也不会吃。"

"肯定不会啦,"婕玛说,"素食就是不吃肉啊。"

"可这真够傻的,"大卫生气地说,"为什么你不让她改变改变呢?"

"她有权利决定自己吃什么。"

"她还是个小孩子,"大卫说,"她需要受点儿教育了。"

"大卫,"婕玛定定地看着她,"她是个小姑娘,她的生活现在正经历着复杂的变化。而她的父亲刚刚娶了一个比她大不了几岁的女孩儿。给她点儿时间吧。"

大卫脸上的怒气消失了。"对不起,"他说,"我没想到这些。"

"我知道。"

"我希望他们好,"他说,"我想一切都顺利。"

"那么你就是在奢求不可能的事情了,"婕玛干巴巴地说,"不过那个时候,你也总是这样。"

---

①牛至,一种植物。

第九章

婕玛不想打开那个信封。她知道那是她的信用卡账单，所以她不想看。她深深地为大卫结婚那天的疯狂采购懊恼着。如果她看了这张账单，看到上面罗列着的她买下来的东西，她一定会再次意识到自己有多蠢。

她咬住了自己的嘴唇。为什么她不能把一切都安排得更好些呢？为什么她没办法拒绝那条漂亮的小短裙和那对耳环的诱惑，不能直接视而不见地走过去呢？她仿佛一直是在从这个付账日挨到下一个，而且从来都不明白自己把钱花在了什么地方。仿佛每次购物买的都是必需品，只是事后才意识到自己又多了一条棉质裙子、一双褐色的鞋子，或者一支粉红色的口红。

她把信封放到葡萄酒架子上。今天晚上再去想那件事吧，反正现在不用操心。她看了一眼手表，拿起了包。她的时间观念和金钱观念一样糟糕，她边往外面走边在心里自嘲着。她讨厌上班迟到，可是每次都是手忙脚乱。

和往常一样，当她推开沙龙的玻璃门时，心里依然遗憾着这不是自己的产业。尼娅姆已经成功了，而婕玛却连试都没有试过。但那只是一个愚蠢的梦，她挂衣服的时候默默地告诉自己。她永远也没办法打理金钱方面的事务。她真要开了自己的沙龙也绝对熬不过一年的时间。

那是一个极其混乱的早晨。天气突然变得闷热起来。尼娅姆特意半开着沙龙的门，这样屋里面还能有一些新鲜空气。本子上全都是婕玛的预约，这就意味着她没什么时间可以去想些乱七八糟的事，比如公司又给大卫配了一辆新车，或者是奥尔拉又得到了一个大客户，这让她成了这个月的销售冠军。

那次周末午餐见面之后的下一个周六，大卫来接孩子的时候跟她说了这些事。这一次，他一个人带着孩子们出去吃饭。婕玛马上就注意到了他的车。

"不错吧?"他说。

"那辆旧车呢?给奥尔拉了吗?"她问。

"当然没有!"大卫笑了,"她有自己的车。她马上就要超过我了,上周刚刚带来了一个大客户。"之后他跟她讲了一堆关于奥尔拉有多么出色的故事。

就好像我在乎奥尔拉一样,婕玛一边修剪着斯特拉·马丁的头发一边生气地想着。她抿着嘴唇。大卫没看出来她有多么讨厌听到关于奥尔拉的褒奖之词。他以为他们的婚姻结束了,她就会非常高兴看到他又找到了一个完美的对象。事实上,她不会。她嫉妒他找到了这么出色的一个人,嫉妒他们的一切都如此完美,嫉妒他们可以什么都不在乎地生活。而她却要挣扎着度日,每天担心着钱是否充足,而这一切都是她一个人的错。

"你还好吗,婕玛?"斯特拉·马丁有些担心了。她的话打断了她的思绪。

"当然。"婕玛说。

"我只是想能留长一点儿,"斯特拉解释道,"我觉得你剪得有点儿短了。"

"哦。"婕玛看着她的头发。也许她是对的。"别担心,"她告诉她说,"保证很好看。"

奥尔拉坐在电脑前,看着自己的客户名单。这里面有一些非常不错的客户,她高兴地想着。也许一些还有更多的挖掘价值,另一些则是她七月份可以得到月销售冠军这个成绩的功臣。她打败了大卫,虽然他并非每月都是第一名,但他从来没被一个女人打败过。对这一点,她非常非常满意。

奥尔拉点了一下鼠标,然后审视了一下她的潜在客户名单。那份名单不够长,所以如果她想一直领先的话,恐怕需要更多的客户了。她希望名单上能列出更多的公司名称——这个月把她推到冠军位置的就是一单公司退休计划。她挠了挠鼻尖,盘算着有哪四家公司有可能和她成交。

布兰卡是一家卖厨房和地板用品的公司。赫伦安保公司卖的是一些比较成熟的警报系统。老虎电脑公司与奋进者防御公司都是软件公司。她自问,哪一家更可能成为她的客户呢?下周一早晨她应该第一个打电话给谁?没人会愿意在周五讨论退休计划的事。她在布兰卡的公司名称上做了一个标记,因为他们正在电视上疯狂地做着广告,向大家大肆宣扬着他们的新款实木产品。如果他们这么想扩张生意的话,那么应该会考虑给员工买一些退休计划之类的产品。而她,奥尔拉·埃内西,正是给他们推荐这类产品的最佳人选。

"嗨。"

她转过身去,愣住了。她没听到大卫走进来的声音。

"嗨。"她朝他微笑了一下,"你怎么样?"

"烦。"大卫说,"我今天实在没力气和任何人周旋了。阳光那么好,天那么蓝,我可不想和任何人谈关于他们生重病或者突然死亡的事!"

奥尔拉笑了。"这真是份很变态的工作。"

"完全正确。"大卫说。

"不过很赚钱。"

"死亡和税务。"大卫坏笑了一下,"人生中唯一确定的事。"

"还有我爱你,"奥尔拉说,"这也是确定的。"她仰身靠在了椅子上,轻轻地摸了摸他的脸。

"想回家吗?"他问,"快四点了。"

"我还在看我的潜在客户名单。"奥尔拉说。

"别管他们了。"

"那我怎么保持顶尖销售的位子呢?"她打趣地说。

"别想了,"大卫说,"我一定会打败你的,你知道的,不是吗?"

"我可不觉得。"奥尔拉说着关上了屏幕上的窗口,"不过回家可能也有回家的好处。"

"当然,"大卫说,"咱们家里见。二十分钟?"

"二十分钟。"奥尔拉赞同道。

他们两个居然分开去公司上班,这实在是件疯狂的事。可是他们每天大半的时间都要花在去见客户的路上,所以也就必须开各自的车。而如今他们想一起回家这件事仿佛都变得有些奇怪了。

她拉上了夹克衫的拉链,拎起了手包。这时,她的电话响了。

"倒霉。"她说。她想不理它，可转念一想，觉得还是接一下比较好。有可能是什么人想买某个产品呢，她边把包放在办公桌上边想。

"奥尔拉·埃内西。"她说。

"你好，奥尔拉，我是萨拉·本顿。"

奥尔拉喉咙哽了一下。她干吗要接呢？她可不想再在本顿家这两个蠢人身上浪费一分一秒了。

"您好，本顿太太。"她回答。

"我想再问你几个关于重大疾病产品的问题。"

我可没有心情去回答这个，奥尔拉想。有些时候你可以花时间应付一下各种各样的人，可是这样一个阳光明媚的周五下午可不是用来做这个的，更何况我的丈夫正在家里等我呢。

"本顿太太，在您家我已经向你们介绍了所有产品，"她礼貌地说，"我真的不觉得我还能再提供任何新的信息了。"

"你确实帮了我许多。"萨拉赞同说。

"而且我跟你们谈了很久，"奥尔拉说，"我知道去年你们和我们公司的另一位销售人员也接触过。本顿太太，在我看来，您还是不能确定要买我们的哪项产品。如果真是这样的话，我觉得现在您还是不要买的好，否则您不会开心的。您总会想得到更多别的回报。"

"我只是想谨慎一点儿，"萨拉说，"有很多关于销售骗局的故事，所以我觉得还是要小心些。"

"这个我明白。"奥尔拉不耐烦地用手敲打着电脑键盘，"不过您也得理解，如果对方并不是真的想购买我们的产品，对我来说也是在浪费我的时间。"

"对不起，"萨拉说，"我不想浪费你的时间。"

"如果您能找到一款适合的产品，那就不是浪费。"奥尔拉说，"但是如果您觉得我们的产品不能满足您的需求，那么就是在浪费时间了。针对您的状况我是这样感觉的：我向您推介的产品没办法真正满足您的要求，因为您并不知道想要得到什么。"

"我希望得到能针对重大病症的产品。"萨拉的声音有些颤抖了，"我的妹夫今天早晨被送去了医院。他才三十五岁，可却得了大面积心梗，病得非常严重。"

"真抱歉，"奥尔拉温柔地说，"你一定很难过。"

"我也许也要经历这种事，"萨拉说，"或者是莫里斯。"

"您没有这个病史。"奥尔拉闭上眼睛回忆着在调查问卷中他们填的内容，"事实上，在我的记忆里，你们二位应该都很健康。"

"我知道，"萨拉说，"我们是很健康。不过如果万一发生了这样的事呢？那时候我们怎么办？"

"这就是为什么我们会有这样的产品。"奥尔拉说。

"我想买这种产品，"萨拉说，"而且我想今天就买。另外我也想要一份日常理财计划。"

"您确定？"奥尔拉问。

"确定。"萨拉说。

"那好，本顿太太。"奥尔拉尽量保持着语调的平稳，"我今天晚些会过去。"

"越快越好，"萨拉说，"我不想再这么毫无计划地活着了。"

"要八点以后。"奥尔拉想到了交通问题。她首先要回到家，然后和大卫做爱，之后再洗个澡，那个时候应该已经开始塞车了。最好能晚些到。

"能早一些吗？"

"别太紧张，本顿太太，"她说，"我一定会过去。我保证。"

她放下了听筒，心情豁然开朗了，并不是因为本顿一家是什么了不起的客户，但是起码她之前的时间没有白费，这让她很开心。可过了一会儿她又觉得有些自责。实在不应该在那个可怜女人的妹夫生病的时候还这么沾沾自喜。这就是卖保险的问题，她想道，别人的恐惧反而能给你带来好处。她叹了口气，然后想了想自己到底是怎么了。最后她还是收拾好东西，走到了电梯前。

大卫正在收拾房间。他到家的时候，早餐用过的碟子还都放在厨房的水池里，床铺没整理过，整个房间一片狼藉。他一个人住的时候，这里从没有这么零乱过,他有些生气地想。为什么奥尔拉非要在沙发旁的地板上放一大摞杂志呢?把它们放在杂志架上有什么问题吗?突然间,他又改了主意,因为他目所能及的全是《大都市》或者是《嘉人之家居与园艺》之类的杂志,这些东西干吗不扔掉呢?

整理床铺是一件很容易的事,只是把床单抻平,把被子弄整齐而已。梳妆台上更是一团糟,扔着各种香水和首饰,还有梳子、卡子之类的小玩意。她怎么会需要这么多东西呢?婕玛比她可整洁多了。她会把自己所有的首饰都放在大卫买给她的那个漆面首饰盒里。至于香水,她只用那款时光气息,从大卫认识她那天起就是如此,那个瓶子仍然在他们的梳妆台上。婕玛婚后就把她长长的鬈发剪短了,所以从来不用像奥尔拉那样摆弄发卡或是丝带。

大卫咬了咬嘴唇。她们是非常不同的人。婕玛从没有像奥尔拉这样爱着他,而他对婕玛的爱也和现在对奥尔拉的爱完全迥异。突然他对自己的这种想法感到有些愧疚。他当然爱过婕玛,以至于和她一起走上婚姻的殿堂。而且他也曾经努力挽救过他们的婚姻,告诉她他已经改变了。他爱她,只是方式不同而已。而此刻他居然开始对比起她和奥尔拉来,而且天平是偏向她这一边!他摇了摇头,看了看时间。奥尔拉到底是怎么回事?他已经到家十分钟了,可她居然还不见踪影。突然间他开始担心起来。是不是出什么事了?或者她撞车了。她不是个好司机,而且周五的交通本来就很混乱。她的电话是可以免提的,可她开车的时候还总是低头盯着电话,就好像可以看到对方的脸一样。这让他非常担心。她千万别撞车啊。

他把她的香水整齐地排成了一排,那瓶瘦瘦高高的三宅一生被放在了最左边,从左往右则越来越矮,最后是那个又矮又粗的季风小蓝瓶。车祸这种想法实在太奇怪。他的想象力也太丰富了。

又过了十分钟,她终于到家了。他听到钥匙开门的声音时,感到十二万分的释然,不过一股怒气也油然而生。

"你去哪儿啦?"他问。

"对不起,我迟到了。"她冲他灿烂地笑着,"我刚要出门,电话就响了。又是那个姓本顿的女人。她希望我可以过去再谈一谈,然后就可以签单了!"

"她在耍你呢。"大卫说。

"不是。她的妹夫得了心肌梗死,她现在非常着急地想买一款保障严重疾病的产品!她刚才在电话里几乎都哭出来了。"

"你得确定她是真的想要,不能之后又说她是在压力太大的情况下作出的决定。"

"那对严重疾病的理财产品不奏效。"奥尔拉把包放在了地板上,"她随时都可以退出。没关系。我告诉她我今晚会过去。"

"今晚!"他看着她,表情异常惊讶,"我以为我们今晚要出去吃饭呢。"

"哦。"奥尔拉咬了咬嘴唇,"明天吧。我真的很想签下这个女人的单,大卫。她花了我太多的时间和精力。"

"明天早晨再说吧,"大卫说,"你都已经回来了,我不想让你再出去了。"

"我也不想。"她把头靠在了他的肩膀上,"但我必须去。你知道这一行是怎么回事。"

他叹了口气。他当然明白这一行是怎么回事。这样的对话在他和婕玛之间发生过几百次了。只是那个时候,是婕玛在不停地劝他留在家里。此刻却调转了身份,感觉真是奇怪得很。

"别这样!"奥尔拉吻了吻他的嘴唇,"我们今天早回来又不是为了讨论什么严重疾病保险的。"

"当然不是。"

她把他拉进了卧房,然后突然停住了脚步,一脸惊讶。"你整理过了。"

"刚刚就像被抢劫过一样。"他告诉她说,"其他房间也是。"

"我本来想明天打扫的,"她说,"我一直是星期六打扫房间,你知道的。"

"当然,不过既然我在这儿——"他耸了耸肩说,"所以整理一下也没什么不好。"

"四处忙碌的宅男。"她冲着他笑。

"一个全新的男人。"大卫说。

"哈。"奥尔拉解开了他的扣子,"我感兴趣的可是那个老男人啊。"

他握住了她的手。"你不会觉得我很老吧?"

她看着他。"我是开玩笑的,"她说,"你才四十岁,大卫。你这么说就好像你马上就要退休了一样。"

"当然不是。"

她解开了他所有的扣子。"而且,"她又接着说,"你的身材很棒。"她吻了吻他的胸脯。"而且我爱你。"她又解开了他的皮带,轻轻地拉开了拉链,"我猜你也爱我吧?"

他随着她的亲吻喘息着。"你知道我爱你,"他对她说,"你知道你是我生命中最大的财富。"

她简直太棒了,他事后想。她从来没有表现得这么棒过。他躺在她身边,胳膊搭在她赤裸的肚子上,直到她最终坐起身下了床。

"我得洗个澡,"她告诉他,"我不能这个样子去见本顿。"

"不。"大卫睁开了眼睛,"我希望你就这么去。"

她大笑着。"裸体?我可不想!"她又在他的胸脯上亲了一下,"等我回来,我们可以再来一次。"

第十章

大卫走出门廊，喉咙里咕哝了一声。下雨了——柔柔的雨点打在身上，不知不觉中，你就已经湿透了。大卫抬头看了看天色。他去三一礼堂做关于销售和市场演讲的时候天空还是一片蔚蓝、万里无云，可现在却阴沉灰暗。他还是第一次经历气候如此多变的夏天。他站在皮尔斯大街上前前后后观察了一番，接着便快速向奥尼尔酒吧走去。他饿极了，每次演讲后他都会觉得很饿。

酒吧里还有些空位子，一到午餐时间，旁边办公楼里的人们就会把这儿挤得爆满。大卫选了一个座位，点了汤和三明治，然后便拿出了他的非奥凡斯[①]。

奥尔拉经常嘲笑他的非奥凡斯。她说那是二十世纪八十年代的老古董了，比他的出生年月、他的穿着，甚至是他至爱的蓝色宝马更容易泄露他的年龄。一个非奥凡斯就让大卫成了奥尔拉心中典型的"八十年代老古董"。她用的是掌上电脑，而大卫讨厌电子记事簿。

他下午有两个约会，一个在多基，另一个则是在斯蒂尔罗根。计划得实在不太好了，他想。虽然这两个地方都在城的同一边，可两地之间的交通可是出了名的糟糕。不过这两个客户都是高收入阶层，所以他希望至少可以搞定他们中的一个。奥尔拉打败他的那个月真的是把他吓着了——虽然那次有些意外因素——那个突然和她签订退休计划保险单的公司一下子把她推到了榜首。奥尔拉的一个老朋友得知她在卖退休计划之后，等于是把这个单子双手呈到了她面前。就那么简单。

[①]非奥凡斯，英国品牌笔记本，它不只是普通的笔记本，还是一部管理手册，可以帮助管理者合理安排各项事务。下同。

我的问题是我已经用尽了我的朋友关系了,大卫一边关上非奥凡斯,一边想,我需要新的人脉。这可不是件容易的事。

"大卫?"

他抬眼望去。这个声音他很熟悉。

"大卫?你怎么样?很久没见过你了!"

大卫笑了。"凯文·麦凯布!见到你可真高兴。"

凯文坐在了他旁边。"我没想到这也是你的地盘。"他说,"我以为你只在蒙特大街活动呢。"

"哦,我刚才在这边讲课。"大卫说。

"还是做客座?"凯文笑了,"我还以为你已经厌倦了呢。"

"偶尔为之也是无所谓的,"大卫说,"虽然确实是浪费了很多时间。不管怎么说,我还可以多认识些人,物有所值了。"

"还在格雷维塔斯做吗?"凯文问。

大卫点了点头。

"而且你又结婚了,"凯文接着说,他眯起了眼睛,"太突然了吧?到底是怎么回事?"

"我遇到了一个极美的女孩儿,"大卫告诉他,"她叫奥尔拉。我觉得这是我做过的最正确的事了。"

"不过很遗憾你和婕玛分开了,"凯文说,"我喜欢她,大卫。虽然我知道你们之间确实有问题。"

大卫耸了耸肩。"无法调和的矛盾,就像有些人说的那样,我们没办法解决。不过我猜这个结果对我来说还算不错。伊芙还好吗?"

"非常好,谢谢。她经常问起你。"

"我和婕玛分开后,她帮了我不少,"大卫说,"你们两个都是。真对不起,前几个月我都没怎么和你们联系过。还记得之前你们邀请我去你们那里吃晚饭吗?之后伊芙介绍了一个女人给我认识——名字很可爱——黑头发、牙齿特别密的那个。"

"瓦伦蒂娜。"凯文回答说。

"就是她。伊芙最后把她推销出去了吗？"

"我深表怀疑。"凯文说，"上帝，她太可怕了。我真不明白伊芙怎么会认为你可能对她有兴趣。"

"可能她觉得我实在是太绝望了吧。"大卫笑了，"也许我真的很绝望。婕玛把我折腾得够呛。我当时住在一间出租公寓里，我想伊芙可能是同情我。"

凯文冲着附近的一个服务生挥了挥手，点了一份火腿三明治和一杯酒。"你也能喝一杯吧，大卫？"

"为什么不呢？"大卫点了点头，"不过很开心的是，我找的人终归还是比伊芙介绍的那位强。"

"新埃内西太太究竟什么样啊？"凯文问，"大家都说她可是个小可人儿呢。"

"是吗？"大卫听别人说奥尔拉是个可人儿，心里觉得暖洋洋的。

"哦，绝对是真的。我碰见了肖恩·威廉姆斯。他在你婚礼前几天见过你。他告诉我她的胸脯像梅琳达·梅辛杰，嘴巴像玛丽莲·梦露。"

大卫大笑。"也不尽然，不过她确实是天生丽质。"

"你一直就喜欢大胸脯，对吧？婕玛的胸也不小啊！"

"那不是最重要的。"大卫说，"不过是的，我喜欢有曲线美。"

"她是只有二十岁吗？"凯文问。

"人们都是从哪儿听到这些八卦的啊？"大卫摇了摇头，"她二十四岁。"

"二十、二十四，有什么区别？"凯文嫉妒地看着大卫，"我从来都没想过自己能娶一个二十四岁的女孩儿。"

"至少你和伊芙还是夫妻的时候就不用想了。"大卫说。

"我还是可以做梦的。"凯文叹了口气。

"你和伊芙在一起多少年了？"大卫问。

"二十年了，拜托。"服务生把三明治和酒放到了他们面前，凯文冲他点了点头。

"时光飞逝啊。"大卫感叹道。

"太可怕了，"凯文赞同说，"今天我桌子上有一份简历，那家伙出生的时候我已经毕业了！我觉得自己都要入土了。"

"哦,我了解那种感觉。"大卫说,"我们有一天在电视上看《阿波罗13》[①],我告诉奥尔拉我还记得那件事呢。她看着我的表情就好像我是从历史书上走出来的一样。"

"她老了以后你会离开她吗?"

大卫笑了。"那可很难说。要看她还能不能把我搞得魂不守舍了!"

"告诉我,孩子们怎么样了?"凯文问,"你平常能见到他们吗?"

"哦,可以。"大卫点了点头,"每星期一次。说实话婕玛在这件事上很大方。她没给我制造任何麻烦,不过她本来就一直认为孩子们不应该偏袒我们哪一方。"

"他们和你的二号太太相处得如何呢?"

"一般吧,"大卫坦承,"不过我想事情会变得越来越好的。"

"她对他们呢?"

"她花了很多力气想赢得好感。我一直告诉她不用担心,可你知道她总是想追求完美。她不是一个天生会和小孩子相处的人。她是家里最小的孩子,没机会学着照顾别人。不过我依然觉得事情进展得挺顺利。"

"所以一切都很完美啦?"

"也不是完美。"大卫说,"凯文,坦率地讲,离婚绝对不是你希望经历的事。那些新闻总会把它形容得很难,不过你还是会认为人什么都可以适应。我用了很长时间适应新生活。我不习惯一个人过日子,而且我很想念孩子们。可笑的是,我也想念婕玛。"

"你们还有可能重新走到一起吗?"凯文问。

大卫摇了摇头。"她很坚定。我试过了,凯文,我和她谈过很多次。但是她说我根本不可能改变,说她觉得和我在一起特别悲惨。"他耸了耸肩,"最后,我也只能听之任之了。不过我也挺开心,奥尔拉是个很棒的女孩儿。"

"我必须要亲眼看到才能判断!"凯文笑了。

"好啊,为什么不呢?"大卫反问,"你干吗不和伊芙一起过来吃晚餐呢?

[①]《阿波罗13》,美国的一部关于航天的科幻电影。

我们以前经常这样啊。"

"那是因为她们那两个女人。"凯文说,"你知道女人都是这样。安排着见面,想一拼厨艺!"

"说真的,"大卫说,"我很想你们过来。我总想给你打电话一起喝一杯,应该很有趣。"

"好啊,"凯文说,他拿出了记事本,"什么时候?"

大卫又打开了非奥凡斯。"下周六?"他建议道。

"看来不错,"凯文说,"不过我得再问一下伊芙。"

"好的。"大卫拿出一张名片,"我的座机和手机都在上面。我现在就把地址写给你。敦劳费尔,海边的一栋公寓楼。如果伊芙的时间没问题的话,我们就约八点怎么样?"

"太好了。应该会很有趣,"凯文说,"我们可有的聊了。我实在是很想见见二号埃内西太太。"

"你可离她远点儿,小子。"大卫轻轻地在他胳膊上捶了一下,"她是我的!"

"你说什么?"奥尔拉按了电视的静音键,满脸恐惧地盯着大卫。

"我让他和他太太来一起吃晚饭啊,"大卫重复道,"怎么了?我以为你想见见我的朋友呢。你不是一直在抱怨不认识什么人吗?"

"我没有,"奥尔拉说,"我只说过一次——就一次——说很难交上新朋友,不用整天跟我说你结过婚什么的。这完全是两件事。"

"好吧。不过凯文和伊芙是很好的人,"大卫得意地说,"你会喜欢他们的。"

"我从来没听你说起过他们,"奥尔拉说,"他们是谁啊?"

"凯文是我刚开始干这一行的时候在爱尔兰人寿的同事。后来他去了银行,我去了格雷维塔斯。他太太之前也是爱尔兰人寿公司的,是个特别好的人。我们以前经常在晚上聚会。"

"我们之前?"奥尔拉重复了一遍,"你是指你和婕玛?"

"当然,"大卫回答说,"这没什么大不了,奥尔拉。只是两对夫妻一起吃个晚饭而已。"他靠近她，亲了亲她的脖子。

"可他们是你和婕玛的朋友。他们会把我看做一个入侵者。"

"胡说八道，奥尔拉，你知道你在胡说。他们是我们的朋友，可这不意味着他们会不喜欢你。"

她咬了咬嘴唇。她不想在他面前显得太过任性，但此刻她真想跺着脚告诉他，邀请他和前妻共同的朋友来家里吃晚餐实在是件奇怪至极的事！

"伊芙和婕玛熟吗？"她问。

"是通过我和凯文才认识的。"大卫回答说，"不过我猜婕玛应该帮伊芙做过几次头发，我记不清楚了。"

"你想让我来准备晚饭，"她说，"我不会烧菜招待宾客，大卫，你知道我连为我们两个人做饭都很困难。"

"就做孩子们来的时候你做的那些东西吧，"大卫建议说，"意大利面。那就不错啊。"

"大卫，那样不合适。而且如果你没忘的话，即使是意大利面我都没做好。"奥尔拉焦虑地用手捋着自己的红色鬈发，"我做不到，我真的做不到。他们肯定会想象我能做出点儿什么特别的东西来。"

他耸了耸肩。"比如呢？"

"我不知道！"她变得烦躁不安起来，"不过无论是什么，我都做不到。"

"别傻了，"大卫说，"看在上帝的分上，这简直不算是什么事，奥尔拉。如果是婕玛——她可不及你一半的智商或能力——这样的事情她完全可以不费吹灰之力。我完全不明白你的问题在哪儿。"

"大卫，烹饪是一门技艺。我不具备这种技艺。我从来没宴请过任何宾客，我甚至不知道应该做些什么。"

"只是食物而已，"大卫说，"你把东西放进微波炉里，定个时间就可以了。我来负责准备酒。奥尔拉，这没什么难的，真的一点儿都不难。"

她揉了揉自己的太阳穴。"大卫，我只办过一次派对，吃的是香肠和比萨饼，还有一大堆啤酒和葡萄酒。他们根本都不知道自己吃的是什么。我真的做不到。"

大卫叹了口气。"你太傻了，"他告诉她，"这不是我平常脑海中的你应该有的表现。我娶你是因为你不蠢。"

"你娶我更是因为我不是婕玛，"奥尔拉生气了，"你想让我去取悦她曾经取悦过的朋友。"

"凯文是我的朋友，"大卫说，"很多年的交情了。他娶了伊芙。我可以请她一起来，也可以不请她，但凯文是个非常好的朋友。好吧，我最近不太经常和他见面，可我很喜欢他。我希望他能来做客。奥尔拉，我又没有要你杀掉自己，只是做一些简单的食物。"

她咬了咬自己的下嘴唇。他不懂，她意识到了这一点。他正带着一脸的不解愣愣地望着她。

"你有什么建议吗？"她最后问。

他开始深思。"婕玛做过一种鸭肉，"他回忆着，"不过我不太确定到底是怎么做的。很好吃，味道很浓。她做了一种酱。"

"橙子味的酱？"奥尔拉猜。

"不是。"他摇了摇头，"一种红色的酱。梅子，我猜应该是。可能是小红梅。也可能我记错了，也可能是圣诞节时做的火鸡酱。"

奥尔拉叹了口气。她希望他可别想让自己做上一道圣诞节时的火鸡大餐。她站起身来，从书架上找了一本烹调书。"我猜我可以从这里找样菜练习练习。"

"你练习的时间可不多了，"大卫说，"除非你这周每晚都能留在家里。"

"不行，"奥尔拉说，"我明天有约了，星期三还要见艾比。也许我可以取消和艾比的约会来练习烹调。我们周四有一次小组会。我可以在周五去买东西。"

"这不是军事演习，"大卫说，"我刚才说练习其实是开玩笑的。我保证你会顺利过关的。"

"大卫，我不会烹饪，就这么简单。我必须要尝试做出点什么菜来。"

"所有的女人都可以烹饪，"大卫告诉她，"只是信心的问题。"

"别说那些没用的话了。"她来回乱翻着那本书，"看看这张图！这女人把手放在了鸡肚子里。你觉得我能干这个？那你可真太有想象力了！"

"鸡肉很容易做啊，"大卫说，"你永远也不会出什么岔子的。"

"我会的。"奥尔拉阴沉地说。

"那还是做意大利面吧，"大卫说，"他们看不出酱是不是买来的。"

"他们看得出，"奥尔拉告诉他，"即使是我自己都可以分辨得出。"

大卫又叹了口气。他没想到奥尔拉会把这件事看得这么严重。他还以为请他们来是个不错的主意呢。在他的想象中，她应该很开心可以认识更多的朋友。他们举行婚礼那天，她说真遗憾不能邀请更多的人来参加。可他们还是决定一切保持低调，因为他们两个人和双方家庭都还从来没经历过离婚或是再婚这类事件。不过这个决定好像也并没有带来什么正面效果，他想。现在回忆起来，若是举行一场盛大的婚礼说不定效果会更好呢。

"你做什么我都没问题，"他最后说，"即使味道很恐怖，我都会把它吃个精光。"

她面色苍白地笑了笑。"你最好说到做到。否则我会把食物塞到你的嗓子里，就算是噎着我也不在乎。"

第二天，奥尔拉就来到了书店。这太奇怪了，她边翻着展示架上的烹调书边想。这样的书有上百本——《学做菜》、《简易烹调》、《做给家人和朋友的佳肴》等。鸡肉、羊肉、猪肉。意大利菜、法国菜。用锅炖的菜、用微波炉做的菜、用烤炉做的菜。在奥尔拉看来，单单是鸡脯肉恐怕就有上千种做法，可她一种都不会。

她叹了口气。大卫提议的乡郊风格的娱乐生活本身也没什么错，可他娶她应该不是想让她成为煮饭婆吧。恰恰相反，他和她在一起是因为她不同于他的前妻，可现在他居然想把她改造成一个家庭主妇，而他自己居然还没有意识到这一点。不过她不想让他失望，也不想让自己失望。她的母亲是一个烹调高手，她的基因里也应该有这样的天分。那应该不会很难吧？

葡萄汁鸭肉。她看着《一步一步学烹调》里的那张图片，猜想着那是不是婕玛之前做过的菜。鸭子被烤成了深蜜糖色，旁边装饰了一整颗一整颗的葡萄。底下垫着一个用面粉做成的造型。奥尔拉扫了一眼菜谱。那份菜谱完全没有说清楚烹调的过程。不能做鸭肉,她暗自决定,要选个更容易些的菜式,再说她也不喜欢吃鸭肉。

她翻到下一页时几乎要吐出来了。那是一份做雉鸡肉的菜谱,那些小禽鸟居然被装饰上了真的羽毛。整个图片看上去很恶心。怪不得基林·埃内西要吃素了。

她又从头翻了一遍那本书。甜品还不错,她开心地想。内塞尔罗德布丁看上去真是棒极了,鸡蛋、奶油还有水果混在一起摆成了一个高高的塔,周围还环绕着好看的栗子。可是它的做法实在是太复杂了。奥尔拉无法想象怎么能把这么一大堆食材变成一个圆锥形的东西。她最好还是选择黑加仑子红梅冰山吧。只需要把所有的水果变成糊状,然后放进冰箱,再往上面放几颗小红梅就可以了。这她总不至于搞砸吧。

那晚,她和艾比约好在比利餐厅喝咖啡。"我希望我能帮得上忙,"艾比说,"不过烹调也不是我的专长。还记得咱们的派对吗?"

奥尔拉点了点头。"外带的比萨和香肠。每个人都觉得那派对棒极了。"

"本来也很棒啊。"艾比说着咬了一口手中蘸了白糖的面包圈,"还记得有一次克莱尔·霍布森和帕特里克·马圭尔把自己反锁在厕所里吗?"

奥尔拉笑了。"那可真是史上最短暂的激情瞬间了,还得听着所有人在外面拍门大叫着让他们快点儿!"

艾比笑了。"我真留恋有你陪伴的日子。"她说,"詹妮特是个好人,不过感觉还是不一样。"

"事实上,我自己也很留恋以前的日子。"奥尔拉承认道。

艾比盯着她。"留恋?为什么?你们不开心吗?"

"我们当然开心啦!"奥尔拉非常坚定地回答说,"我非常开心,艾比。只是结婚后人生会变得很不同。"

"怎么不同?"

"你必须要时时刻刻考虑到另一个人，"她说，"你不能想到什么就去做什么。我上周有一天晚上到家很晚，大卫简直疯了。他以为我出什么事了，而我只是和我们小组的一个同事去喝东西了，什么事都没发生。那天我以为大卫要去见个客户，可是那个客户临时取消了约会，所以他就直接回家了，结果看我不在吓坏了。"

"事实上我觉得有一个人担心你其实是很幸福的事，"艾比说，"我就算是消失了恐怕也没有人会知道。"

"我会知道的。"奥尔拉说。

艾比叹了口气。"我猜你最终会发现的。我确实还没准备好安定下来，可我还是会嫉妒别人找到了另一半。"

"我也知道我找到了我要的那个人，"奥尔拉说，"只是我觉得自己好像突然变成了一个成年人。我们再也不会去做一些傻事了。"

"奥尔拉，你从来都不做傻事。你是我所认识的最老成的年轻人。"

"我不是。"奥尔拉反驳道。

"哦，别狡辩了，"艾比说，"你是我认识的唯一一个上大学时真的在学习的人。"

奥尔拉笑了。"我又不是一直是那样的。"

"大部分时间都那样，"艾比说，她突然冲着奥尔拉坏笑了一下，"除了那段和乔纳森·帕斯科的故事。"

奥尔拉回忆起了在大学的时候自己和那个很有男人味儿的工程师约会的半年时间，脸一下子红了。她看到乔纳森的第一眼就想和他上床。她从来没有过那样的感觉。那是她的第一段认真的感情，而当她意识到一切都变得越来越认真的时候，就和他分手了。

"回到正题吧。"奥尔拉把自己的思绪拉回了现实，"我必须认真对待这个问题。我到现在连要做什么都还没头绪呢。"

"你和你妈妈谈过吗？"艾比问。

奥尔拉摇了摇头。

"哦，奥尔拉，别告诉我她还在和你抱怨大卫的事。"艾比看上去很是讶异。

"不是，"奥尔拉，"我只是很久没和她说过话了，所以也没机会听她抱怨。"

"太遗憾了，"艾比说，"我还以为你和她关系很亲近呢。"

奥尔拉点了点头。她很想念她的妈妈，想念她们之间曾经轻松而随意的关系。她一直觉得罗姗娜是一个很随性的人，即使是在她情绪波动最严重的青春期，她们之间也没有过大的争吵。她无法相信她们会因为她爱的男人而发生这么大的分歧。

"你给她打过电话吗？"艾比问。

"没有。"奥尔拉往剩下的半杯咖啡里放了一块方糖，"大卫的事让她很生气，艾比。她说了一些不太好的话，很伤人的话。我没办法再打给她。"

"这太傻了，"艾比，"我相信她已经释怀了。"

"她只要愿意，就可以随时变成一个女魔头。"奥尔拉说，"她可以打给我，但是我不会打给她的。"

"可她也许可以指点指点你的厨艺啊，"艾比说，"她很会做菜，奥尔拉。我吃过她做的东西。"

"那她一定惊讶极了。"奥尔拉笑了，"在厨艺上，我显然是遗传了我爸爸的基因。"

"打给她吧。"艾比喝光了杯子里的咖啡，"我打赌她一定盼着接到你的电话呢。她可以给你一份既简单又可以做得很体面的菜谱，这样大卫就更会觉得你完美了。"

"无论如何他都会那么想的。"奥尔拉说着也喝完了自己的咖啡，"快，我最好在他到家之前赶回去，否则他又要发疯了。"

第十一章

婕玛站在电视前猛按遥控器,没有任何反应。她晃了晃遥控器,依然什么结果都没有。

"我已经告诉你了,"罗南说,"电视坏了。"

"可能是该换遥控器电池了。"婕玛说,"不用遥控器试试看。"她跪下身,按了按电视上面的按钮。屏幕突然亮了一下,可瞬间就什么都没了。

"肯定是坏了。"罗南说。

"看来确实不妙。"婕玛也表示同意。

她蹲在地上,盯着电视。她实在想不出到底出了什么问题。不过她非常清楚,修电视的价钱和买一台新的差不了多少。她深深地叹了一口气,这个月的经济已经很紧张了。洗衣机突然漏水,她不得不把它送到外面去修理。可尴尬的是,弄坏洗衣机的元凶其实是她的带金属杯托的内衣——那个修洗衣机的人还咯咯笑着把那件文胸拎到了她面前。房子的保险也该交了,她已经和保险公司商量了分期付款。可电话的账单还是数额惊人。她知道那是因为基林总是和肖娜·菲茨帕特里克煲电话粥。基林已经差不多攒够了钱,想要去买一件她渴望已久的外套,而婕玛出于一种负疚的心理,给了她一些钱让她能快点儿去把那衣服买下来。那钱花得应该算是值了,因为基林这几天又开始和她说话了——如果那算是青春期的孩子和母亲的对话的话。

她关上了电视,然后又开了一次。突然一声巨响,接着电视后面就冒起了烟。婕玛和罗南都本能地躲了起来。

"没着火。"罗南从扶手椅后面站起身往电视那边看了一眼,哆哆嗦嗦地说。

"不过这次它是真坏了。"婕玛说。

"那我们能买一台新的吗？"罗南问，"宽屏幕的那种，妈妈。我们能看到天空体育台吗？"

"我不知道。"婕玛说。

"我们得买台新的，"罗南说，"天空体育台可棒了！那样我就可以看争霸赛了。"

"我知道。"婕玛说。

"我们学校的每个同学家里都能看到天空体育台，"罗南说，"为什么我们家看不到呢？"

"因为——"婕玛没有说下去，不能总是告诉孩子们他们没钱去买那些东西。如果她可以把开支计划得好一些，如果她没有因为要发泄而去疯狂地花钱，那么他们应该可以买上一打的新电视，数码的或是任何罗南喜欢的新电视。

"我们到底能不能买一台大电视啊？"罗南还在问，"电器城可以买一送一呢，买一个大的送一个小的移动电视。这样我就有一个可以专门玩游戏的电视了。"

"很可能就是你那些该死的游戏把这电视弄坏了，"婕玛声音尖锐地说，"反正那些游戏肯定没起什么好作用。"

"所有人都在电视上打游戏，"罗南说，"那根本就不是我的错。"

"我知道不是你的错。"婕玛摸了摸自己的鼻梁。电视其实并不贵，她想，可以选一台最便宜的，不用选那种宽银幕的，反正罗南可能根本就分不出有什么区别。可能吧。

"我们现在就去吧？"罗南说，"否则我就看不成《神探飞机头》[①]了。八点就开始了。"

婕玛思考着自己能有什么样的选择。信用卡没法用，她的透支额度已经满了。钱包里大概有七十八英镑，但这一周的食物和日用品都还没买呢。大卫的钱该给了，但下星期才会打进她的卡里。

"我需要想一下，"她告诉罗南，"我们不可能今晚就去买。"

[①]《神探飞机头》，美国动作、喜剧片。下同。

"但是……"他看上去很失望,"可是今晚有《神探飞机头》啊。"

"我知道,"婕玛说,"对不起。"

"我连游戏机都没法玩了,"罗南喊着,"我什么也干不了了!"

"看书吧。"婕玛说。

"我不想看书。"

"那就出去玩,"她告诉他说,"今天晚上天气挺好的。"

"外面太冷了。"

"听我说,罗南,今晚我没法买新电视。就是这样,对不起。"

罗南生气地走上楼回自己的房间去了。婕玛闭上了眼睛。

直到基林回来,婕玛依然坐在电视前面,紧闭着双眼。

"你怎么了?"基林问。

"没什么。"婕玛回答。

"那你为什么那个样子坐在那儿?"基林有些紧张。

"没什么原因。"婕玛说。

"怎么没开电视?"基林问。

"电视坏了。"婕玛告诉她。

"怎么回事?"

"砰地响了一声之后就冒烟了。"婕玛说。

基林咯咯地笑了。"真的吗?"

婕玛睁开了眼睛,望着她的女儿。"真的。"

"那就是说完全不能用了?"

"我猜是吧。"

"你想今天去买一台新的吗?"基林问。

"为什么你和罗南都觉得我们马上就可以走到商店轻而易举地买一台电视回来呢?"

"因为这台坏了啊,我们需要一台新的。电器城营业到九点,"基林说,"现在才八点,我们还有一个小时的时间。"

"可我们没那么多钱。"婕玛说。

103

"为什么？"基林盯着她，"爸爸给了你很多钱让你给我们用啊，他告诉我的。再说你也在尼娅姆那儿工作，为什么你总是没有钱呢？"

"没那么简单。"婕玛疲倦地回答。

"本来就很简单，"基林说，"你有钱来买这栋房子，而且你每个月也不需要付很多钱。我们在学校有会计和经济课，你知道的。"

"也许应该由你来管钱。"婕玛尖酸地说。

"我应该会比你做得好！"

她们对视了一会儿。之后基林便走出了客厅，回自己房间去了。

我真是没用，婕玛想，实在是太令人绝望了。她说得对，她应该会比我做得好。

奥尔拉站在那栋房子外面。她觉得很紧张，虽然这说起来有点儿傻气，但她真的很紧张。她不知道自己应该期待些什么。自从她和大卫结婚，她就没怎么和罗姗娜说过话，仅有的几次对话也很简洁。她和母亲之间的交流从来都没有这么"简洁"过。想到周围的一切变化，她觉得心里很不舒服。

她深深地吸了一口气，按响了门铃。

"你好，陌生人！"比她大两岁的哥哥托尼帮她打开了大门。

"嗨！"她走了进去，"最近怎么样？"

"很好啊，"托尼说，"你呢？和那个快退休的人过得如何？"

"他没有快退休，"她厉声说，"你和妈妈一样过分。"

"我可没有！"托尼冲她坏笑着，"我是站在你这边的，你知道的。"

奥尔拉叹了口气。"她还在生我的气吗？"

"她慢慢会好的，"托尼说，"不过你了解她。顽固。"他笑了。"和你一样。"

"我不是顽固，"奥尔拉反对说，"我知道我想要什么。"

"对。"托尼边嘟囔着边打开了客厅的门。

"哦，真荣幸啊。"罗姗娜·奥尼尔抬起头看着奥尔拉走进了房间，"自打你从加勒比海回来我们就没再见过你。"

"我回来后马上就过来了,"奥尔拉反对说,"我还给你们带了礼物,你忘了吗?"

"之后我们就再没见过你。"

"你当时表现得让我觉得自己很不受欢迎,"奥尔拉说,"我想你可能需要再努力表现一次。"

两个女人彼此对视着。托尼退了出去。

"你为什么不喜欢他?"奥尔拉说。

"我告诉过你一百次了。"罗姗娜说,"他太老了。他有孩子、有前妻。他有负担,奥尔拉。"

"但他现在已经是我的丈夫了,"奥尔拉说,"所以无论你怎么想,都还是要接受这个事实。"

罗姗娜叹了口气。"我知道。"

"而且我爱他,"奥尔拉说,"他很善良,也很宽容。他对我非常好,也对他的孩子非常好。"

"那你自己的孩子怎么办?"罗姗娜问,"他对这件事是怎么想的?"

奥尔拉耸了耸肩膀。"支持啊,"她说,"如果我愿意要的话,而我现在对这件事还很不确定呢。我才二十四岁。"

"我当然知道你多大,"罗姗娜说,"可问题在于,奥尔拉,假设你三十岁要孩子,假设你想等这么多年,那时候他已经四十六岁了。那可不是一个男人开始新的家庭生活的年龄,这一点你得承认吧。"

奥尔拉又耸了耸肩。"很多比那个年龄更大的男人都要了孩子。而且年龄大的男人比年轻人更适合做父亲,他们有时间陪伴孩子们。"

罗姗娜虚弱地笑了笑。"我说什么都没有用,对吧?"

"现在没用,"奥尔拉说,"我已经嫁给他了,这就是事实。"

"好吧。"罗姗娜声音里的怒气消失了,她拉住了奥尔拉的手,"别再为这件事吵了,至少现在不要吵了。可为什么你一个人过来了呢?"

奥尔拉笑了笑,握紧了母亲的手。"因为他想让我准备一顿饭,"她告诉罗姗娜,"可我完全不知道应该怎么办!"

电话响的时候大卫正在看报纸。他折好报纸拿起听筒,希望另一头是奥尔拉。大卫鼓励她晚上去她母亲那儿看看。他知道她因为和母亲闹僵觉得非常不开心,所以很希望她们能够早日言归于好。奥尔拉总是告诉他,他们两个人在一起之前,她和母亲之间的关系有多么亲密。他一开始很惊讶她居然那么介意她和母亲之间闹意见这件事——婕玛和弗朗西丝之间的关系从来都有些紧张,而且婕玛从来都不会主动去看弗朗西丝。不过奥尔拉虽然有些紧张,但还是很开心可以去母亲家。大卫一边思考着复杂的母女关系,一边叹了口气。他和父母的关系十分简单。每次见面的时候,母亲都会亲他一下,父亲总是要在他后背上拍一下,之后就问问他工作的事。仅此而已。虽然他也明白,他父母对他和婕玛离婚这件事都不太开心。他们很喜欢婕玛,和她相处得非常好。婕玛有时候说,她和他母亲的关系甚至好过和弗朗西丝的。

大卫在想如果奥尔拉打电话说她要晚一些回来,那就说明罗姗娜要给她上一堂烹饪课了。他觉得很抱歉,自己给奥尔拉带来了这么大的压力,不过他确实从来都没想过,如此简单的事在奥尔拉看来居然会这么严重。这种事情婕玛绝对是驾轻就熟的。

"嗨。"大卫接了电话。

"大卫?"

"婕玛?"他一下子坐了起来,"发生什么事了?"

婕玛握紧了听筒。"没有,没什么。什么事都没发生,大卫。"

"那你怎么给我打电话了?"他问,"你打电话肯定是有什么事情。"

"不是的,"她说,"我每次都是想把事情协调好。"

"或者是更改和孩子们见面的时间。"

"除非是不得已——大卫,这想法太蠢了,"她说,"听上去就像是我们之前的争吵一样。"

"我知道。"他说,"对不起。你打电话有什么事吗?"

"想问你一些事情。"

"问吧。"

"我想问你能不能借我点钱?"

"钱?"大卫重复了一句,"买什么?"

"一台新电视。"她说。

"电视?"

"是的。"

"旧的那台怎么了?"

"爆炸了。"

"爆炸?"

她实在不想再听到他重复她说过的每一个字了。"是的。"她告诉他。

"伤到谁了吗?"

"没那么夸张,"她告诉他,"只是冒了一阵烟,然后就坏掉了。"

他笑了。

"听上去确实可笑,我知道,"婕玛说,"可是对于罗南来说,这件事简直就是灾难。他得看那些电视节目。"

"他现在不用黏在电视机前面了,这也是好事。"

"是啊,不过我总不能这么跟他说吧。"婕玛说,"而且当然了,他还没法玩游戏了。"

"玩游戏也不是什么好事。"大卫说。

"你之前也喜欢玩啊,"婕玛说,"我记得一开始是你要买游戏机的。"

"为什么你连电视都买不起呢?"大卫问,"婕玛,你应该还不至于穷困潦倒啊。你不能一遇到经济问题就来找我,你知道的。在这一点上我一直是很大方的。"

"你确实如此。"她舔了舔嘴唇,"我很感激你的帮助。"她冲着话筒做了个鬼脸。"可我现在实在是周转不过来。"

"用信用卡啊。"他轻快地说。

"我用不了。"她告诉他。

"为什么?"

"就是用不了,我的刷卡额度满了。"

"你花那么多钱买了些什么啊?"大卫问。

"这不关你的事。"她感到很烦,"我的卡刷爆了,就是这样。"

"好吧,那你的透支额度呢?"他又问。

"大卫,如果我可以用的话我就不会打给你了,你说呢?"

"你的意思是说你的透支额度也满了,是吗?"他简直难以相信。

他又来了,婕玛满心凄凉。他让我觉得自己像个孩子。他又要给我上课了,我现在可受不了这个!

"婕玛,真的,"大卫说,"你真的要好好地计划一下你的开支了。以前我总是帮你,可现在我结婚了,我也有自己的责任,不可能每次都帮你付账。如果你一有经济问题就来找我,那你永远也没办法管理自己的收支。你说呢?"

滚吧,你这个自以为是的浑蛋,她想。你怎么可以说那个红头发小贱人是你的责任?她难道没有工作吗?

"这么说你是不会借给我了,对吧?"

"这不是我会不会借给你的问题。这是对你好,婕玛。"

"对我来说没有电视是件好事,对吗?"她问。

"你应该用不了多久就可以攒够钱买一台新的了吧?"他说,"现在几百块就可以买一台电视机了。"

"罗南想要一台宽屏幕的。"她说。

大卫笑了。"这孩子以为他是谁啊?"

"他不懂,"她告诉他,"他觉得其他人都有,他也应该也有。"

"哦,那他这次就应该明白事情不是他想的那样,你说呢?别人有的东西他不一定要有。"

"他已经明白了,"婕玛说,"他的家里没有父亲,不是吗?"

大卫沉默了片刻。婕玛感到了他的愤怒。她可以想象出他握紧了拳头、眯起眼睛的样子。

"你这么说简直不能原谅,"他最后说,"婕玛,要离婚的人是你!是你告诉我孩子们没父亲都比有我这样一个父亲好。你决定要一个人照顾他们。你把律师带到了我们家里，想掏光我的每一分钱！所以别这样了，别他妈跟我说罗南没有父亲这样的屁话！"

她咬了咬嘴唇。她并不想激怒他。"我只想说——"

"哦，我知道你想说什么！"大卫怒不可遏了，"你想扮作一个可怜的弃妇，在艰难地挣扎着生活。"

"我——"

"婕玛，你的生活还真的没那么艰难，是你自己把状况搞得这么糟的！而你现在却不敢确定离婚其实是个错误。"

"本来就不是错误，从来都不是，"婕玛反驳道，"那是我作出的最正确的决定。"

"我也是这样认为的！"大卫恼怒地挂掉了电话。

婕玛站在走廊里，仰着头靠在墙上。干得漂亮，她对自己说，这就是你想要的结果。

第十二章

　　让人买保险比这个容易多了，奥尔拉边把那些放在大理石操作台上的食材放进锅里边想。你知道上哪儿去见那些人，你知道你想要什么，也知道他们想要什么。可这个！那么多乱七八糟的肉、蔬菜和辣椒等在那里，等着她创造出能让人们欢喜地赞叹着——至少不用恶心地把它们吐出来——的盛宴。她摇了摇头。即使是照着罗姗娜最喜欢的烹调书，这过程对她来说也依然是一场噩梦。罗姗娜坚持让奥尔拉把书拿回家，她觉得那些图片会很有用。

　　奥尔拉非常享受和母亲对坐着勾勒之后晚餐的情景。在罗姗娜家里，沉浸在母亲无数次大宴宾客的回忆中，奥尔拉几乎觉得自己完全可以把握大局了。但她很害怕做烤肉，人们对肉的做法非常挑剔，她就是这样。如果做成的肉没熟透，她会连碰都不想碰。罗姗娜建议她做一道菜炖牛肉。她说，无论如何那只是个炖锅，虽然要花时间准备，但是一旦放到炉子上之后就再不用去管它了。这样可以省出一些时间让奥尔拉和客人寒暄。

　　"他们不是我的客人，"奥尔拉告诉她的母亲，"是大卫的客人。"

　　罗姗娜抬起了一边的眉毛，不过什么都没说。

　　"要用多长时间呢？"大卫看着那些食材问。

　　"几个小时。"奥尔拉回答，她正在削一根胡萝卜。

　　"这种天气吃炖菜会不会有点儿太热了呢？"

　　"这样我就可以省出时间和你的朋友聊天了。"奥尔拉用嘴吸着她不小心擦破的手指头。

"我们的朋友。"大卫更正说。

"现在还是你的朋友。"奥尔拉说,"他们有一天可能会成为我们的朋友,不过现在只是你的。"

"你会喜欢他们的,"大卫向她保证说,"凯文是个非常好的人。"

"伊芙呢?"奥尔拉问,"她是做什么工作的?"

大卫耸了耸肩。"她在一家电话公司做事,每周只需要去两天半。"

"不错嘛。"奥尔拉说。

"很理想,我觉得。"大卫打了一个哈欠,"我也想每周能只工作两天半。"

"你会烦的。"奥尔拉把手上的胡萝卜扔进了水池子里。

"我不会。"大卫说。

"我会。"奥尔拉告诉他,"那种生活听起来确实很棒,不过我实在不知道闲着的两天半该干点什么。"

"休息。"大卫说。

"你不是个能休息的人,"奥尔拉说,"你从来就不是。"

大卫笑了。他走进厨房,用胳膊环住了她。"打赌?"

她把刀在他面前晃了晃,说:"我有武器哦。"

"那就缴械。"他把手滑到了她的T恤下面。

"大卫!"

"来吧,"他说,"你拿着刀和胡萝卜的样子简直性感极了。"

"不可能。"

"真的。"

"大卫,我在做饭呢!"

"还有时间,"他说,"他们八点来,现在才五点。"

"但是我有一大堆的事儿要做呢,"奥尔拉大叫着,"这东西要炖两三个小时。我五点半之前根本就没法把它放进炖锅。"

"我们也用不着马上吃啊。"

"我还得把前菜准备好。"

"你已经准备了烟熏三文鱼了,"大卫说,"我看到了。你只需要把它放进盘子里就行，没什么要做的了。"

"那我自己也要准备一下啊。"

"奥尔拉，看在上帝的分上！放松一会儿吧。你已经忙活了一天了。去超市、削水果、买蜡烛，放松一下吧。这又不是什么比赛。"

"我只是想把一切都准备得完美些。"奥尔拉告诉他说。

"一切都会很完美的。"大卫轻轻地吻了一下她的脖子，同时用手解开了她裤子上的纽扣，"我保证，奥尔拉，绝对会完美的。"

但她紧张得就像一面小鼓。大卫吻着她，抚摸着她。他紧紧地拥抱着她，轻轻地告诉她他爱她。可她却一直在心里计算着削完一打胡萝卜要多长时间，或者只是用布擦一擦那些蘑菇是否足够干净。如果上面沾了些脏东西该怎么办？大家会注意到吗？她实在没法相信在大卫亲吻她的时候，她居然还在想着这些。通常她会把自己完完全全地交给他，可现在她就是不行。

大卫进入她身体的时候，她叹了一口气。他温柔地探索着，她配合着他，以让他更舒服一些。他满意地呻吟着。

她看着他。他紧闭着双眼，脸上是一副专注的表情。她在想为什么他的表情会是这样的，为什么没有放松的感觉？他们之前做爱的时候，她从来都没有这样观察过他。她永远都是紧闭着眼睛，这样她就可以集中精神去感受他的每一个动作。她把双腿盘在了他的身上，眨了眨眼睛。她的身体也在告诉她自己完全不在状态。她想，如果她再配合得更积极一些，他可能可以更快地结束。这样她就可以回厨房去继续准备了。

"哦，奥尔拉！"他咬着嘴唇。她注意到他额头上的青筋都爆出来了。她与他贴合得更紧了。

"哦，上帝。"

烟熏三文鱼真是个错误的选择。她选择它就是因为只需要把它们放在盘子里就可以了，可是这道冷盘和菜炖牛肉根本就不配啊。他们会被吓坏的。她想着他们的表情，不由自主地抓紧了大卫的胳膊。他们一定会想，她脑子是不是出问题了。

"哦，奥尔拉！"

她希望黑加仑樱桃可以冻得结结实实的。她想到那东西化成一团黑水摆在大家面前时，心里一阵痉挛。

"哦，太棒了！"大卫也抖动了一下，然后便缓慢地出了一口长气。他趴在了奥尔拉身上，头埋在她的双乳之间。

如果我做了丰胸手术，那么它们就不会像现在一样外分了。这个想法让她想笑。

"大卫，我得起来了。"

"真棒。"他抬起头来看着她。

"是的。"她说。

"你确定？"

"当然。"奥尔拉说。

他轻轻地吻着她的乳头。"我爱你。"

"我也爱你。我必须去削洋葱了。"

"浪漫不死。"他从她身上翻了下去。

她从来没想过削皮切菜原来会用掉这么多时间。她结束这些工序，把油倒进那个大铜锅里，再把锅放到炉子上，这时已经快六点了。

"我以为你要用烤箱加热这些东西呢。"大卫走进厨房，用手戳了戳那些切好的洋葱。

"我是要用烤箱，"她说，"可是要先放在炉子上加热一下洋葱和肉。先让油热一会儿。"

她走出厨房，审视了一下餐桌。看上去还不错，她想，我可以应付这一餐。我可以像个大人一样宴请宾客了，而不是叫外卖的比萨和香肠。

她打了个哈欠。

"累了吗？"大卫跟着她走了出来。

"有一点儿。"她说。

"做爱后的反应，"他说，"我觉得筋疲力尽了。"

"不是因为那个,"她说,"是因为我要切那些洋葱。我的眼睛算是毁了。"

"婕玛有个小窍门来对付洋葱。"大卫看到奥尔拉脸上的表情就住了嘴。"不过好像也没什么用。"他说。

她笑了一下。"什么窍门?"

"我记不得了,"他说,"真的。"

"你本来以为没什么事,"奥尔拉说,"可突然间就开始流眼泪了,而且是不停地流。"她忽然吸了吸鼻子。"你闻到什么味道了吗?"

"有一点儿奇怪。"大卫站了起来,"你不是在热油吗?"

"可不是嘛!"她跟着他走到了厨房。厨房里升腾起了一股灰蓝色的烟雾,随之而来的是一阵浓郁却难以辨别的味道。

"天哪!"大卫马上跑到炉子旁关掉开关,"你干了些什么啊?"

"怎么回事?怎么回事?"

他看着她。"我们太幸运了,整栋房子就要化成青烟了。"

"我到底做了什么?"她的声音已经变成尖叫了。

"你开错炉子了,"大卫说,"而且还把塑料碗放在了你开的这个炉子上。"他拿起了一个已经熔化得不成形状的塑料碗给她看。她把她精心切好的胡萝卜放在了那个碗里,此刻那些胡萝卜有的和塑料混成了一体,有的则烤焦了。她带着惊恐的神情望着他。

"你仔细看了没有啊?"他问她,"你难道没看出自己开错了炉子吗?"

"当然没有。"她也生气了,"如果我知道的话,我就不会那么做了,你说呢?"她叹了口气。塑料熔化的味道呛得她的嗓子十分难受。

大卫打开了排风扇,厨房里的味道渐渐退去了。"真难闻。"他说。

"凯文和伊芙来的时候应该没味道了。"奥尔拉说。

"最好是这样。"大卫擦了擦眼睛。他把那个塑料碗和装饰用的胡萝卜都扔进了垃圾桶。

奥尔拉跟着他走回了客厅,连这里都弥漫着烟雾。大卫打开了露台的门。

"对不起,"她走到露台上说,"这是个意外。"

"我知道,"他说,"我没有怪你。"

"可我觉得你有。"

"我当然没有。"他揽住了她,"你从来都没有做过这些事。你一定很紧张。犯错误是很正常的事。"

"别把我当孩子!"她甩开了他的手。

"我没有把你当孩子!"

他们瞪着彼此。奥尔拉意识到自己要哭了,她咬住了嘴唇。

"对不起,"大卫说,"可能我听起来有一点儿家长作风,可我真的没有那个意思。"

她揉了揉自己的耳垂。"没关系。"她说。

"和好吧!"

"当然。"她说。

"太好了。"他冲着她笑了,"快,你可能要再多准备些胡萝卜了。"

"已经没有胡萝卜了。"

她看起来像个犯了错的孩子,他想。他对她的爱完全驱散了所有的不满。他把她拉得更近些。他从没有意识到这件事对她来说简直就像是一种惩罚。他习惯于看到她那种一切尽在掌握的状态,和客户交流、下达命令,她永远都知道自己该做些什么。而这个对一切都如此不确定的、陌生的奥尔拉对他来说甚是新鲜。他喜欢这种可以保护她的感觉。

"没关系。"他抚摸着她的头发,"他们不会注意到的。"

"我会注意到。"她说。

"我会用酒来分他们的神,"他向她保证,"我发誓他们不会注意到的。"

凯文和伊芙八点准时到了。伊芙拿着一大捧鲜花,而凯文则递给了大卫一瓶圣爱美侬[①]。

"太棒了,谢谢。"大卫拍了拍他朋友的后背。

---

①圣爱美侬,著名葡萄酒品牌。

"我知道你喜欢这个。"凯文说,"这一直是你的最爱。"

"真开心。"大卫说。

奥尔拉把花拿到了厨房。大卫的室内设计师为他们准备了很多花瓶,可是花瓶里面已经插了干花。奥尔拉从水池下面拿出一个水桶,接了水,把花放进了桶里。

"喝点儿什么吧,"大卫说,"金汤力,凯文?伊芙也是?"

他们点了点头。大卫从柜子里拿出了杯子和酒瓶。

"终于,"伊芙笑着对奥尔拉说,"真高兴终于见到你了。"

"我也是。"奥尔拉也对她微笑着,"总是听大卫谈起你。"

"我保证一定没有我们听大卫谈起你的次数多。"伊芙说。

奥尔拉脸上始终挂着微笑,打量着伊芙。伊芙的眼睛是淡蓝色的,金灰色的头发长及肩部,长长的指甲染成了淡粉色,修剪得非常考究。她戴了一副很大的金耳环,还搭配了整套的金项链和手链。奥尔拉不知道自己到底喜不喜欢这个比自己年长的女人,事实上很难判断她究竟有多少岁。大概应该是三十到四十岁之间吧,奥尔拉这样猜测着,看她眼睛旁边的皮肤,可能离四十岁更近些。你太八卦了,奥尔拉一边为自己紧致无瑕的皮肤感到骄傲,一边责备着自己。不过有时候这样八卦一下感觉还不错。

"好吧,大卫,"伊芙坐回了那把时髦的扶手椅里,用长指甲敲着酒杯,"说说你和奥尔拉是怎么认识的。真高兴过了这么久之后,你终于又回到我们已婚阵营里来了。"

大卫笑了。"伊芙,你总是那么幽默。"

"我可不是要拿你寻开心,"伊芙说,"不过我觉得你肯定是耍了什么手腕。"

"我们是在公司认识的,"大卫说,"我给她上了节课。"

"什么课?"伊芙转向奥尔拉。

"怎样成为一个星级销售人员。"奥尔拉回答说,"不过我印象中他一直说的可不是'人员',是销售'男人'。"

"我一开始就跟你说过我从来都懒得理会什么'销售人员'的说法,"大卫说,"男人或者女人都无所谓,只是'销售人员'这个词听起来太怪了。"

"我觉得也是。"凯文说。

"我也同意。"奥尔拉冷静地说,"你在针对某一种性别的人讲话的时候,用哪个词都行,可是当你的听众男女兼有的时候,我觉得你还是应该用'人员'这个词。可是大卫却没有。"

"不过还是把你迷住了啊!"凯文笑了。

"凯文!"伊芙从椅子里欠起身子来,轻轻地打了他一拳,"我所得到的信息可是大卫被奥尔拉迷住了哦。"

"根本没有谁把谁迷住那回事,"大卫说,"我们那天只是说了几句话,过了很长一段时间我们才在一起的。"

"你看中他什么了呢?"伊芙又转向了奥尔拉问道。

"我喜欢他。"奥尔拉答得简单。

"灰头发、坏牙、近视眼,这些都不会影响你?"

"他没有坏牙!"奥尔拉大声反驳说。看着他们朝着自己笑,她的脸倏地红了。"我去厨房看看。"她快速地说,然后便进了厨房。

"她真可爱,"奥尔拉离开房间后伊芙说,"而且非常漂亮,大卫。"

"漂亮吧?"他骄傲地反问。

"我真希望知道她到底看上你什么了。"凯文说,"我实在无法想象我身边某个长腿美女会愿意和我哪怕是喝杯酒,更别说嫁给我了。"

"那是因为你和我结婚了,"伊芙坚定地说,"而且我可不想你办公室里有个年轻美女在那里晃来晃去,谢谢你啦!"

大家都笑了起来。大卫站起身来又把几个人的酒倒满。

奥尔拉听到了他们的笑声。他们很可能是在谈论她,她边把烤炉里的锅端出来边想。她希望食物没出什么岔子。她把锅放进烤炉里的时候已经差不多六点半了。她吸了吸鼻子,味道还不错,而且厨房里那股熔化了的塑料味也已经散去了。她把锅放回烤炉里,又看了看冰箱,烟熏三文鱼也还不错。就算搭配着菜炖牛肉吃也应该没有什么问题。

"我们正在聊天呢,"她走回客厅的时候伊芙对她说,"我们觉得大卫请的室内设计师不错。"

"是啊,"奥尔拉赞同道,"设计得很漂亮。"

"嗯,大卫习惯生活在漂亮的东西中间。"伊芙接着说,"大卫,还记得你以前的那些油画吗?很漂亮啊!"

"是啊。"大卫说。

"婕玛把它们带走了吗?"凯文问。

大卫摇了摇头。"我们把画都卖了。"

"真遗憾。"伊芙感叹道,"如果我知道的话,会把那幅《都柏林湾》买下来。婕玛现在还住在森迪蒙特吗,大卫?"

奥尔拉在座位里不安地动了动。

"是的,"大卫说,"孩子们喜欢那里。"

"你经常见他们吗?"伊芙问。

"每星期都会见。"大卫告诉她。

"那你呢,奥尔拉?"她用她那双硕大的蓝眼睛望着奥尔拉,"你跟他们相处得怎么样?"

奥尔拉耸了耸肩。"很难形容。我想我会慢慢来。"

"可怜的小家伙们。"伊芙说,"我的意思是,大卫,我知道你和婕玛是非分手不可的,她太自我中心了,可是对孩子们来讲,这事还是残酷的,你说呢?"

"当然。"大卫说,"不过婕玛不是个自我中心的人,你知道的,伊芙,不是吗?"

"至少她总是希望任何事都按她的方式来办,对吧?"

"可能吧,"大卫说,"不过我也有错。我没有尽到自己的责任,对她、对孩子都是这样。她当时简直要把我逼疯了——我们现在见面的时候也是如此——不过她绝对是个好母亲,一直都是。"

奥尔拉咬着指甲。她的指甲已经要裂开了。

"无论如何,看到你和奥尔拉在一起重新开始新生活,我们真的是很开心。"

为什么我在那个女人的声音中听不到真诚呢?奥尔拉想。

"就像我对你说过的,你是个幸运的魔鬼!"凯文转向奥尔拉坏笑着说,"你对他来说简直就是个奇迹，这个可恶的老家伙。"

奥尔拉温柔地笑着。

"你今年多大了？"伊芙问，"你不想说的话可以不说。"

"二十四。"奥尔拉说。

"哦！"伊芙做了个鬼脸。"真希望我也可以回到二十四岁。不怕你生气，"她笑着说，"我很怀疑如果我能回到二十四岁的话，我会不会选择那么早结婚。"

"我们结婚的时候你也才二十五岁，"凯文说，"应该是快二十六岁。"

伊芙冲他做了个鬼脸。"那也是太年轻了。"

"你们结婚多久了？"奥尔拉问。

"十二年。"凯文叹息着说，"连我自己有时候都不敢相信。"

所以伊芙应该是三十七或是三十八岁，奥尔拉想，相对年龄来说，这女人应该算是保养得很好了。她不知道自己到那个年龄的时候会不会已经显老了。快四十岁了，她对自己说。婕玛的年龄——差不多了。大卫的年龄——已经到了。

突然间她感到自己实在是太年轻了，以至于完全像是个局外人。二十四岁其实并没有那么年轻，她告诉自己。四十岁也不算老。是她让他们把自己带进了这样的感受里。

"我再去厨房看看。"她说。

"需要帮忙吗？"伊芙问。

奥尔拉摇了摇头。"我自己没问题。"

"说真的，大卫，你现在还经常和婕玛联系吗？"奥尔拉离开后伊芙问道。她喝完了杯子里的酒，把空杯子放在咖啡桌上。

"我见孩子们的时候基本上都会见到她。"大卫把酒瓶递给了伊芙，"所以我无论怎样都要和她联系。"

"她对这件事怎么看？"

"哪件事？"他向她的杯子里加了几块冰块。

"你再婚这件事，看在上帝的分上！"伊芙笑了，"你娶了一个只有你一半大的女孩儿，婕玛怎么看呢？"

"她不是我一半大,"大卫说,"而且她是一个非常成熟的女人,非常自立。"

"我知道,"伊芙说,"可你看看她啊,大卫!我知道她非常漂亮非常迷人,可是她看起来也就十七岁。"

"我可没觉得,"大卫说,"怎么可能!"

"大卫,你看看她的身材!还没有发育完全呢。"

"你这是在嫉妒,"凯文说,"因为你穿不了那样的裙子了。"

"我有三个孩子,"伊芙说,"我有理由。"

奥尔拉听不清他们在说些什么,可是她很确定他们又在谈论她了。或者更可怕的是,他们也许在谈论婕玛。她打开烤炉,掀开锅盖。结果她的手碰到了烤炉壁,她马上烫得叫出了声,锅盖也掉到了地上,清脆的声音在那个小空间里回荡着。

"奥尔拉,你还好吗?"大卫冲到了厨房门口。凯文和伊芙也随着她过来了。奥尔拉的手缩在胸前,痛楚在她的手上弥散开来。她的眼睛里充满了眼泪。

"让我看看。"伊芙把两个男人推到了一边,一只手揽住了奥尔拉,"发生什么事了?"

"烫着了。"奥尔拉拼命地眨着眼睛,想把眼泪忍回去,"马上就没事了。"

"我看看。"伊芙看着奥尔拉的手,上面鼓起了一道深红的印痕,伊芙皱着眉头,"应该很疼吧?"

"是的。"

"你们有急救箱吗?"她问大卫,"那里面一定有一些烫伤膏之类的东西。"

"我不知道,"大卫说,"我到卫生间去看看。"

"会没事的。"伊芙说。

"我已经没事了,"奥尔拉说,"我只是吓到了。我的手刚才好像沾在了烤炉上似的。"她轻轻地吹着烫伤的地方。"真的,没事了。"

"给。"大卫拿来了一些药膏,"上面写着是治烫伤的。"

"太好了。"伊芙从里面挤出了一些药膏,涂到了奥尔拉的手上,"你会没事的。"

"我知道。"奥尔拉感觉好多了,虽然她的手依然很痛。她只是对自己的愚蠢感到非常生气。"你们干吗不出去坐会儿呢？这里我一个人就可以搞定。"

"你确定？"伊芙问。

"没问题。"她点了点头，头感到有点儿晕。

"很好。"伊芙说，她把药膏放在了放鲜花的那个水桶旁，"真高兴看到你有这么大的容器可以把它们都放下。"她笑了，可奥尔拉却有种生不如死的感觉。

第十三章

婕玛躺在床上,眼睛闭着,但其实早就已经醒了。她一直是个睡眠很浅的人,近几年来睡眠更是完全避开了她,即使极其疲倦她也还是无法入睡。大卫刚离开的那几个星期,她必须吃安眠药才能睡着。药片让她睡得很沉,甚至可以说是昏睡,以致她每天都要挣扎着起身。然而在她睁开双眼的那一刻,头痛也随之开始了,于是她丢掉了那些药片。尼娅姆建议她喝些甘菊茶,结果和吃安眠药一样失败——事实上可以说一点儿用都没有,而且她也不喜欢那种味道,不过那茶喝起来确实能舒缓情绪,所以婕玛也就假装它有用一直喝了下去。

她坐了起来。现在喝点儿茶应该不错,她想。此刻是凌晨三点,而她根本无法驱散自己脑子里那些混乱的思绪。沏茶可以让她分心,哪怕是一会儿也好。

她下了床,把睡衣裹在身上。罗南的房间里传来了鼾声。她推开他的房门,看到他成大字形地躺在那儿,不由得笑了。每天晚上,无论睡前她把他的被子塞得多紧,早晨的时候他都会这个样子躺在床上。她又推开了基林的房门。她的女儿侧身而卧,胳膊环着自己的身体。

哪怕是睡觉的时候,她好像都很紧张,婕玛有些悲伤地想,我们结婚太早,生孩子也太早了些。

她下楼的时候,楼梯发出了吱吱的响声。她屏住呼吸,怕吵醒他们。他们依然睡得很沉。她把水壶接满了水,将茶包放进了她的陶瓷杯子里。她喝甘菊茶的时候喜欢用陶瓷杯。

为什么我做错了这么多事?她静静地望着后院花园。为什么我费了这么大的力气,还是走到了这步田地?为什么我不能在买下房子之后就开始储蓄,而不是把钱都花在了买衣服、玩具或者孩子们那些莫名其妙的东西上?为什么在回顾这三十五年的人生时会觉得如今的我和十年前并没有什么实质的变化？为什么虽然离婚前那六个月我一直以泪洗面，可居然时常还会希望大卫能陪在我身边？

她把头靠在厨房门上，眨了眨眼睛，眼泪便开始滑了下来。为什么哭呢？她自问，是什么打败了她？

水沸腾了，她把开水浇在茶包上。闻到那股有些油油的味道时，她皱了皱眉。

大卫是头猪，她边把茶包翻过来边告诉自己，他本该给她买电视的钱。不管怎样，那是给孩子们用的，又不是为了她。而且她最近几乎没有向他借过钱。他说因为她已经开始工作，所以不再给她赡养费时，她也没有做出什么过度的反应。她当时表现得非常通情达理。她本可以不去工作，继续让他供养，可她不是那种人。

她是个傻瓜，她暗自嘟囔着，一个愚蠢而白痴的老女人。独立，哼。

她颤抖了一下。她之前没有特别地去考虑过独立这件事。可今晚，她在离婚后第一次意识到，她是个成年人，需要另一个成年人的陪伴。她留恋有人与她分享想法和忧虑的日子。她也留恋有人躺在她的身旁。

她抿了一口茶。长久以来，她从没有怀念过性生活。和大卫做爱后来变成了一种彼此回避的方法，再后来就如同是在犯错。最后的那一段时间，每次做爱之后她都会哭。之后她便完全不再怀念性了。除了不可避免地在美发沙龙的杂志上看到一些有关提高性生活质量的文章之外，她对那件事几乎一点兴趣都没有。她没办法想象任何人拥抱她或是亲吻她的嘴唇。她没办法想象任何人解开她的衣扣，或是拉开她裙子的拉链，抑或是把她拉进自己怀里。性是一种感觉，她双手捧着杯子想道，而且并不一定是令人愉悦的感觉。无论开始时有多么美妙，也是完全被高估了。它不会永远保持最初的那个状态，它会变成一种机械的活动，和任何人在一起都是一样。

她喝光了剩下的茶水，然后便走回房间去睡觉了。

"爸爸来了！"罗南跑下楼来，打开了大门。

"嘿，小伙子。"大卫边说边把胳膊搭在了罗南的肩膀上。

"你听说了吗？"罗南问，"我们的电视坏了。"

"我听说了。"大卫跟着儿子走进了厨房，"谁弄坏的？"

"妈妈。"罗南回答说。

"很正常。"大卫冲着他坏笑。

"什么正常？"婕玛拿着洗衣篮走进了厨房。

"罗南说你把电视弄坏了。"大卫告诉她。

"是吗？"婕玛朝罗南笑了笑，"可好像应该是你弄坏的吧，罗南。不是因为你的游戏，就是因为你总是换台。"

"不是我的错，"罗南抗议着说，"真的不是我。"

"我知道。不是任何人的错。"婕玛打开洗衣机的盖子，把衣服全部塞了进去。

"新裙子？"大卫问。

"什么？"婕玛站直了身子。

"新裙子？"

婕玛低头看了看那条大卫新婚那天她买来的裙子。他怎么又开始注意她的穿着了？

"没那么新。"她撒了谎。

"很好看，"大卫说，"适合你。"

"谢谢。"她看着他，想弄清楚他是不是在嘲笑自己，可他脸上没有任何表情。他看上去很累，婕玛想，他的眼袋显得非常明显。"睡得很晚吗？"

"什么？"

"昨晚你是不是睡晚了？"她突然想到自己的前夫可能是因为和新婚妻子缠绵了整夜所以很晚才睡，脸就一下子红了。

"我们邀请了——邀请了几个人过来吃饭。"大卫说。他差点儿就告诉她谁来过了，不过还是住了口。他不确定婕玛听到他们邀请了凯文和伊芙之后会不会不开心。

"哦。"

"可怜的奥尔拉差点儿把自己杀掉。"他补充说。

"怎么回事？"婕玛把洗衣粉倒进了洗衣机，然后扭动了按钮。

"一开始是因为担心，"大卫说，"我想她在烹饪方面确实没法跟你比，然后手又碰到了烤炉，烫伤了。"

"哎呀。"婕玛眨着眼睛。

"可能没看起来那么严重，"大卫说，"不过确实很恐怖。"

"烫伤很疼的。"婕玛说，"记得我们有一天晚上出去，有个人打翻了一杯很烫的茴香咖啡吗？当时洒到了我的胳膊上，那次真把我疼坏了。"

"我记得。"大卫看着她，"那天是我的生日，我们去了月亮餐厅。那天很有趣。"

"是啊。"她露出了些笑意。那时候他们还很相爱。

"准备好了吗？"基林打开了厨房门，"我一直在等你呢。"

"当然，"大卫说，"我们今天去打保龄球。"

"我知道。"基林看上去情绪很差，"你上周就说过了，所以我才穿了牛仔服。"

"玩得开心些，"婕玛说，"别回来太晚。"

"他们从来都没晚过。"刚才的温暖从大卫的声音里消失了，他听上去有些生气，"你知道他们不会晚的。"

婕玛朝着他的背影做了一个鬼脸，然后从柜子里拿出了吸尘器。她总是在周日搞卫生。

下午，婕玛去了自己父母家。她很少过去，因为实在不想给弗朗西丝机会，听她不停地夸赞着迈克尔和黛比生活得有多好，那样会让她觉得自己太没用。

她按响了门铃。她没有家门的钥匙。

"嘿，婕玛！"父亲看到她后开心地笑了，"你怎么突然回来了？"

"嘿，爸爸。"她亲了亲他的脸颊，"只是想过来看看。"

"我不信。"他笑着说，"快来，我正在花园里坐着呢。你母亲和莉斯带着苏西去公园玩了。"

她跟着他穿过房子走到了那个朝南的后院花园。父亲非常喜欢这个花园，花了很多的时间在这上面。"是为了躲开你妈妈。"他父亲曾经这样告诉他，而她绝对相信他的理由。

她坐在花园里的木椅子上，他坐在她对面。

"你看上去真苍白，"他说，"一切还好吗？"

"电视坏了。"她说。

"什么？"

"电视坏了。"她开始傻笑了起来，"砰的一声，然后就冒烟了。"

"婕玛！"她父亲叫了起来，"有人受伤吗？"

她摇了摇头。"我说得可能有点儿夸张。不过当时我和罗南确实躲到沙发后面去了。"

格里·加维笑了。"还在保修期内吗？"他问。

"不在了，"婕玛回答说，"我今天早晨特意看了一下。"

"哦，不过现在电视很便宜，"格里说，"不像我年轻的时候，一台电视差不多和一栋房子一样贵。"

"还是不够便宜啊。"婕玛说。

格里意味深长地望着她。"钱不够花了？"

"哦，爸爸。"婕玛叹息说，"我真的努力了，我非常努力。可我真是要绝望了，完全绝望了。"

"你是因为这件事才来的吧？"他问，"想向老爸借钱？"

婕玛笑了。"也许吧，"她承认道，"妈妈要是在的话我应该什么也不会说了——你知道她对钱的态度。爸爸，她永远无法理解那些没法每周靠十块钱过活的人。"

"我知道。"格里说，"不过你要知道，她是在一个很不同的环境下长大的，婕玛。那个时候钱真的是很不够用。贫穷不只是没有电视看的问题，贫穷是什么都没有。"

"我知道。"婕玛点了点头，"我全都明白，爸爸。只是有时候她让我觉得自己真的很没用。"

"她不是故意的,"她父亲说,"她爱你,你知道的。"

婕玛沉默了。她相信她的母亲也应该会像其他母亲爱自己的孩子一样爱自己。她只是不觉得母亲很喜欢她。

"她很担心你。"格里说。

"也许吧。"婕玛言不由衷地说。

格里看着她叹了口气。"你需要多少?"

"我其实也不知道,"婕玛说,"几百块吧。"她咬了咬嘴唇。"哦,爸爸,真抱歉。我实在不应该过来。我不需要钱,我可以应付的,真的。"

"我要这么多钱干吗呢?"她父亲问,他站起了身。"快,咱们马上去商店。选一台你喜欢的。"

"我不——"

"如果你的电视坏了,你显然今晚就需要一台新的,不是吗?我想知道你会选一台什么样式的电视。"

她笑了。"谢谢,爸爸。"

"别谢我,我可没说你可以选店里最贵的。"

她插上了电源,然后把电视打开了。真不错,她想。她本来选的是最便宜的那台,可他父亲建议她买这一台,比她选的那台可要时髦一百倍,当然也贵很多。可她父亲不允许她拒绝。罗南一定开心坏了,她想,这可是宽屏幕的。

她听到大卫停车的声音。六点整。这也是大卫让她受不了的一点。如果他说了某一个时间做某件事,他一定不会食言,甚至是精确到秒。可她从来就没有准时过,而且总是在最后一刻才想起这件事,所以大卫不得不站在那里不耐烦地等着她。

她打开了门。基林跟在她身后走了进来,然后就直接上楼去了。婕玛呆呆地望着她的背影。

"罗南,到厨房去吧。"她说。她不想儿子看到新电视,因为她不想让他告诉大卫。

"我能先去内维尔那儿吗?"他问,"爸爸给了我一张光盘。我可以在那儿看。"

"去吧。"她说。罗南感到很吃惊。他本来以为她会告诉他别去打扰克劳福德一家。他马上跑了出去,以免她改变主意。

大卫走下了车,向她走过去。婕玛关上了身后的房门,以免他看到里面的电视。

"今天过得如何?"她问。

"还不错。"大卫说。

"有什么特别有意思的事吗?"

"能有什么有意思的事呢?"大卫反问,"和平常一样,我们去打保龄球了。然后我带他们去海边散了会儿步。"

"奥尔拉去了吗?"婕玛的语气很平静。

大卫摇了摇头。"她的手太疼了,打不了保龄球,"他说,"她留在家里了。"

"他们吃东西了吗?"

"当然了。"他有种戒备感,"我每次都会带他们去吃东西。"

"对不起。"

他们沉默了一会儿。婕玛等着他离开,可他却奇怪地站在了门边。

"有什么事吗?"她最后问。

"没有。"他说。

"你有什么事想进来说吗?"

"没有。"他又说。

"哦,那你不想回家吗?我想奥尔拉已经在等你了。"

"这是讽刺吗?"大卫说。

"不,"婕玛说,"只是我的真实想法而已。"

"我想给你这个。"他从牛仔裤口袋里拿出了一个信封。

"哦？"她迷惑不解地望着他。

"电视，"他解释说，"我觉得很不好意思。罗南又跟我讲了一遍，我觉得当时对你的态度有点儿差。拿着吧。"他把信封递到她面前。

"里面有电视吗？"她笑了。

"钱而已，"大卫简短地回答说，"不过别再要其他的了，婕玛。"他转过身去，上了车。

婕玛看着那张三百块钱的支票。她应该把钱还给他，她知道她会的。

但不是现在。

第十四章

奥尔拉把手伸到后面想拉上那件紫色小短裙的拉链。

"我来。"

她转过身去，看到大卫走了进来，笑了。

他缓缓地帮她拉上了拉链。"你看上去美极了。"他说。

"谢谢。"

"我会坐在这里一直想你，"他告诉她，"还会想着会不会发生什么事情。"

"发生什么事？"她紧了紧金耳环后面的小蝴蝶托，"你觉得会发生什么事情呢？"

他看着她的一双长腿，低胸礼服下半露着的酥胸，以及她完美的嘴唇。他耸了耸肩。

"你不信任我吗？"她问。

"我当然信任。"

"那么还在想些什么呢？"她有些生气地望着他。

"你太迷人了，"他说，"我实在没法不去设想那些色鬼们看到你的样子。"

"大卫！"

"我一看到你——每次看到你——都想要你。"

"好啦，"她在耳朵后面涂了一些香奈儿香水，"你已经拥有我啦。"

"不过总体来讲，男人都是猪。你知道的。我们看，然后我们想要，然后我们就会去争取。"

"这是一个可怕的总结哦。"她依然在微笑。

"所以，对不起。"

"不过你今晚真没有什么可担心的,"她说,"订婚派对。我想那些女孩子们不可能会有你刚刚说的那种想法。"

他笑了。"我知道,对不起。我是个白痴,可我就是克制不了这种想法。"

她轻轻地吻了吻他的嘴唇。他充满激情地吻了她。

"现在不行,"她逃开了他的怀抱,"我没时间了。"

他拉住了她的手,她皱了皱眉。

"哦,对不起。"他看着她右手上的那道依然明显的疤痕,"还疼吗?"

"偶尔会。"她说。

"我真的很抱歉,"他说,"我知道你当时非常疼,可还是不得不坐在那儿应付他们。"

她耸了耸肩。"没关系。"

"凯文真的很喜欢你。"他说。

"伊芙不喜欢。"

他盯着她。"当然不是。"

"别傻啦。"奥尔拉拿起了手包,"她整晚上都在把我当个小孩子一样。我看她的眼神就知道,大卫。她觉得我又幼稚又傻气——"

"她喜欢你,"大卫打断了她,"就像我第二天跟你说的那样,一切都很棒。菜很好吃,餐桌布置得漂亮极了。他们很开心。"

"我就像一个展示品,"奥尔拉说,"他们对我很好奇。"

"他们当然好奇,"他说,"这个可不足为怪吧。"

"我是一个闯入者,"她说,"他们是你和婕玛的朋友。他们并不想认识我。"

"他们当然想!"他拉住她没烫伤的那只手,"你这是在瞎想了,奥尔拉。"

"可能吧。"她抽出了手,"我得走了,大卫。我跟艾比说好八点见面。"

"好的,"他说,"小心点儿。"

"我会的。"她说。

她坐车去了兰斯当街,然后步行去斯莱特里酒吧,她和艾比共同的朋友瓦莱莉·布朗就在那儿举行订婚宴。斯莱特里酒吧应该算是男人们的聚会地，奥尔拉看了下手表想道，不过她真的很想和姐妹们出来聚一聚了。自从和大卫结婚以后，奥尔拉还没和艾比之外的人出来见过面。现在是八点一刻，奥尔拉刚才出门时走得很急，所以她知道自己一定是第一个到的。不过她不得不赶紧出来，因为她知道大卫又想和她做爱了，可她却不想。

晚风把一绺头发吹到了她的脸上，她把头发别在耳朵后面。为什么他总要在她忙碌的时候骚扰她呢？她想着。他们在那栋公寓一起住了没几个星期，她就已经注意到了这一点。每每她要去见客户，或是有文件要赶，又或者是有任何和大卫无关的事情要做，他就会走到她身后，轻轻环住她，双手摸索到她的双乳，再吻着她的脸颊说他爱她。

她知道他爱她。他告诉她太多次了。很多女孩子都抱怨她们的男伴从不会表达心声——"他从来都不说他爱我，那我怎么能知道他怎么想呢？"大卫却总是告诉她，一次又一次地告诉她，让她明白他的心意，让她感到百分之百的安全。

她叹了口气。如果我会因为我丈夫不停地说他爱我而心烦，那我一定是哪里出问题了，她边过马路边思忖着。

她推开了酒吧的大门。一股烟酒的气息扑面而来，呛得她眼泪都要流出来了。酒吧里人满为患，吧台前面坐了一排人，其他地方也几乎挤得没处落脚。嗡嗡嘤嘤的谈话声汇集起来，如同喊叫声一般震耳。她寻找着朋友的身影。

"奥尔拉！"艾比在房间的另一头朝她挥了挥手。

她从人群中挤了过去。

"人太多了，"她对艾比说，"我没想到有这么多人。"

艾比做了一个鬼脸。"周六晚上，能怎么办呢？"

"至少该有个位置坐啊。"

艾比笑了。"怎么可能！"

"瓦莱莉到了吗？"奥尔拉问，"我没想到你已经到了，我以为我会是第一个。"

"她在那边呢。"艾比朝着一个高个子的黑头发女孩子点了点头，"大家都来了，我们显然得喝一杯！你能想象吗？瓦莱莉已经订婚了！"

"当然可以想象，"奥尔拉说，"我已经订过婚啦！"

"我也不能想象你已经结婚了，"艾比说，"我觉得你简直疯了。"不过她的表情已经说明她在开玩笑了。"你想喝点什么吗？我正要点呢。"

"伏特加就行了。"奥尔拉说。

艾比叫了侍应生。"大卫今晚做什么呢？"她问。

"在家，"奥尔拉说，"不过我觉得他应该不太高兴。"

"为什么？"

"他不太希望他在家的时候我出门。"奥尔拉解释说。

"可你几乎从来都不出来，"艾比反对说，"你都已经拒绝我多少次了？"

"那是因为我去见客户，"奥尔拉告诉她，"不一样的。"

"那他经常一个人出去吗？"

"他不怎么和朋友出去，"奥尔拉说，"不过他有时候也会在晚上见客户。"

侍应生端来了饮品。

"干杯。"艾比端起了她的巴卡迪[①]。

"干杯。"

"那你们什么时候能见面呢？"

"什么？"

"你见客户，他也见客户，那你们什么时候见面啊？"

"在我们都没客户可见的时候啊！"奥尔拉笑了。

"那每周你们有多少个晚上都不在家啊？"艾比还在追问。

"两三晚吧，"奥尔拉回答说，"不过也不会工作到很晚。我们都是九点前回家。"

"不过至少还有周末时间。"艾比回答。

奥尔拉做了个鬼脸。"也不一定哦，"她说，"周六其实是个见客户的好时间。"

---

①巴卡迪，一种古巴的朗姆酒。

"这算是什么见鬼的工作啊,"艾比说,"真搞不懂你为什么放着好好的建筑学会的工作不要,要去干这样的活。"

"因为钱啊。"奥尔拉对她说。

"你现在基本上都依靠提成吧?"艾比问。

"这就是为什么必须努力工作啊。"奥尔拉说,"不过如果我们销售成功的话,奖金还是相当高的。我现在赚的比以前任何时候都多。"

艾比叹了口气。"代价就是你的个人生活。"

"完全不是这样!"奥尔拉大声反对,"现在所有人的工作都是不定时的,艾比,再也不是朝九晚五那么简单了,即使是在建筑学会现在也不能按时下班了。"

"不过我确实能理解他为什么不愿意你出门。"

"跟这个没关系,"奥尔拉笑了,"他是因为怕我被什么人盯上才不想让我出来。"

"不会吧,真的吗?"

"他是这么说的。"奥尔拉坏笑了一下。

"这是订婚派对,"艾比说,"他的担心完全没有必要吧。"

"我就是这么跟他说的。"奥尔拉笑着喝光了杯子里的酒,"来吧,艾比,要不要再喝一杯?"

大卫关掉了他的笔记本电脑,把它放进了自己的手提包里。他已经把文件都修改好了,还浏览了一遍这周做过的事情。这周比上周要强很多。他感觉完全放松下来了。因为近来他一直在为自己的客源担心,这样的状况几年来还是第一次。最近几天,事情终于有了进展,这让他突然有种回到正轨的释然的感受。

奥尔拉打败他这件事让他吃了一惊。他一开始几乎完全无法相信这是真的。当然,之前也曾有人打败过他,但他们本来就一直都是非常出色的销售人员,而且不是女人。而这次打败他的不仅是个女人,而且还是他太太,这让他尤其无法忍受。

他在想为什么自己会有这样的想法。当然，他应该为奥尔拉感到高兴。他不应该嫉恨她为公司带来了大单。无论是谁的功劳，这钱都是进了他们自己家的账户。可他不喜欢这件事，他不希望她做得比自己出色。每每他因为这种想法而责备自己，他的内心反而更加不舒服。

他看了看表，已经快十一点了。她朋友的订婚派对不知开得如何，她几点才能到家。他不喜欢一个人留在公寓里。他知道，这想法比他嫉妒奥尔拉比自己做得好还愚蠢。自从和婕玛离婚，他就一直独自生活在这里，而他从来都没觉得需要任何人来陪伴。可现在，在娶了奥尔拉之后，他居然觉得奥尔拉应该时时刻刻在这里陪着他。他知道这想法很不理智，但却挥之不去。离婚前，他在家的时候婕玛从来都不会出去，虽然如果她出去的话也许会更好些。

他叹了口气。想到奥尔拉和一群女孩儿一起疯一起玩，很可能还喝得醉醺醺的，而且说不定会让哪个男人占到些小便宜，他感觉很不舒服。他知道奥尔拉是个很有分寸的女孩儿，不过他依然不喜欢其他男人有机会去尝试与她接近。事实上，他是害怕有什么和她年龄相近的人有可能会引起她的好感。

他站起身来，从冰箱里拿了一瓶啤酒。这样庸人自扰实在是太傻了，他告诉自己。奥尔拉在遇到他之前就有无数个机会去认识同龄的男孩子。而且，他也没有那么老啊，他不过才四十岁而已！他边拉开易拉罐的拉环边生气地想。如果是二三十年前，可能四十岁的人会觉得自己的人生已经开始走下坡路了，可现在却不是这样。他的身材还很健硕，头发也没怎么变灰，而且他戴的还是近视眼镜，而不是老花镜。

就这样，他想着自己四十岁，看上去成熟稳重。她叹了口气。他倒是情愿自己现在二十岁，浑身上下散发的只有性的气息。

为什么她会嫁给他呢？他想。她究竟看中了他的什么优点呢？他当然知道自己爱她什么——聪明、独立、幽默，当然还有她傲人的身材。他们两个人志趣相投——热爱工作，喜欢旅行，也喜欢在外面用餐。不过这些事年轻男人同样可以陪她一起做。她没必要嫁给他。

他打开了电视机。他简直是在犯傻，这样想完全没有任何意义。她嫁给他是因为她爱他，这一点她已经告诉过他无数次了。这对任何人来讲都够有说服力了吧？

"然后他说：'只有在我做爱的时候！'"艾比大笑着说。奥尔拉也一起笑了起来，肩膀随着笑声抖动着。

"无论如何，我只能说欧文实在是上帝赐给我的。"瓦莱莉·布朗对她们说，"我们在床上也是那么默契！"

"幸运的家伙，"艾比说，"我已经很久没有过性生活了，所以任何人对我来说都是默契的。"

"你最后一次是和谁？"瓦莱莉问。

"杰克·莫兰。"艾比回答说，"而且我不得不说那次也不能算有多美妙——无论是尺寸还是大脑。我特别想念布莱恩·菲利普斯。"

"我喜欢布莱恩。"奥尔拉拿起了一粒花生，"他挺可爱的。"

"他确实很帅，而且他也知道他帅。"艾比说，"我们每次去约会，他都会在商店的橱窗前面照镜子。太烦人了。我打赌每次我们做爱的时候他都会想象我们看上去是什么样子！我实在是受不了。"

"他现在在干吗？"瓦莱莉问。

艾比耸了耸肩。"我不知道，而且也不想知道。"

"你会找到合适的人的，"瓦莱莉说，"看看我们——我订婚了，萨拉订婚了，迪尔德丽和他男朋友同居了，而且奥尔拉都已经结婚了！"

"婚后生活怎么样啊，奥尔拉？"萨拉·麦钱特红着眼睛问她，"一切都和梦想中一样吗？"

"我从来都没梦想过什么，"奥尔拉说，"我甚至从没想过我会结婚！"

"怎么会？"瓦莱莉问。

"我也不知道。"奥尔拉打了一个哈欠，"我觉得最早也要等到三十岁吧。真像是一场戏，你们说呢？"

"你和他前妻处得怎么样？"萨拉问，"我必须说我很难想象嫁给一个离过婚的人。"

"哦，她还好，"奥尔拉回答说，"我很少见她。事实上，我从来都没去见过她。"

"那她的孩子呢？"瓦莱莉问，"对方有孩子的感觉应该挺奇怪的吧，奥尔拉？"

她做了个鬼脸。"是啊。不过孩子们也还好。"她伸了个懒腰，"不好意思，要去个洗手间。"她拿起了手包。

"没那么完美，"艾比对在座的朋友们说，"他们有一些问题，不过我说不清问题在哪里。"

"和有过婚姻经验的人在一起其实也有很多好处，"萨拉说，"不过也会遇到一大堆问题，你说呢？"

艾比点了点头。"可我不觉得她现在真的意识到了问题的存在。"

奥尔拉看着镜子里的自己。她的眼睛通红，十分疲倦。她从手提包里拿出了隐形眼镜盒，拧开了盖子。她摘下了眼镜，放进了盒子里。没有眼镜她几乎就像蝙蝠一样什么都看不见了，不过刚刚在外面她其实也看不清大家的脸。她眨了眨眼睛，然后拿出口红在嘴唇上涂了一遍。她希望自己是那种涂了口红之后可以保持一整晚的人，可无论什么牌子的口红都没有办法留在她的嘴唇上。

她对着镜子努了努嘴。回到那帮姑娘们中间去吧，她想，让她们猜测为什么我和大卫会结婚，而且还没有厌烦彼此。

她叹了口气。也许结婚真的不是什么好主意，可大卫那么确定，他的坚持让她也有了信心。她此刻依旧是确定的，只是和大卫在一起的生活和她之前想象的实在是太不同了。问题在于，她其实根本不清楚自己之前的期待是什么样子的。

她在人群中视力模糊地张望着。没有眼镜，她感到十分无助。

"嘿，奥尔拉！在这边！"艾比冲她挥着手，"你不应该摘眼镜！"

"抱歉，"她走到了朋友们那边，"可是这里烟太多了，我的眼睛很不舒服。"

"我也是，"艾比说，"不过还是值得的。猜猜刚刚谁来了？"

"谁?"

"马丁·基根。还记得他吗?"

她怎么可能忘呢?上大学的时候,马丁和艾比曾经交往过一年,那个时候奥尔拉正在和乔纳森·帕斯科交往。奥尔拉离开乔纳森后,艾比和马丁立刻就分手了。

"我已经很多年没见过他了,"奥尔拉说,"他现在在做什么呢?"

"我也不知道,"艾比说,"不过我会去问问。""嘿,马蒂①!"她拉着奥尔拉走到了他面前。"猜猜我是谁?"

"艾比·约翰逊。"马蒂冲她灿烂地笑着,"你还好吗?"

"不算坏。"她亲了亲他的脸颊,"你呢?"

"棒极了,"他说,"非常棒。嘿,奥尔拉。"

"嘿,马蒂。你还好吧?"

"是啊,"他说,"你看上去美极了,和以前一样,奥尔拉。"

"我呢?"艾比撅着嘴说,"你是永远都不可能夸我美了,有可能打破一下你的常规吗?"

马丁笑了。"你永远都想让人夸。"

"那是因为你从来都不夸我!"

他们一起笑了起来。奥尔拉想,如果乔纳森也在的话,这情景几乎就和五年前一模一样了。马丁基本上一点儿都没变。她这样对他说。

"你应该看看我几个星期前的样子,"他说,"我刚刚从福克兰群岛②回来。我正在写一本书。"

"关于战争?"艾比问,"我不知道你对这些东西感兴趣,马蒂。我以为你喜欢写小说呢。"

"是关于羊的。"他告诉她说。

"你开玩笑吧?"

---

① 马蒂是马丁的昵称。
② 福克兰群岛,位于南大西洋,包含东福克兰岛和西福克兰岛两个主岛以及周围七百七十八座小岛,总面积十二万平方公里。岛上气候阴凉,有丰富的牧草。下同。

"没有，非常严肃。我已经找到出版商了，万事俱备。"

"恭喜啊，"艾比说，"我知道你迟早会写本书的。不过我倒是从来没想到你会写关于福克兰群岛上羊的故事。爱尔兰西部的羊显然对你来说不够多啊，是吧？"

他用胳膊揽住她抱了抱。"这就是我喜欢你的原因，永远可以把我从高处拽到谷底。之前几个月我一直觉得我在写一部撼世巨著，结果你直接就告诉我附近也有很多羊。"

"本来就是啊，"艾比说，"事实上，马蒂，你本来就是个很能装样子的人！"她虽是这么说，不过眼睛还是在向他放着光。

"乔纳森怎么样了？"奥尔拉说，"他最近在做什么？"

马丁看了看艾比又看了看奥尔拉，之后耸了耸肩。"他一直在英国，"他说，"在伦敦附近找了个工作。好像这边有个公司要他来，不知道他接受了没有。"

"哦。"奥尔拉应了一声。

"他一直没忘记你。"马丁告诉她。

"别胡闹了。"她说。

"好吧，他已经忘了你。不过你们分手后，他有几个月都委靡不振。"

"是啊，他实在是太委靡不振了，所以我每次见到他的时候，他身边都有个绝色美女。"奥尔拉说。

"其实那算不得什么，"马丁对她笑着说，"那只是想让你吃醋而已。"

"我们为什么分手？"艾比转向马丁，"提醒我一下。"

"我也不知道，"他说，"我现在实在想不出任何理由来。"

"我也是。"她笑了。

奥尔拉从他们身边走开了。他们在调情，虽然可能只是今晚，不过她此刻显然应该知趣地躲开了。她看了看表，已经很晚了，她也不想排长队去等出租车。她四周张望了一圈，看到了瓦莱莉。

"瓦莱莉！"她招了招手，"瓦莱莉，我要回去了。"

"这么早？"瓦莱莉问。

"嗯。"奥尔拉点了点头。

"你不想派对结束后一起去玩吗？"

"哦，我就算了！"奥尔拉笑了，"我从来也不是个爱泡酒吧的人。"

"我以为你喜欢呢。"瓦莱莉说。

"很快就厌了。"奥尔拉说，"瓦莱莉，祝你幸福。"

"谢谢。"瓦莱莉说。

艾比和马丁正倚在一根柱子旁。他们的脸只隔了一厘米远。

"嘿，艾比，对不起，我得回去了。"

"这么早就走！"艾比站直了身子。

"已经晚了，我不想一会儿排队等出租车。"奥尔拉解释说。

"好吧，可是——"

"可怜的老大卫还在家等着呢，我相信他已经帮我铺好床了。"她说。

"哦，如果你——"

"我会打给你的。"

"好的，奥尔拉。照顾好自己。"

"真高兴又见到你，马蒂。"她说。

"我也是，奥尔拉。"

她转身走出了酒吧。她本想多留一会儿，可是再见到马丁让她想起了很多她本不想去回忆的旧事。她当时对乔纳森·帕斯科确实很残忍。他求她不要离开的时候她说了很多不该说的话，那些话很伤人，她只是想让他死心。她不希望伤害他，可她那时太年轻也太幼稚。

好像你现在很成熟了一样，奥尔拉自嘲地想。她挥手拦下了一辆出租车，向家的方向驶去。

第十五章

奥尔拉的桌子就在窗前。她喜欢透过窗户望向蒙特大街,看着街上车水马龙的情景。人们在大街上忙碌地穿梭着,一辆辆卡车把整箱整箱的啤酒送到奥德怀尔酒吧。哪怕是需要集中精神做事的时候,她依然愿意听到外面嘈杂的声音。

电话铃声把她吓了一跳。她一边看着手里那份刚刚从电脑上打出来的更新过的理财计划清单,一边拿起了听筒。

"奥尔拉·欧——埃内西。"她说。

"嘿,奥尔拉。"

她没听出电话另一端的那个声音。

"哪一位?"

"方便讲话吗?"对方是个男人。

"您是哪一位?"她重复说。

"我叫鲍勃·墨菲。我是塞雷纳人寿公司的。"他说。

"哦?"

"我想问您是否有时间和我见面聊聊?"

"聊什么?"奥尔拉问。

"我们有个计划不知您是否感兴趣?"

"有关职位的计划?"奥尔拉问。

"有可能啊。"

她坐回椅子里,望着窗外。塞雷纳人寿公司是一家相当大的公司,隶属于一个国际人寿集团,所占市场份额很大。他们希望给她一个什么样的职位呢?

"您希望什么时候见面呢?"奥尔拉问。

"今晚?"

"什么时间?"

"六点半,七点。"

"六点半吧。"她说,"在哪儿?"

"达文波特酒店如何?"鲍勃问,"对我们两个都方便。"

"好吧,"奥尔拉说,"您能认出我吗?"

"给点提示自然更好。"鲍勃说。

"我穿着一套灰色套装。"她告诉他说。

"足够了,"鲍勃说,"我一定认得出。"

"好的,"奥尔拉说,"到时见。"

她继续阅读着面前的文件,轻轻叹了口气。相比上个月的出色表现,这个月简直就是噩梦。有好几个潜在客户都在最后一分钟取消了约会。有个客户本来已经打算要签单了,却突然告诉她在另一家公司买了理财计划。那家公司就是塞雷纳人寿。

她看了一下这个星期要见的潜在客户。布兰卡厨房装饰公司又把约会推后了。奥尔拉对这家公司简直忍无可忍。他们的宣传单现在就摆在家里的桌子上,照片上的那些新橱柜把他们家的厨房衬托得又旧又过时。奥尔拉每天晚上都会把他们公司的资料翻看一遍,这甚至取代了她睡前看书的习惯。她更希望可以把之前那本《她的朋友》看完,写的是一个女孩子从对手眼皮底下抢走了生意的故事,情节非常吸引人。可是她知道,要想让公司老板达蒙·希金斯知道她的能力,最好还是把对方公司的资料弄得一清二楚比较好。她的电话又响了。

"奥尔拉·埃内西。"她说。

"嗨。"大卫说。

"嘿。"她的声音即刻变得温柔了。

"你在哪儿?"他今天上午去沃特福德给区域销售经理做了一个报告。

"我快到家了,"他说,"我今晚会在家好好休息一下。你想不想我来给你做顿晚饭？"

"那可太好了！"她开心地说。

他笑了。"好的。那我们什么时候能开始吃呢？你六点前能回来吗？"

她本来想说是，可突然想起来自己还要和鲍勃·墨菲见面。"不行，"她缓慢地说，"我六点半有个会面。"

"哦，奥尔拉。"他很不开心，"我以为你这周安排得比较轻松呢。"

"是的，"她说，"大部分时间都是，只是几分钟之前刚刚有了这个安排。"

"很有潜质的客户吗？"他问。

"也许吧。"她不想告诉他有关晚上见面的事，至少现在还不想。她需要知道更多的信息。

"七点呢？"他问。

"最好是七点半吧，"她说，"见面是在六点半，差不多要谈半个小时。"

"好吧，"大卫说，"七点半。别再晚啦。"

"不会的，"她说，"我都等不及想吃你为我准备的晚餐了。"

她到达文波特酒店大堂的时候刚好是六点半。那儿的男人没有谁看上去像是在等人的样子。她点了一杯矿泉水，然后坐在了酒店舒服的沙发椅上。

他到的时候已经将近六点四十五分了。

"奥尔拉，"他站在她面前，"我是鲍勃·墨菲，很抱歉我迟到了。"

她站起身后才发现，他还没有她高，差不多一百六十厘米的样子。这实在有些不协调。

"我因为一个会耽搁了，"鲍勃说，"我没想到那个会要开这么久。"

"很正常。"奥尔拉说。

"想喝点儿什么吗？"他问。

她摇了摇头。"不用了。"

"好的。"他叫来了一个服务员，"你确定不要？"

"那就要一杯矿泉水吧。"她说。

"一杯矿泉水，一杯吉尼斯黑啤酒。"他说道，"谢谢。"

奥尔拉观察着他。除了矮以外，他还有点儿秃顶。不过他穿了一套海军蓝色的套装，里面是白衬衫，还配了一条带红色斜条纹的蓝领带，看上去精明干练。他的鞋子也擦得锃亮，在灯下和他光秃秃的头顶一起泛着油光。

"好了，奥尔拉，"他说，"我们进入正题吧。你在业内声誉很好，塞雷纳对声誉不错的人很有兴趣。我相信你应该算是格雷维塔斯的顶尖销售人员了吧。"

"你怎么知道这件事的？"她问。

"我自然有途径。"

"了解。"她从服务员手中接过了那杯矿泉水。

"塞雷纳现在需要找一位出色的销售人员。"鲍勃告诉她，"我们公司有着非常出色的销售团队，不过我们依然希望能有更大的提高。我相信你能帮我们达到这个目标。"

她耸了耸肩。"可能吧，不过我喜欢格雷维塔斯。"

"当然，我已经预料到你会这么说了。"鲍勃笑了，露出一种奥尔拉在客户面前经常会露出的笑容——真诚而关切，哪怕她并不真诚，也毫不关心，她也还是会展露这样的微笑。"不过让我给你介绍一下塞雷纳吧，看你会不会改变心意。"

他是一个优秀的销售人员，奥尔拉想。他摆出了一堆数据，以证明塞雷纳是一家非常强大并且在不断成长着的公司。他让她不由得怀疑在塞雷纳这么可怕的对手面前，格雷维塔斯怎么可能得到任何生意。"当然，"他放下了面前的文件说，"你会成为一位团队主管。"

团队主管会负责协调团队事务。他们会根据队员的提成来获得奖金。去年被她挤到第五位的亨利·吉尔平现在依然是她的主管。

"我会考虑的。"她说。

"我知道。"鲍勃说。

"薪金呢？"

格雷维塔斯的薪金可以说是相当低的，所有人基本上都是靠提成赚钱，但塞雷纳的薪金可真是不菲。奥尔拉费了很大的力气才没马上叫出来"我马上去工作"。

"我们不喜欢强买强卖,"鲍勃说,"所以我们才会提供一份非常高的薪金。我们觉得这样做的结果其实更好——销售人员会替客户选择适合的理财产品,这样客户才能更满意,因而也就变得更忠诚,这也是我们的生意滚滚来的原因。抱歉的是,如果你表现得不好,就得马上离开。不过我确信你会表现得很出色,奥尔拉。"

"我会考虑一下。"奥尔拉说。

"有决定尽快告诉我。"鲍勃站了起来,"如果可能的话,最好下周以前。"

她点了点头。"我会打电话的。"

她看着他走出了酒店。她喝完了杯子里的矿泉水,然后也起身回家了。

她一进门,就闻到了鸡丁的香味。大卫并不经常做饭,不过他只要做饭就会用"今夜鸡肉"①。他做的主食也是即时米饭。

"嘿,"他望着她走进厨房,并把笔记本电脑放在桌子上,"把电脑拿开好吗?开饭了。"

"我先换衣服,"她说着拿起了电脑,"几分钟。"

"好的,"大卫搅了搅锅里的食物,"快一点儿,米饭已经熟了,凉了就不好吃了。"

"知道了。"奥尔拉说着走进了卧室,把套装挂起来,拿出了一套居家服换上。她把头发里的发夹拿出来,用手把头发捋顺,然后喷了一些季风香水,走进了客厅。

大卫已经把餐桌摆好了。他真的很不错,她边坐下边想。

"你的会面如何?"他把一个盛了鸡肉和米饭的盘子放在她面前。

"还好吧。"她拿起了叉子,搅动着盘子里的食物。

"能签单吗?"

"也许吧。"她很想告诉他关于鲍勃·墨菲的事,可终究还是没说出口。她

---

① "今夜鸡肉",一种烹调作料的名称。

自己也不知道是为什么。

"我今天拿到了一张大单,"大卫说,"一个一家六口的理财产品。"

"真没想到如今还有六口之家。"为什么她不直接说"塞雷纳人寿想挖我过去"?究竟是什么原因让她想隐瞒这件事?她想告诉他,她真的想。

"父亲,母亲,两个儿子,两个女儿,"大卫说,"每个人都很快乐,也很健康。"

"希望他们一直可以那样。"时间过得越久,就越难告诉大卫这件事了,因为他会问她为什么之前没有跟他说。

"没有疾病史,"大卫还在继续之前的话题,"很不错的一家人。在森迪福特住。"

"真好。"奥尔拉说。

"我这周应该不错。"

"我可不怎么样。"

"没关系,"他安慰她说,"再好的销售人员都会遇到这样的事。"

她饭后负责收拾打扫,而大卫则一直在看天空新闻台。

她那晚没有告诉他鲍勃的事。她需要先思考一下,弄清楚自己究竟是怎么想的。她不希望大卫把好坏总结给她听,然后期望她能依照他的意思做。她还不想听他的意思。

婕玛用大卫给她的钱给罗南买了一台小电视,这样他就可以在那上面玩游戏,而不用再占用楼下的大电视了。她知道自己在让步。罗南一直都想要一台自己的电视,她反对他的原因就是希望他应该下楼来和家人待在一起。

可楼下有什么家人呢?她边给电器城写支票边想。基林不是待在自己房间里就是去找肖娜·菲茨帕特里克。如果楼下还有人坐在那儿的话,那也只是婕玛自己。

当然,她不应该去责怪孩子们。什么样的孩子愿意一直和父母待在一起呢?至少她小时候不会。她记得那时每到晚上,她都会躺在床上听广播,而她的父母则会坐在楼下看电视。迈克尔也会待在自己的房间里，只不过他是在学习。莉斯会和朋友出去玩——莉斯总是有数不清的朋友。他们三个人没谁愿意跟弗朗西丝和格里待在一起。

但这也很正常，对吧？十几岁的孩子都会希望远离家长的控制，不是吗？既然如此，她又为什么希望自己的孩子与众不同呢？她连自己的丈夫都留不住，难怪孩子们也希望远离她啦。

离婚的时候，她总是抱怨大卫要么常常不在家，要么回家太晚，或者完全不在乎他们。那时她觉得这些想法都是事实。但也许正是她的抱怨才让他不愿意回家，或是尽可能地晚回来，更少地在意他们。事情走到这一步，其实是她的错。她在人际关系上真是要多失败有多失败。她从来都不明白人们希望她成为怎样的人。

罗南很喜欢那台新电视。他一个人就安好了操作手柄和游戏机，没要任何人帮忙，枪炮声又充满了整栋房子了。我的孩子可能是个疯子，婕玛一边削着土豆，一边绝望地想着。

"我出去了。"基林告诉她。

"去哪儿？"婕玛把手中的土豆扔进了水池。

"去肖娜家。"

"今天是周日，"婕玛说，"他们可能正在吃晚餐。"

"不会的，"基林有点儿讽刺地说，"他们不到五点不会吃晚餐的。"

"那你和肖娜去哪儿呢？"婕玛问。

基林耸了耸肩。"不知道，可能就会在附近走走。周日能安安静静地待一会儿真好，总比和爸爸到处瞎跑好得多。"

婕玛转身看着她。"你不喜欢周日和爸爸出去吗？"

"但不至于每周都出去吧。"基林说，"我的意思是说，这就好像你的人生都已经被安排好了一样，不是吗？每周日都和他在一起。周末也是我的休息时间，你明白的。"

"我以为你希望每周都能见到爸爸呢。"

"我是希望，"基林说，"但现在这成了规矩，不是吗？"她把扎进眼睛里的头发塞到耳后。"我希望能做一些好玩的事情。我不喜欢每天都可以预知之后的事。学校和爸爸，上学和周日。"

"现在在放假呢，又不用去上学。"婕玛提醒她说。

"离开学就剩几个星期了，"基林说，"然后就又变回周而复始的日子了。"

"你又不会永远都上学。"

"是不会。"基林叹了口气，"我可能会找一份破工作，穷困潦倒地生活在绝望中。"

"别傻了。"婕玛擦干了手，抱住了基林，"你会找到一份非常好的工作，去很多地方旅游。你的生活会非常美好，之后会碰到一个帅帅的男孩儿，让你成为最幸福的人。"

"你觉得自己的人生也是这样的吗？"

婕玛皱了皱眉。"我喜欢我的工作——我现在还是喜欢。我和你爸爸在一起的时候确实也去过一些地方，而且我还有两个很棒的孩子。"

"可你没碰到一个让你成为最幸福的人的帅帅的男孩儿。"

"嗯，"婕玛说，"没人能事事如意。"

"为什么？"基林问。

"我不知道。"婕玛又皱了皱眉，"在我看来，如果你生活的某一个方面还不错，那么另外的一些事情可能就会让你操心。不过想想看，有些人确实什么都有。"

基林笑了。那笑容很短暂，她想，不过那确实是很久以来她第一次看到她女儿在笑。

"在遇到爸爸之前你有过很多男朋友吗？"基林问。

婕玛想了一会儿。她确实遇到过一些男孩儿，尤其是快毕业的那年——她希望基林永远不要像她那时的样子。

"不够多。"

"年轻时的恋爱是在浪费时间。"

"不是的。"

"是。"基林的语气很坚定，"他们既幼稚又愚蠢。"

"你有男朋友了吗？"婕玛问，心里有些担心基林会给出一个令她恐惧的答案。

基林摇了摇头。

"有喜欢的吗？"

基林又摇了摇头。婕玛释然地叹了口气。

"为什么我们不能去度一次假呢？"基林突然问道。

"度假？"

"是啊，"基林说，"所有人夏天都出去度假了，肖娜去了佛罗里达。为什么我们不能去个好玩的地方呢？"

"因为——"

"我知道。"基林打断了她，"我们去不起。"

婕玛咬了咬嘴唇。

"如果爸爸在，我们就可以去玩了，"基林说，"他在的时候我们总是去旅行，只是我那时候太小了，什么都不懂。"

婕玛听到女儿这番小大人似的话，差点儿笑出声来。

"为什么你要让他离开呢？"基林问，"我是说，他在的时候，我们也没那么糟啊。他又没有找你的麻烦，你们也没有大喊大叫过。为什么你不想和他在一起了呢？"

我是在心里大叫的，婕玛想说。一段关系的结束未必是因为两个人拳脚相向，或是恶语相讥。真的不需要如此。

"你应该和他在一起，"基林继续说，"你选择了和他结婚，不是吗？难道两个人在一起真的这么可怕吗？"

婕玛沉默了。基林的下嘴唇开始颤抖起来。

"对不起，"婕玛说，"我很抱歉把一切搞得这么糟。我真的很抱歉。"

"他和奥尔拉也会变成这样吗？"基林恢复了平静。

"我不知道。"婕玛说，"不过无论如何，他总不会娶一个他不爱的人的。"说出这样的话对她来说真的不太容易。她必须要强迫自己才能说出"爱"这个字。

"只是……"基林叹了口气,"之前他虽然离开了,可他始终还是爸爸。可现在他又娶了她,一切都不一样了。"

"我知道,"她又揽住了基林说,"我知道。"

大卫和奥尔拉并排坐在罗姗娜和罗杰后院花园的长椅上。大卫今天没去看孩子们,因为奥尔拉的父母邀请他们夫妇来这边吃午餐。她的两个结了婚的哥哥也带嫂子过来了。

"他们请了你,这是一个好征兆,"奥尔拉开心地说,"你可不能拒绝啊!"

他明白。可他很不愿意打电话给婕玛说周日不能去接孩子们了。事实上令他更难以接受的是,她连为什么都没问。他本来想和孩子们说话,可婕玛说他们都出去了。去哪儿了,他在想。可他却问不出口。

他叹了口气。午餐还不错,没有特别不舒服的感觉,只是会有些突然的冷场。不过奥尔拉的四个哥哥会及时打破僵局。奥尔拉的家里有一种非常和谐的气氛,大卫很喜欢这种感觉。他们看上去都很亲密,这种关系是他家和婕玛家都没有的。

他望着花园。这个花园和格里·加维的后院花园非常相像,大卫想。整齐的草坪;漂亮的玫瑰和三色堇;一个方方正正的露台,上面摆着盆栽。简直是一模一样,大卫自言自语着。只是罗杰的花园里有一群跑来跑去的孩子。没有人可以在格里的花园里跑。他喜欢格里,格里是个非常好相处的男人。他为了逃开弗朗西丝,把大部分时间都花在了那个园子里。弗朗西丝没有一刻是容易相处的。

也许正因为如此,才造就了背景本来非常相似的奥尔拉和婕玛截然相反的性格。也许你的父母给你的影响是你永远都不能预料的。他给了他的孩子们怎样的影响呢?他自问。想到这里,他颤抖了一下。

"你还好吗?"奥尔拉问。

"当然,"他揽住了她。"我很好。"

第十六章

带孩子们去旅行这件事突然变成了婕玛的心病。如果让基林和罗南整个假期都待在家里，对他们实在太不公平了。基林一直都在努力工作，她确实应该好好休息一番。罗南也是，应该从电视和游戏前离开一段时间。婕玛看到他一直在电视前"杀人"，很是担心，虽然他看上去心态很正常，但她还是感到焦虑。

我需要作一下预算，婕玛边观察着艾琳·德瓦尼新挑染过的头发边想。我可以搞定。我马上就能让一切走上正轨。不过我要让大卫负责孩子们旅游的费用，这个说得通。他们需要旅行，他们真的需要。我也是——不过我会负责自己的那部分开销。我不会让他觉得我在算计他。

除了晚上，任何时候给他打电话都没有意义。工作时间是很难找到他的——这也是他们婚姻中的一大问题。哪怕她非常需要他，也只能给他发信息。但他从来都不会回复，因为他不认为那些信息重要。

她放下剪刀，拿起了吹风机。艾琳今晚有活动，她嘱咐婕玛一定要认真些。就好像我需要她提醒一样，婕玛边帮艾琳吹头发边想，因为她从来都是非常认真的。她对自己的工作感到很骄傲。

"很漂亮，谢谢。"头发做好之后艾琳赞叹说。

"祝你今晚玩得愉快。"婕玛对她说。

艾琳做了个鬼脸。"是菲利普公司的事，"她说，"我实在无法想象听他们谈那些引擎的事能有什么愉快的。不过至少我希望自己看上去能漂亮些。"

"你很漂亮。"婕玛说，"而且我相信你会开心的。"

那是谎话，她告诉自己说。和大卫参加他们公司的聚会时，婕玛从来都没有开心过。也许那是她的错,也许她没有尝试让自己开心。

"你周六早晨能来上班吗?"尼娅姆走了过来,表情很是忧虑,"西利亚周六休息,她要去参加婚礼。本来贾尼丝要替她班,可她昨天不小心把手腕弄伤了,所以现在还不确定周六能不能来。"

"没问题,"婕玛说,"基林周六上班,洛兰·克劳福德会带内维尔和罗南出去。我本来要做些家务,不过可以来上班。"

"谢谢,"尼娅姆说,"真感激你。"

"别客气,"婕玛说,"每天我都在感激你能让我来这儿上班。"

"看在上帝的分上!"尼娅姆看着她,"为什么?婕玛,你很棒。我需要有人来工作,而你现在说得就好像是我在忍耐着你一样。你比我技术强多了,你知道的。"

"不是的。"

"当然是啦。我不知道你为什么这么不自信。记得以前我们一起工作的时候吗?你的预约本永远都是满的,每天都是。婕玛,自信一点儿,别老是低估自己!"

婕玛惊讶地看着尼娅姆。这么多年以来,尼娅姆还是第一次这么义正词严地和她说话。

"我没有低估自己。"她说。

"你有,"尼娅姆告诉她,"而且一直是这样。"

"没有,我没有。我知道自己技术不错。"

"不只是这方面,"尼娅姆说,"是所有的事情上,婕玛。你觉得自己不会理财,不会照顾孩子。你经常抱怨自己的身材、样貌,或者其他东西。你害怕你母亲。这几年我很少听你说自己哪一点是好的。"

"你太夸张了。"婕玛缓缓地说。

"可能吧。"尼娅姆叹了口气,"我只是希望你能自信起来。想想看,婕玛,你离婚了。你独自一个人抚养两个孩子,而且做得相当出色。你工作一流。你只是不知道自己有多好。"

婕玛朝她笑了。"看来你看的那本书很有用嘛。直面那些恐惧,然后勇往直前！"

尼娅姆看上去有点儿不好意思。"事实上——"

"不用解释了。"婕玛笑了，"你说得对。只是我确实没觉得自己做得很好。基林一直有一股怒气，罗南对着电视的时间比对着真人的时间还多，而且我的收支永远都不能平衡——这个问题非常严重——我这周又比预算超出了四镑！"

"哦，婕玛！"尼娅姆笑望着她，"这些问题中哪个最严重？"

"当然是那四镑了，"婕玛说，"你还能想到比这更糟糕的吗？"

她决定那晚打电话给大卫。她会和他谈谈，讨论一下钱的事，告诉他她用他给的钱给罗南买了一台移动电视（对此她依然感到有些内疚），然后再问问他能不能借她些钱，让她带孩子们去玩一个星期。最长也不过是一个星期——暑假已经快结束了，婕玛不可能让孩子们逃学。

她打电话的时候已经九点了。基林和肖娜正待在楼上基林的房间里。罗南和内维尔在房子前面玩足球。

"你好。"

婕玛紧握住听筒。她没想到奥尔拉会接电话，尽管这本来是很自然的事，可她对此一直很抗拒。她本想挂断电话，不过又觉得那样实在太蠢了。奥尔拉只是个小姑娘，看在上帝的分上！

"嘿，奥尔拉，是婕玛。"她的声音很轻盈。

"嘿，婕玛。"奥尔拉的口气平和。

"大卫在吗？"她问。

"现在不在。"奥尔拉说。

"哦。"婕玛看了看表。

"有什么事让我帮你转达吗？"奥尔拉问。

"能让他给我回个电话吗？"

"很急？"

"不急,"婕玛说,"我有件事需要和他说一下。"

我也是,奥尔拉想。"我会告诉他的,"她说,"我不知道他几点能回来。"

"出去见客户了?"婕玛问。

"是啊!"奥尔拉撒了谎。

"你也应该出去见客户。"婕玛很惊讶自己居然和她开起了玩笑。

"我今天已经见了太多了。"奥尔拉说。

"我明白,"婕玛说,"他如果到家不太晚的话可以今晚就打给我。"

"我会告诉他的。"奥尔拉说,"拜拜,婕玛。"

"拜拜。"婕玛说,但奥尔拉已经挂了电话。

奥尔拉坐在电视前发呆。大卫一个人出去散步了。他们因为塞雷纳人寿的事吵了一架之后,大卫就出去了。

"他们能给你些什么?"她告诉他这件事后他问。

"比现在薪水高,车比现在好,当团队主管。"她告诉他。

"为什么找你?"他问。

"为什么不找我?"她盯着他,"你觉得我不够好吗?你在我这个年龄没当过团队主管?"

"是的,没当过。"大卫说,"如果你记得的话,我入行之前一直在周游世界。"

"我觉得这是一个很好的机会。"奥尔拉说,"塞雷纳正在爱尔兰扩大他们的销售团队。我在那儿的发展机会更大,我可能可以进入管理层。谁知道呢?可在格雷维塔斯绝对没有这个可能。大卫,坦率地说,格雷维塔斯很好,可是它比塞雷纳小多了,机会也少多了。"

"所以你认为我们是在一家二流的公司工作喽,对吧?"

"不是!"她盯着他,"我只是在考虑自己的未来,大卫。你和你的队友在格雷维塔斯已经很稳定了。我知道你喜欢做销售,但可能不是永远都这样。一旦有进入管理层的机会,你绝对是个重要人选。埃蒙、亨利,还有安格斯也是。

我可能一辈子也排不上队,而且格雷维塔斯喜欢男员工,你知道的。"

"我们从不歧视!"

"确实没有,"奥尔拉承认,"不过你们也没怎么帮过女员工的忙。"

大卫看着她。她栗色的眼睛里充满了愤怒,脸也憋得通红。她生气的时候特别性感,他想。他在这时候居然想和她做爱,这想法把他自己吓了一跳。鲍勃·墨菲五天前就跟她谈过了,可她直到今晚才告诉自己。他因为她没有向自己保持坦率而感到受了伤,也因为她是如此希望接受那份工作而感到生气。大卫希望她留在格雷维塔斯。

"这样你就能监视我了?"她问。而他则矢口否认,说这简直是一派胡言。事实上他知道她说得不无道理。

"我觉得格雷维塔斯对你来说是个更好的机会,"他说,"我知道利亚姆·麦克达德对你寄望很高,他一直这样跟我说。如果经理都这样想,那么显而易见你在这儿的前途是光明的。"

"当然。"奥尔拉说,"可你说的是在不可见的未来,塞雷纳说的可是现在。他们愿意因为我的能力和经验给我这么高的报酬。你难道不觉得我应该把握住眼前的机会吗?"

"为什么这么急于求成呢?"大卫问。

"急于求成?"奥尔拉盯着他,"我在格雷维塔斯已经工作了两年了,大卫。这不叫急于求成!"

"可现在我们说的是发展你的事业,"大卫告诉她,"如果你一下子得到了那么多,你可能会'烧'到自己的。"

"你说的都是什么屁话!"她站起身来,"你只是想把我捏在你的手掌心里,不是吗?你想做老大,想比我赚得多。你想确认无论我做得多好,都不可能超过你。因为你来格雷维塔斯的时间长,经理都听你的话。你不想我成功,对吧?"

"胡扯!"大卫生气了,"我简直不相信你会说出这么多鬼话,奥尔拉。我没想到你这么没脑子!"

"真对不起,让你失望了。"她竭尽全力压低自己的声音。她无法相信自己会和大卫这样争吵。他们从不吵架。他们有时候会有不同意见，不过和现在的情景可截然不同。这次真的是吵架，货真价实的吵架，关于她的人生选择，她的未来。

"不错，"大卫说，"你确实让我失望。"他拿起了外套。"我以为你的未来是和我在一起的。我出去走走，一会儿见吧。"

那已经是两个小时之前的事了。奥尔拉无法想象他会一个人出去两个小时。他和婕玛吵架的时候也会这样做吗？她想道。他们经常吵架，大卫曾经告诉过她。那可是大吵大闹，结果是婕玛泪流满面，大卫则尝试着保持冷静。不过可能婕玛确实有她流泪的理由，奥尔拉焦虑地想，如果大卫当时对婕玛也像今天对她一样的话。她咬住了嘴唇。婕玛想要些什么呢？为什么她把电话打到家里来呢？婕玛从来不会打过来找大卫。奥尔拉知道他们有时会通话，他们需要讨论有关孩子的事，而且每周日他们都会见面。可他们交谈的时候她从来都不在场。她猜他一直都是用手机打给婕玛的，或者是办公室的电话。她觉得他不会在家打给婕玛是在照顾她的感受，而婕玛不把电话打到家里来也是因为如此。因此她打过来一定是有急事，可能是有一个孩子病了。她再次咬住嘴唇，也许她应该打过去问问。

别傻啦，她告诉自己说，如果有什么重要的事，婕玛肯定已经告诉她了。她听上去应该会很焦虑。然而如果奥尔拉没记错的话，婕玛当时的语气可是相当放松的。

婕玛和大卫的婚姻究竟是什么样的呢？她自问着。他只是说他们结婚时都太年轻，说当时是因为一时的激情，而激情退去后，他们又不得不因为孩子而维持着关系。可婕玛突然又觉得孩子不足以成为他们维持婚姻的原因了，所以才向大卫提出了离婚。奥尔拉喜欢他这样的轻描淡写——他没有说自己受够了婕玛所以离开，而是承认自己本来想继续这段婚姻，而婕玛主动结束了它。

"你当时是什么样的感觉？"她问。

"开始的时候觉得世界都毁灭了，"他回答说，"之后却感到非常释然。"

在她面前，他一直都坦陈他和婕玛的关系。所以她从来都没有因为他们以前的故事或者是现在的联络而吃过醋。婕玛对她没有威胁，她只是他的过去。奥尔拉不相信人会生活在过去。

大卫回来的时候已经快十点了。他带进了一阵凉气，还有烟酒的味道。她在想他去酒吧之前究竟走了多远。他的眼睛很明亮。

"你回来了。"她说。

"嗯。"

"散步散得好吗？"

"很好。"

"天气不错吧？"

"还不坏。"他说。

他脱去了外套，把它挂在椅背上，之后便走进了厨房。她听到他往水壶里灌水的声音。她翻开了一本杂志。

几分钟之后他回来了，手里拿着一杯咖啡。

"我知道你晚上不喝咖啡，"他告诉她，"不然我会帮你冲一杯的。"

"没关系，谢谢。"

他坐了下来，从桌上拿起了遥控器。"有什么节目吗？"

她摇了摇头。"没什么好看的。"

他不停地换着台，然后停在了天空新闻频道。电视里正在播放财经新闻。奥尔拉知道大卫喜欢跟进每一日市场上的变化，这有利于他的销售。他就是这样一个细致的人。

"出去的时候碰到谁了吗？"她问。

"没有。"他说。

她翻了一页杂志。我不会给他好脸色的，她想着，有错的是他。我只是希望自己的未来更美好，而他却让我感到很不舒服。我实在不觉得我应该向他妥协。

"我去睡了。"她说。

"好的。"

"你要看很久吗?"

"刚十点一刻。我看一会儿电视。"

"好。"她说。

她去洗手间仔细地卸了妆。她故意拖延着时间,想着自己打理完毕之后大卫可能已经坐在卧室等着她了。她希望他能在那里。

她鼻子旁边长了一颗痘痘。她对着镜子挤着那颗痘子,心里想着自己怎么会长出痘子来。挤完之后,她的脸上红了一片。

他没在卧室。她依然可以听到楼下的电视声。滚吧,她钻进被子里。我才不在乎呢。

大卫惊醒了。电视依然亮着,屏幕下方显示的时间已经是一点半了。他揉了揉眼睛,看看周围。他的头在隐隐作痛,可能是因为之前在酒吧喝的那四杯喜力啤酒。他从来不会在一周的中间喝这么多酒,当然也不会喝上这么长时间。不过他实在是太生气了,或者说更多的是伤心,他在敦劳费尔码头散步的时候这样想。

他伤心是因为她没有在第一时间告诉他塞雷纳人寿想让她去工作的事,也因为她这么希望接受那份工作。他知道自己的感觉有点儿傻,她当然有权选择任何一份工作。可是她如今希望选择另一家公司,让他觉得她从自己身边走开了。他望着码头前的海水,想着自己简直像个孩子一样在无理取闹。如果奥尔拉像他现在这样,他一定会开她的玩笑,说她不成熟,没有人生经验。可他就是没有办法克制自己的脾气。她在格雷维塔斯工作的话,就如同在他的羽翼之下。如果她离开了,那么她需要完全依靠自己了。

她二十四岁了,他提醒自己,不小了。我这样想的唯一原因是因为我二十四岁的时候才得到第一份工作,而她已经工作几年了。但是我花了五年的时间在欧洲、美国和澳大利亚周游。我那个时候从来都不会在乎升职加薪之类的事情。找到工作的那一刻自己惊讶得不得了。之后,便是和婕玛昏天黑地的恋爱。

他摸了摸自己的脖子，想到了和婕玛的第一次见面，以及之后迅速的恋爱。他记得她用手抚摸着自己的长头发。他记得她探过身来，胸部贴在了他肩膀上的感觉。他记得她明媚的笑容、善良的眼神，金黄色的头发在脑后绾成了一个发髻。她曾经是那样一个开朗的女孩儿。他们立刻就擦出了火花。

一个星期的培训后，公司要求他们找一个熟识的朋友介绍理财计划。他第一个想到的就是那个穿着牛仔裤和猩红色拖鞋的美女美发师。他不知道自己选择她的原因，因为她最不可能购买他们的产品，或许只是因为自己想要见她。

最后，他可谓是一举两得。婕玛、尼娅姆，还有其他两个美发师都和他签了单。他还成功地约出了婕玛。他们一起去看了电影。整个晚上她都靠在他怀中——《终结者》把她吓得要死。他选择这部电影本身也是为了这个目的。她很开心，他回忆着。她身上的香水味，她用手握着他的手时的感觉，还有她柔软的嘴唇——一切的一切都让他觉得特别极了。他想独占她，不希望与任何人分享。他爱上了她。所以他向她求婚了。至今，他还清楚地记得那一幕的所有细节。她回答"好"的时候，他几乎喜极而泣。

第十七章

"婕玛！找你的。"婕玛手上这个客人的头发差不多就要吹完了，美发助理黑兹尔却拿着听筒向她挥了挥手。可能是大卫吧，她想，他可以等一会儿。她正因为他昨天没有及时给他回电话而生气呢，心里盘算着是不是奥尔拉没有告诉他她打过电话。可能奥尔拉并不觉得大卫前妻来的电话有什么重要的。她慢吞吞地走到电话旁边，拿起了听筒。

"你好。"她冷冷地说。

"嘿，婕玛，你每次都要让人等这么久吗？"

"莉斯！"婕玛很吃惊。莉斯给这里打电话的唯一原因就是想让婕玛帮她做头发，而上次她打过来的时候，婕玛因为太忙，也没有帮她安排成，结果莉斯很不高兴地挂断了电话，告诉婕玛她可以到别的地方去做。"有什么事吗？"

"为什么一定要有什么事吗？"莉斯问，"你是不是觉得可以让我等上一天再接我电话啊？"

"对不起，"婕玛说，"我帮客人做头发做到一半。我没想到是你——你应该暂时还没有剪头发的需要吧。你给我打电话都是因为要做头发，或者有什么别的事。"

"不是这样的。"莉斯听上去像是受了很大冤枉，"我只是忙而已。"

"如果你不需要剪头发，怎么会想起打给我？"

"我本来想昨天晚上就打给你的，可是在爸妈那儿打电话，妈妈总是会竖起耳朵听的，根本没办法说话。"

婕玛笑了。"你现在就像个十六岁的孩子。"

"她让我觉得自己只有十四岁。"莉斯说，"婕玛，我想问你有没有时间和我一起吃午餐。"

"午餐!"和妹妹一起吃午餐绝对是史无前例的事。

"别那么小气。"莉斯说。

"肯定出什么问题了,"婕玛说,"我们从来不一起吃午餐。"

"我们从来都不见面,"莉斯说,"除非你帮我做头发,这实在太有问题了。看在上帝的分上,我们是姐妹,我不应该为了做头发才见你吧!我们应该时常出来聊一聊,小时候就是那样的。"

"莉斯,你没喝醉吧?"

"我就当你没说这句话。"莉斯说,"现在是上午十一点,婕玛。我就是再不靠谱也没在十一点喝醉过啊!"

"我知道,对不起。"

"而且我要是在这个时候喝醉,早就被公司踢出门了。"

"我说过了,对不起。"

"好吧,无论如何,你愿不愿意和我吃午饭?"

"今天肯定不行,"婕玛说,"至少目前看是这样。我十二点有一个预约,而且我要在这里留到两点,会有一些没预约的客人过来。我们能晚上见吗?"

"可以。"莉斯说,"不过那就意味着妈妈要替我照顾苏西。我实在不想让她帮我看着苏西。你知道的,对她来说那可是个大麻烦。我不想欠她人情。"

"哦,莉斯。她不会觉得麻烦的。"婕玛撒了谎,弗朗西丝可不会这么觉得。

"打赌?"

"我中午真的不行,肯定不行。"婕玛说,"晚上过来吧。带着苏西一起过来。我可以让基林看着她。"

"行吗?"

"当然。"

"好的。"莉斯说,"你真的没什么问题吧?"

"当然。"莉斯说,"我只是想向我姐姐寻求些建议。"

建议!婕玛盯着电话机。莉斯从来都没向她寻求过任何建议!就算有过,婕玛也不会知道应该给她什么样的建议。婕玛自己的生活已经一团糟了,她又怎么可能给比她聪明的妹妹人生建议呢？

她放下了听筒，心里想着不知莉斯到底发生了什么事。

而且为什么大卫还没打过来呢？他可能是在拖时间，或者他早已经猜到了她是因为钱的事才打给他的。他一直都是这样，自己没有准备就绪的时候就不会打给她，让她等待，让她焦虑。他总是让她焦虑。好吧，她边帮沙伦·凯莉调染发膏的颜色边想，我绝对不能让你得逞。如果他今晚还不打过来的话，她会再打给他。

婕玛告诉基林晚上莉斯和苏西要过来，希望她帮忙照顾苏西的时候，基林满眼厌恶地看着她。

"我晚上要见肖娜，"基林叫道，"我不想照顾任何人。"

"你很少见到你的表妹，"婕玛说，"和她相处几个小时对你来说应该是好事。"

"不是好事，"基林说，"能有什么好？"

"哦，拜托，基林，"她放下架子央求说，"不如你叫肖娜过来，这样你就可以顺便帮忙照顾一下苏西，我和莉斯也能说说话。"

"为什么你和莉斯突然想聊天了呢？"基林有些怀疑地问，"你们从来不聊天。"

"只是最近没见面。"婕玛说，"我们都太忙了。"

"你们会出去吗？"基林问。

"不知道，"婕玛说，"我们还没决定。你希望我们留下还是出去？"

"罗南晚上会在吗？"

"应该是吧。我们即使出去也不会走远。"

"你们可以出去。不过我可不会同时也照顾他的。"基林说，"他太奇怪了。"

"他才不奇怪。"

"他是男生，"基林说，"这就够了。"

婕玛笑了，基林忍了一会儿也笑了。

"我会给肖娜打电话,"基林说,"不过我真不愿意看孩子。"

"我愿意变成百万富翁,"婕玛说,"不过愿意不愿意通常并没什么用。"

莉斯几乎是准点到达的,还带来了一瓶红酒和一盒巧克力。

婕玛惊讶地看着她。"我一直想减肥,"她说,"可如果总是喝福斯蒂诺①或是吃费列罗②可减不下去。"

"你看上去刚刚好。"莉斯有点儿不耐烦地说。

没有你好,婕玛想。莉斯一直都是姐妹中最漂亮的。皮肤更光滑,颧骨更清晰,眼睛更蓝更闪亮。她赤褐色的头发(被上次帮她剪头发的人修剪得有点儿过短了,婕玛想)透出了健康与活力。她穿着一件白色的纯棉上衣,灰色牛仔裤紧紧地包裹着臀部——她的臀部比婕玛上次见她的时候更精巧了。事实上,除了她的发型之外,莉斯看起来棒极了。

"我把胳膊弄伤了。"苏西一直等着想要说话。她揪了揪婕玛的裙子。

"我听说了。你真可怜。"

"我摔倒了。"苏西说。

"疼吗?"

苏西嘟起了下嘴唇,点了点头。

"不过她很勇敢,"莉斯马上说,"她一点都没哭,婕玛。很棒吧?"

"当然。"婕玛马上赞同道。她朝小外甥女微笑着。"你是个很棒的小姑娘,苏西。你去找找看,我保证你能在厨房桌子上的罐子里找到软糖。去吧。"她看着那个立刻奔向厨房的小姑娘的背影喊道,"别跑!"

基林走下了楼。她乌黑的头发像窗帘一样遮住了脸。她穿了一件黑色T恤衫、一条黑色牛仔裤和一双CAT③的黑色鞋子。

"肖娜一会儿过来,"她告诉婕玛说,"罗南和内维尔出去了,我跟他说八

---

① 福斯蒂诺,葡萄酒品牌。
② 费列罗,巧克力品牌。下同。
③ CAT,美国休闲服装与鞋业品牌。

点半前回来。你们如果愿意的话可以出去。"

"不过,我们觉得还是留在家里好了。"婕玛说,"莉斯拿来了一瓶红酒。"

基林从头发后面看着她母亲。"你们不是说好出去的吗?肖娜一会儿就过来了。"

婕玛看着女儿。"我们可以去酒吧,"莉斯说,"让孩子们单独待一会儿吧。如果基林能照顾苏西,我们就可以出去。"

"我们不会回来很晚的,"婕玛告诉她,"我保证。我会带着手机,你有事的话可以打给我。"

"不会有任何事。"基林说。

"我肯定不会有的,"莉斯冲她笑着,"太谢谢了,基林。"

基林也对她笑了笑。婕玛几乎想告诉基林,她笑起来真的很漂亮,而且这个笑容应该是几个星期以来她看到的最真诚的笑容。

婕玛和莉斯沿着马路有阳光的一边走着。海风让空气变得凉凉的,不过阳光还是很温暖。

"怎么从头到脚都是黑色呢?"

"基林?"婕玛看了她一眼。

"还能有谁呢?"

"我猜这是一个阶段吧。"婕玛叹了口气,"整个夏天她简直让我头疼极了,莉斯。我和大卫离婚之后她变得更难相处了。她活在自己的世界里,我完全没办法走进去。"

"她十三岁,"莉斯,"我十三岁的时候也希望活在自己的世界里。"

"她快十四岁了,"婕玛说,"我估计他们这种青春期的躁动情绪会持续一段时间。"

莉斯吸了吸鼻子。"我不知道。我十三岁的时候觉得没有人能理解我。"

婕玛笑了。"确实没有人能了解你。这就是你的魅力之所在啊。"

她们穿过马路,穿过了酒吧门口站着的人群,走了进去。

"你想喝什么?"婕玛说。

"一瓶米勒。"莉斯说,"你别那个表情!我知道我开车了。我有分寸的。"

"我没做什么表情啊,"婕玛反对说,"找个座位吧,我一会儿把东西端过去。"她又要了几包炸薯片,然后付了钱。"我知道我不该吃这个,"她边打开其中一袋边对莉斯说,"不过我忍不住。"

"我确定费列罗巧克力比这个强。"莉斯朝着她笑道。

"好吧。"婕玛端坐在椅子里,意味深长地望着她妹妹,"你希望我给你些什么建议呢?"

莉斯把酒倒进杯子,喝了一口。"妈妈会问我是不是喝酒了,"她说,"只要我出门,她晚上就会使劲闻我身上有没有酒味。"

"我记得。"婕玛说。

"你只有小时候才需要忍受这些,"莉斯说,"我已经三十三岁了。我是个大人了。虽然我承认我不是这个世界上最理性的人,可我也不需要我妈妈每天闻我身上的酒气。"

"她改变不了了。"婕玛喝了一口自己杯子里的啤酒。

"我知道,"莉斯说,"有控制癖的老八婆!"

"莉斯!"婕玛看着她,脸上一副恐惧的表情,"你不能这么说妈妈。"

"为什么?"莉斯问,她把一绺头发别到了耳后,"为什么我不能说她有控制癖?那就是操纵癖、保护癖,随你挑吧。"

婕玛咬住了嘴唇。她同意弗朗西丝确实有莉斯说的那些特点,不过无论如何她还是她们的母亲,总不能用那些词语去形容她。

"她的性格就是如此。"婕玛说。

"她不应该生孩子。"莉斯拿了一块薯片放进了嘴里,"至少不应该生女儿。如果她的女儿以后要做修女的话还可以,但不能有正常的女儿。"

婕玛笑了。"如果我们多看看《好主妇》这样的书而不是什么浪漫小说的话,情况会变得比较不一样。"

"她实在是太老套了,"莉斯叹息说,"她没办法忍受我们晚回家,或者是有很多男朋友。"

"她只是压抑自己。"婕玛说。

"你这样想吗?"

"也许吧。"婕玛耸了耸肩,"我不知道。她永远想要完美。她喜欢的东西都是我讨厌的东西。还记得她有多讨厌我们把东西放在不该放的地方吗?"

莉斯点了点头。"不过她也只是抱怨我们。迈克尔怎么样都没关系。"

"我知道。"婕玛叹了口气,"他可是她教育的结果。你说得对,莉斯,她只要儿子就可以了。迈克尔是她眼中的宝贝。我们是麻烦。"

"可能也不全这样。"莉斯叹息着说,"你知道吗,你结婚的时候她其实是很为你骄傲的,婕玛。我当时很嫉妒。"

"不会吧?"婕玛把杯里的酒一饮而尽。

莉斯点头表示确定。"绝对是真的。虽然你离婚的事让她又崩溃了一次,可她还是觉得你至少结过婚,这已经比未婚妈妈好多了。"

"你干吗不搬出去呢?"婕玛问。

莉斯又点了一杯酒。"我负担不起,"她说,"面对现实吧。我赚的钱又不够多,自己租房子意味着还要再找一个人照看苏西。"她一脸悲苦。"我实在不好意思一边说她坏话,一边还让她帮我照顾苏西。她让我觉得让我留在那里住是给了我一个大人情,我应该时刻表示感激。"

"时刻要感激一个人是这个世界上最糟糕的感觉了。"婕玛赞同道。她从吧台上拿来了她们新点的酒,吧台那个女孩子看上去和基林差不多大。她在想基林会不会也在对肖娜谈着类似的事——抱怨婕玛不够爱他们,经常要出去工作,不给他们钱花,总是批评他们没有收拾衣服。也许我不应该这样看我的母亲,婕玛想。也许我和她其实一模一样。她咬住了嘴唇。她希望不是这样。她只是想确认孩子们真的很爱她,而不是把她看做强权者。强权,她对自己这个想法嗤之以鼻,她在孩子们面前从来就没有过强权。

"事实上,我叫你出来可不是要跟你谈妈妈的。"莉斯把她从思绪中拉了回来,"我想问你的事和这些一点儿关系都没有。"

"说吧,"婕玛说,"虽然我觉得我从来就没什么资格给你任何建议。"

"我知道,"莉斯说,"你听了之后可能会改变想法。"

"恐怕不会吧。"婕玛笑了。

"好吧。"莉斯坐回了椅子里,"我认识了一个男人。"

"一个男人？"婕玛重复道。

"当然是男人。"莉斯笑了。

"你开玩笑！"

"我为什么开玩笑？"莉斯有些生气了。

"对不起，"婕玛迅速说，"我不是那个意思。只是我一直没觉得你想要寻找什么人。"

"我本来也没有。"莉斯说，"那次很傻，我带苏西去赫伯特公园吃饭，我们互相追着玩，我绊倒了，那个人把我扶了起来。"

"莉斯！"

莉斯笑了。"他人很不错。他叫罗斯·哈灵顿，在一家银行工作——这应该是好消息吧——另外，他今年三十六岁。"

"你这个幸运的家伙。"婕玛感到自己心里一阵嫉妒，嫉妒莉斯找到了一个三十六岁的好男人。

"我们马上就一见钟情了。"莉斯说，"他问我需不需要他帮忙，我说我需要另一个脚踝，因为我的脚已经扭伤了，然后他就把我扶到了椅子旁边。"

"你确定自己没吹牛吗？"婕玛酸溜溜地问，"他是不是长得像乔治·克鲁尼啊？"

"比他还帅。"莉斯说。

"我才不信。"

"真的不差。"莉斯对她说，"深颜色的头发，有几根灰发，不过不多。个子很高。有一点点胖，但不是很胖。所以我也就不用苛求自己的体重了。"

"莉斯，你加起来还不够七英石①。"婕玛说。

"八点二英石。"莉斯更正说。

"八婆。"

莉斯笑了。"告诉你个秘密，我最近减了几斤。"

"这就是爱上一个人的最大好处。"婕玛叹了口气，"什么都不做就可以

---

① 英石，英制质量单位，1英石约等于6.35千克。

减肥。"

"我可没说我爱上他了哦。"莉斯说。

婕玛带着研究的神情望着她。"听上去你恐怕是爱上他了。"

"他确实不错。"莉斯又重复了一次,"而且他和苏西相处得很好,还有他的两个孩子。"她骄傲地望着婕玛。

"他的孩子?"

"他有两个孩子,"莉斯说,"儿子叫肖恩,女儿叫安妮塔。"

"孩子的妈妈呢?"

"和他分开了,"莉斯说,"他们离婚了。"

"孩子多大了?"

"肖恩八岁了,安妮塔六岁。"

"他有抚养权吗?"

"你疯啦?"莉斯问,"当然没有,他妻子抚养孩子。"

"她叫什么?"

"杰基。她离开的他,婕玛。她怀着安妮塔的时候就离开了。"

"为什么?"

"我也想知道,"莉斯说,"为什么一个女人会离开她的丈夫?为什么你要离开大卫?导火索是什么,婕玛?"

婕玛把身体深陷进了椅子里,眼睛愣愣地盯着天花板。

"喂,"莉斯打破了持续了一分钟的沉默,"是什么原因,婕玛?我从来都没问过你,因为我不想影响你的决定,不想卷入其中。可能我错了,但——"

"我也不想让任何人卷进来,"婕玛说,"你知道,我在作出决定之前也想了很久很久。"

"究竟是为什么呢?"莉斯继续问。

"因为我意识到大卫再不是之前我嫁的那个人了。我嫁给了一个背着行囊在欧洲游历的人,一个在澳大利亚玩风帆的人,一个在我见他之前从没有一份正式工作的人!我嫁给他是因为快乐,莉斯,可是当一切快乐都消失的时候,我才知道我错了。"

"可你们的婚姻其实维持了很久啊。"

"其实我很快就意识到我错了,可是过了很久我才知道这个错误我是没办法忍受的。"

"好吧。"莉斯点燃了一支香烟。婕玛冲她做了个不满的表情。"我只在有压力的时候抽烟,"莉斯告诉她,"我现在就很有压力。婕玛,你发现自己不再爱他了,所以离了婚。你有没有某一刻觉得你不应该离婚?有没有后悔过?"

婕玛在椅子里不安地挪动了一下,因为她也不知道答案是什么。

"我曾经想过跟他说我改主意了,我不想离婚了,"她承认道,"可那其实只是一时的情绪,莉斯。如果那样的话,我的结局也许会更糟糕。事实上,我和大卫都变了,我们不够相爱,所以没办法互相迁就。"她用手摆弄着已经空了的薯片袋子。"我依然关心他,但已经不爱他了。很有意思,爱情真的可以在一秒钟内消失。前一分钟还在,然后突然间就不在了。"

莉斯慢慢地吐了一口气。"你觉得我们应该在一起吗?我和罗斯?"

"我怎么知道呢?"婕玛问,"我是个第一任妻子,莉斯。不是现在那个时髦漂亮的模特!"

"我也不是个时髦漂亮的模特,"莉斯说,"我和杰基一样大。我自己也有孩子!跟大卫和奥尔拉不一样。你心里想的那个角色是她吧?"

婕玛苦涩地笑了。"她当然时髦漂亮啦,这就是他要娶她的原因啊。"

"我以为你无所谓呢。"莉斯说。

"对什么无所谓?和他离婚还是他的再婚?"

"两者都是。"

"事实上,离婚真的不是最糟糕的事情。你以为是,但其实不是。离婚后你会觉得特别自由。我可不想把人生浪费在一个不可依靠的人身上。可看到他再婚,其实感觉更难受。尤其是他娶了一个像奥尔拉这样的长腿美女。"

"我不知道为什么杰基离开了罗斯,"莉斯说,"我没问过他,不过我很怕听到一些类似'她不理解我'的解释。"

"你是不是太快了?"婕玛问,"你才刚认识他。"

"我知道,"莉斯说,"但我觉得就是他了,婕玛。我没办法停止想他。

我希望一直和他在一起。每一刻没有他的时光都像是在浪费生命。"

"哇喔！"婕玛笑了，"你确实是爱上他了，对吧？"

莉斯点头默认。"不过说得对。可能我应该再等一等，看他有没有什么致命的弱点，不要陷得太深。"

"问题是，"婕玛再次喝光了杯子里的酒说，"我们意识到那些弱点的时候总是为时已晚。"

莉斯发了一阵呆，然后她直直地看着婕玛。"我知道你说得对，"她说，"不过我从来都没对任何人有过这样的感觉，婕玛。这让我觉得又美妙又恐惧。"

婕玛点了点头。她经历过那样的感觉，她只是不知道自己是否还能经历第二次。

第十八章

奥尔拉已经筋疲力尽了。她前一晚基本没睡过,所以眼睛很不舒服。此刻,她已经在办公室的电脑前苦干了两个小时,就是为了重新找回她不小心删掉的文件。已经晚上九点了,她已经放弃在硬盘里去找它了,不如让信息技术部门的同事帮她试试。一开始就该那样做,她想道,那样就不至于浪费这么长时间了。不过她其实是想留在办公室,而找那个文件给了她一个很好的借口。

自从昨天告诉了大卫关于塞雷纳工作机会的事,和他相处简直变成了一件难以忍受的事。她已经试着在他在的时候活跃气氛了。她试着让他帮她做一些小事,比如打开罐头的盖子,或者是检查一下DVD[①]机有什么问题。可他只是一言不发地从她手里拿过那个罐子,打开盖子,然后再递回去。对那个DVD机,他不过是耸耸肩,表示他也无能为力。他已经四十岁了,他说,所以他对那些高科技的东西一窍不通。她当然知道,而且比谁都清楚。她也试过用一些其他方法缓和他的情绪,比如问他关于衣服的意见——平常她从不会这样做,可他只是抬眼看了一下,告诉她他不是很喜欢那颜色,不过既然她已经买了,所以问他也没什么用了。

最后,她绝望地建议说两个人可以早点回家共度良宵。他却简短地告诉她他没有时间,他有很多行政事务要做。他说,如果她累的话可以早些睡。

她拿起一根铅笔,把它折成两段。男人简直是愚不可及!她想着。她本来应该是两个人中幼稚的那个,可没想到大卫却表现得像个四岁孩子。当然她也不能完全怪他。他是那么关心她,关心她生活中的每一个层面,所以她也能

[①] DVD, digital videodisc, 数字激光视盘。下同。

明白，当他发现自己没有向他吐露实情的时候有多么受伤。可她不告诉他的原因就是因为不想受他的影响啊。

她叹了口气，然后开始端详她的工作记录。面前那张纸上记录下的表现简直不值一提。除了本顿，她只签了两个新客户，而且他们的单子额度很低，因此她的提成也会很低。塞雷纳人寿看到他们招来了这样失败的一个人一定会后悔不迭的。

她不能接受。她不能若无其事地走进去，拿着这样一份记录还假装自己是个出色的销售人员。他们会笑死的。可她真的想要这份工作。而现在面前正摆着这样一个机会，她希望抓住它，看看自己究竟可以表现成什么样。这是她人生中第一次遇到有人主动请她去工作，这让她对自己感到很满意。可她现在没办法对面前的数字感到满意，这展示的是她最糟糕的时刻。

她闭上双眼，靠在了椅背上。办公室里只剩她一人了。这是她第一次一个人待到这么晚，所以有点儿害怕。一般来讲，这儿不会这么安静，交谈声、电话铃声从来没有断过。夜晚的寂静着实恐怖。

但是她还是不想回家。大卫一定不在——他和主管以及一个伦敦办公室的同事一起去吃饭了。虽然她本来就知道这个晚餐安排，但她依然觉得这是大卫表达他有多么生气的一个方法。昨晚她早早就上了床，之后一直就没有睡着。一点左右她爬了起来，看到他在客厅的电视前睡得很香。她本想关了电视，把他叫醒，可后来想还是算了吧。过了一会儿，她听到他关了电视，躺在了她旁边。她等着他揽住自己，可他只是蜷缩在了自己的那一边。

午餐的时候她哭了。她坐在梅里恩广场公园，突然觉得自己异常悲惨。不知那些眼泪是从哪里流出来的，只是源源不断地从她的脸上滑下来。她用手蒙住脸，不想被人看到。这太傻了，她知道。他们只是愚蠢地吵了一架，或者那根本就算不上是吵架。那什么都不是——完全什么也不是。所以这让她更加不知该如何去思考了。为什么大卫对她这么差呢？为什么她觉得这么难过呢？为什么她会恐惧呢？

荷尔蒙，她的哥哥说过，荷尔蒙会让她觉得难过。"奥尔拉的雌激素水平太低。"之后他们会大笑起来。不过，也可能太高。谁知道呢？

她突然流泪可能是受到了荷尔蒙的影响。只是这些荷尔蒙分泌的不是地方。或者她怀孕了！她开始算起了日子，结果是她根本不可能怀孕。这让她感到更难过，所以反而更想哭了。

她收起那张记录，然后把电脑也关了。她不想一个人孤单单地守在家里。可她今晚又没有任何约会。又是一个不良记录，她心烦地想，我应该有个可以打电话的人，有个需要我给他理财建议的人。

她再次看了看表。她早就该打给鲍勃·墨菲了，可她心里非常迟疑。她不知道该跟他说些什么。难道说她不能接受那份工作，因为她丈夫不想她接受？那他会怎么看她呢？神经病，她对自己说，那绝对会让她显得像个神经病。可她如果接受了那份工作，大卫岂不会一直对她这个态度？她紧咬着嘴唇。该严肃地面对这件事了。犯傻的是大卫，不是她。

她拿起听筒，拨通了鲍勃的电话。

"嗨，鲍勃。"她听到他的声音后说。

"奥尔拉，我正在想你是不是不打算打给我了呢。"

"我当然会打。"她说。

"怎么样？你的回答是怎样的？"

她犹豫了，然后在椅子里坐正了。"我决定接受这份工作。"她说。

"太好了。"他好像真的很开心，奥尔拉想。确实是的。

"我很开心你愿意接受我。"

"我当然愿意，我们都愿意。"他说，"我们一直都需要新人来提高士气。你想不想明天和我见个面，谈一谈细节？"

"很好。"她说。

"六点行吗？"

"好的。"奥尔拉说。

"老地方？"

"没问题。"

"很好，"鲍勃说，"到时见。我会带上合同。能有你的加入我们真的很开心。"

她到家的时候已经十点了。她放下窗帘,打开屋角的落地灯。和往常一样,灯光照亮了那个黄铜雕刻的非洲女人像,在地板上留下了一个细长的影子。我真的很讨厌那个鬼东西,奥尔拉想,太丑了,一点儿都不好看。事实上,它简直快吓死我了。

她把它从墙边挪开。那东西居然没有看上去那么重。她拿着它穿过了客厅,来到狭长的走廊上。那儿有一个小小的储物室,她打开储物室的门,把那个雕塑放了进去。

"在这儿待着吧。"她边命令着,边关上了门。

她用微波炉加热了一盒方便快餐,然后便坐在了电视前。这就好像回到了和艾比同住的日子,她漫无目的地转换着电视台时想。只是大卫的公寓比她们之前住的地方要大多了,也漂亮多了。

电话突然响了起来,吓了她一跳。她手一抖,把刚刚夹起的鸡肉培根意大利面掉在了淡蓝色的沙发上。

"妈的!"她诅咒着拿起了听筒,"你好?"

"嗨,奥尔拉。"

见鬼,她听出了是婕玛的声音,心里咕哝了一句。我没告诉大卫她打过电话。现在她肯定生我的气了,会觉得是我不想告诉他。或者她在生他的气,责怪他置她于不顾。不过他本该如此。

"奥尔拉?"

"嘿,婕玛,"奥尔拉说,"真不好意思,我现在不是很方便接电话。"

有什么不方便的?婕玛想。难道他们正在做爱吗?大卫是不是正躺在床上,而他妻子正骑在他身上?她马上打消了这个想法。"那我一会儿再打?"她问。

"好的,但如果你想跟大卫说话的话,"奥尔拉告诉她,"他还没有回来。"

"他还没打给我。"婕玛说。

"是的,对不起,是我的错。"奥尔拉尽可能地提起精神,"我居然忘记告诉他了。"

"哦。"婕玛说。

"他回来的时候我已经睡了,早晨我就把这件事给忘了。"奥尔拉解释着。

"他昨天也出去了?"

八婆,奥尔拉想,想讽刺我是吧?"他要和客户见面,"她对婕玛说,"今晚他跟他们的主管和英国主管一起去吃晚饭了。"

"上帝,我讨厌那些晚餐。"婕玛叹了口气,"他老是让我和他一起去,可那太没意思了!我实在难以忍受。真遗憾你现在也要忍受这个。"

"不一样,"奥尔拉说,"我也是那家公司的,所以他们没有邀请我。"

"是吗?"

"是的。"奥尔拉简短地回答说。

"那你还是幸运些。"婕玛说,"显然他会很晚才回来了,不过如果可以的话,你能帮我告诉他,让他明天早晨打给我吗?"

"当然。"奥尔拉说。

"谢谢。"

"别客气。"

奥尔拉放下了听筒,接着吃她的意大利面。沙发上的那个污点变得更明显了。大卫一定气死了,奥尔拉想。她拿起一张纸巾试着想把它擦掉。他喜欢一切都干干净净的。

婕玛走回了客厅。她在想奥尔拉说的是不是实话。大卫真的是和利亚姆·麦克达德和奥利弗·史密斯去吃饭了吗?或者他正躺在她身边,摇着头示意奥尔拉他不想和婕玛说话?她叹了口气。

她说的当然是事实。只要奥利弗那个英国人一来爱尔兰,他和利亚姆就会陪他一起吃饭。罗南出生的那晚他就和他们在一起。婕玛绝望地试着联络大卫——他那时还没有手机,而给她的那家餐厅的名字还是错的。他一直说那是他一时疏忽,但婕玛从来就没有真正相信过。她在想他也许是故意给了她一个错误的地址,这样即使她分娩也不会打扰了他的饭局。最后,她打给了弗朗西丝,那可是她在这个世界上最不想打电话过去的人,至少是没有特殊事件的时候最不想打电话过去的人。弗朗西丝本来已经答应在她去医院的时候可以帮忙照顾基林，可婕玛还是不希望因为找不到大卫而麻烦父亲开车带她去医院。

生产十分顺利，痛苦也没有持续得太久（不像生基林的时候最后不得不剖腹产）。罗南长大后她曾经想再要一个孩子。她实在是太喜欢孩子们小的时候了，那些小婴儿是那么的无助。当然，她一直深爱着她的两个孩子，不过他们还是婴孩的时候真的很特别，不会说话，娇小得让人不忍触碰。那个时候，大卫也非常爱他们。午夜，如果他们哭闹，大卫会起来哄他们，帮他们换尿布；他们如果生病了，他还会日夜守护。

可大卫不想再要孩子了。最糟糕的是每每她提起这个话题，他都会觉得自己的想法完全正确，然后说她再要孩子的想法是不明智的。两个已经足够了，他总是这样说，无论什么情况下都是一样。

如今，有时她依然希望再要个孩子。她无法接受自己永远不可能再有孩子的事实。大卫刚刚离开他们的时候，她就一直想着要孩子的事。她会闭上双眼，回忆着他们身上的奶味，想着他们曾经带给自己的奇妙感受。她会沿着海边漫步，想象着和另一个男人一起再生一个孩子。可她并不想要另一个男人，她赶走的那一个已经让她受够了。可她实在是太想要孩子，几乎想去别人摇篮里偷一个回家。有一次，她甚至真想偷个孩子。那天她坐在海边的长凳上，旁边有个女孩子面前放着一个小推车，车里有个小婴儿，旁边还站着一个大约四岁的小男孩儿。那男孩儿突然跑开了，沿着草地一直往前跑。那女孩儿马上站起身来，着急地看着婕玛问："您能帮我看着她吗？我马上就回来。"之后马上就去追那个男孩儿了。有一刻婕玛真的想过把那孩子抱起来就跑。她在脑海中勾勒着那个场景，想着可以抱着这个孩子回到家里。她甚至想到了怎样去解释这件事。不过现在她已经记不起她编的是一个怎样的故事了。

后来那个女孩儿回来了，手里拉着那个小男孩，嘴里还在不停地冲他喊着。她后婕玛道了谢，然后就把小推车推走了。婕玛哭了，自己都不明白为什么。

奥尔拉看着收视指南。天空一台正在重播《吸血鬼猎人巴菲》。奥尔拉很喜欢看这部电视剧。她一直想去学一些防身术，到时候就可以像巴菲一样和人交锋了。大卫觉得这简直是他看过的最愚蠢的节目了。他说那太不现实。奥尔拉告诉他这戏本来就没想讲什么现实的事。大卫笑了，她也笑了。

她跪在沙发上，在靠垫下面寻找电视遥控器。如果她今晚要留在家里，那么她就要看一看《吸血鬼猎人巴菲》，之后还有《律政俏佳人》（这又是一部大卫绝对不会看的影片，原因还是它太不现实——"而且那个女人做律师实在是不够聪明"，他会加上一句），再后面就是《老友记》。大卫也不喜欢《老友记》。他只看体育节目。奥尔拉从来不介意他看体育节目——她有四个哥哥，所以她知道周六晚上的足球赛可是"神圣而不可侵犯的"。他看那些无聊至极的诸如风帆比赛之类节目的时候，她从不会唠叨。

她按了按遥控器。

十二点半了，大卫还没有到家。奥尔拉把盘子放进了洗碗机，然后给他留了个字条。

"婕玛来过电话。"只有这几个字。

第十九章

他们到达法罗机场的时候，外面正在下雨。婕玛简直无法相信八月底当她抵达葡萄牙的时候，这里居然在下雨。不仅如此，天气还相当的冷。已经是晚上六点了，太阳躲在一团厚厚的乌云后面。她的胳膊上起了一层鸡皮疙瘩。

他们上了机场大巴。基林和罗南坐在她旁边。基林戴着耳机听音乐，罗南则一直在玩他的游戏机。一下飞机，基林就看着天空嘟囔着，希望这儿的天气不要和家里一样冷。

罗南瞪大了眼睛望着婕玛，担心地问："你不是说这里会很热吗？"

"会热起来的，"婕玛充满希望地说，"阴雨天可能一会儿就过去了。"

可导游却告诉他们，天气预报说这样的天气起码还要再持续一天。"真抱歉，"那个女人的笑声真让人恼怒，"本来这个星期天气都非常好，可昨天突然变了天。我们真是被大西洋的气候吓怕了。"

太棒了，婕玛想，我恐怕是世界上唯一一个本想到这里来享受阳光，却遇到这样见鬼的天气的人。

大卫对他们度假这件事表现出了前所未有的慷慨。婕玛非常诚挚地向他解释着孩子们为什么一定要出来度一次假，比如基林学校的孩子们都度过假了，所以她也很想出去玩一玩，而且她的生日就快到了，度假可以算是一份特别的礼物。她以为大卫会告诉她，他不会允许她一个人带着孩子们出国。他之前就这样跟她说过。那时候他们刚刚分开，为了她和莉斯出去玩的事他们狠狠地吵了一架。那天晚上，她和奥尔拉通过话之后大卫就打过来了。他的声音听上去有些心不在焉。

"我也会去，"婕玛很快补充说，"可我不会让你替我付钱，大卫。但如果你出钱让孩子们去旅行的话那简直太好了。我知道你会有压力,"婕玛冲着电话做了个鬼脸,然后继续说道,"我不想给你压力,我真的不想——"

"好了,"他打断了她的喋喋不休,"你们想去哪里?"

"我最近看到有一个去葡萄牙的团。"她屏住了呼吸,"每人只要几百镑。到阿尔加维。"

"很好,"他说,"告诉我具体的信息,我帮你们用我的信用卡付账。"

"你确定?"她问,之后又马上为自己居然让他有机会后悔而后悔不迭。

"你说得对,"他对她说,"孩子们的生活应该和我们分开前一个样。如果我们还在一起,我确定现在他们应该会去度假。所以这样才公平,婕玛。而且我并不介意帮你付钱,我知道带他们出去绝对不是一件容易的事。"

她惊讶地望着听筒。他之前从来没有说过这样的话。她不知道他是不是出了什么事,不过她不想直接问他。

"是'实惠旅行社'的项目。"她说,"哦,大卫,谢谢你。我确定他们一定会高兴坏的。"

他们确实很高兴。基林脸上一下子泛起了光,仿佛变回了从前那个小姑娘,那个喜欢婕玛也尊重婕玛的乖女儿。罗南笑着说:"真酷!"婕玛心中感到非常满意,她终于做了一件正确的事情。

"该谢谢你们的爸爸。"她告诉他们,虽然她心底是希望把功劳归到自己身上的,"他为我们所有人付了钱。"

"他肯定很爱我们。"基林看着婕玛,"他请我们去度假说明他很爱我们。"

"他当然爱!"婕玛抱了抱她,"当然,因为他爱你和罗南,所以才请我们去度假。"

基林的好心情保持到了他们走下飞机的那一刻。看到天上厚厚的乌云,她仿佛一下子变成了一个泄了气的皮球。婕玛知道她很失望,不过还是什么都没说。她看着基林紧握的拳头,决定还是让女儿自己安静一会儿吧。

我小时候也这么难搞吗?她想。当然,弗朗西丝和格里从来没带她、迈克尔或是莉斯出国度过假。他们每年都会在多尼戈尔的一个村舍待上一个星期——无论是什么时间,在婕玛的印象里那儿永远都是阴雨绵绵,这就意味着他们每天都会淋得像落汤鸡一样。有时候他们周末会离开家出去玩——她记得有一年八月在韦克斯福德度了一个周末,那个夏天简直是不可思议的炎热,他们所有人都晒伤了。和家长一起去度假从来都不会很成功。她希望这样的传统不会在她身上延续下去。

大巴停在了一栋白色的大楼外面。婕玛和孩子们跟着导游走进了大楼,拿到了房间钥匙,然后搭电梯到了五楼。

"哪个是我的房间?"基林把背包扔在了地上。

"基林,你知道咱们得住一个房间。"婕玛说,"这个房间只有一间卧室。你和我睡卧室,罗南可以睡客厅的沙发。"

"太好了!"罗南跳到了沙发上,在上面弹来弹去。

"停下来!"婕玛命令道,"你不想把它弄坏吧?"多蠢的问题,她想,他当然想把它弄坏,他简直已经把所有东西都弄坏了。

"我饿了,"罗南说,"我太轻了,弄不坏的。我饿得都快消失了。"

婕玛笑了。"我们很快就去吃东西。"

"我希望马上能吃到,"罗南很严肃地说,"否则我就散架了。"

"真冷。"基林抱着双臂,"为什么只有我们这么倒霉,到一个热的地方却赶上这种天气?"

"你听到导游说了,"婕玛走到露台前打开了门,"我们赶上了天气变化,明天就会晴的。"

"事实上她说的是这样的天气可能还要持续一天,"基林说,"明天可能也晴不了。看来我明天又要穿同一件毛衣了,因为我没带第二件。"

"没人会注意的。"婕玛说。

"可我会。"基林嘟囔着。

婕玛站在露台上向外看去。只要她把脖子向前探一探,就可以从大厦的缝隙间看到大海。脏脏的海水上泛着白色的沫子。这儿就像都柏林湾的秋天,她想。

"来吧。"她转过身去,"咱们开始整理东西,然后就可以去吃饭了,别让可怜的罗南饿着肚子。"

"好吧。"基林朝她勉强笑了笑。

他们用了大概半个小时把东西都归了位。婕玛还帮罗南铺好了沙发床，这样他回来的时候就可以直接休息了。一切安排妥当之后，她穿上了尼娅姆在美国买给她的拉尔夫·劳伦①的上衣。如果婕玛和大卫没离婚的话，从美国买拉尔夫·劳伦衣服的应该是婕玛。

"我喜欢这件上衣，"基林说，"很适合你。"

"谢谢。"婕玛有些吃惊地看着她。

"准备好了吗？"罗南问，"我确实要饿死了。"

"走吧，"婕玛说，"我可不想把我唯一的儿子饿死了。"

虽然天气很冷，阿尔布费拉的大街上还是有一大群人。广场上的树木都在随着海风簌簌作响，小鸟在忙碌地聊着天。小摊位已经都支起来了，小贩们在向游客兜售一些小纪念品。基林端详着手镯、戒指以及各式各样的石头和围巾一类的饰品，渐渐地意识到它们和爱尔兰的没什么两样。她想着自己有没有可能去做一些这样的东西，然后到世界各地去卖。

"快一点，基林。"罗南拽了拽她的袖子，"我真的很饿。"

他们走进了位于一栋小楼一层的比萨饼店。服务生把他们带到了窗边的一张桌子旁，这样他们就可以看见外面的街景，看着那些不畏严寒依然穿着T恤和短裤的人们在街上穿梭着。

"你们想吃什么？"婕玛边看餐单边问。

"什么东西都可以选吗？"罗南问道。

"什么都行。"她说。

他冲着她笑了，低下头开始认真地研究起菜单来。基林坐在椅子里看着她手中的那一份。婕玛感到心里骄傲极了——她难搞的女儿有朝一日会变成一个非常漂亮的女孩儿，而她随遇而安的儿子是这么听话。我真幸运，她突然这样想道，我真的很幸运，我有两个很棒的孩子，而且我把他们教育得很好。好吧，虽然有些事情并不如我意，但又如何呢？而且，就算我离婚了，我的前

---

① 拉尔夫·劳伦，美国著名时装品牌。下同。

夫对我们还是很尽职的。我的生活已经很不错了。

服务员回来了，手里拿着点菜单，带着探询的表情看着她。

"你先选吧。"她对基林说。

"我能点蒜蓉包吗？"基林问，完全忽略了罗南脸上痛苦的表情，"还有意大利烩饭。"

"没问题。"服务生又转头望着婕玛。

"罗南，该你了。"她说。

"我想要比萨饼。"罗南说。

"想要什么凉菜吗？"服务生问。

罗南看着婕玛。"你可以同我一起吃我的沙拉。"她告诉他说。

"好的。"他说。

"我要一份蔬菜沙拉，"她对服务员说，"再加一份意大利烩饭。"

"我需不需要拿些面包过来？"服务生问。

"好的，谢谢。"罗南说。

"还有一瓶葡萄牙青酒。"婕玛合上菜单说。

他们坐在那里，沉默了片刻。对面的酒吧里，有人一边弹着吉他一边唱着"猫王"的歌。婕玛跟着哼了几句，之后想着"猫王"可是她父母一辈的歌手，就算她知道歌词也不一定要跟着唱。

服务员拿来了基林点的蒜蓉包，还有面包和黄油。他打开了葡萄牙青酒，并给婕玛的杯子里倒了一点儿让她品尝。

"好喝。"她说。

他帮她把酒倒满，然后用疑问的眼神望着她。

"你想要来一点儿吗？"婕玛问基林。

"酒？"

"你明天就十四岁了，"婕玛说，"如果我们在法国，你这个时候可能已经喝得烂醉了呢。"

"好的，谢谢。"基林看着自己面前的杯子里倒满了酒，开心地笑了。

"我能喝一点儿吗？"罗南问，"如果我们在法国，我可能也已经喝醉了呢。"

"可能吧。"婕玛朝他挤了挤眼睛,笑了,"你可以喝半杯。不过要慢慢喝,罗南,那可不是柠檬水。"

他轻轻地抿了一点儿。"有一点儿——干。"他说。

"上帝啊!"婕玛盯着他,"Connoisseur①。"

"什么?"罗南边喝边问。

"红酒鉴赏家。"基林说。她自顾自地品着杯子里的酒。"很好喝。"

"真好,"婕玛说,"你能喜欢,我就开心了。"

"好像有一点儿泡沫似的。"基林说。

"一点点。"婕玛告诉她。

"香槟会比这个泡沫更多吗?"基林问。

"多很多。"婕玛说,"你出生的时候,你爸爸带了一瓶香槟来医院,我们就在你的小床边上把酒喝光了。"

"我一直都在吗?"基林接着问。

婕玛笑了。"是的,不过一直都睡得很香。"

"结果我父母却喝醉了!"

"只是一小瓶,"婕玛说,"而且我们并没有喝醉。"不过事实上,在她的记忆里,她刚抿了一口之后就有一点儿微醉了。大卫把她扶到床上,她说这很可能会混在她的乳汁里,而他们可怜的孩子恐怕要喝醉了。那天的事她记得非常清楚。她私人病房的墙壁漆成了淡淡的黄色,窗台上摆了一个大花瓶。床单、被褥也是黄色的。如果闭上双眼,她依然记得当时那个婕玛的样子,那个结了婚的婕玛,那个爱着对方也被对方爱着的婕玛。

"你还好吗?"基林有点儿担心地问。

"当然。"婕玛冲她笑了笑,"我只是回忆起了你出生时的事。"

"我那时什么样?"基林问。

"漂亮极了。"婕玛说,"第一天的时候你浑身通红,而且有些生气的样子,不过马上就好了。我们离开医院的那天,每个人都说你是全医院最漂亮的小

---

①法语,意为鉴赏家、内行。

宝宝。"

"那是胡说。"基林脸红了,不过很开心。

"是的,那是胡说的。"罗南好像很有智慧似的点了点头,"你现在不漂亮了。"

"罗南!"婕玛责怪地推了他一下,"你姐姐很漂亮。"

"不,我不漂亮。"基林说,"我的眼睛太小,嘴巴太大!"

"你的脚也很大。"罗南说。

婕玛笑了。基林瞪着他。"我的脚不大!"

"孩子们,孩子们,"她说,"不要因为谁的脚大吵架。"

两个人都笑了。"我们没有吵架,"罗南说,"我们在辩论。"

"那也不能辩论人的体形,"婕玛说,"那可不太好。"

"我喜欢你的体形,"罗南说,"胖乎乎的。"

婕玛听到儿子的评价,差点儿噎到自己,赶紧喝了一口水。

"你没事吧?"基林问。

"没事。"婕玛叹了口气,"很少碰到有人说你胖乎乎的,还说是在夸你。"

"你不胖,"基林说,"你看起来很舒服。"

"我不希望自己只是看上去很舒服,"婕玛告诉她,"我希望自己又高又瘦又优雅。"

"就像奥尔拉。"罗南说。

幸好这次她嘴里没有食物,婕玛想。

"你们觉得奥尔拉很优雅吗?"她问。

"她很高。"基林小心地回答。

"而且很瘦。"罗南说,"你都可以看见她的肋骨。"

"真的吗?"

基林摇了摇头。"不过她确实瘦得很夸张。"

"但她很优雅?"婕玛又问了一遍。

基林思考了一下。"也不是这样,"她最后说,"但是——但是她很时髦,你明白吗?"她有些无助地望着母亲。

婕玛笑了。"无论如何，她比我年轻很多。"

"我挺喜欢她的，"罗南说，"不过我绝对不会用你去换她。"

"这是我听到的你说过的最动听的话了。"婕玛说。她喝了一大口酒，因为她感到自己有些哽咽了。

婕玛躺在那张单人床上，盯着天花板。她已经盖上毯子了，可还是觉得很冷。在感到冷的时候，她是很难入睡的。她希望明天天气能够好起来。只要可以坐在外面，边看书，边喝点儿红酒，她就已经很满足了。房间旁边是儿童活动室，如果天气不好的话，罗南可以到那里去玩一会儿，可基林能干什么她就不知道了。

她侧过身来。基林面对着她，闭着双眼，胳膊垂了下来。她今晚看来睡得很甜，婕玛想。这和以往的夜晚看到她时不太一样。也许她的女儿变了。也许她们的关系也在慢慢发生着变化。婕玛缓缓地呼了一口气。如果这次度假能让她们的关系有所改变，那么这绝对是大卫一生中做的最大的善事。

第二十章

婕玛突然惊醒了。她坐起身来，有些迷惑地环视了一下房间。她用了几秒钟才意识到自己并没有在家，而且房间里居然只有她一个人。她看了看表，快十一点了！她从来没有睡到这么晚过——事实上她都没想到在这么不舒服的单人床上，她居然可以睡着。她下了床，觉得脚下的地板异常冰凉。她看到自己的拖鞋底朝天地躺在床下。沙发床上的床单堆成一团摆在了沙发的一头，孩子们都不见了踪影。婕玛的心跳加速了。他们去了哪儿？

她打开了露台的门，向外张望着。天空依然是阴沉沉的，不过空气明显比昨天暖了些。她倚在铁栏杆上朝花园里看，可那儿连个人影都没有。她回到房间里，看到咖啡壶旁边有一张字条。"出去了。"上面是基林整齐的斜体字，"我们带了泳衣，如果天气好的话就可以游泳。"

"糟糕。"婕玛边脱睡衣边走进卧房。去哪儿了？她穿上了牛仔裤和T恤，粗略地梳了梳头发。她怎么可能没听到他们起来呢？不是她太累了，就是他们太安静了！

她走出房间，关上了门。

酒店的接待区域站着很多人，可根本没有基林和罗南的踪影。婕玛告诉自己别太着急，他们完全可以照顾自己，可这些话完全没有用，她依然急得要命。她一定得知道他们到哪里去了。她脑子里幻想着他们穿过危险的公路，想去对面的麦当劳的情景。她知道自己是在犯傻，基林今天已经十四岁了！婕玛想到了今天是女儿的生日，咬了咬嘴唇。十四岁的女孩子完全可以照顾自己了,婕玛告诉自己说。她十四岁的时候就一直在尝试说服父母自己是个大人了。可现在的婕玛却觉得，随着年龄的增长，自己反而对任何事都没有掌控能力了！她居然更担心了。

她再次摇了摇头，让自己放松一点儿。基林是个很聪明的女孩儿，哪怕是情绪冲动的时候，她依然有着基本的理性。婕玛信任她。她绕过了酒店大楼，走到游泳池旁边。有几个人靠在躺椅上，静静地聊着天。婕玛想，他们可能是在计划着如果一会儿还下雨的话，他们应该去做些什么。

忽然她听到了一阵笑声，那百分之百是基林的声音。她紧张的神经即刻松弛了下来，马上向旁边的网球场走去。

基林和罗南正在跟一个男孩子和一个女孩子打网球。他们看上去大概也是这个年龄。婕玛打开了大门，走进球场。

"你们在这儿呢。"她说。

罗南挥了一下拍子，没打到球。"妈妈，你害我输球了。"

"对不起，"婕玛说，"我一直在找你们。"

"我们本来想等你起来，"基林说，"可是你睡得很香，我们就吃了昨天买的牛角面包，然后就出来了。"

"你应该告诉我你们去哪儿。"婕玛尽量保持着平和的口气。

基林耸了耸肩。"我们也说不准。我们不可能一直待在一个地方。"

"我理解，"婕玛说，"这两个小朋友是谁啊？"

"我叫菲奥娜。"基林旁边那个瘦瘦小小、皮肤晒得黑黑的女孩儿说。

"我叫伊恩。"那个男孩子接着说。

"他们也是爱尔兰人，"基林告诉她，"也住在这家酒店。"

"真好。"婕玛说，"你们来这儿多久啦？"

"一个星期。"菲奥娜告诉她。

"菲奥娜说上周天气可好了，"基林说，"我们在的这几天估计会很糟。"

"会好起来的，"婕玛充满希望地说，"你能过来一分钟吗，基林。"

基林叹了口气，扔下了她的球拍，走向了婕玛。

"我想祝你生日快乐！"她的母亲说。她亲了亲她的脸颊，基林马上跑开了。

"这么多人都看着呢！"她嘟囔着。

"好吧,不管怎么说,生日快乐!"婕玛说,"我给你准备了礼物,基林,不过落在房间了。不好意思,我太着急来找你们了。"

"我们没事,"基林说,"我们不会走远的。"

"我知道。"婕玛说,"我是妈妈。我会着急。"她朝基林笑了。"你今天想干什么?"婕玛问。

"菲奥娜的妈妈想带我们去玩'疯狂高尔夫',"基林说,"他们本来就要去,问我们愿不愿意一起去。"

婕玛看着她。"菲奥娜的妈妈在哪儿呢?"

基林耸了耸肩。"在咖啡馆那边吧,"她说,"我告诉她我们可以去,行吗?"

婕玛挠了挠头。她没想过让孩子们在度假的第一天就和几个陌生人一起出去玩。"我得亲自跟他们聊一下。"她说。

"她希望我们去,"基林说,"她主动邀请的,妈妈。"

"也许她只是礼貌而已。"婕玛说。

"不是,"基林说,"她说会很好玩。"

"是的,"菲奥娜说,"我们想让他们去,真的。"

"我去跟你妈妈说一下吧。"婕玛说。

她沿着小路朝酒店大楼的方向走去,咖啡馆就在大楼旁边。有几个人正坐在那儿喝咖啡。她马上认出了那个高大版本的菲奥娜。

"菲奥娜的母亲?"婕玛问。

那个女人抬起头笑了。"我叫塞利娜·弗格森,"她说,"您肯定是基林和罗南的母亲。"

"是的。"婕玛点了点头,坐在了旁边的一把塑料椅上,"我叫婕玛·加维。孩子们告诉我您想带他们去玩'疯狂高尔夫'。"

"如果您不介意的话,"塞利娜说,"我的孩子特别喜欢玩!听人说下午前天气是不会晴的,所以我想去那儿玩应该还不错。那个场地很大,不是那种迷你型的。足够玩一阵子了。"

婕玛笑了。塞利娜看上去是个不错的人,只是想到孩子们要跟一些不认识的人一起离开她这么长时间,她还是不太放心。

"我们每年都过来，"塞利娜说，"我对这里的路很熟悉。他们没问题的。那儿还有一家餐厅和一个游泳池，我们可以在那儿待上一段时间。"

"我不想他们打扰你们。"婕玛说。

"不会的，"塞利娜告诉她说，"而且婕玛，你也可以一起来啊，只是车子里可能会挤一点而已。不过我想你可能也希望有一点儿自己的时间。"

为什么她会这么想呢？婕玛说。难道孩子们这样跟她说过？

"如果你希望他们陪着你也没有问题，"塞利娜说，"只是我知道我的孩子们很想有朋友一起玩。"

"你的孩子们多大了？"婕玛说。

"菲奥娜十三岁了，伊恩十二岁。他们只差九个月。"她说，"我们犯了个错误，不过最后结果是好的。"

婕玛看了看四周。"你丈夫也一起来了吗？"她问。

塞利娜摇了摇头。"我是和我弟弟一起来的。"她说，"弗兰克去年过世了。"

"上帝！"婕玛看着她，深吸了一口气，"真抱歉。"

"没关系，"塞利娜说，"至少没必要为了弗兰克的事而感到难过。确实，没有他的日子我感到很不舒服。这也就是为什么我弟弟会陪我来度假的原因。我还没办法一个人度假。"

"我能理解。"婕玛咬了咬嘴唇，"我真的很抱歉，塞利娜。"

塞利娜有些伤感地笑了。"生活就是这样。"她说。

她们沉默地坐在那里。

"你们什么时候出发？"婕玛问。

"现在差不多了吧。"塞利娜说。

"你真的想带上他们吗？"

"当然。"塞利娜肯定地回答。

婕玛还是有点儿犹豫。不过她知道如果她不同意，孩子们是不会原谅她的。"好吧，"她最后说，"不过千万别答应他们的任何无理要求。"

"不会的。"塞利娜笑了，"我保证。"

婕玛走进了网球场，告诉基林和罗南说他们可以去玩"疯狂高尔夫"了。

望着他们开心的样子,她笑了,很庆幸自己答应了他们。之后她走回了房间去洗了澡。沐浴后她感到神清气爽,对孩子们也没有那么担心了。她正在擦干头发的时候,基林和罗南就回来了。

"你们朋友交得很快嘛!"婕玛说。

"他们很好。"罗南告诉她。

"太好了。"婕玛走回卧房,把礼物拿给了基林,"这是给你的。"她亲了亲女儿的额头。"生日快乐。"

"谢谢。"基林打开包装,看到里面是一副阿玛尼的太阳眼镜,"太棒了。"

婕玛笑了。"不过你今天恐怕用不上了。"

"布鲁说下午天会晴的。"

"布鲁?"

"菲奥娜的舅舅。他今天教我们网球了。"基林戴上了眼镜,朝她妈妈坏笑了一下,"他非常非常性感。"

"基林!"

"真的!"基林说。她摘下眼镜,眼睛放着光。"他可帅了。"

"如果他是塞利娜的弟弟,那么对你来说他就太大了。"

"我不知道。"基林叹了口气,"我发现和我同龄的男孩子都幼稚得不可思议。"

婕玛忍住了没笑出声来。

"你还有很多时间去寻找一个成熟的年轻人。"

"你那时多大呢?"基林问,"你初恋的时候多大?"

婕玛想了想。"十五岁。"她撒了谎。其实那时她是十四岁,不过她不会告诉基林的。她不希望基林觉得自己已经大到可以去恋爱了。

"那你的初恋维持了多久呢?"

"一个小时吧。"这是真话。她和那个男孩子是在学校门口碰到的。那时候那里总有一群小混混在等着女生出来。那男孩儿叫比利,此外她就记不起有关他的任何事了。他们在大路上散步,之后又在当地一家小店的墙边待了几个小时。那男孩儿用胳膊环着她。婕玛很惊讶自己居然允许他这样做。她很喜欢那种感觉，不过在那天之后她就再没和他说过话。

"为什么这么短？"基林问。

"我们没有任何相同的地方，"婕玛说，"弗格森太太的弟弟会和你们去打高尔夫吗？"

"不会，"基林说，"他有别的事。"

婕玛释然了。她本来还在担心，自己十四岁的女儿会不会陷进了对塞利娜性感弟弟的迷情里。

他们离开的时候已经过了十二点了。婕玛跟他们道了别，尽量不去想自己让他们走可能是犯了一个大错误。此时，天空中的乌云变薄了，渐渐露出了淡蓝色的光，她想着在夜晚之前自己也许可以晒晒太阳。她实在很希望可以在游泳池边躺下来看一会儿书，她在机场的时候已经买好了一本。《她的朋友》看上去应该挺有意思。

但如果是现在的温度，躺在游泳池边一定会被冻死的。婕玛回到房间，把泳衣放进了旅行包里，决定在天气彻底放晴之前到外面去散散步。她脱掉了灰色的T恤，换上了一件白色的，然后又把牛仔裤换成了短裤。她梳了梳头发，端详着镜子里的自己。

她蓝色的眼睛从镜子那边直直地望过来。眼睛是她五官中最漂亮的部分。大卫曾经告诉她，看到她的眼睛就如同看到了一面平静的湖水。她当时笑着说他乱讲。不过那颜色确实很不一般，她想，尤其是因为刚经过夏天，皮肤晒得有些发暗，反而让眼睛的颜色变得更加突出了。诚然，现在的肤色看起来并不怎么时髦，不过她自己倒是挺喜欢这个样子的，淡淡的蜜糖色，这让她比冬日的时候显得精神了许多。

她往前探了探身子，离镜子更近了些。她的眼角已经有了些细细的皱纹，不过只要她不皱眉头，皱纹就并不是那么明显。我不能有太多表情了，她故意板着脸对自己说。之后却还是咯咯地笑了，她实在是控制不住。她侧过身来，上上下下地打量自己。腿——还不错。大腿上可能有些赘肉，不过已经被她的红色短裤遮盖起来了。肚子——最好还是不提。她深深地吸了一口气，让肚子最大可能地瘪回去。如果我可以把它减成这样，她想着，那就太好了。不过一会儿，她的脸就已经憋红了。她大大地吐了一口气。生了两个孩子之后，她实在不敢奢求还有一个平平的小腹了。最后，她开始审视自己的胸部。生产让她的胸部变得更丰满了。她并不确定自己到底喜不喜欢现在这个样子，不过如果着装得当的话，她的胸部看起来确实很有震撼力。

也许我并没有自己平时想象的那么糟糕，她慢慢地转过身来，心里这样想着。如果我能把臀部减得小一点儿（现在稍微有些大了），再和尼娅姆一起去健身房锻炼一下，我很可能会更漂亮些。

怎么突然这么看重外表了呢！她摇了摇头。如今谁还会在乎她漂不漂亮呢？她生活中唯一的男人就是罗南了，而他给她的评价却是"胖乎乎"的！

她沿着从寓所通向海边的小路漫步着。浪很大，拍打着颜色像饼干一样的松软沙滩，退下去的时候在沙滩上留下了一层深色的水印。大卫肯定很喜欢这个情景，她突然想到，因为她记起了他在澳大利亚冲浪的那些照片。那些冲浪照片让她彻底迷上了大卫。颠簸在浪尖的他是那样的魅力四射，身材瘦而结实，乌黑的头发梳成了一个马尾。他看上去是个很有情趣的人，而她想嫁的正是一个有情趣的人。她太希望生活里能有些乐趣了，因为她想尽快逃离弗朗西丝的那间像铁笼一般毫无生气的房子。

她沿着沙滩继续向前走着，用脚轻踢着细沙。把家里说成毫无生气其实不公平。她的父亲经常会给大家讲笑话，弗朗西丝会和他一起笑——她不能忽略她母亲其实也会笑这个事实。只是想到那是弗朗西丝的笑声时，你很难相信那是真心的。

弗朗西丝讨厌他们做一些没用的事。婕玛下班回到家，躺在沙发上，把腿搭在沙发扶手上时，弗朗西丝会咬牙切齿地问她有没有自己的事情做。如果她带回一些八卦杂志，弗朗西丝则会问她有没有些更好的东西可以读。如果她买了一些时髦得有些过分的衣服，那弗朗西丝一定会问她花钱时能不能更聪明些。也许因为她母亲是在严苛的天主教家庭成长的，所以任何看上去没有什么意义的事情在她看来都是在浪费时间。婕玛坐在一块大石头上，把脚藏进沙子里，心想，怪不得我会因为一个男人有趣便爱上他了呢。

之后大卫就进入了保险业。婕玛有些悲伤地从包里拿出了书。她实在想不出任何比这更让人觉得烦闷的行当了。大卫几乎是在一瞬间就从一个梳着马尾辫的冲浪手变成了一个梳背头的销售人员。在这个销售人员眼中，钱就是一切，而快乐则是别人应该去在乎的事。最糟糕的是，她就是最初帮他改变发型的那个人！她深深地叹了一口气，翻开了书。

《她的朋友》里的女主角确实也没有得到什么快乐。婕玛读到基拉·奥布赖恩在向好友抱怨公司没人认真地对待她时，微微地笑了笑。尤其是那个经营主管，他觉得金发碧眼就是愚蠢的代名词，而且所有的女性都可以被呼来喝去。可他错了，她说，他完全看错了她，而且终有一日他会后悔。

做基拉·奥布赖恩这样的女人会是什么样的感觉呢？婕玛想道。因为野心，因为希望公司的人看重自己，所以就把金发染成棕色，做一个这样的人生活会是怎样的呢？她想着基拉会选择什么样的颜色，而又有哪个发型师会赞同她把人人艳羡的金发染成无趣的棕发呢？她翻了一页。她虽然和基拉是截然相反的两种人，但依然被这个故事迷住了。

突然，一个雨点滴在了她的书上。婕玛惊讶地抬头看了看天空。她刚刚居然没注意到一大片乌云从大海上空飘了过来，看上去大雨将至。她合上书，把它装进包里。她不喜欢这样的云朵。太过分了，她绝望地想，她从那么远的地方来阿尔加维，刚到海滩上就遇到了这样的天气。

雨点越来越大了。婕玛环视四周，最近的避雨处就是离这里一两百米远的海边酒吧了。她紧了紧凉鞋的鞋带，向酒吧的方向跑去。可恶的软沙子让她每跑一步都要往下陷一下，尤其是因为沾了雨水，沙粒都沾在了她的身上。她加速跑完最后一段路，急促地喘着气。她的腿生疼，真是需要和尼娅姆去健身房锻炼一下了。

她站在酒吧的木屋顶下时，身上已经湿透了，头发贴在了脸上，雨水顺着脸往下流。她希望塞利娜和孩子们能找到地方避雨，不要像她这么狼狈。

一个男人走了进来。他穿着一条退了色的牛仔裤和一件黑色T恤，深色的头发被雨淋得湿漉漉的。应该需要好好修剪一下了，婕玛想。他在吧台前探着身和调酒师说了一句葡萄牙语。

婕玛偷偷地打量着他。他的样貌相当迷人，带着浓重的地中海式风格，皮肤被阳光晒得黝黑。她想他有可能是当地的渔民，海滩上停泊了十几条渔船。而且他的手臂非常健壮，身材瘦高，看上去应该是从事体力工作的人。他光着脚，在婕玛看来，渔民都是不穿鞋子的。她想着想着自己笑了，那恐怕是一百年前的事了吧，他们现在的捕鱼方法应该很高科技了，脚上穿的可能都是些非常先进的装备。她告诉自己说，很可能他是酒吧的主人，平时还会去打打鱼。

他转过身来，她没来得及闪躲，他就发现她正在观察自己。

"嘿，"他说，"你也是在这儿避雨吧？"

她听到他说的是英语，非常吃惊——而且他的英文居然带着爱尔兰腔——她一时说不出话来了。

他皱了皱眉。"你不是英国人？"

"不是。"她回过神来，"我是爱尔兰人。我只是没意识到——我以为你是本地人！"

他仰着头笑了起来，露出了洁白的牙齿。她也小声笑了。

"怎么会呢。"他说。

"你说葡萄牙语。"

"说得很差。"他告诉她，"我上大学的时候在阿尔加维工作了一个暑假。我学了一些葡萄牙语，不过学得不好。我经常是说的和想的完全相反。"

她又笑了。"我完全不懂，"她说，"我只能说'你好'和'再见'，而且我知道发音还不对。"

"葡萄牙语确实很难，"他说，"几乎每个音都要从牙齿中间发出来。"

"可对他们来讲完全没问题，"她说，"他们会说英语，还会说德语或是法语。真让我们尴尬。"

"我一直跟他们说英语比葡萄牙语容易多了，他们都不相信。"他突然脱掉了T恤，展现出他线条优美的身材，他身上的皮肤和脸上一样健康黝黑。他把T恤搭在了酒吧白色塑料椅的椅背上。"抱歉，"他说，"我实在没法穿着它，太湿也太冷了。"

"我明白。"她颤抖了一下，不知道是因为她也觉得冷了，还是因为这是一种生理反应。我多少年都没见过这样的男人了，她边想边努力不向他那边看。英俊、迷人、性感，很久以前她一直在追寻的不就是这样的男人吗？她笑了。她不应该再去迷信冲浪手一样的外貌了，她很清楚最终他们会变成什么样子。

她望着外面的天空。"好像晴一些了。"她说。

"希望如此。"他用手指捋了一下头发，"我实在不喜欢冷天。"

"我也是，"婕玛说，"我来这儿就是因为想要享受一下温暖的天气。"

"迟一些应该会放晴，"他仿佛很权威地说，"我觉得是的。"他冲着她笑了。"你想喝点儿咖啡吗？能让你暖和一点儿，你应该喝点儿热的东西。"

"谢谢，"婕玛说，"太好了。"她坐下来，尽量不去在乎自己湿漉漉的短裤。

"给。"他在吧台上倒了两杯咖啡端了过来，"还有这个。"他又过去拿了两杯白兰地。

"谢谢，"婕玛说，"可——"

"别告诉我你不喜欢白兰地，"他说，"那可是暖身子的最佳选择。"

她笑了。"我确实喜欢，"她说，"不过我不经常喝。"

"那你平时喝些什么呢？"他一边搅着咖啡一边问她，"别说，让我猜猜——白葡萄酒应该是你的至爱，对吗？"

"葡萄酒？"婕玛摇了摇头，"我应该更喜欢喝啤酒。"

"我觉得你家里会有一桶白葡萄酒，"他说，"夏敦埃[①]，或者弗拉斯卡蒂[②]，在你觉得有点儿疲惫的时候。"

她又笑了。"在家的时候我确实会喝一些夏敦埃，不过我也喜欢啤酒。我不是个挑剔的人。"

他坏笑了一下。"你是女人，不是吗？女人都是爱挑剔的。"

她的脸红了。她是一个正在走向衰老的两个孩子的母亲。她确实是女人，

[①] 夏敦埃，一种白葡萄酒品牌。下同。
[②] 弗拉斯卡蒂，一种白葡萄甜酒品牌。

不过应该不是他形容的那样的女人了。喝白葡萄酒的挑剔女人是那种衣裙翩然的高个子金发美女。她太了解那些人了——她的沙龙里来来去去都是那样的女人！她在想，比起一个拿着啤酒罐子的平凡主妇来讲，他是不是更喜欢那些高挑瘦削的美女。

"你还好吗？"他问。

她抬起头。"当然。"

"萨姆。"他告诉她。

"什么？"

"我的名字。萨姆·麦科尔根。"

"婕玛·加维。"她说。

"很高兴认识你，婕玛。"萨姆举起他的白兰地，"干杯。"

"干杯。"她喝了一口白兰地。一瞬间她的身体就热了起来。她咳了一下，萨姆笑了。

"劲儿太大了，不是吗？"他开心地问，"这是当地的特产。相当烈，不过在你冷的时候却非常有用。"

她点了点头。

"你在这儿待了多久了？"

"昨天刚到。"她告诉他。

"所以你只见到乌云满天了。"他满眼同情地朝她微笑着，"没关系的，我保证明天会好起来。鲁伊说的。"

"鲁伊？"

"调酒师。"他告诉她说，"这是我年少无知时常去的地方之一。鲁伊把我当成他自己的儿子一样看待。"萨姆挤了挤眼睛。"鲁伊的儿子在里斯本的银行工作。他是鲁伊的骄傲。"

"你呢？"婕玛晃着杯子里的白兰地问，"你是做什么的？"

"哦，只是些行政工作，"萨姆带着种轻蔑的表情说，"一点儿意思都没有。"

"在哪儿？"

"都柏林城市大学，"他说，"我是负责事项统筹的，不用教学。"

她有些好奇地看着他。"那你喜欢教学吗？"

"我？教学？"他笑了起来。

"为什么笑呢？"她问，"有什么那么可笑？"

"我没有那个耐心，"他说，"这就是我的问题。"

"为什么？"她抿了一口白兰地。那酒非常有用，她已经觉得很暖和了。

"也没有什么。"他耸了耸肩膀，"小时候父母希望我多读些书，他们觉得我有那个潜质。可我并不喜欢。只是读了商科，勉强毕了业。爸爸很生气。"

"至少你毕业了。"她说。

"不过对我父亲来说那是远远不够的。"萨姆轻声说，"仅仅好还不够，他希望的是出色。我想他总是希望我能在学术圈做出点儿成绩来。"

"真不幸。"婕玛说。

萨姆笑了。"我也不能完全怪他。爸爸的智商绝对能达到门萨①的水平，不过和很多他那个年纪的人一样，他并没有拿到文凭，最后只做了一家五金行的经理。他非常聪明，却不精明。没他那么聪明的人都比他升职快——当然，他最后做得也不差，只是他一直觉得自己没有做到最好。"

"所以他就把你当成了他学术梦想的继承人？"

萨姆点了点头。"这确实太不公平了。我想，我们都让他很失望。我姐姐结婚的时候放弃了很好的工作。我哥哥马拉奇拒绝了去外交部做第三秘书，而选择了一家杂志社工作。"他笑了，"我觉得，爸爸在我们选择工作的问题上有一点儿势利眼。"

婕玛表示理解地点了点头。

"我不知道我怎么会和你说这些，"萨姆说，"你实在不用在这儿听一个陌生人讲他的家庭故事。"

"哦，这样的故事我很熟悉的，"婕玛朝他笑着说，"我的经历与之类似，我离开学校之后我妈妈的想法和你父亲相似。我做了美发师，她觉得这完全不符合她的期望。她觉得'我的女儿是办公室的女职员'远比'我的女儿是沙龙

---

①门萨，世界上最成功的高智商者俱乐部名。

的美发师'要荣耀得多。另外,"她顽皮地说,"美发师都是受过培训的心理咨询师,你绝对难以想象那些客人都跟我们讲过一些什么样的故事。"

"比如呢?"萨姆问。

"我可不能透露客人的隐私,"她告诉他说,她的眼睛闪闪发光,"我会被吊销执照的。"

"我也应该剪剪头发了。"萨姆拉起了他的一绺头发说,"我居然从来都没想过。"

"现在的样子挺适合你。"婕玛说。

"我适合湿漉漉的头发?"

她笑了。"长头发,可能需要打薄一点儿。"

"我敢打赌你一定和所有男孩子都这么说。"

"也许吧。"她的脸倏地红了。

"如果你没做美发师,现在会是在做什么?"

她靠在椅背上,把双手枕在脑后。"应该没其他的选择。"她说,"我从小就想当美发师。只是我本想能开一家自己的沙龙,虽然我的生意头脑实在是太糟糕了。"

"对此我表示怀疑。"萨姆说。

"真的。"婕玛说,"不过我还是挺幸运的。我最好的朋友开了一家沙龙,我在那里工作。"

"喜欢自己的工作真是一件好事。"萨姆感叹道。

"你不是吗?"

"喜欢行政工作?"他假装生气地看着她,"谁可能喜欢呢!不过我喜欢和学生们相处,而且我也会做一些其他的事。"

"比如呢?"她问,"登山?风帆?竞技?"

"你为什么觉得我会喜欢这些?"他问。

她的脸又红了。"因为你——看上去像是经常锻炼的人,"她说,"我刚看到你的时候,我以为你——"她突然停住了。

"你觉得我什么?"他追问。

她咬了咬嘴唇，从睫毛底下望着他。"我以为你是渔夫呢。"她承认道。

他大笑了起来，笑到眼泪都流出来了。我能让他笑成这样真不错，她尴尬地想。

"我之前来这儿的时候还真的试过捕鱼，"他说，"不过完全失败了。对那些鱼我总觉得有些负罪感。"

这一次轮到婕玛笑了。

"我确实去过学校的健身房锻炼，"他说，"而且我有时候会去打打网球。不过只是好玩而已，不是为了健美。"

"哈。"她又笑了。

"嘿，雨停了，"他说，"而且天都变蓝了。"

"真的吗？"婕玛站起来，站到他旁边向外张望着。她碰到了他的胳膊，感到脸上一阵发热。"真好。"她站远了一些。

"你真的很讨厌下雨，是吧？"

"是的。"她简短地回答道。

"我保证明天会更好的。"

"如果没有，我可会怪你的。"她开玩笑说。

"有什么计划吗？"他问。

"计划？"

"明天的计划，"他说，"如果不下雨的话。"

"我想躺在太阳下面休息。"她告诉他说，"我想让热气钻到我骨头里，让我完完全全地觉得暖和起来。"她笑了，"听起来好像很懒惰。你肯定想着我回去会做一些更有活力的事吧。"

"为什么？"

"能变得更健美一点儿，就像你一样。"

他笑了。"我可不喜欢美国女兵那样的女人。我喜欢柔美一些的没什么肌肉的女人。"

她什么都没说。

"你今晚有空吗？"他问。

"哦，我想我应该会很忙。"她马上回答说。

"真遗憾，"萨姆说，"要是能一起吃晚饭就好了。"

她凝视着他。

"如果你不愿意的话，也没有关系。"他喝完了最后一口白兰地。"不过我很希望我们能共进晚餐。"

晚餐！这是大卫离开以后，第一次有男人约她一起吃晚餐。事实上，多年以来，她都没有和男人一起出去吃过晚餐了。因为在他们婚姻的后期，大卫也不会带她出去吃饭了。她咽了一下口水。这主意她其实很喜欢，尤其是和长着这样的棕眼睛、还有六块腹肌的大帅哥一起……别，她警告着自己，理智一点儿，你是个有孩子的人。她在想如果他突然得知她已是两个孩子的母亲，而且其中一个孩子已经十四岁了，会作何感想。她更近地观察着他。她不能和他去吃晚饭，无论如何，他显然比她年轻。她很难估计年轻几岁，不过比她年轻却是一定的。

"对不起，"她说，"我不行。"

"啊。"他苦闷地笑了笑，"没关系。"他用手把头发梳到后面，坐在了椅子上。

她希望自己能够改变主意。她很想告诉他她非常高兴能跟他一起去吃饭。对她来说，没有比坐在椅子上盯着他看更有意思的事情了。但她不能那样做，她严肃地告诉自己，她已经不再处于那个可以沉浸于假期罗曼史的年龄了。另外，虽然他看上去是个不错的人，但实际上他很可能和电影里面演的那些家伙无异。他的床头也许挂着一个本子，里面记录着那些他在酒吧勾引到的女人的名单。

"我得回去了，"她说，"我还有些事。"

"你住在哪里？"他问。

"一个套间，"她模糊地回答，"在沙滩的另一头。"

他点了点头。

"谢谢你请我喝咖啡，还有白兰地。"她说。

"希望以后还有机会。"他说。

"希望不要，"她笑了，"我可不希望再下雨了。"

"我保证不会再下了。"他说。

"我真的要走了。"她拎起了手包。

"也许我们还会再见。"

"也许吧。"她开心地朝他笑着说，然后快步走下了酒吧的木头台阶。太阳真是从西边出来了，她边想边沿着沙滩往酒店走去。

第二十一章

"我们高兴极了！"基林激动地说，"太有意思了——你得穿过很多障碍！"

"那下雨的时候你们是怎么办的呢？"婕玛笑着望向女儿。几年来她都没看到过她像现在这个样子。

"很幸运，我们当时还没开始玩，所以菲奥娜的妈妈说我们可以先吃午餐。吃过饭之后，天就放晴了。"

"而且真的好热，"罗南说，"四处都是热气。"

"是的，"婕玛说，"这儿也是这样的。"

雨停之后大概一个小时，太阳就出来了。婕玛站在公寓的露台上，抬起头面对着蓝蓝的天空，体会着温暖的空气扑到脸上的感觉。但每每她闭上双眼，总会看到萨姆的那张令人迷醉的笑脸。她告诉自己这样有多不得体，但却没办法把情绪抽离出来。她第一眼见到大卫·埃内西的时候，心里的感觉和现在一模一样。那真是让你受益匪浅啊，她边大声对自己说，边拉了一把椅子坐下，等着孩子们回来。

"弗格森太太说他们会在旁边的那家餐厅吃晚餐，"基林说，"她说让我们一起过去。"

"我以为我们今晚在酒店吃呢。"婕玛说。

"可是妈妈！"基林看着她，"今天是我生日，我们应该出去吃饭。"

"那我们可以自己出去吃啊，"婕玛建议道，"就我们三个人。"

"昨晚就是我们三个一起出去吃的。"基林反对说，然后她看到了婕玛脸上的表情，"我的意思是，那当然很好玩，妈妈，真的，但……"

婕玛叹了口气。她很希望再和孩子们独处一个晚上，不过她也能明白基林的感受，这是她的生日。她笑了。"没问题。"

"太棒了！"基林伸开双臂抱住了婕玛，"谢谢。而且你也会觉得很好玩的。"她告诉婕玛，"你可以和弗格森太太聊聊天。"

"还有她弟弟。"罗南说。

"哦，对了，"基林马上说，"还有他。"

婕玛好奇地看着女儿，但她还没来得及说什么，就传来了敲门的声音。

菲奥娜·弗格森站在门外。"想去游泳吗？"她问基林。

"可以吗？"基林看着婕玛。

"当然。"婕玛说，"玩得开心点儿。"

也许一切都在好转，她边梳头发边想，也许我和基林越来越合拍了，也许我不是个失败的母亲。当她想到萨姆·麦科尔根的时候又想，也许我也不是一个又老又无趣的女人。他既然想邀她吃饭，那么肯定是喜欢她的，哪怕只有一点点。她并不确定他为什么约她。他见到她的时候绝非她的最佳状态——她当时就像只落汤鸡一般。一个像萨姆那样的男人——那样迷人帅气的男人——是不会希望别人看到他和一个魅力已逝的女人在一起的。她咬着嘴唇，幻想了一下他在学校时的情景，想着他身边会围着怎样一群皮肤柔嫩、聪明漂亮的学生，脸上一条皱纹都没有。她们可能比奥尔拉·奥尼尔还要年轻，而且有着一样的干净皮肤和纤瘦身材。

她这几天都没有再想到奥尔拉。她总是不由自主地想起那个长腿小贱人，想着他们的婚姻生活究竟过得怎么样了。这太可怕了，婕玛想，自己居然如此频繁地揣测着大卫和奥尔拉的婚姻，如此频繁地思考着他们在一起会比她和大卫在一起和谐多少倍。奥尔拉会明白他为什么那么晚回家，她可以和他探讨利润高的理财计划或者那些叫什么乱七八糟名字的最新退休理财产品。她不会为看着那些数据表格而感到无聊，而且她也不用跟他讲孩子们的病痛或是其他什么麻烦事。

我一直都是在抱怨，婕玛告诉自己说，整个事情是他的错，也是我的错。

她叹了口气，往身上喷了一些在机场买的倩碧快乐香水。她和大卫离婚之后，最大的改变就是换了香水。大卫喜欢时光气息香水的清香，而他离开之后她就再也不用那款香水了。现在她很喜欢尝试不同的味道。快乐香水看来很适合这个星期的阳光之旅。

婕玛打理完毕的时候，罗南坐在客厅里，正在用手抠弄着膝盖上的那块痂。

"别碰你的膝盖。"她不由自主地说，"基林呢？"

"还在浴室呢。"罗南做了个鬼脸，"她正在化妆。"

"化妆！"婕玛惊讶地看着他，"基林从来都不化妆啊。"

"她现在在化呢。"罗南打了个哈欠。

浴室门开了，基林出现在门口。婕玛看到自己的女儿时，深深吸了口气。基林把她的长头发梳到了脑后，系了一个橙色的小发饰。她用了一些婕玛的化妆品，让她的脸看上去闪着些金色的光芒。她涂了点儿棕色的眼影，还用了一点点腮红。她的嘴唇是珊瑚红色的，身上穿了一件白色T恤和一条黑色粗布牛仔裤。

"你看起来——很不错。"婕玛说。她看上去有十七岁，婕玛望着面前这个又高又瘦又高贵的美女想道。可她其实才十四岁，还相当天真呢。

"谢谢。"基林说，她有些不自信地笑望着婕玛，"你真的这么想？"

"是的。"婕玛完全无法相信这种变化，"你让我觉得自己老了。"

"为什么？"

"因为你看上去比实际年龄大很多。"

"我有吗？那太棒了！"基林的脸放着光，突然她又变回了十四岁。

"你想用一下我的香水吗？"婕玛问。

"好啊，谢谢。"基林看上去很开心，婕玛也因为女儿的情绪而觉得来了兴致。她从包里拿出了香水瓶，递给了她，尽量不在基林喷它的时候显出舍不得的样子。

"这样可以让蚊子离远一点。"婕玛边说边把瓶子放回了包里。

基林笑了，抱了抱她。婕玛突然回忆起了自己拥抱弗朗西丝的一幕。她的妈妈给她买了一张她喜欢的麦当娜的激光唱片。如今婕玛已经记不起是哪张了，不过当时弗朗西丝把那张激光唱片递给她的时候她很是欣喜。她激动地扑到了弗朗西丝怀里，以至于她母亲向后退了一步，说她差点弄破她的裙子。很多年来，她从来都没有回忆过这个片段。她甚至不知道它还存留在自己的记忆里。

她也拥抱着基林——紧紧地，紧到女儿说她简直要把她挤扁了。婕玛放开了她，亲了亲她涂了粉底的脸颊。基林朝她做了个鬼脸。

他们到饭店的时候，弗格森一家已经坐在那里了。基林拼命地向菲奥娜招手，从摆得密密麻麻的桌子中间挤了过去。

"嘿！"塞利娜看到他们到了，站起身来。还有她的弟弟。

基林开心地朝着那个男人笑着，而婕玛却惊呆了。"这是布鲁，"她说，"他是菲奥娜的舅舅。"

"你好。"萨姆·麦科尔根朝她微笑着，"没想到我们会这么快再见。"

婕玛哑然失声了。

"你们之前见过吗？"基林怀疑地望着萨姆和婕玛。

"我们碰巧之前见过面，"婕玛说，"只是我不知道——"她皱着眉头看着他。"布鲁？"

"孩子们总是这么叫我，"他说，"我姐姐偶尔也会这么称呼我。不过我的名字叫萨姆。"

"明白了。"

"干吗不坐在萨姆旁边呢？"塞利娜告诉婕玛说，"基林，你可以坐在对面。"

"让我坐在布鲁旁边吧！"基林挤到那把空着的椅子旁，开心地笑了。

婕玛咬住了嘴唇。她希望基林的这番装扮不是为了吸引塞利娜那个性感的弟弟，虽然从一开始她就已经开始怀疑基林的动机了。可你又怎么可能知道萨姆·麦科尔根和塞利娜的弟弟是同一个人呢？塞利娜和她的弟弟看上去一点儿都不像。这个弟弟对基林来说却太老了。我绝对不能和自己的女儿喜欢上同一个人啊！

"布鲁在都柏林工作，"基林说，"在大学里。"

"是吗？"婕玛假装忙着整理餐布，"他什么时候告诉你的？"

"今天早晨,"基林说,"就在你在床上打呼噜的时候。"

婕玛觉得自己的脸颊发热。

"他的网球打得很好,"罗南说,"他击球很快,而且还能打出弧旋球来。"

"他还会冲浪呢。"菲奥娜·弗格森插了进来,"他教过我,可我总是摔倒。"

"恐怕所有人都认为萨姆很棒,"塞利娜悲凉地说,"在他的对比下生活真不容易。"

"他们认为我好是因为他们开心的时候我总是在场,"萨姆说,"如果他们每天都会见到我,恐怕口气就会变了。"

"我们以前也是每天都见到你。我真希望还能像以前一样。"伊恩抗议着,"这样咱们就可以一起踢足球了。"

"你还会踢足球吗?"婕玛问。

萨姆咧嘴笑了。"不。不过我比他高大,所以我能赢。有朝一日他会赢我的。"

服务员走了过来,帮他们点菜。婕玛完全集中不了精神,随便点了一样东西。

"你最后干透了吗?"萨姆望着坐在对面的婕玛问。

"干透?"基林问。

"我见到萨姆的时候,刚开始下雨。"婕玛解释说,"我被雨淋湿了。"

"你妈妈看上去像是只湿透了的老鼠。"萨姆笑嘻嘻地说,"非常狼狈。"

基林笑了。"很高兴知道你狼狈时的样子,妈妈!"

服务员端着食物走了过来。婕玛看着她点的芦笋,知道自己根本不可能把它吃下去。她根本就不喜欢芦笋。

她抬起头,发现萨姆正在看着她。她放下叉子,却不小心把它碰到了地上。"不好意思。"她边说边弯腰钻到桌下去捡叉子。

"笨手笨脚。"基林说。

"我帮你再要一个。"萨姆示意让服务员过来。

他们在餐厅逗留了几个小时。婕玛听着他们的谈话,自己却一个字也说不出来。她只是混混沌沌地和大家一起举杯祝基林生日快乐,而在听到萨姆说基林是整个阿尔加维最漂亮的十四岁女生之后差点呛了水。基林看着萨姆时的笑容让婕玛想马上把她从桌旁拉走。菲奥娜一直在微笑。两个男孩儿则争着要吃最后一个面包圈。塞利娜宽容地望着他们。

然后，他们走到公寓楼这边的一家酒吧里。萨姆去吧台点了酒，婕玛和塞利娜走到一张桌旁坐了下来。孩子们则跑到了游泳池边，叽叽喳喳地聊起天来。

"你弟弟完美得都不真实了。"婕玛情不自禁地吐出了这句话。她其实想要保持沉默，不希望表达出自己的兴趣，可她又没办法放弃这个能深度了解萨姆的机会。

塞利娜笑了。"那要看什么时候了。小时候他简直就是我的灾难，总是拽我的头发，把蜘蛛放在我床上，简直把我吓死了。"

"孩子们很喜欢他。"婕玛说，"基林觉得他简直是人中豪杰了。"

"弗兰克死后他和孩子们一直相处得很好。"塞利娜说，"有一段时间我简直不成人样，婕玛。一切都太突然了——有一天他觉得头疼，之后就住了院。一个月以后……"她咬住了嘴唇。

"对不起。"婕玛满怀同情地看着她，"我不想让你难过。"

"哦，我需要倾诉一下，"塞利娜说，"很久以来我一直不能提起这件事。不过现在我反而希望有机会可以说。"她叹了口气。"你遭遇这样的事时，别人不知道该怎么和你相处。一开始的时候他们觉得你可能会终日以泪洗面，可其实你那个时候根本已经木讷了，完全哭不出来。再过一段时间，你真正想哭的时候，别人却觉得你应该已经看开了！"她虚弱地笑了笑。"别担心，我不会哭的。"

"即使你哭我也不会介意的。"婕玛说。

"谢谢。"

两个女人沉默了一阵。萨姆走过来，把饮品放在了桌子上。"我一会儿就回来。"他说。

塞利娜拿起了她面前的酒杯，向婕玛点了点头。"干杯。"

"干杯。"婕玛碰了碰她的杯子。

"萨姆和你们一起生活吗？"

"哦，上帝，不！"塞利娜惊讶地看着她，"所以孩子们才这么想见到他。弗兰克离开后，他和我们一起住了几个月——那对他来说实在是件麻烦事，因为我们住在威克洛，他需要每天在威克洛和都柏林之间穿梭，那简直就是噩梦。不过他还是那样做了。一开始我不想让他离开，不过最后还是让他走了，我需要自己的空间。孩子们很失望。我告诉他们如果他一直住在这里，就不可能向现在一样对他们这么好。"

"就像我所说的，完美得都不真实了。"婕玛说。

塞利娜的眼睛发光了。"你这么认为？"

"模范弟弟！对孩子们耐心有加！而且，塞利娜，坦率地讲，他实在是很帅，基林早就下了定论了。"

"他们都把他当英雄了。"塞利娜说，"也是因为我的孩子们的描述，基林才会这么看。小孩子们都是这样。"

"不过，我觉得基林已经不把自己当孩子了。"婕玛忧愁地说。

"她以后一定是一个大美女。"塞利娜看着游泳池对面，菲奥娜和基林正站在那儿。基林乌黑的长发在身后轻轻飘动。

"我知道。"婕玛顺着塞利娜的目光望了过去，"我当然希望她漂亮。可现在我情愿她是个戴着牙套和厚眼镜的丑姑娘。"

"哦，婕玛！"

婕玛看着她。塞利娜那双跟她弟弟一样的棕色眼睛里充满了笑意。

"他对我女儿来讲太大了。"婕玛说。

"他当然是太大了，"塞利娜说，"可你为什么会担心这个呢？"

"我恐怕基林——如果她喜欢上了他怎么办？"

"如果是的话，也只是一时冲动。"塞利娜说，"不过我真不明白你在担心什么。在玩'疯狂高尔夫'的时候，她和菲奥娜眼睛都不眨地盯着我们前面的两个德国男孩子看。她们连提都没提过布鲁。婕玛，你的担心完全没必要。他在大学工作，这样的事他遇到过很多。因为他长得不错，学生们总是会喜欢上他。他知道怎么让她们度过那个阶段。我保证。"

"我只是不希望她受伤害，你知道的。"

"你当然不希望，"塞利娜说，"不过我觉得你真的多虑了，婕玛。基林只是在学习做一个十几岁的青年人，而萨姆则是她的一个实习对象。"

"希望如此。"婕玛用手指卷着自己的头发。

"相信我。"塞利娜说。她靠前坐了坐，带着一种评估式的眼光望着她。"萨姆在女人缘这方面并非一直都那么幸运哦。"

"怎么可能？"婕玛问。

"因为他的长相。"塞利娜告诉她说，"别笑了，婕玛！我是认真的！很多女人看到他之后，都觉得他是她们的梦中情人，但当然他并不是。萨姆是一个比较懒散的人，他喜欢有趣的女人，但不喜欢太咄咄逼人的。可事实上，他总是遇到后者。"

"我打赌他还是不会说'不'的。"

"也许是把，"塞利娜承认道，"不过现在他真的需要开始一段严肃的关系了。上一次恋爱简直就是灾难。"

"为什么？"婕玛问。

"让他自己告诉你吧。"她说。

婕玛盯着她。"我想他应该没有机会跟我说这个吧。"

"没有吗？"塞利娜的语气有些意味深长。

"当然没有！"

"我弟弟真的很不错。"她说，"我的意思是，他是个好人，不只是看上去帅气而已。"

"当然。"婕玛有些困惑地说，"只是你会错意了——如果你觉得——觉得……"

塞利娜笑望着一时语塞的婕玛。

"无论如何，"婕玛最后说，"我对他来说太老了。"

"太老！"塞利娜叫出了声，"看在上帝的分上，你才多大啊？"

"三十五。"婕玛说。

"婕玛，萨姆三十岁了，你们只差五年。这实在不算什么。"塞利娜的声音提高了一个八度。

"我以为他比这还小呢。"婕玛说，"不过没什么区别。你想多了，塞利娜。真的。"

晚一些时候,一支乐队开始演奏了。天气很暖和,云朵都散去了,天空十分清澈,还点缀着熠熠星光。

"来吧!"萨姆叫道,"大家跳舞吧。"

乐队演奏的是可儿乐队①的歌曲,那是基林的挚爱之一。婕玛看着她在萨姆眼前扭动着身体。婕玛之前从没把基林和美丽挂过钩。她在想回到家之后,基林会不会又变成了之前那个一身黑色的女孩儿,还是会完全改变成现在这种风格。我知道,婕玛想,有朝一日她会变成一个年轻的女人。我只是没想过那一天这么快就到来了。

她离开了萨姆和基林,转移到了罗南和伊恩旁边。与其说他们是在跳舞,不如说是在打拳击。我想他早晚会伤到某个女孩子的心的,婕玛想。她好像很难想象什么样的女孩儿会深爱上罗南·埃内西,不过这可说不准!

十五分钟的练习之后,她坐了下来,喝了口啤酒。基林和菲奥娜正各拉着萨姆的一只手,摇晃着他,一会儿微笑一会儿大笑。婕玛吞了一大口啤酒。她希望她们在"疯狂高尔夫"球场看到的那两个男孩儿现在就在这里。

乐队停止了演奏,大家都坐了下来。

"我不行了,"萨姆抱怨着,"这些女孩儿真是精力充沛。"

"你很高兴,"菲奥娜告诉他,"承认吧,布鲁!"

"我当然高兴,"他说,"这是史上最棒的假期了。"他朝塞利娜笑着说。"你怎么样,老姐?"

"很好。"她回答说。

"你呢?"他转向婕玛,后者的心差点翻了个跟头。

"我也很好。"她说。

"你早就坐下来了。"

---

①可儿乐队,爱尔兰最著名的家庭乐队之一。

"是啊，我没那么年轻了，"她说，"一直蹦蹦跳跳对我来说太累了。"

"真可怜，老妈妈！"基林咯咯笑了。

"放慢音乐的时候咱们得把她拉起来。"萨姆说。

婕玛喝掉了最后一口啤酒，摇了摇头。"不要，"她说，"我们马上就要回去睡了。"

"那你得先和我跳一支舞才行，"萨姆说，"至少一支。"

"再说吧。"

"她不想跳舞，"基林说，"我妈妈是个老古董。"

她是这么看我的吗？婕玛想，一个无趣的、循规蹈矩的老古董？

"来吧。"乐队开始演奏《我将永远爱你》的时候，萨姆把婕玛硬拉了起来，"就一支，然后我就要和基林跳了。"

"我见到你时吃惊极了，"他边用手揽住婕玛的腰边告诉她说，"不过这算是个惊喜。我最终还是和你共进晚餐了。"

"是啊。"婕玛感觉到他干燥而温暖的手握着她的手，他们之间的距离是那么的近。

"我完全没想到你已经有两个孩子了。"他说。

"你现在知道了，"她对他说，"就像基林说的，我老了。"

"你和老实在相距甚远。"

"三十五岁，"她开门见山，"比你要老，我打赌！"

"我姐姐说了我什么吗？"他问，"我不记得告诉过你我的年龄。"

"我们无意中谈到的。"婕玛说。

他笑了。"连我的年龄都谈到了，那你们的对话一定相当有趣。"他将她拉得更紧了，婕玛费了好大的力气才克制住自己没有把头靠在他的肩膀上。

"事实上我们谈到了你的童年。"婕玛说。

"女人们是怎么做到这一点的？"萨姆问，"你们几乎都不认识对方，之后突然之间就谈起了童年往事。"

"这是女孩子的特长。"她实在是太想靠在他肩膀上了。

"我猜这应该是你的美发师心理学吧。"

"不，"婕玛说，"绝对是女孩子的特长。百分之百。"

"女人真是让我吃惊。"萨姆抱紧了她，"你们对什么事都那么在行！"

"我的女儿对你很着迷，你看得出吧。"婕玛的口气突然变得尖锐起来了。

"这倒没有。"他告诉她说，"我和孩子们相处得一直很不错，只是这样。"

"别小瞧了她，"婕玛提高了声调，"她不是孩子了。"

"我没有。"萨姆低头望着她，"真的。我知道她正在长大。只是我可能是第一个把她当成年人对待的成年人而已。"

"她在浴室里面梳妆打扮了几个小时，就因为你。"婕玛说。

萨姆笑了。"我真荣幸。我喜欢她，婕玛，她活泼又健谈，而且很可爱。"

"这是我和他父亲离婚后，第一次看到她这么活泼又健谈。"婕玛说。

"哦。"

"她正处在一个特殊的年龄段。"婕玛继续道。

"女人的任何年龄段都很特殊，相信我吧，我有个姐姐。"

"也许你说得对。"婕玛淡淡地笑了笑。

"我总是对的，"萨姆说，"而且我向你保证，婕玛，我百分之百向你保证，我绝对不会让你快乐的女儿陷入到对我的任何痴迷中。"他朝她笑着。"而且我并不觉得她真的会迷恋我。她只是非常开心而已。"

"即使如此，"婕玛说，"也请别伤害她。"

"哦，婕玛，"他的目光非常温柔，"我做梦都不会想去伤害她。或者你。"

歌曲结束了，她马上离开了他跑回了座位。基林和菲奥娜正在聚精会神地聊着天。

"好了，基林。"萨姆对着她微笑，"能赏光陪我跳一曲吗？"

基林自然而然地就把头靠在了他的胸前。婕玛看着他们，脑海中一片纠结。她不希望基林受伤，但这却是必然。萨姆是成年人，基林只是个孩子。一个刚刚发现成熟男人的孩子，但依旧是孩子。

"你看上去很焦虑。"塞利娜坐在了婕玛身旁。

"我真的很怕基林爱上你的弟弟。"婕玛心急如焚，"她会难过死的。"

"婕玛，我保证她很快会在海滩上看到某个同龄人，然后就把萨姆一下子扔到脑后了。"

"希望如此。"婕玛说。

"你很担心她，对吗？"

"我希望可以保证她走上一条正确的路，你能理解吗？她很少接触成年男人。她和她父亲见面时也不是一种真实的生活状态，所以他对她在脑海中树立一个男性榜样也没起到什么作用。"

"她是个很可爱的女孩儿。"塞利娜说。

"我希望儿女们的人生能顺利一些。"婕玛用手揉了揉额头，"我不想她伤心，然后用几个月的时间去忘记那个伤害了她的男人。"

"你呢？"塞利娜问。

婕玛看着她。"我不需要忘记什么事啊。"

"真的？"

"我离婚很久了，塞利娜。我几年前就已经忘了我前夫了。"

"可对离婚这件事你释怀了吗？"塞利娜往婕玛的杯子里倒了一些葡萄牙青酒，"我想那真的很难，婕玛。弗兰克死后，我觉得自己的一部分也跟着他去了。听起来有点儿奇怪。但我至少可以肆意地悲伤，别人也放任我去悲伤。可你离婚了，而且我相信肯定是闹得不愉快才会离婚，可你还不得不经常看到他，而且还要维持表面的和气。我无法想象那种感觉会是怎么样的。"

"哦，你只能学着去适应。"婕玛回答得轻描淡写。

"那其他男人呢？"塞利娜问。

婕玛耸了耸肩。"我没有时间。"

"也许你现在有呢？"塞利娜说。

"对男人我已经受够了。"婕玛摇了摇头，"他们说的都是一样动听，但心里也是一样可恶。"

"哦，婕玛。"

她笑了。"也许不是全部。可我选的那些都是如此。我发誓。"

"布鲁呢？"

"塞利娜，我知道他是你弟弟，你肯定很喜欢他。可我只是刚刚见到他而已！我可没有什么打算。"婕玛笑了。

"真的没有？"

"绝对没有。"婕玛说，"你肯定是喝太多了，才会这么想。"

第二十二章

奥尔拉喝了一口杯子里的酒,看着眼前的人群。大卫则靠在吧台上,他正在和埃夫丽尔·格雷迪聊天。埃夫丽尔·格雷迪是他们主管的金发碧眼的美女助理。埃夫丽尔向大卫那边探着身子,把手搭在他的肩膀上。她悄悄地对着他的耳朵说了句什么,之后他们两个就一起大笑了起来。奥尔拉咬住了嘴唇。

"嘿,奥尔拉!"艾比·约翰逊从西都柏林销售团队中间挤了过来,"对不起,我迟到了,交通太糟糕了。"

"嘿,艾比。我给你拿杯饮料吧?"

"金汤力。"艾比说,她环顾了一下陈旧的墨菲酒吧,"这些人都是格雷维塔斯的?"

"对。"奥尔拉点了点头,"所有人都过来祝我一帆风顺,虽然我抛弃了他们。"

"都是来喝免费酒的。"艾比朝她坏笑着,"大卫呢?"

"那边。"奥尔拉朝着她丈夫的方向指了一下,然后帮艾比点了酒。

"那女孩儿是谁?"艾比问。

"埃夫丽尔·格雷迪。办公室的小甜心。"

"奥尔拉!"

"她确实是啊。"奥尔拉做了个鬼脸,"那女孩儿是个危险人物。每次公司有活动,她都会找个男人,扑在他身上。"

"她知道大卫结婚了吗?"艾比问,"我的意思是,她看起来是要和他舌吻呢。"

"我想他应该能控制住自己吧。"奥尔拉把酒递给艾比,又转头看了看大卫和埃夫丽尔。大卫正探着身和她说话,她则把手随意地放在了他的手臂上。

"你担心他们吗?"艾比顺着奥尔拉的目光望了过去。

"不。"奥尔拉耸了耸肩,"她一直都是这样。"

"但应该不是和大卫吧?"

"和任何人都有可能。"奥尔拉说,"真的,艾比,没事的。"她的声音很轻快,故意显得自己很确定。她希望自己真的可以那样想。她希望自己确信大卫依然爱着自己,就像几个星期前一样。现在她不再确定了。她说自己接受了塞雷纳的工作时,大卫只是耸了耸肩。他说祝她顺利,仿佛她只是一个无足轻重的陌生人。他问她什么时候递交辞职信,这样他们就可以及时找人补上空缺的位置。现在正是旺季,他说,他们没有她的话会更忙。

"你不介意吗?"她问。

"什么?"

"我接受了那份工作。"

"你是成人了,奥尔拉。你想做什么就可以做什么,不需要我的许可。"

她那时真的很想朝他大喊,问他为什么这么幼稚,可她没有。她什么都没说,他则看了看表,告诉她他和一个客户约了见面,之后就离开了。那天他回到家的时候已经十一点了。

他们就如同生活在一栋房子里的两个陌生人,她看着他和埃夫丽尔热火朝天地倾谈着,心里苦涩地想。仿佛他们从来没有手拉着手漫步在巴哈马的沙滩上,仿佛他们从没有在他的宝马车后座上做爱,又仿佛他们从未在电影院一边吃大杯爆米花一边看电影。为什么会是这样?为什么他们不能正面沟通一下?

"你会想我们吗,奥尔拉?"她团队里的一个成员奈杰尔·金走到她面前。

"一点儿也不。"她冲他坏笑了一下,表示她在开玩笑,"奈杰尔,这是艾比·约翰逊,我的好朋友。"

"嘿,艾比。你也是做销售的?"

"不是,感谢上帝,"艾比说,"我连说服老板给我加薪都做不到,实在没办法把我和成功销售女性联系在一起。"

"你需要一份个人退休计划吗?"奈杰尔问。

"奈杰尔!"奥尔拉用胳膊肘顶了他一下,"艾比是我朋友,不是客户!"

"我猜她应该是在塞雷纳买好了。"奈杰尔说,"哦,如果你有任何需要……"他朝艾比笑了笑,然后便走开了。

"说实话,"奥尔拉说,"他实在是太强买强卖了。"她又朝大卫和埃夫丽尔那边看了一眼。他们不见了。她的心抽了一下,焦急地向人群中望去。

"你没事吧?"艾比有些好奇地望着她。

"当然没事,怎么了?"

"你看上去很担心的样子。"艾比说,"一般来讲,如果有谁换了一份薪水更高的工作,应该不会一脸焦虑才对。"

"我并没有焦虑啊,"奥尔拉说,"我很期待,不过我不能马上开始上班。我要到科克去培训一个星期。"

"那应该很有趣。"艾比说。

"很没意思,"奥尔拉告诉她说,"你必须坐在那里,做一些角色扮演之类的游戏。你知道的,比如你是客户,我是销售,我必须要让你买下某个产品。我讨厌这样的事。"

"只是一个星期,"艾比说,"如果能离开一个星期,让我干什么都可以。"

"那你今年为什么不去度假呢?"奥尔拉问。

艾比耸了耸肩。"没有钱啊。别忘了,在珍妮特搬进来住之前我是一个人负担房租的,那可是天文数字。我可能在十月去度假。"

"你应该去。"奥尔拉又在酒吧里环顾了一周。她完全找不到大卫或是埃夫丽尔的踪影。

"我可以去报那些突然空出名额来的旅行团。"艾比开心地说,"你知道吧,星期四报名、星期五出发的那种。只是不知道找谁和我一起去。"

"珍妮特怎么样?"奥尔拉问。

"哦,我必须要躲开珍妮特待一阵儿。"艾比说。

"为什么?"奥尔拉不再朝人群里张望,转头看着她的朋友。

"住了一段时间之后就发现她有点儿烦人了。"艾比说。

"你不想再和她合租了吗?"

"说实话,可能不想了。"艾比说,"不过我真不知道要找谁合租。"她笑了。"你真幸福,再也不用去担心这些事。"

"是啊,我确实幸运。"奥尔拉的笑容只是停留在嘴边而已。

"我们必须找个晚上出来聚聚,"艾比说,"我们已经好久没出去了。"

"当然。"

"奥尔拉,你确定自己没事吗?"艾比问。

"是啊,怎么了?"

"因为我在跟你说话,你也在回答我,可我总觉得我在和一株植物对话一样。"

"为什么?"奥尔拉问。

"因为灯亮着家里却没有人!"艾比大叫着,"我就算是喊着'我要把衣服脱光啦',你依然会点点头赞同我。你根本没在听,奥尔拉。"

"我在听,"奥尔拉有些心虚地反对道,"我可能有点儿喝多了。"

"真的?"艾比怀疑地看着她问。

"真的!"奥尔拉尽量显得真诚,"我们五点就过来了,艾比。现在快九点了,我心神不定也很正常。"

"哦,如果只是因为酒……"

"只是因为酒。"奥尔拉边撒着谎边再次把酒吧巡视了一遍。

她先看到了埃夫丽尔,那位助理正在往香烟自动售货机里塞硬币。奥尔拉又在人群里扫了一遍,却还是没有看到大卫。她释然地叹了口气,至少他没和埃夫丽尔在一起。然后她看到他从厕所里走出来,她走过去站在了他面前。

"嘿。"她说。

"嘿,玩得开心吗?"

"不太开心。"她告诉他。

"为什么?"他问,"我以为你非常高兴呢。你已经剪断和格雷维塔斯的关系了。你找到了一份薪水更高、福利更好的工作,还有一辆新车——我从没认识过哪个女孩儿一年可以得到两辆新车的。"

"你说得对，"她说，"这些听上去都很不错。这就是我最初要接受这份工作的原因。"

"那么有什么问题呢？"

"问题就是你。"她对他说，"为什么你对待我就像对待一个背叛者一样？这是我的送别酒会，可你连一句话都没和我说过。"

"奥尔拉，亲爱的，我每个晚上都可以跟你说话。"大卫说。

"不，你不能。"

"这是什么意思？"

"你根本不和我说话。我告诉你这份工作的事后，你几乎没跟我说过两个字以上的话。"

"别傻了。"他说。

"这是真的。你根本就在忽略我的存在。"

"我怎么可能忽略你？"大卫问，"我们生活在同一栋房子里。"

"非常容易。"她马上就要哭了。

"是的，我确实不太希望你接受这份工作，我承认。但那是你的选择，奥尔拉，我不会阻碍你的选择。就是这样。"

她咬着嘴唇。"我感觉事情并不是这样。我觉得你恨我。"

"别说傻话了，"他说，"我为什么要恨你？"

"没有原因。"她浑身颤抖着。

"所以啊，你在犯傻。"

"但大卫——"

"我们改天再谈这个话题吧，"他说，"我觉得咱们在酒吧里说这种私事实在不太适合了，你说呢？"他吻了吻她的额头，扭头走开了。他直接走向了香烟自动售货机旁的埃夫丽尔·格雷迪。

奥尔拉的脑子里在嗡嗡作响。她睁开双眼，然后又闭上了。即使是透过窗帘的那点儿微弱的光,对她来说也都太强烈了些。她呻吟了一声,滚到床的另一边,结果感到一阵剧烈的头痛。她睁开一只眼睛,看了一眼闹钟。

已经是十一点一刻了。她好多年都没有在周六睡到过这么晚了。大卫有早起的习惯,这个习惯一开始令她很吃惊,后来却也变成了她的习惯。自从他们结婚以来,她周末一般都是九点半准时起床。反正有大卫在房间里走来走去、做早餐、听收音机或是看报纸,很难一直睡下去。

但她今天早晨没听到他的声音。她把一只手搭在额头上。这个时间他应该已经吃完早饭,收拾好厨房了。他会看一遍今天的会面计划,因为他在周六通常都会安排和客户见面。他必然也已经看完了《爱尔兰时报》和《观察者》。另外,他肯定在心里嘲讽了她好几次,居然这么晚还赖在床上不起来。

她爬下了床,穿上了白色的浴袍,把脚塞到拖鞋里。因为头依然重重的,她一直不敢低头。之后她慢悠悠地推开房门走去了客厅。

大卫在桌子上留了张字条。奥尔拉感到自己的心脏跳得很急促,太阳穴也在砰砰跳动。她有些害怕拿起那张字条,害怕知道大卫写了些什么。

她走到桌边。你真傻,她告诉自己说,又傻又幼稚。

她拿起字条,艰难地打起精神看上面的字。"有几个会面。三点前回来。"就是这样,她告诉自己,不太坏。他至少还会回来。

她坐进扶手椅里,闭上了双眼。为什么她这样释然?为什么她会让自己陷入那样一种怀疑的情绪里?她怎么可能会想到他会不再回家?

因为埃夫丽尔·格雷迪,她边揉着太阳穴边想道。因为昨晚她和他谈过话之后,他就跑去和埃夫丽尔·格雷迪继续倾谈了整个晚上。结果奥尔拉开始大喝特喝起来,直到她绊倒在什么人扔在地上的一个包包上,弄伤了下巴。此刻,昨晚的情景变得清晰起来。她记得一大群人围着她,有人(艾比?)在问大卫在哪儿。最后她回忆起是大卫扶着她站起身来,问她是否伤到了。回家的路上,他并没有表现出像她烫伤手臂时的那种关心,或是他们在巴哈马时他看到她被蚊子叮得满腿红肿时的忧心忡忡。那时的他温柔而体贴,昨晚的他显然是在生她的气。

她觉得很不舒服。他们结婚不到三个月的时间,可他对她已经厌倦了。

这当然不能完全责怪到她换工作这件事上。一份工作不可能造成这样的结果。难道是因为婕玛？或者是他真的厌倦了？他一直说是婕玛要求离婚的，难道当时也是因为她没办法再忍受他的漠视，所以才不得已而为之？

她站起身来，吃了一片去痛片。头疼渐渐好转了。她冲了个澡，让水流打在肩膀上，这样可以舒缓一下身体的紧张。

如果一切只是因为她的工作，那么她愿意坐下来和大卫好好谈一谈。显然他觉得她的变化让他受到了威胁，这是问题的核心——他们在婚前就承诺过，什么事都可以摆出来谈。另外她也必须和他谈一谈他昨晚和埃夫丽尔·格雷迪之间的暧昧行为，她完全不能接受。她绊倒就是因为想过去阻止他们再暧昧下去。这就是为什么她没看到地上有个包包，她实在是太专注于大卫和埃夫丽尔了。

他不可能真的喜欢埃夫丽尔，对吧？大卫没有那么肤浅，因为她的红嘴唇和没内涵的蓝眼睛就晕头转向了。埃夫丽尔浅薄得还不如一块木板——每个人都知道利亚姆·麦克达德雇她只是因为她的外貌。他根本就不需要一个助理，到现在都在让他的副手帮他做一些行政事务。

电话响了。她裹了一条毛巾，拿起听筒，希望对方是大卫，可又实在不知道要跟他说些什么。他可能还没从昨晚的惊诧情绪中回过神来呢。

"嘿，奥尔拉，是我。"

"哦，嘿，艾比。"她尽量显出热情。

"你觉得怎么样？"她的朋友问，"我很担心你。"

"担心我？"

"你昨晚摔了个大跟头，我们都觉得你肯定是把下巴摔伤了。"

"没有。"奥尔拉轻轻地摸了摸自己的脸。下巴附近确实有点儿肿，可没什么大碍。

"肯定是因为喝了酒的缘故，"艾比说，"喝了酒之后，你是感觉不到疼的。"

"今天早晨我已经感觉到疼了，"奥尔拉说，"我的脑袋里就好像有一堆修路工人在挖地。"

"可能和摔倒也有关系。"艾比告诉她说。

"你这么觉得？我以为只是因为喝酒呢。"

"你昨晚确实喝得有点儿多，"艾比承认道，"很多年你都没这样喝过酒了，你好像又回到了从前。"

"是啊，我感觉也像回到了从前一样。"奥尔拉说，"我吃了去痛片，现在已经好一点儿了。"

"大卫难道没给你把橙汁和药片送到床边吗？"艾比打趣她说。

"大卫已经去见客户了。"奥尔拉说。

艾比停顿了片刻。"你丈夫真是个大忙人。"

"太忙了。"奥尔拉说，"我阻止不了他。"

"他之前可不是这样。"艾比说，"你住在这里的时候，他可是整天都不停地打电话给你，都快要在我们门前搭个帐篷了。"

"情况不同了，"奥尔拉对她说，"不过他还是……"还是什么？她自问。还是为我疯狂？还是很爱我？她闭上了眼睛。

"奥尔拉？你还好吗？"艾比有些着急地问。

"很好。"奥尔拉说，"只是头疼而已，艾比。我想我需要再躺一会儿。大卫很快就回来了，我要等着他给我敷冷毛巾呢。"

艾比笑了。"好吧。保重，奥尔拉。我下周再打给你。"

"好的，"奥尔拉说，"到时再和你聊。"

她放下听筒，自己去拿冷毛巾了。

第二十三章

婕玛趴在躺椅上,用手摸索着自己的防晒霜。她实在不想抬起头去找,现在的状态真是太舒服了。可她觉得肩膀被晒得生疼,需要涂些防晒霜来保护一下。

"你在找这个吗?"

她睁开了眼睛。萨姆·麦科尔根的棕眼睛离她不到几厘米。她急忙坐了起来,把游泳衣的肩带套回肩膀上。

"你不用坐起来,"他对她说,"我可以帮你涂。"

"可以吗?"她说。

"当然。"他朝她笑了笑。"很荣幸。"

"我还是不麻烦你了,"她说,"我自己可以涂。"

"别傻了,"他的声音里满是调侃,"没人能往自己的肩膀上涂防晒霜。"

"你怎么知道我要在肩膀上涂?"

"很容易。"他轻轻地碰了碰她的上臂,她疼得差点儿跳起来。"已经有点儿红了。"

"谢谢。"她从他手中接过了那个小瓶子。

"需要我帮你吗?"他问。

"不用了,真的,我可以。"她环视了一周,"大家都去哪儿了?"

"塞利娜去咖啡馆喝茶了。基林和菲奥娜在网球场练球。伊恩和罗南正在玩足球。这儿只剩我们两个了。"

婕玛很想用手去抚弄一下他的黑头发,不过她还是克制住了自己。她第一次见他的时候就想这么做,在那家海边酒吧里。当某个男人吸引了她时,她总想这么做。她会想象自己触摸着对方的头发，把那些发丝缠在手指尖上。大卫·埃内西躺在洗头发的水盆前的那一刻，她就被他迷住了。那一刻，她开始抚摸他又黑又长的头发。

我喜欢他。他让我眩晕。这是身体的本能反应。我已经尽量远离他了，可这完全没用。

"几点了？"她问。

他抬头看看淡蓝色的天空，说："四点整。"

"你不可能看看天就知道几点钟吧！"她质疑道。

"我严肃地告诉你，现在是四点。"

她在躺椅下面找到了手表。"差五分钟四点。"她告诉他。

"五分钟不算什么出入。"他笑了，"前台的表肯定是快了，我过来的时候那儿显示的就是差五分四点。"

她做了个鬼脸。

"来吧，"他说，"让我帮你涂防晒霜吧。"

"不用了，"她说，"我想和塞利娜一起去喝茶。"

"干吗不和我一起喝点儿啤酒呢？"他问。

她什么都没说。

"姑娘们还要一个小时才回来，她们的网球课刚刚开始。男孩子那边至少也要这么长时间。"

"塞利娜现在一个人。"婕玛挣扎着。

"有时候塞利娜喜欢独处。"萨姆说。

婕玛望了他一眼。他说的是真的吗？还是他只是想让她和他去喝啤酒？其实他用不着骗她，她就已经很想跟他去喝东西了。她叹了口气。

"说真的，"他仿佛看穿了她的想法，"她喜欢拥有一些独处的时光。可以思考，可以难过，你明白的。"

"现在还是？"婕玛问。

"弗兰克的去世相当突然，"萨姆说，"一年并不算长。我来这儿之前和她一起住。她还好，不过她让我给她点儿个人空间。"

喝一杯酒没什么大不了的吧，婕玛想，只要基林不知道就行。基林把萨姆或者说布鲁当成了私有财产，她花了很长时间坐在泳池边和他聊天。婕玛非常想知道他们在说些什么，可她不敢问。晚上她带孩子们出去的时候，基林一直在说布鲁有多聪明，多投入地听她说话，这让婕玛越来越担心了。她有一次提出了这个话题，假装漫不经心地问她到底喜欢萨姆哪一点。基林很悲哀地望着她。"他很聪明，"她告诉婕玛，"而且很风趣。"

"你有没有——你是不是……"

"什么？"

"他比你大太多了。"婕玛说。

"看在上帝的分上，妈妈！"基林的声音提高了八度，"他又不是我男朋友。他差不多和你一样大了。"

但她依然很担心。孩子们想去找弗格森一家的时候，她非常坚持地说他们应该有一些独处的时光。"我们在度假，他们也在度假，"她告诉基林和罗南，"我们不能每时每刻都在一起。你们白天已经和他们寸步不离了。"而且他们整个白天都看着萨姆穿着短裤、露出平坦结实的腹肌，还有肌肉线条优美的手臂和双腿。泳池边一半的女人看到他走过都会满眼放光。

"怎么样？"他带着询问的神情望着她。

一瓶啤酒没什么大碍，她想。她突然笑了，自己不也是在度假嘛。"好的。"

"太棒了！"

她套上了绿色的T恤衫，穿上黑短裤。她在把短裤套在泳装外面的时候一直使劲收着小腹。就算以后不去健身房，她也要买个跑步机之类的东西锻炼一下。她不能让这个肚腩陪着自己过下半生。之前她只是没有努力，才会让它变成这个样子。

她把蓝白格的毛巾折好，把它和书一起留在了躺椅上。她几乎已经看完那本《她的朋友》了。她希望基拉·奥布赖恩最后能够得偿所愿。男人，金钱，还有公司，婕玛觉得如今的女人应该可以拥有一切了。

"请吧。"萨姆把她让到了前面。他的手轻搭在她的腰间。她试着让自己忽略这种接触带给她的触电般的感觉。这只是因为假期的缘故，她告诉自己。

这样的事之前也发生过。那次是在托雷莫利诺斯①，她对杰克·马丁就有相同的感受，后来他们再没见过面。还有一次是在马约尔卡岛②，和一个英国男人。是阳光和沙滩让她感到了自由，所以才会这样。这是不真实的。

"你想先散散步吗？"萨姆问，"我想我们可以去鲁伊的酒吧。"

"如果你愿意的话，没有问题。"婕玛说。

他们走到了沙滩上。今天的大海非常平静，浅蓝色的海水洗刷着白色的沙滩。虽然远处有一些人群，但这一片区域却是十分宁静的。萨姆没有说话，婕玛也不想开始什么话题。他们只是一起沉默地沿着水边漫步着。

"这让我想起了——是谁来着——伯特·兰开斯特和黛博拉·克尔，我没记错吧，在《永垂不朽》③里的情景。"萨姆说。

"我从来没看过《永垂不朽》，"婕玛说，"不过我母亲倒是很喜欢看。"

萨姆笑了。"那个场景是伯特和黛博拉在海滩上的一场戏，很美。不过如果你没看过的话，说起来也没什么意思。我喜欢老电影。"他补充说，"那时的女性角色比现在电影里的女性角色要出彩得多。比如凯瑟琳·赫本，或者贝蒂·戴维斯。她们扮演的角色比现在的茱莉亚·罗伯茨或者是卡梅隆·迪亚兹的角色要出色得多。"

"也许吧。"婕玛淡淡地回应说。

"哦，绝对是的。"萨姆说。

接着，两个人再度陷入了沉默。婕玛享受着温暖的阳光，而且此刻的阳光并没有那么强烈。我正和一个迷人的男子一起徜徉在葡萄牙海滨，她告诉自己，就好像我们两个……好像……她没办法继续想下去了。

鲁伊的酒吧繁忙异常，不过还是有一张空桌子。萨姆朝着鲁伊喊了一句什么，鲁伊马上给他们拿来了几瓶啤酒。

"你今天看上去好多了。"鲁伊对婕玛说，"不至于浑身都湿透了，对吧？"

她笑了。"当然，我今天感觉好多了。"

---

①托雷莫利诺斯，位于西班牙。
②马约尔卡岛，位于地中海。
③《永垂不朽》，导演弗雷德·津内曼根据同名小说拍摄的电影。

"对你来说，刚到这里就下雨，确实很糟糕。"鲁伊说，"不过从今天开始，天气都会非常棒，为你准备的。"

"谢谢。"婕玛说，"天气真的很不错。"

"而且你也发现了一个不错的男人啊。"

婕玛的脸红了。"他确实不错。"

"我非常爱他，"鲁伊说，"就像爱我自己的儿子一样。"

"行了，鲁伊。"萨姆插话道。

"哦，好吧。"鲁伊咧嘴一笑，"我只是觉得要多说点儿你的好话，萨姆。"

婕玛咯咯笑了，把脚放到了旁边的花池边上。

"不好意思，"萨姆说，"他有时候就是会这样。"

"我喜欢他。"婕玛。她喝了一口啤酒，望着大海的方向。海里有很多人在玩耍嬉戏。人想要开心其实并不难啊，她突然想，一点儿阳光，一点儿海水，已经足够了。

"真宁静。"萨姆的声音打破了她的遐想。

"事实上，我在想人们有多开心。"婕玛说。

"你是说所有人，还是指哪个特定的人？"萨姆问。

她朝着沙滩的方向示意了一下。"他们，"她说，"什么都不用想。哪怕只是短短的两个星期。"

"那你呢？"萨姆问，"你这个星期也是这样什么都不想吗？"

她把酒放在了桌子上。"大部分时间是吧。"她回答得很小心。

"那什么时间不是那样的呢？"萨姆问。

"哦，你知道的。当我看到你和基林在一起的时候。"

"婕玛，我们谈过这件事了。"萨姆说，"基林是个很可爱的女孩儿。她喜欢和我聊天。她——她只是把我看成一个父亲的角色。别笑我！"

"我没有笑。"婕玛严肃地说。

"我并不是说她把我当成父亲，只是我觉得她想和一个男性交谈，而不是像一直以来这样只能听到来自同性的看法。婕玛，她把我看成一个成年人，而不是一个可能当男朋友的人。"

"但她会为你而打扮自己。"婕玛反对道,"每个晚上,孩子们都想去找你和塞利娜。"

"你和她谈过这件事吗?"萨姆问。

"一两次吧。"婕玛承认道。

"然后呢?"

"哦,她假装并不在乎你。"婕玛说。

"那是因为她真的不在乎,"萨姆告诉她,"这儿有一大堆比我有趣的男孩子。"

"我希望你说得对。"婕玛说,"我不想她难过。"

"我确定她有一天会因为感情而伤心难过,"萨姆说,"但肯定不是因为我。我打赌她长大一些后也会伤别人的心,而且我确定你也是一样。"

"我真的没有,"婕玛眼睛里闪烁着留恋的光芒,"我结婚太早了,真的。"

萨姆仔细地研究着她。"你为什么和前夫离婚呢?"

"很多原因,"她说,"主要是因为我们心中所重视的东西的排序变了。他变成了一个工作狂,我变成了一个母亲。我们都忘记了最初结婚的理由。"

"那个理由是什么?"萨姆问。

"性。"

"什么!"他吃惊地瞪视着她。她笑了。

"我们那个时候如胶似漆。"她告诉他说,"不过那不够,不是吗?你们必须对生活有着同样的憧憬才行。在最初的时候,我以为我们是的。不过后来才发现,我们并非如此。"

"最后让你下决心的是什么呢?"萨姆问,"当然,如果你介意可以不说。"

真搞笑,她居然并不介意告诉他这些。虽然她喜欢他喜欢得发狂,可另一个层面上,他还是一个很好的倾诉对象。

"我想我提出离婚的时候其实已经下决心很久了。"她说,"有一天我听到他在和一个女同事打电话,他要去她家见她。"

"哦。"萨姆说。

"我那一段时间觉得特别低落,"婕玛说,"有了罗南之后,我胖了很多,而且怎么减肥都不成。大卫的那个同事可苗条极了。他跟她说话的时候评价了一下我的身材，我当时一下就和他闹翻了。如果我依然爱他的话，应该不会那样做。"

"他听起来简直是个浑蛋。"萨姆说。

婕玛叹了口气。"他其实也没那么糟糕。人总是在变，仅此而已。"

"在你看来，你爱过他吗？"

"哦，是的，"婕玛肯定地回答说，"我非常真实地爱过他。但他却永远都不在我身边，永远都在工作。他是在为我们而工作，这才是最糟糕的部分。他赚了很多钱，所以他觉得自己做的已经够多了，但其实那并不够。"她把双手伸到脖子后面。"我嫁给他是因为我觉得他想和我共度此生，但其实他并不想。事实上，我觉得我在提出离婚的时候，他也并没有那么难过。"她浅浅地笑了笑。"你知道吗，这才是最伤我自尊的事。我希望他对我说我们可以把问题解决掉，说他会改变，说一切都会不同。但他没有。他告诉我不要那么奇怪。过了一段时间，他确实说了'一切都会变得更好'这句话，不过已经太晚了。"她叹了口气。"但我总是在想我这样做对孩子们会怎么样。我知道这决定是为我自己作出的，但也许为了他们，我应该继续忍下去。"

"基林也在想这个问题。"萨姆说。

"我知道。"婕玛点了点头，"我们总是在谈这件事。她问我他还有没有可能再回来，我告诉她不可能了。我想，她内心深处其实是理解我的，但有时候她还是会希望他能够留在家里。"

"他再婚了，"萨姆简明扼要地说，"看来他的生活应该是已经有计划了。"

婕玛笑了。"我知道。她也知道。而且萨姆，事实上最伤害我自尊的事不是他对离婚并没有那么介意。其实他再婚这件事让我更难受，很久以来都没办法释怀。"

但显然我现在已经释怀了。我不介意他和别人在一起了。我曾经介意过，但现在不了。她很吃惊自己会这样想。她又想象了一下他坐在奥尔拉旁边、跟她聊天的场景。她并不觉得难过。一点儿也不。她想象着他们手拉着手，他亲吻奥尔拉，她回吻他。什么感觉都没有。她笑了。

"怎么了？"萨姆问。

她带着探寻的目光望着他。

"你笑什么？"

"没什么。"她说，"我只是在想——大卫还是很爱孩子们的。"

"他们是好孩子。"萨姆好奇地望着她，"罗南开朗又热心，基林很聪明。他当然会爱他们。"

"别让基林伤心，"婕玛带着乞求的口吻说，"我知道你不觉得她爱你。但如果万一是那样的话……"

"婕玛，她的心不会被我伤害的。"萨姆说，"如果你一定要知道的话，我来告诉你，她和菲奥娜列了一张清单，上面写着她们每天在海滩上遇见的男孩儿。清单上根本就没我。"

"你保证？"

"我发誓。"他的语调庄重，"我再去拿些喝的？"

她没意识到自己的杯子已经空了。她点了点头。

"无论如何，她比我十四岁的时候要成熟多了。"萨姆拿着几瓶啤酒走了过来，"她会让男人们心神不定的，我很确定。我在他那个年龄，根本就不敢跟女生说话！"

"她们可能一直都在暗处喜欢你呢。"婕玛说。

"我喜欢的那些女孩子身边总是围着一大堆男生，"萨姆说，"我根本没机会。"

婕玛皱着眉，"我以为你是个高手呢。"

他摇了摇头。"我那个时候是个十足的书呆子，"他对她说，"爸爸总是逼着我读书，我也很听话。直到我离开学校才知道人生其实很丰富。不过我十五岁的时候完全没参加过那些课外活动，大家都觉得我是个书虫，没人对我感兴趣。"

"我打赌有一大帮女孩儿都在背地里喜欢你呢。"婕玛告诉他说，"就是那些不愿意把时间花在酒吧里的感情细腻的女生。她们应该会看着你暗暗地说：这就是我要的人。高大帅气又聪明，典型的梦中情人。"

"我不信。"他笑了,"我那时候长了一脸痘子。"

婕玛笑了。

"你知道吗,这个星期我一直都在想方设法逗你笑,"萨姆抱怨着,"而今天是第一次奏效,原因居然是嘲笑我小时候的长相。"

她又笑了。"对不起。"

"我打赌那个时候你身边都是追你的男生。"萨姆说。

"你怎么会这么想?"婕玛坐直了身子,再次收紧了腹部。她回去之后第一件事就是买一台跑步机,她身上的肉简直太松了。

"你是那种让人很想了解的人。"他说。

她眯起双眼望着他。"你是说我是那种看上去很容易得手的女人吗?"

"不!"他被吓坏了,"我绝对不是那个意思。"

"在我的学校里,人们最想认识的就是那样的女生。"

"你的学校显然比我的新潮很多。"他对她说,"我的意思是你很迷人,婕玛,仅此而已。"

"别胡说了。"她喝了口啤酒。

"为什么是胡说?"他问。

"萨姆,我很喜欢你,我觉得你很迷人。我明白女人在你面前会有多么魂不守舍。你是个好人,而且对我孩子也很好,但请你不要取笑我。"

"婕玛,你是我见过的最没有安全感的女人。"他拉住了她的手,这让她差点儿从椅子里跳起来。他的手温暖也温柔。"你为什么一谈起自己就好像是在谈一个四十几岁的女人,而且很快就要衰老了一样?不对!"他接着说,"即使是四十岁也没有任何问题!我最好的女性朋友已经快五十岁了!"

"我并没有说自己马上就要衰老了。"婕玛边说边想着萨姆那个五十岁的朋友是个什么人。那是谁呢?她长得什么样子?他难道只喜欢比自己老的女人?

"你就是那种口气,"萨姆说,"你照镜子的时候只能看到自己的缺点。我看到的你是一个很漂亮的女人,笑容迷人,还有着我做梦才能见到的身材。"

"哦,别胡闹了!"她抽出了手,"就算我漂亮——虽然这评价很主观——

但你会喜欢我的身材？"

"很有曲线。"萨姆说。

她又笑了。

"怎么了？"他问。

"罗南说我胖乎乎的。"

他也笑了。"不是，是有曲线。"

"对我来说，胖乎乎等于肥胖。"

"婕玛，无论用什么样的词语去形容，你都不能算肥胖！你的身材刚刚好，真的。我不明白为什么女人这么希望自己变成一根稻草。塞利娜总是说起她的体重。你很完美。"

她看着他。"我确实喜欢听你这么说。"

他在床上会是什么样呢？她想道。看着他一颗颗地解开她的扣子，直到衣服掉到地板上，会是什么样的感觉呢？把他的衬衫脱去，露出肩膀，会是怎样的情形呢？体会他温柔的嘴唇，感觉到他强壮的身体与她如此切近，又将如何呢？她有些难过地想，如果他看到自己肚子上的那道剖腹产的疤痕，将会有什么样的反应！他可能喜欢曲线美，但他肯定不会喜欢她上下起伏的肚子！

"你在想什么？"他问。

"没什么。"她说。

"你好像在沉思着什么。"

她摇了摇头。"完全没有。"

"你想过再婚吗？"

这个问题实在是太突然了，她一下被啤酒呛到了，咳嗽了一阵。萨姆非常着急地看着她。

"你还好吗？"她终于平静了下来之后，他问道。

"很好。"她说。

"然后呢？"

"然后什么？"

"你考虑过吗？"

她把目光转向了大海。她从来没考虑过这个问题，这是事实。她离开大卫之后，几乎从来没想过男人的事。那时她还年轻，还有机会遇到合适的人。但她并不想。她不觉得那有任何意义。

"没有。"她说。

"为什么不呢？"

"有人说过，一个男人离婚是为了另一个女人。一个女人离婚是为了自己。"婕玛喝光了杯子里的酒，"我是为自己离的婚。对我来说，不可能刚出狼窝再入虎口，你说呢？"

萨姆笑了。"确实不应该。"

"你呢？"婕玛没想到自己会问他这个问题，"你有遇到什么人吗？"

萨姆深深地呼了一口气。"没有。我去年和一个女孩儿交往了半年。一个很不错的女孩儿，很有曲线。"他朝着婕玛坏笑了一下，"聪明，活泼。她想马上就结婚。我当时没意识到这一点。有时候我觉得男人对这种事实在是有些迟钝。突然有一天，我发现她已经开始讨论起房子和家具，还有出国度假的问题了。"

"然后呢，半年的时间，你还没准备好？"

"对她来讲，我也许永远也不可能准备好了。"萨姆说，"虽然她很可爱。"

"可能你是一个不愿作出承诺的男人。"婕玛说，"你三十岁了，却依然没有跳进婚姻的陷阱。"

"也许吧。"他做了个鬼脸，"不过劳伦并不这么认为。她给我写信、打电话、到我家找我。真是噩梦。"

婕玛盯着他。"她跟踪你？"

"没有，"萨姆说，"不过她真的是没办法释怀。"他表示无奈。"她一定要在三十岁之前结婚。"

"你最终怎么阻止她的？"婕玛问。

"我没有阻止她。"萨姆说，"她到国外去了一年，因为工作。我一生中从来没有这么庆幸过。"

"可以想象。"婕玛说。

她不想和他结婚，但她愿意为了和他上床放弃一切。这想法把她自己都吓坏了。很久以来她都没有过这样的欲望，以至于她觉得自己是不是出什么问题了。她觉得她已经失去了燃起欲望的能力。但是，坐在萨姆身边，望着他，和他离得如此切近，实在很难克制与他做爱的欲望。幸亏她和孩子们住一个房间，她想。没什么事能比孩子更能给欲火泼冷水的了。

"你回家后会做些什么？"萨姆问。

"做什么？"她问。

"在你空闲的时候，"他说，"你都有什么社交活动？"

她朝他笑了。"我的社交生活完全是荒漠一片。"她告诉他说，"我不工作的时候，要照顾孩子。基林已经不太用我管了，不过罗南在少年足球队踢球，我们一到家他就要去踢了。"她耸了耸肩。"我得站在旁边，虽然冻得发抖却还要喊着'越位了，裁判'之类的话，虽然我都不知道这究竟是什么意思！告诉你吧，如果你想看到纯粹的骄傲或是野心，那就和那些孩子的家长站在一块儿吧！"

萨姆笑了。"你肯定有喜欢做的事。"他说。

"我喜欢看书，"婕玛说，"我最喜欢的时光就是晚上他们都睡了的时候，我可以坐在电视前，看看书。"

"你读些——"

"妈妈！妈妈！你们在这儿啊！！"

她朝着罗南声音的方向望去。他正从海边跑过来，朝她挥着手。

"怎么了？"她叫道，"发生什么事了？"

"没什么，"他喘着粗气跑进了酒吧，"我们找不到你了。我想要点儿钱买冰激凌。伊恩的妈妈说你可能和萨姆一起来散步了。"

"她这么说的吗？"婕玛问，"她怎么会知道？"

"因为萨姆也不在，而且他告诉她要和你散步。"罗南不耐烦地看着她。

"明白了。"婕玛说。

"我跟你说过了，我去泳池之前和塞利娜在一起。"萨姆说。

"我知道。"婕玛说。

罗南看看她又看看萨姆。"可以了吗?"他问,"能给我钱吗,妈妈?行吗?"她拿起了皮包,把钱递给了他。

"谢谢!"他说,"基林也在找你们两个呢。我一会儿告诉她你们在这儿,行吗?"

"不用了,"婕玛说,"我们在喝东西,现在已经喝完了。我们和你一起回去。"她站起身。

"好的。"罗南说,"嘿,布鲁,你想到泳池边玩排球吗?一会儿有人会在那儿打。"

"听起来不错啊。"萨姆说。

他跟着他们走下了酒吧的木台阶,走到了沙滩上。

第二十四章

"你找到药水了吗?"大卫问。

奥尔拉拉着旅行袋,抬起头来望着他。"药水?"

"隐形眼镜的护理液。"

"找到了。"她拉上了旅行袋的拉链,"一切都带齐了。"她从床上提起了旅行袋,拎着它走到了客厅。大卫跟着她走了出来。

"还早呢,"大卫说,"在走之前你还想再喝一杯咖啡吗?"

奥尔拉摇了摇头。"不用了,谢谢。那样的话还要停车去卫生间。我想一直开到那里。"

"你会照顾自己的,对吧?"

"当然。"她把海军蓝的针织衫套在了头上。

"你会第一个到的。"

"是的。"她隔着那件羊毛上衣对他说,"这样我就有时间准备一下。我想那个酒店应该有游泳池和桑拿房。我能找到事情做。"

"你们的晚餐几点开始?"他问。

"七点。"

大卫看了看表。"现在才十二点,奥尔拉。你确定——"

"真的,大卫,"她打断了他的话,"我想现在就走。我真的希望。"她把扎进眼睛里的头发拨开。"开到科克要四个小时呢。"

"好吧。"大卫说,"我帮你把行李拿到车上去。"

"好的。"奥尔拉说。

她从桌子上拿起了车钥匙。她其实是在盼望着在科克的培训。虽然她知道课程本身一定很无趣，但能离开这栋房子、离开大卫一段时间，她实在是求之不得。她突然要外出这件事反而让大卫变得分外紧张，这倒真是不错。从周五晚上开始，他们几乎都没怎么说过话，可现在因为她要离开，他忽然变得很是不舍了。她觉得他恐怕是要盯着她的背影出一会儿神了。

她看着他把旅行包放在了她那辆本田的后备箱里。他看上去很疲倦。这是因为他每天都工作到很晚，或者是跑到酒吧里喝到深夜。他如果愿意谈一谈，如果可以听她解释她为什么想要换工作，一切就都会不一样！她咬紧了牙齿。她不欠他任何解释。她已经尝试过解释了，但他从来都不想听，所以现在他又怎会听呢？

她打开了车门。

"开车小心点！"大卫说。

"好，"她说，"我会的。"

他可能更觉得舍不得了。她边想边把车开出了停车位。但他依然没有想要和她吻别的意思。她咽了一下口水，因为觉得喉咙里堵了一个硬块。几个星期以前，他绝不会不和她做爱就让她离开。别理他了，她想，然后打开了收音机，我要享受一下一个人的时光了。

大卫回到房间后，换了一下床单，把羽绒被抻抻平。然后他给自己倒了一杯咖啡，拿了一个奥尔拉昨天买的面包圈。就因为她买的这些面包圈，他本来几乎想说她一顿了——如果只有他一个人在家，为什么要买半打面包圈回来呢？但想到奥尔拉现在敏感得就像一只在滚烫屋顶上的猫，于是他什么都没有说。再说对于他们之间的紧张气氛，他本来也是难辞其咎。

但那是她的错，他边想边坐在桌旁，望着屋外的海湾。她一开始就没有跟他坦陈这件事。她没说她和塞雷纳人寿的主管见面的事。大卫非常了解鲍勃·墨菲，对于他没有跟自己打声招呼就和自己的太太谈调动工作的事，他非常不满。墨菲随时都可能碰到他，墨菲一定暗笑他是个傻瓜吧。五天。好吧，他可以容忍她考虑上几个小时，但五天！和一个人结婚不就意味着你可以与对方分享每一个重大决定吗？他本可以告诉奥尔拉，鲍勃·墨菲想要的其实是他，只是他永远不可能答应他而已。他会告诉她，鲍勃·墨菲会迫使她弄到大卫的客户名单和联络方式，塞雷纳人寿显然是在利用奥尔拉来打败他。

然而她瞒了他五天之久。当她告诉他的时候，她其实已经决定接受那份工作了。她装做还在考虑，但大卫已经从她的眼中看到她希望试一下的决心。如果她找到的是任何一家其他公司，大卫都会为她高兴，但不是塞雷纳人寿。

他叹了口气，喝光了杯子里的咖啡。奥尔拉太急于求成了，他想。有时她真的不像一个只有二十五岁的女孩儿。她谈起退休计划、疾病保障和福利的时候，就仿佛自己已经经历过那些一样。她和比她年长的人相处得很好，他们完全不会讨厌她——他刚刚入行的时候，和老人接触对他来说简直是个难题。她把他们的事当成自己的事情一样处理。大卫一直告诉她不要把个人感情投入到工作里，但她做不到。

他站起身来，靠在了露台的门边。她不用把自己逼得这么紧。他知道她和年轻时的自己一样想多学一些东西，希望能够和他一起经营他们的家庭，但他不想让她那样做。他并不是一个古板保守的人，觉得她应该坐在家里等自己回来，但他希望自己可以做家里的经济支柱。他希望能比她赚得多，虽然他现在需要把薪水中的很大一部分都交给婕玛，但他依然可以负担奥尔拉的生活开销。他这么想难道错了吗？

婕玛从来都不在乎谁赚得更多。他们刚结婚的时候，她赚得比他多。她的薪水很低，但她可以从客人那里拿到数目可观的小费，所以在他们婚姻的前几个月，其实是她在养家。但他的工作很快就有了起色，有一次他一下子签了几张漂亮的单子，那时他突然意识到，这一行有很大的赚钱机会。他给自己定下了目标——要和婕玛赚得一样多，之后变成了要比婕玛赚得多，然后就是要比婕玛赚得多一倍。最后，他希望可以赚足够的钱，让婕玛留在家里照顾他们的女儿，同时等他下班回家。

婕玛并不介意那样的生活方式，至少他是这样感觉的。基林出生后，她很乐意放弃自己的工作。她完全投身到了家务事中，而且非常擅长。他每天到家的时候，她已经把晚饭准备妥当了，然后便开始给他讲这一天家里都发生了什么事情。但他并不想听她讲基林的牙齿问题或是洗衣机漏水之类的琐事。他想谈一谈他刚刚卖给一个有钱人的计划给他带来了多少提成。那对他来说比婕玛所谈的细枝末节要真实多了。

而且她一直在对他唠叨。出门，回家，永远都是如此。他完全无法理解，他为这个家赚了那么多钱，为什么她还要抱怨。而且正因为他成了最出色的销售人员，他们还得到了免费出国旅游的假期奖励。她喜欢出国度假，但却并没有因此而感激他。

他自问，为什么无论他做了些什么，大家都不会感激他呢？

不过对于他付钱让他们去葡萄牙旅行这件事，婕玛显然是非常感激的。听到他同意她的要求时，她语气里的快乐让他对自己感到很满意。她肯定难以相信他会因为她说那是基林的生日就同意出钱，不过无论如何他还是赞同孩子们应该享受和其他孩子一样的度假机会。此刻，他回忆起婕玛当时吃惊而欣喜的反应时，感觉依然异常良好。

那本不是一场糟糕的婚姻，他边洗着杯子边想，只是他们逐渐走向了一个糟糕的境地而已。对此，他们二人都难辞其咎，虽然是婕玛一直在坚持，但他是最终把事情搞砸的那个人。

如果她没有拿起听筒听到他和比·汉森的谈话，事情会是怎么样的呢？比是那时他在格雷维塔斯的团队成员。她是一个娇小的女人，只有一百五十厘米高，差不多四十五千克重，长了一双大大的灰色眼睛和一头柔软的棕发。婕玛和她见过很多次，非常喜欢她。不过她绝不会相信他们二人之间的调情没有什么。

"你说你等不及要见到她了！"她震惊地瞪视着他，"你说你要找个借口离开家。"

"不是那样的。"他心虚地回答说。

"但你至少说过，她家的沙发上至少能容得下两个人。"她低头望了望自己已经消失了的腰线，哭了起来。

事实上是，对于他和比，她真的是误会了。他们之间确实有一些气场，他喜欢和这个同事相处。他还曾经吻过一两次她的嘴唇，但只是轻轻地一啄，不包含对之后的任何承诺或是别的什么。但婕玛完全爆发了，告诉他如果他那么爱那份工作，爱到要和工作中的女同事乱搞，那么他就留着那份工作吧，还有那些女人。任何的道歉、解释或是讨好对她来说都不起任何作用。他仿佛越过了婕玛设定的一条底线，而且一旦越过那条线，他就再也跨不回来了。

他从没想过要离开婕玛和孩子们，他想解决问题。但如果他没有离开他们的话，也就不会遇到奥尔拉了，而奥尔拉就是他一直梦想要遇到的女人。

如果婕玛说："好吧，我们忘记比这个人吧。"那么现在又会是怎样的情形呢？他和她会不会依然还是夫妻呢？今天他会和他们一起从葡萄牙回来吗？

他看了看表。他们应该是下午到，他记得在他们离开前曾和婕玛确认过回来的时间，因为那决定了他今天能不能见到孩子们。他上周日就没有去见他们，因为飞机早晨就起飞了。他怀疑过婕玛是不是已经安排什么人去机场接他们回家了。他拿起了非奥凡斯，翻了几页。他想，或许他应该去接他们。那会是一个惊喜吧。

他们的飞机着陆时已经将近五点了。婕玛释然地叹了口气，因为基林和罗南一直都在争吵。基林之前故作的成熟已经消失殆尽，现在她身边只有弟弟了，不需要再去吸引萨姆·麦科尔根的注意了。不过她依然对自己的发型很重视，而且喷了婕玛的香水。婕玛在法鲁机场又买了一瓶，把原先的那一瓶送给了基林。"不过上学的时候可不要喷，女士。"她对基林说。基林开心地说她是天下最伟大的人，她对此感到非常温暖。

现在，欢乐消失了。这一周在阳光下的生活让一切都变得不真实起来。基林像鲜花一样绽放了，罗南则用光了自己所有的精力。她也尽可能地没有阻拦他。

而且那里还有萨姆。每一次婕玛想到萨姆的时候，都会看一看基林。萨姆的猜测是对的吗？她喜欢和他倾谈真的是因为觉得他是一个能够理解她的成年人？还是她的女儿爱上了一个比自己年长十六岁的男人？

她想起了自己爱上的第一个男人——当然是大卫·埃塞克斯之外的。在她碰到莱兹·弗里曼之前，她一直情有独钟于大卫·埃塞克斯。她卧房的墙壁上贴满了那个头发蓬乱的摇滚歌手的海报。但是当她第一次见到莱兹·弗里曼的时候，一切都改变了。自此以后，每每见到他，她的心脏都会狂跳不止。那时候她瘦了很多，因为食物对她来说简直无足轻重了。基林至少没有为了萨姆·麦科尔根变瘦，她想着。不过她也没有什么变瘦的余地了。

"怎么了？"基林边解开自己的安全带边问她道。

"没什么，"婕玛说，"没怎么样。"

"现在我们回家了，我猜你又要开始找我麻烦了。"基林语气倔犟地说。

"别胡说了。"婕玛说，"好了，基林，我们这几天过得不错，不是吗？"

基林冲母亲眨了眨她蓝色的眼睛，突然笑了。"是的，我们还不错。"她从椅子下面掏出了背包，放在面前，"爸爸请我们去旅行真好，对吧？"

"非常好。"婕玛淡淡地回应。

"而且能遇到菲奥娜和伊恩也很棒。"

"还有布鲁。"罗南说，"布鲁才棒呢，不是吗？"

"我喜欢他，"基林一本正经地说，"他懂我。"

婕玛有些焦虑地看了她一眼。

"伊恩邀请我参加他的生日聚会，"罗南说，"在一月一号。"

"我也会和菲奥娜写邮件的，"基林说，"我可以用学校的电脑写。"

"我们可能以后再也见不到他们了。"婕玛说。

"为什么？"基林说，"他们住在威克洛，那儿离这里又不远。"

"很好。"婕玛的回答很冷淡。她希望这段刚刚建立的友情能够在几个星期内很快消退。她真的不想再和弗格森一家有什么牵扯了。"来吧，"她对他们说，"咱们走吧。"

他们的行李第一批出现在了传送带上。婕玛把旅行袋放到了一个推车上，然后推着它走向了到达区的出口。

"我希望出租车不用等太久，"她边说边环顾四周，"这个地方的人越来越多了。"

"看！"罗南抓住了她的胳膊，"那儿，妈妈！是爸爸！"

"爸爸？"婕玛顺着他手指的方向望去。她吃惊地看见大卫就站在那里。她浑身都僵硬了。他怎么会在这儿？发生了什么事？

罗南朝他跑了过去,基林的步伐则相对沉稳些。婕玛推着推车跟随着他们走了过去。

"大卫,"她跟上他们说,"你怎么会在这里?"

"等着你们啊。"他朝她微笑着,"我想你们应该需要有人接你们回家。"她看上去真美,他想。她的头发别在耳后,在灯光下显得十分有光泽。她的手臂和双腿因为日晒变成了金棕色。她穿着一件黑T恤和一条牛仔短裤。他发誓她瘦了很多。虽然她依然双眉微皱,但那表情和平日里的焦虑神态迥然不同。

"你怎么会觉得我们需要人接呢?"她对他笑了笑,"我的意思是你能来这儿真好,否则我们就要搭出租车回去了。"

"我,我很想见你们大家。"他再一次抱了抱罗南。

婕玛轻轻地皱了皱眉。"你确定没有什么事发生吗?"

"绝对没有。"

"那好吧。"她对着孩子们笑着,"太好了,大卫,谢谢你。"

他接过了推车,基林和罗南一人站在他的一侧,大家一起向停车场走去。

"你们过得开心吗?"他一边付停车费一边问。

"棒极了。"罗南说。

"第一天可不怎么样。"基林提醒他说,"那天一直在下雨。"

"下雨!"大卫惊叹着,"我打赌你们的妈妈可不会太高兴哦!"

"我们每人都觉得不太高兴。"婕玛说。

"不过之后就很开心了。我们交了新朋友。"

"真的吗?"大卫带着他们走到车旁。

"菲奥娜和伊恩。"罗南说,"他们住在威克洛。还有他们的舅舅,叫布鲁。"

"布鲁?"

"事实上叫萨姆。"婕玛冷静地说,"他人不错。"

"他可棒了,"罗南说,"每天他都和我踢足球,还和女孩子们打网球。"

"真是个超人,嗯?"大卫淡淡地回应着。

"他真的很棒。"基林说,"他把我当做一个有头脑的人看,你从来都不会那样。"

"基林!"婕玛说。

"他确实是那样。"基林的双颊泛起了红色,"我们谈了很多事。"

"那个人多大了?"大卫打开了车门。

"三十岁。"婕玛说。

"三十!"大卫望着他的前妻和女儿,"你和一个三十岁的男人在一起干什么,基林?你只是个孩子。还有你,怎么能让她那样做呢?"他带着责备的眼神看着婕玛。

"哦,看在上帝的分上!"基林大叫着,"你想象力也太丰富了,爸爸。我告诉你了,我们只是聊天。妈妈可以作证。"她又补充了一句,"她一直都在监视我呢。"

婕玛耸了耸肩。

"另外,"基林坐到了后座上,"这有什么大不了的吗?他只比我大十六岁。你和奥尔拉也是一样啊。"

婕玛看着大卫脸上掠过的尴尬表情,简直是哭笑不得。

"那完全不一样,"大卫最后说,"完全不同。"

他们系上了安全带,大卫发动了引擎。

"我看不出来。"基林嘟囔着。

"基林!"婕玛转过身用警告的神情看着女儿,"别再说了。萨姆是个好人,我们都喜欢他。"

"他也喜欢你。"罗南突然说。

"什么?"婕玛顿时感到双颊发烫。

"他告诉我的,他说:'你妈妈很漂亮,不是吗?'"

"他很可能是在开玩笑。"婕玛仓促地回答道。

"他没有。"罗南说,"有一天下午你在游泳,当时你穿着那件黄色游泳衣。他就是那时候跟我说的。"

婕玛知道自己的脸颊一定绯红了。她记得自己穿着那件黄泳衣漂在泳池的水面上,当时萨姆和孩子们正在玩球。此刻她希望自己的肚腩当时看上去没有那么明显。

"奥尔拉怎么样了？"此刻需要一个完全不同的话题。

"很好。"

婕玛看了大卫一眼。他双手紧握着方向盘，目视前方。

"她不介意你过来接我们吗？"她问。

"她这周不在家。"大卫打了右转方向灯。

"去哪儿了？"婕玛问。

"去上一个培训课。"大卫回答说，"在科克。"

"你怎么没去？"婕玛听得出他的声音中带着情绪。

"那是一个初级课程。"大卫告诉她说，"奥尔拉换了工作，她现在在塞雷纳人寿工作了。"

"塞雷纳人寿！"婕玛惊讶地看着大卫，"鲍勃·墨菲的地方？"

"嗯。"

"他在格雷维塔斯的时候你不就是为他工作吗？"

"我是和他一起工作，"大卫更正说，"不是为他工作。"

婕玛明白个中不同，耸了耸肩。"奥尔拉为什么要过去呢？待遇更好？"

"我想是的。"大卫严肃地说。

婕玛坐回了椅子里。她很了解他，大卫之前也和她生过气。她看得出，他现在在生奥尔拉的气，而且非常严重。这可不是什么好事。大卫的愤怒是最让人受不了的那一种——不会马上发作，却会持续很久。事实上，婕玛望着自己的前夫，心里倒真的同情起现在的埃内西太太来了。

第二十五章

大卫帮他们把箱子拎进了房子里。"你能来接我们真是太好了。"婕玛说,"谢谢。"

"妈妈,我能去内维尔家吗?"罗南问,"我想给他看看带回来的东西。"

婕玛看了一下手表。"你愿意的话就去吧。不过一个小时以内回来,罗南,别迟了。"

"好的。"他说,"谢谢。"

基林走上楼去,关上了房门。之后便传来了她新买的激光唱片的声音。

"你为什么不让她调低点儿音量呢?"大卫皱紧了眉头。

"因为如果我那样做,就变成了她心里的那个爱唠叨的讨厌妈妈。"婕玛说,"如果我什么都不说,她最终还是会自己把声音调低的。"

果然,就像是要证明婕玛的判断一样,乐声突然停止了,基林走下楼来。她换上了一件干净的T恤衫,摘下了束头发的皮筋,厚厚的头发又把她的脸遮住了。婕玛叹了口气。基林扎起头发很好看,可她现在又回到了之前的样子。

"我要去肖娜家,"她告诉婕玛,"很快就回来。"

"一个小时内。"婕玛说,"你明天就要上课了,我希望你和罗南能赶快把东西整理好。"

"我已经整理好了。"基林说。

"一小时。"婕玛重复了一遍。

基林砰的一声关上了大门。留下婕玛和大卫站在那里面面相觑。

"我去接你们是为了能见见他们,"大卫说,"可他们显然对此没什么兴趣。"

婕玛满怀同情地笑了。"他们现在还沉浸在度假的情绪里呢。"她告诉他说，"他们希望能不停地聊这个话题。"她走进了厨房，大卫也跟着她走了进去。"要喝些茶吗？"

"咖啡吧，如果你有的话。"大卫说。

婕玛接了一壶水，往里面放了几勺咖啡。

"水果蛋糕？"

"好的。"

她打开了包在蛋糕外面的防油纸。

"自己做的？"

"我走之前烤了很多东西。现在冰箱里全都是面包。"

"什么面包？"大卫问。他回忆起以前回到家里的时候，满屋子都弥漫着烤面包的香气。

"番茄的，"她说，"洋葱的，还有藏红花的。"

她做的番茄面包美味极了。

"我能尝尝吗？"他问。

"什么？"

"番茄面包。我一直喜欢你做的番茄面包，婕玛。"

"可惜你住在这儿的时候从来都没跟我说过。"她咬住了嘴唇。这话有些太刻薄了，她并不想这样。

"我知道，"大卫说，"对不起。"

"没关系。"她把开水倒进杯子里，"你当然可以吃一些番茄面包，不过不是现在。因为面包在冰箱里冻得太久，都成硬块了。我帮你拿一些带回去吃吧。"

"好的，"大卫说，"我会的。"他喝了一口咖啡，品尝着水果蛋糕。"真好吃。"他对她说。

"新的配方，"她说，"基林亲手做的。"

"基林会做蛋糕？"大卫非常吃惊地望着她，"我以为她都变成铁娘子了呢。"

婕玛笑了。"大部分时间确实如此。不过偶尔她也会正常一会儿。她从肖

246

娜妈妈那边拿来的菜谱。"

大卫叹了口气。"做父母真不容易，不是吗？"

"是的。"婕玛转过身，把茶包从杯子里拿出来，"尤其是做一个单身妈妈。"她拿着杯子从他身边走过，坐到了一张圆桌旁。

"我实在不是个细心人，对吧？"大卫问。

"确实不是。"

"婕玛——"他突然停住了，看着她把自己的头发拨到耳后。他记得第一次和她约会的时候她就是这样做的。她告诉他说，她都要被这些头发烦得发疯了，又长又卷。但他喜欢那些不规则的发卷。那时候的她真的很美，那是一种纯粹的未经雕琢的美。而且她永远都在笑，也一直在让他发笑。为什么这一切都不见了？

"怎么了？"她问。

"没事。"他摇了摇头。

婕玛若有所思地看着大卫，他看上去很疲倦。他们婚后第二年，他决定要变成格雷维塔斯人寿公司的顶尖销售人员，那个时候的他看上去和现在差不多。他没日没夜地去见各种人，尝试与每一个有可能成为他们客户的人去谈那些计划，回家之后还要写一些总结记录，之后便在沙发上睡着了。她不应该让他把自己搞成这样。他本来是个非常有趣的人，可后来却变成了一台工作机器。

"那个时候你真的很不开心，是吗？"他突然问。

她把目光从他身上移开，盯着墙上的一个小黑点。

"是的。"她最后回答说。

"为什么？"

"原因很多。"她耸了耸肩，"一切都和我的期望太不一样了。"

"你想过我们有可能让一切变好吗？"

她笑了一声。"我想了太多次了。每一次我跟你说在八点前回家的时候你都会说没问题。尽管结果十次有九次你都会弄到非常晚才回来，可每次我都还抱着希望。"

"我在尝试建设我们的生活，婕玛。"他说。

她摇了摇头。"你在搭建你的生活,"她对他说,"不是我们的。"

"但你也得到了很多,"他反对道,"房子、礼物、假期……"

"但我见不到你。"她说,"我嫁给了你,大卫,不是一栋房子。"

"所以那个时候看来真的是很糟糕了?"

"那是过去的事情了,"婕玛说,"现在我们已经长大了。我们改变了。"

"如果你没听到我和比打电话的话——"

"我真的不想再谈这件事了,大卫。"婕玛站起身来,把杯子放到了水池里,"我们开始的时候都很好,只是后来一切都不对了。在我看来,比只是其中的一个插曲。"

"奥尔拉呢?"他问。

"奥尔拉?"她有些迷惑地看着他,"奥尔拉和我们没关系。"她皱着眉头望着他说,"难道有关系吗?"

"当然没有。"他斩钉截铁地回答,"我们离婚前我根本不认识她。"

婕玛耸了耸肩。"那么我对她没什么可说的。"这是谎话,她心里暗想。她真的很想问他和一个比自己年轻那么多的人、一个迷倒众生的人、一个有着她从来都没有过的事业心的人一起生活感觉如何。她想告诉他,当他和那个长腿红头发小贱人走入结婚殿堂时,她感到自己被无情地背叛了。

大卫叹了口气。他并不知道自己希望婕玛如何作答。她嫉妒奥尔拉?这样想实在太奇怪了。不过,他意识到自己确实希望婕玛吃醋。他希望她嫉妒自己找到了一个年轻美丽的太太。他希望自己拥有婕玛没有的东西。他发现自己居然有着这样的想法时,着实吃了一惊。

"她天资甚高。"他说,"我想这就是为什么她会去塞雷纳。"

"你不太高兴?"婕玛边洗杯子边问。

"你是什么意思?"

"大卫,别傻了。显然她的新工作让你心烦了。我不觉得你希望和我谈这个,不过如果你真的想谈的话,就说说吧。"她眨了眨眼睛,对自己说出这些话感到吃惊。她居然在建议自己的前夫和自己分享他和他的新太太之间的麻烦事!她出什么问题了吗?真难以想象她居然成了他的婚姻咨询师!

"我并没有心烦，"他说，"我只是担心她选择那份工作是出于错误的原因。"

"错误的原因？"婕玛重新把水果蛋糕包好，放进了一个密封盒。

"婕玛，你知道鲍勃·墨菲！他离开的时候就想让我去塞雷纳，但我觉得我在格雷维塔斯会发展得更好。事实也是如此。但自那以后，他每年都要给我打几次电话，说是想叙叙旧。他给过我三个职位，还暗示过在塞雷纳我会有多好的机会。我想他这次给奥尔拉这份工作，实质上是想接近我。"

"真的吗？"她问，"你确信？"

"当然！"大卫吃惊地看着她。

"这也太武断了，大卫。真是典型的你的作风！"

"什么意思？"

"你的意思是那个家伙给奥尔拉那个职位只是因为她嫁给了你。还有什么比这个更让她难以接受的事吗？"

"但事实很可能是这样。"大卫抗议道。

"如果只是因为她的表现很好呢？"婕玛问。

"哦，婕玛——"

"据我所知，你跟我吹嘘了无数次她有多聪明能干。"婕玛已经没办法掩饰自己的情绪了，"聪明、进取、有决断力，而且只有二十四岁。任何时候你都是这样说的。但现在她有了一个新的工作机会，你却觉得她得到这个机会只是因为她嫁给了你。这太奇怪了。"

"我从来都没——"

"别用同样的态度对我。"婕玛说。

"我没有——"

"因为我觉得奥尔拉确实和你所说的一样聪明而上进。我不希望你在我面前再把她的形象颠覆掉。"

"我没有——"

"你能找到她真的很幸运。你可以拥有一个爱你而你也爱的人是件再幸运不过的事了。你很幸运能有第二次机会。大卫，别把这个机会搞砸了。"婕玛盯着他，突然间，她哭了。

大卫看着她，不知道自己应该做什么。他从来都不知道她哭的时候自己应该怎么做，而他们离婚前她经常会哭。那个时候基本是因为他让她失望。他突然意识到他仿佛总是在让她失望。那个时候他并没有故意让她伤心，此刻就更加不会。

"婕玛。"他的声音很是尴尬。

"我没事。"

他站起身来走向她。"怎么了？"

"没事的，"她揉了揉眼睛，"我很好。"

"你在难过。"

他声音中的关切之情让她的眼泪又流了出来。她努力停止哭泣，却完全不能奏效，无数泪珠从她的眼中涌了出来，顺着她的双颊流淌着，直滴到了厨房的台板上。

"哦，婕玛，对不起。我不知道我说了些什么让你难过，不过真的对不起。"

她并不是因为他说了什么才觉得难过。他没做错任何事。她只是在为过去而哭泣，因为他们离婚了，他又再婚了，他们之间再也没有可能了。虽然她曾经无数次地告诉自己，这个决定是完全正确的，可有时她依然希望床边有他的陪伴。

"婕玛，怎么了？"

"没什么。"她擦干眼泪，吸了吸鼻子，"肯定是因为刚刚结束度假的缘故。"

"度假是为了能让你感觉好些。"

"我确实感觉很好。"她眼睛湿湿地朝他微笑着，"真的。"

他用双臂揽住了她，轻轻地把她拥抱在怀中。"我希望一切都可以和现在不一样，"他说，"我真的那样希望。"

基林坐在肖娜·菲茨帕特里克的卧房里。肖娜的父母上周刚刚把这间房间重新装修过。肖娜自己选了淡蓝色的涂料，可以搭配窗帘的颜色，而且正好和黄色的地毯形成对比。肖娜拿下了之前贴着的罗比·威廉姆斯[①]和大卫·贝克汉姆的海报，换上了一幅莫奈画的莲花。这样的装修让整个房间变得比之前那间满是海报的闺房成熟高雅了许多。

"我怀念那些海报。"肖娜说，"可妈妈说除非杀了她，否则绝对不许我再贴了。不过我可以把它们贴在衣柜门上。可我也不知道为什么，基林，我好像不那么喜欢罗比·威廉姆斯了。而且大卫娶了辣妹又生了孩子之后，我对他也没什么兴趣了。"

"我们需要找到一些真正的男人。"基林说。

"哦，真正的男人！"肖娜用手玩弄着自己的头发，"我们到哪儿去找像样的男人呢？他们全都那么迟钝！"

基林颇有同感地点了点头。

"你去玩的时候遇到了什么人吗？"

"我有那么幸运吗？"基林做了个鬼脸。

"真的没有吗？"

"没有，"基林说，"没有任何帅哥。我们刚到的那几天看到了几个德国男生，我们和他们聊了几句。不过他们住得那么远，根本没有用。"

"可怜。"肖娜说。不过她心里却一下子轻松了下来。她并不希望基林找到什么人。如果真的要约会，也最好是她们一起去。

"不过确实有一个男人。"基林说。

肖娜盯着她。"什么样的男人？"

"不是你想的那样！"基林笑了，"他是我们在葡萄牙遇到的一个女孩儿的舅舅。特别和善，肖娜，而且极帅！不过对我来说实在是太老了——他已经三十岁了！"

"三十岁！"

基林点了点头。"不过你知道吗，他看上去一点儿都不老。他人很好，跟我说话的时候就像跟一个成年人在对话一样。如果他年轻一点儿的话，我肯定

[①]罗比·威廉姆斯，英国著名歌手、演员。下同。

会爱上他的！"

"基林，三十岁确实太大了。"

"我知道。"她说，"而且，他和我之间的年龄差距和我爸爸跟奥尔拉之间的年龄差距居然一样。这感觉真怪。"

肖娜带着同情的目光望着她。"确实有点儿恶心。"她说。

"我的意思是，这就像是爸爸和奥尔拉的故事重演了一遍，"她说，"你明白的。我实在不能设想，肖娜。"

"我想再过几年等你长大了，事情会不一样的。"肖娜说。

"可能吧。"基林叹了口气，"无论如何，我怎么想其实也没什么关系，他喜欢的是我妈妈。"

"基林！"

"真的，"基林说，"他一直在她不注意的时候偷看她。只要我们聊天他就总是谈起她，她和我爸爸相处如何，和奥尔拉相处如何，诸如此类。"

"你介意吗？"肖娜问。

基林靠在了墙上。"我不知道。"她答得很坦率。

"如果你妈妈有一个男朋友你开心吗？"

"听起来有点儿恶心，"基林说，"男朋友。"

"换成别的什么词也可以。"

"一方面我可能觉得那还不错，"基林说，"但另一方面我又很讨厌这样的事情。如果她真的是要交男朋友，布鲁绝对是一个不错的选择。"

"她喜欢他吗？"

基林皱了皱鼻子。"我不知道。她在他面前的表现很奇怪。不过不太像是喜欢他的样子——我解释不清楚。"

"你觉得他们还会见面吗？"

"可能不会了。"基林把头贴在自己的膝盖上，"我不觉得她像他喜欢她那样喜欢他。这有点儿不公平。"她补充说，"我爸爸和妈妈在生活里都找到了另一半，可我还没有男朋友。不是蠢男生就是什么都没有！"

肖娜笑了。"再过几个星期就是艾丽森·福格蒂的生日聚会了。她邀请了好多人，也许我们能在那儿碰碰运气。"

"也许吧。"基林的眼睛亮了，"我觉得我现在就需要一个男朋友，肖娜。"

"上帝，别告诉我你变成花痴了。"

"没那么糟糕。"基林说，她看了看表，"我得回去了。我妈妈说让我一个小时内回去，现在已经过了时间了。我们这个星期相处得还不错，我可不想激怒她。明天给我打电话？"

肖娜点了点头。"八点四十五。到时见。"

"好的。"基林站起身来，"我讨厌上学，真的很讨厌！"

基林进门后直接走去了厨房。她看到父亲还在那里，而婕玛则两眼通红，基林大吃了一惊。

"怎么了？"她问，完全没办法掩饰声音里的焦虑。

"没事，"婕玛说，"什么事都没有。"

"你们看起来不太对。"

"我们正在谈话。"大卫说。

基林看着他们。"你们为什么还要吵架？你们现在应该不用吵架了吧。"她的声音在颤抖，"我恨你们两个，真的。"她走上楼去，摔上了房门。

婕玛想跟着她上去。

"别管她了，"大卫说，"她一会儿就会好了。"

但婕玛担心不会变好，她非常恐惧她们之间刚刚修复的关系又付之一炬。

第二十六章

奥尔拉走出棕色托马斯,环顾四周。科克没有都柏林那么拥挤。这里的生活节奏让奥尔拉在塞雷纳人寿培训课程的午餐休息时间可以到商场里悠闲地逛一逛。能从培训所在的朱里酒店躲出来一会儿,在城里四处走走,实在是一件不错的事。她上次来科克已经是很久之前的事了。上一次大概是她大学二年级或是三年级的时候,当时他们一帮人在这儿租了一栋房子度周末。那次大部分同去的人都喝得烂醉如泥,但奥尔拉却一直在做她的功课。那个周末天气很棒,她回忆着,她当时因为长时间坐在一个小花园里边喝着矿泉水边看笔记,被太阳晒得周身通红。我那时真是一个无趣的家伙,她想道,只知道念书,总是希望可以做到最好。但她没办法改变,有四个非常要强的哥哥的结果就是这样。

"奥尔拉!"

她转着圈寻找着声音的源头。

"奥尔拉·奥尼尔!这边!"他在马路对面朝她挥着手。她站在那儿盯着他,几乎没办法相信自己的眼睛。

"乔纳森?"她几乎发不出声音,"乔纳森?"

他又招了招手。"等我过去!"他从来往的车辆中穿了过来,终于站在了她的对面。

"嘿,乔纳森。"她说。

"奥尔拉·奥尼尔!"他吻了一下她的脸颊,"真不敢相信居然是你。"

她也没办法相信站在对面的正是几年前对她来说如此重要的那个男人。乔纳森·帕斯科,当时足球队的队长,高大健硕,并不是个百分之百的帅哥,因为他的鼻骨在比赛的时候被折断了两次，而且直到现在他右眼皮上还保留着那次冲撞事故之后留下的疤痕，不过他依然是个迷人的男人。

"你在这儿做什么呢？"他问。

"工作。"她说，"你呢？"

"和你一样。"他把手放在了她的肩膀上，"我真没想到能在这里遇见你，奥尔拉。我还以为自己产生幻觉了呢。"

"我也以为是幻觉呢。"她承认道，"你不是应该在英格兰吗？"

"没有，"他朝她笑道，"你以为我会离开那么久吗？我在那儿待了六个月，然后正好布拉尼有一个很棒的机会，所以我就回家了。"

"布拉尼？"她带着询问的神情看着他，布拉尼离科克城大概五英里远，"想不到你会对旅游业有兴趣。"

他笑了。"别急，奥尔拉，我可不会带着游客去参观城堡，或是帮他们去亲吻布拉尼的石头。我是在一家工程公司工作——怎么都算用得到我之前所学的东西。"

"你喜欢吗？"

"很喜欢。"他说，"公司不错，环境也很好，同事里有很多都是我的同龄人。"

"你都有一点儿科克的口音了。"她逗他说。

"啊，你这家伙！"他玩笑般轻推了她一把。

"真的，"她说，"你真的有。"

"算是真的吧。"他说，"我的同事真是哪里的人都有。跟我关系最好的那个是丹麦来的。"

奥尔拉看了看表。

"你不会已经烦我了吧，小姐？"他假装恐惧地转了转眼珠，"我本来还想跟你去喝杯咖啡呢，或者更刺激些的也行。"

"我得回去了，"她告诉他说，"我下午两点还有课呢。"

"你住在哪里？"他问。

"朱里酒店。"

"我跟你走过去吧，我的车就停在那附近。我今天下午放假，进城来原是想要买点儿东西回家的。"

"你在这儿买了栋房子？"她问。

他点了点头。"在布拉尼附近。奥尔拉，那房子很漂亮的。去年建的，有天窗的平层，占地三分之一英亩①。价钱很不错，因为原先住在这儿的那对夫妇分开了，他们想立刻卖掉那房子，所以我就用便宜的价格把它买下了。里面的东西都还很新呢。"

"真幸运。"她的回答有些干巴巴。

"是啊，我对他们的事当然很同情，不过对我来说却是件幸事。"他朝她咧嘴一笑，"你呢，小奥尔拉？你生活得如何？"

她不想告诉他。她不想说她嫁给了一个有两个孩子的男人，而且其中一个孩子只比她小十岁。此刻，刚刚离开大卫几天，她已经完全不觉得自己是个已婚的女人了。

"奥尔拉？"他有些迷惑地望着她。

"哦，对不起。"她笑了，"我有点儿走神了。我下午需要做一个报告，所以突然间走神儿了。"

"你完全没变。"他说，"以前有许多次，我们一起出去，我想说些浪漫的话，可你却突然问我一个关于事业的问题。"

"没那么多次吧。"她说。

"非常多。"

"我是个很闷的人吧？"她问。

"你有些太紧张了，"乔纳森说，"不过你从来就不是个沉闷的人。"

她叹了口气。"我觉得我那时一定很无趣。我不知道你怎么可能忍得了那么久。"

"那是因为我爱你。"他答得简单，奥尔拉觉得自己的腿一下子软了。

"你从来没说过'爱'这个字。"她的语气里有一丝埋怨。

---

① 一英亩约等于四千平方米。

"有用吗？你知道的，你当时很明确自己要的是什么，你并不想和我有结果，不是吗？"

她心中有一块地方其实是很希望和他有个结果的，这就是她要和他分手的原因。她从没有对任何人产生过对乔纳森那样的感觉。她和他在一起的时候，她再不想做任何其他的事了。可她在学校的成绩是她苦心得来的。她并不像艾比那样，是一个天生的优秀生，随便就可以写出非常漂亮的文章，奥尔拉必须很努力地学习。她不想因为乔纳森·帕斯科能让她心跳加速、双腿发软，就抛弃自己苦心经营的一切。她问过母亲的意见，罗姗娜告诉她，这世界上有一大堆的男人可以让她产生这样的感觉，她只需要在正确的时间选出那个正确的人来。罗姗娜鼓励她继续好好读书，奥尔拉相信她母亲是正确的。

"你一直想发展事业，不是吗？"乔纳森问，"那比任何事情都重要。"

他还没看见她的结婚戒指，她的左手正紧紧地握着购物袋。

"我那时太年轻了，"她说，"我们都是。"

"现在呢？"乔纳森问。

她一时失语了。在拼命学习之后，如今的她又拥有着怎样的事业呢？她只是一个销售人员，一个不错的销售人员，她有些苦涩地想，相当不错的销售人员。他们已经走到了酒店门前。她转身面对着他。"我马上得走了，已经迟到了。"

"你会在这儿待多久？"他问。

"不会太久。"

"晚上有空吗？"

她很想回答说没有，但却说不出口。她点了点头。

"我七点过来接你怎么样？我们可以出去走走。"

"哦，我不知道，乔纳森。我——"

"好啦，奥尔拉，会很有趣的。我们有很多事可以聊一聊。"

"那——"

"七点，"他坚定地说，"我会订个位子。"

"好的。"她说。

"太好了。"乔纳森说。他轻轻地亲了一下她的脸颊，然后朝着他的那辆路虎走了过去。

她回到自己房间，打开购物袋的时候浑身依然在颤抖。她把那套绿色的莱内基奥①羊毛套装放在了床上，想着她居然刚刚花了那么多钱买这套衣服，就碰到了她人生中第一个爱过的男人，这会不会算是一个好兆头？

下午的培训，她表现得不太好。她的任务是模拟向一个四口之家卖一份复杂的理财计划，但她总是把其中的细节说错，她对自己的糊涂感到非常生气，辅导人员也觉得很失望。

"你这个下午完全心不在焉，对吗，奥尔拉？"他问。

"对不起，"她说，"我头疼得厉害，觉得很难集中精力。"

"吃点药吧。"他恼怒地说。

"我吃过了。"她撒了个谎，"应该很快就好了。"

六点钟，课程终于结束了。她告诉小组成员她要出去吃晚餐，然后散散步，这样头脑能够清楚些。然后她回到了自己的房间，脱掉衣服，洗了个热水澡。

乔纳森·帕斯科。当她说他们之间已经结束了的时候，他说他很受伤。那说法有些夸张，因为没几个星期之后，她就看到他和学校里那些最漂亮的艺术系女生在一起了。他的样子看上去可不像是受了什么伤害。直到那天，她看到他和玛丽安娜·沃尔士在一起时，她才开始考虑自己是不是做错了。那天她看到他们坐在图书馆外面的草地上，一起吃着草莓，因为乔纳森讲的一个笑话一起哈哈大笑着。当时她甚至想到要打电话给他挽回关系，告诉他自己犯了一个大错误。后来，她不断地告诉自己，分手的决定是正确的，这个世界上有很多比和一个能在你难过时逗你笑的男人、一个吻你的时候能让你浑身酥软的男人、一个相处起来很舒服的男人在一起更加重要的事情。她告诉自己，现在的自己太年轻，还没到要和任何人耳鬓厮磨的时候。

可这一切都是这样的讽刺，因为没过多久，她就和大卫·埃内西在一起耳鬓厮磨了。她在身上裹了一条毛巾，一边走出浴室一边想道。她咬住了嘴唇。

---

①莱内基奥，高档服装品牌。下同。

她刚遇到乔纳森的时候，大卫和婕玛应该还是夫妻呢。就算他们之间的感情不是很好，她依然相信他把婕玛揽入怀中的样子和他现在抱着自己的样子没什么两样。他吻婕玛的脸颊或是把舌头伸到她嘴里的情景恐怕也和对她做的无异。还有他用手抚摸着婕玛大腿的样子。当然，他在做这一切的时候，一定也对婕玛说了他爱她。

她摇了摇头。她实在不应该想这些，太蠢了。

那件墨绿色的莱内基奥很适合她，衬托出了她金红色的头发，还有她脸颊上泛着的不易察觉到的颜色。衣服的剪裁突出了她纤瘦的身形，让她看起来有一种天然的高贵气质。她喷了些矛盾牌香水。走到了酒店大堂时，正好是七点钟。

乔纳森·帕斯科已经在那里等她了。"我们显然处于同一个颜色的波段。"

"显然是。"她说。

"不过这颜色在你身上效果更好。"他对她说，"你真漂亮。"

他还没注意到她的戒指。虽然她那件外套的袖子几乎盖到了她的手指尖，但她还是觉得那应该是他首先会看到的东西。无论她和大卫现在的关系如何，他们依然是夫妻，而且她曾经爱过他，只是此刻她没那么爱他了而已。

"我想我们可以去杨梅屋，"乔纳森说，"那儿可以俯瞰整座城市，而且食物也非常棒。我肯定你会喜欢的。"

"好的，"她说，"只要你喜欢就可以。"

她跟着他走到了停车场，钻进了他的路虎。

"为什么你要开这款车？"她问。

"公司的车。"他冲她咧嘴一笑，"你知道的，我有时候要到施工现场去，那儿的地面不太好走。我喜欢开这款车。"

"炫耀。"她开玩笑说。

他一言不发地驾车来到了那家饭店。正如他所说的，那儿的景观确实非常好。她朝窗外望去，下面是一张橙色和白色的灯光交织成的大网，她低声赞叹着。

"我就知道你会喜欢。"他说，"你喜欢这种东西，奥尔拉。"

"你怎么知道我会喜欢这种东西?"她问。

"我一直就知道。"他回答得十分严肃。

一个服务员走了过来,把菜单递给了他们。

"我得告诉你一件事。"她对乔纳森说。

他好奇地抬起了一边的眉毛。

"我——事实上是,乔纳森,我已经结婚了。"

他用沉思的眼神望着她。

"我应该早一些告诉你。"

"为什么没有呢?"他的目光转移到了她放在桌子上的左手上。那颗钻石戒指正在灯光的照射下闪闪发光。

他的目光又移回到她的脸上。"我听说了。"

"真的吗?"

"马丁说的。你之前碰到过他,对吧?我一直和他有联络。"

"哦。"

"那你应该跟我说啊。"她生气地说。

"为什么?"他问。

她沉默了一会儿。"我也不知道。"

服务员满面微笑地回来了。"二位准备好点餐了吗?"他问。

"可以了。"乔纳森说,"我已经知道想吃什么了,一份贻贝,谢谢,还有多弗比目鱼。"

奥尔拉看了一遍菜单。"我想要恺撒沙拉,另外也要一份比目鱼。"她说。

"谢谢。"服务员接过了菜单,"饮品呢?"

"一瓶一九九五年的澳大利亚夏敦埃酒,"乔纳森说,"我们两个都喜欢。"

"好的。"

乔纳森看着奥尔拉。"你现在还喜欢澳大利亚夏敦埃,对吧?"

她咬着嘴唇。"当然。"

"好吧,奥尔拉,跟我讲讲你的婚姻。告诉我为什么你可以嫁给别人,却连跟我谈恋爱都不愿意?告诉我结婚是什么感觉?还有为什么你同意和我吃晚餐？"

"我同意和你吃晚餐是因为你邀请了我，"她语气尖刻地说，"我没有任何的动机，所以你也不要自作多情。"她低头盯着餐台，不由自主地正了正身子。

"说得对。"乔纳森冷静地说，"如果一个男人请一个女人共进晚餐，那女人就有可能接受。这可真是场冒险。"

"你不用邀请，"她说，"而且你可以打电话跟我说取消。我不在乎。"

"可我在乎，"他说，"我希望能再见到你。"

她什么都没说，只是自顾自地转动着无名指上的戒指。

"给我讲一讲吧。"他说，听起来显然是要休战了，"行了，奥尔拉，对不起，我失态了。"

她抬眼望着他，他的眼神十分温柔。

"你从来都没有失态过，"她说，"至少对我是这样。"

"我对谁都不会。"他的声音很轻，"你了解我，奥尔拉，帕斯科是和平主义者。"

她差点就笑出来了，马上深深地吸了一口气。"我是在公司认识他的，"她说，"他叫大卫·埃内西。"

"你是在一家保险公司工作，对吧？"

"我刚刚换了一家公司，"她告诉他说，"这也是我为什么会来这里的原因，开始工作前要上一周的课。我遇到大卫的时候是在格雷维塔斯工作时，他当时给我们做了一个讲座，我们几乎是一见钟情。"

乔纳森望着她。"但是结了婚，奥尔拉。这步子也太大了吧？"

她耸了耸肩。"我们很相爱。我知道这听起来很奇怪，尤其是对比我在大学时的样子，不过我那时真的是很爱他，而且那个时候他也很爱我。"

"那个时候？"乔纳森问。

"一直。"她更正说。

"马丁说他比你大。"

"你也是啊。"她回答得聪明。

他笑了。"我自找的。马丁的原话是大很多。"

"马丁从来都不知道怎么闭上他的嘴,是吧?"

"永远不会。"乔纳森说。

"是的,大卫比我大很多。他四十岁了。"

乔纳森吹了声口哨。

"别这样,"她厉声说,"四十岁并没有那么老。"

"我知道。"乔纳森说,"足球俱乐部里就有很多四十多岁的人,当然他们不会去踢球,不过还是会待在那里。"

"滚开。"她说,"这很正常,大卫相当健康。"

"就他的年龄而言吧。"乔纳森说。

"不要这样。"她努力压制着自己的怒气。

"对不起。"他说,"我只是嫉妒那个男人。"

服务员端着他们的凉菜走到了桌前。乔纳森抿了一口酒,点了点头说还不错。奥尔拉望着那盘精致的恺撒沙拉,一点儿胃口都没有。

"你为什么会嫁给他呢?"乔纳森问,"只和他约约会不行吗?"

"我和他约会过了,"她说,"之后我才嫁给他的。"

"我实在是拙嘴笨腮,不是吗?"他满脸懊恼地看着她。

"我嫁给大卫是因为我非常爱他,"奥尔拉说,"我想嫁给他,乔纳森。我真的想。"

"你考虑过我吗?"他问。

"什么?"

"我那时为你都要发疯了,奥尔拉。"他吃了一口贻贝,她做了个鬼脸。

"然后你就和玛丽安娜·沃尔士约会去了。"她提醒他说,"之后,"她闭上了眼睛,"我记得还有琼·威利斯、克洛达赫·贝内特、萨拉-简·劳勒和罗娜·麦克亚当斯。当然还应该有别人,我记不清了。"

"你看不出吗?"他朝她咧嘴一笑,"她们只是用来让我忘记你的。"

她突然大笑起来,他也跟着笑了。周围的空气马上变得轻松了。她拿起了叉子,开始吃她的沙拉。

"给我讲讲他是什么样的人,"乔纳森问,"他有什么我没有的东西吗?"

"我不知道,"奥尔拉说,"我们当时只是觉得彼此适合,仅此而已。"

"你这是第二次用过去时讲你们的关系了,"乔纳森说,"我可不可以猜测说,现在你们感觉并没有那么完美?"

"有什么事情会是完美的呢?"她轻声问,"我嫁给了他,而且我爱他。"

我想是吧?她在心里嘀咕着。可现在和乔纳森相对而坐,我实在没办法不去回忆当初对他的感觉。

她记得他的吻。第一次。他们去毛餐厅吃面条喝啤酒,然后两个人牵着手去了三一学院。她当时穿着高跟鞋,走到那个铺着鹅卵石的广场上时,她完全没办法保持平衡了。他把她抱了起来,之后放下她时吻住了她。他们的嘴里全都是大蒜和啤酒的味道,不过看来谁都没有介意。

"你在想什么?"他问。

"我在想你吻我的那一次。"她告诉他。

"大蒜。"他说。

"还有啤酒。"

他们都笑了。

"实在不太浪漫,不是吗?"乔纳森微笑着问。

"哦,我觉得还是可以的。"

服务员拿走了他们的盘子。奥尔拉只吃了四分之一的沙拉。

"你会想到我吗,"乔纳森问,"在我们分手之后?"

"哦,看在上帝的分上。"她烦躁地望着他,"乔纳森,你知道我很在乎你。但我那个时候还没想开始一段稳定的关系,而且我有过几个男朋友啊?两个,三个?我太晚熟,你知道!我需要时间。"

"你可以再回到我身边的。他说。

她摇了摇头。"我变了。"

"没变太多,"他告诉她说,"你还是和以前一样美。"

她希望他不要说这样的话。她希望自己可以听从脑海中的那个声音——回到酒店关上房门——告诉自己和乔纳森·帕斯科吃晚饭实在不是个好主意。

"无论如何,"她说,"你的心修复得相当快。你找到了其他人,我找到了大卫。"

"我不介意你找到了别人这件事，"乔纳森说，"我只是很吃惊你居然嫁给了他。"

"在当时，这看来是个不错的选择。"奥尔拉说。

"看来？"

她耸了耸肩。"我们吵架了，因为我选了这个新工作。他对这件事表现得非常幼稚。"

乔纳森笑了。"听说一个四十岁的男人还可以非常幼稚，真让人开心。"

"男人多老都可以幼稚。"奥尔拉生气地说，"我有四个哥哥，你记得吧？我非常清楚男人可以有多幼稚。"

"你有这么多经验，可还是会和他吵架？"

她笑了。"是啊，那确实挺傻的。"

"我猜是他的问题？"乔纳森扬起了一边的眉毛。

"显然。"奥尔拉说，"他不想让我接受这份工作。"

"为什么？"

服务员把主菜摆在了他们面前，奥尔拉沉默了一阵。

"为什么呢？"乔纳森问。他们的面前摆着很多不同的蔬菜，可以和鱼搭配。

"我不知道。"她往比目鱼上挤了一些柠檬汁，"我和他吵时，说他是想要控制我，所以才不希望我离开，不过我并不确信是不是这个原因。我想他可能因为我找到了一份更好的工作，觉得不舒服吧。"

"可能他是害怕有一些年轻男人总是围着你转。"乔纳森说，"无论如何，他可能还是不敢相信自己那么幸运能娶到你。"

"为什么？"她问。

"行啦，奥尔拉，不是我想惹恼你，如果一个男人四十岁都没有结婚……"

"你凭什么会觉得他就没结过婚呢？"奥尔拉问。

"你的意思是他结过？"

奥尔拉点了点头。"而且他还有两个孩子。"

"奥尔拉!"

她什么也没说。

"那两个孩子多大了?"乔纳森问。

"基林十四岁,罗南十一岁。"

"开玩笑!"

"我为什么要开玩笑?"

他把刀叉放在了盘子上。"我不知道。这实在是——我实在很难把你想象成一个已婚女人,尤其是还要做两个孩子的后母,这简直不可思议。"

"他们不和我们一起住,"奥尔拉说,"他们和他前妻住在一起。"

"你和他前妻相处得如何?"乔纳森问。

"我几乎见不到她。"奥尔拉说,"孩子们过来的时候都是大卫去接的。我见过她几次,不过平时也只是打电话的时候会和她说话。"

"她长什么样子?"

"你知道吗,乔纳森,你是天底下最八卦的人。"奥尔拉抱怨说,"你简直不像男人。你根本不应该关心我丈夫的前妻长什么样子,这是我和艾比在一起时才会说的话题。"

"艾比。"乔纳森笑了,"可爱的姑娘。她和什么人在一起吗?"

"没有。"奥尔拉说,"考虑考虑自己的机会?"

他坏笑了一下。"在这儿当然没机会了。我已经有几个月没回都柏林了。"

"你喜欢这里吗?"她问。

"这儿很不错。"他告诉她说,"很漂亮的乡郊小镇,人也淳朴,工作也让人满意——我不想回去。"

听到他这么说,她应该算是松了一口气。她曾经设想过他出现在她家门口,请求她让他进去。不过她这样想实在是有点儿自作多情。他也许真的爱过她,但这可不意味着他现在依然爱她。今晚的晚餐很可能只是为了"回忆旧日"而已,他可能觉得有一点和她上床的把握了。她喝了一大口夏敦埃。他的床上功夫可谓超群。

"又在回忆?"他问。

她摇了摇头。"没有。"

他坐回椅子里，若有所思地看着她。她比他印象中又消瘦了些，眼睛四周隐隐有些黑色。可她依然美丽，炫目的红发、深蓝色的眼睛、凯尔特人特有的肤色。他那时确实对她很是痴迷，可他也明白她的选择是正确的。在当时的欲望和激情下，他很可能会娶她，而那将是一个非常可怕的错误，因为她并不爱他。至少现在看来，走入错误境地的只有她一个人而已。

奥尔拉望着窗外那一幅巨大的"画卷"。她无法想象此刻居然和乔纳森相对而坐，共进晚餐，回忆着旧日的场景，心里隐隐约约地期望着他依然是单身一人，她可以用双臂揽着他的脖子，像很久以前一样和他拥吻。怎么会这么想呢？她对乔纳森的爱不及对大卫的一半，在他身上她无法感觉到和大卫的那种紧密的联系。可现在她却无法克制地在想，经历了这五年，一切可能已经非常不同了。

"我要回去了。"她说。

"回去？现在？"

"我们明天很早就要上课。我有很多东西要看，真的要回去了。"

"奥尔拉，你已经长大了，你不需要像学生一样赶回家去。"他的口气里充满了调侃。

"我没有像学生一样赶回家，"她反对道，"我有工作要做，乔纳森，仅此而已。"

她的脸红了，她知道他是什么意思。他们第一次做爱那一晚，他们一起躺在那儿，相拥在他的羽绒被下面。可她突然跳了起来，告诉他她必须要走了，因为要赶着做一份功课。虽然后来她得到了有史以来最高的分数，可乔纳森当时感觉很受伤害。

"真的，乔纳森，我必须走了。"

"至少喝一杯咖啡吧。"他说。

她点了点头。乔纳森点了咖啡。他依然很有吸引力，她借着饭店柔和的灯光望着他的脸想，吸引人，有趣，而且单身。

而这些特质她哪样都不再拥有了。当然，她还是有吸引力的，在这一点上不需要假装谦虚。她从来都不是那种让人惊艳的类型,但她知道自己算得上是漂亮。可谈到有趣——她一直那么刻苦,甚至可以说是一个学究。"有趣"绝不是一个适合她的形容词。当然她也已经不再是单身了。也许现在她和大卫之间出现了问题,但很有可能一切都可以顺利解决。她回忆起他们在加勒比海上的完美蜜月,回想着他们每一晚激情的做爱,还有他们彼此相伴的时光——没有一次,她告诉她自己,没有一次他们中的任何一个人想着要马上去处理公事,忙着给那些见鬼的客户推荐什么见鬼的理财计划。

他们沉默着喝完了咖啡,之后乔纳森叫服务员结账。

"我来吧。"奥尔拉拿起了银托盘上面的账单。

"别傻了,奥尔拉。"乔纳森从她手里把账单抢了过去,他的手碰到了她的。她感到了他的体温,浑身一震。他轻轻地握住了她的手指。"能再见到你真好。"他说。

她一时语塞。他握住她的感觉既熟悉又陌生。她望着他。

"你依然在乎我,对吗?"他问道。

她抽出了她的手。"我在乎很多人。"她说,"而且我希望由我来付账。"

"让我付吧,"乔纳森说,"无论如何,我请求你。"

她叹了口气。

"别担心,"他淡淡地说,"我会把你送回酒店,而且绝对不会和你吻别。"

他信守了承诺。可她不知道自己是应该感觉释然,还是生气难过。

第二十七章

婕玛看了一下她今天的预约。周五历来都是繁忙的，今天也不例外，六个剪吹；两个染色；给一个染坏的头发做修复——而且不是一般的坏，她在喉咙里咕哝了一句；当然还有罗娜·奥德怀尔的挑染。罗娜小麦色的头发需要几缕挑染来显出她的动感和活力。挑染需要很长时间，而且做头发的过程中，婕玛还得听她唠叨发生在她身边的那些疯狂事。婕玛跟萨姆说的美发师是心理医生确实是真的。坐在美发师面前，女人仿佛很容易把心里积压的情绪都发泄出来。上个月她讲的是她和一个迷人同事的浪漫之夜。他们在莫里森酒店过了一个晚上，仅仅是买香槟就花了两百镑。婕玛叹了口气。她可没机会在莫里森拥有一个浪漫之夜。电话响了，她伸手去拿听筒。

"卷卷廊。"她说。

"嘿，婕玛。"

"莉斯！你怎么样？"

"还不错，"她妹妹回答说，"我想知道你今天忙不忙。"

"忙得要死。"婕玛说，"我的预约完全满了。"

"我需要你帮忙。"莉斯说。

"不会吧？"婕玛说。

"是头发的问题。"莉斯对她说，"这可是你的专长。"

"你想问什么？"

"我不想问什么，我是想让你帮我做件事。"

"什么事？"婕玛怀疑地问。

"我想你今晚帮我做个头发。"莉斯说。

"今晚！"

"婕玛，你又不是耐克·克拉克①，"莉斯生气地说，"就好像我请你今晚帮忙是一件不可理喻的事情一样。"

"确实如此，"婕玛说，"真的，莉斯，我真的非常忙。你需要我做什么？"

"我想让你帮我编辫子。"

"编辫子！"婕玛冲着电话做了个鬼脸，"你可以自己编啊！"

"但我不会编那种法式小辫子，就是可以把花插进去的那种。"莉斯说着甜言蜜语，"你知道我编那种辫子很好看，你当时就是那么说的。"

"莉斯，你的头发现在还不够长。"婕玛说，"如果你上次没贸然跑到那个业余美发师那儿去剪头发的话——"

"你们这些美发师都是一个样。"莉斯很是不满，"你上次是在哪儿做的头发啊？当然不是这里！我的头发需要修剪，婕玛，所以我去了附近的那一家发廊。那又不是犯罪。"

"我从来都没说过你犯了罪。"婕玛笑了，"但显然她做的不只是给你修剪了一下。"

"好吧，我知道她剪得是不怎么样，"莉斯承认道，"不过我当时很急，必须快点儿弄好。"

"你应该做好计划。"婕玛说。

"好吧。"莉斯说，"我知道，我承认，在头发方面我是个懒虫。可我今晚确实想好好计划了，婕玛。拜托了，你能帮我的，对吧？"

"哦，可能吧。"婕玛叹了口气，又看了一遍自己的预约单，"不过你一定要六点前到，我想早点儿回家。"

"我一下班就过去，"莉斯保证道，"而且只需要耽误你几分钟。"

"希望如此。"婕玛说，"为什么这么赶？你有什么事要做头发？"

"我今晚要和罗斯出去，"莉斯说，"他昨天才跟我讲的，参加他的家庭聚会。"

---

①耐克·克拉克，著名发型师。

"家庭聚会!"

"他妹妹的生日,她三十岁了。他们在'渔人码头'吃饭。包括她的丈夫,他们另一个弟弟和妹妹,那两个人也会带他们的爱人过去。所以罗斯也让我去。"

"通知得也太晚了。"婕玛说。

"他不确定我会去。"莉斯告诉她。

"那也太晚了。"

"他可能不知道应不应该问,"莉斯说,"不管怎么样,我们还没有那么熟悉。可能他觉得让我参加她妹妹的生日聚会有点儿太唐突了。"

"也许她妹妹觉得让你去参加有点儿太唐突。"婕玛说。

"可能吧。"莉斯赞同道,"可我想去,婕玛,我真的想去。而且我知道在过去,如果哪个男人要我参加他妹妹的生日聚会,我肯定觉得他脑子有问题。可我想和他去。"

"你掉进去了。"婕玛直接说。

"我知道。"莉斯笑了一声,"之前我从来没有过这样的感觉,婕玛,从来都没有。这实在是太美妙了,我都觉得不真实了。"

"在拥有的时候享受它吧,"婕玛说,"你会很快回到现实里的。"

"也许。"莉斯叹了口气,"不过现在我可是生活在云端呢。"

"晚上见吧。"婕玛实在无法忍受这场对话了。

"当然。"莉斯说,"谢谢你,婕玛。"

"别客气。"婕玛淡淡地说,然后便挂上了电话。

奥尔拉把听筒放回机座,躺在了床上。家里没人接电话,大卫的手机也打不通。如果他在家,她会告诉他她马上就出发了,现在她却不知道要做什么了。

她闭上了双眼。她每天晚上都会和大卫通电话,但他们之间的谈话非常简短,而且进行得很艰难。尤其是她和乔纳森一起出去的那晚。电话响起的那一刻她正好进门。她的态度很明快,声音都变得尖细了,和她往常的样子迥异。而相比之下,大卫则有些冷淡。他之前就打过电话。她去了哪里?

为什么这么简单的一个问题竟会让她如此心烦呢?确实,她和他的前男友一起去吃了晚餐,这勾起了她几乎被忘却了的回忆。虽然大卫根本不知道她去了哪里,可他的问题里却夹杂着火药味。他问她的口气仿佛她是他的私有物品一般。他知道她在参加为期一周的培训课程,这根本不需要他担心。

我想找回那种感觉,她侧过身躺在床上,痛苦地想道。我想找回自己对他的感觉,那种完美的感受。那是真实存在的,不是我自己臆想出来的,对吗?

她睁开双眼,看了看表。现在是三点钟。她应该去游个泳,蒸一会儿桑拿。放松,冷静。到家的时候,她就可以变回那个他脑海中的人了。

电话铃声让她惊了一下,她拿起了听筒。

"你好。"她语气谨慎。

"嘿。"

"乔纳森。"她的声音十分低沉。

"你说你今天会回去。"

"我正要回去。"

"前台说你还没退房,你的房间是订到明天的。"

"课程中午就结束了。"她说,"我准备今天就回去。"

"但你还没退房呢。"

"没有,"她说,"我没有退。"

"为什么?"

"因为我不知道是不是应该到处转转。有几个人决定再留一晚,我想我可能也应该留下,应该有点团队精神。"

"啊,奥尔拉,我讨厌这个词。"

"哪个词?"

"团队精神,那简直是胡扯。没人会真的和团队合作,一切都是个人的事。"

"可能在工程方面是这样的。"她语气有些暴躁。

他笑了。"我们比任何行当都需要团队合作。"

"所以就不要在那儿胡说八道了。"她告诉他说。

"这才是我的姑娘，"他笑了，"总是要保护自己。"

"我不是那样的人。"她说。

"确实，你有时也会主动攻击。"

她沉默了。

"如果你想再留一天的话，我想问你愿不愿意晚上再一起吃个饭。"

"我应该会和塞雷纳人寿公司的同事一起吃饭。"

"你现在应该已经烦死他们了吧。"他对她说，"拜托了，奥尔拉，放松一下吧。"

"哦，我还是回家吧。"她说。

"什么时候？"

"一会儿。"

"你如果要走的话，现在就应该出发了。"他告诉她说，"你不应该那么晚一个人开车回去。"

"别傻了，"她说，"只是几个小时的时间，我十点前就能到家了。"

"我担心你。"他说。

"你不要也这样。"

"什么？"

"大卫总是这样说：我担心你，我想照顾你，我很着急。为什么你们一定要为我担心呢？我可以照顾好自己。"

"你不觉得我们都关心你其实是件好事吗？"

"不。"奥尔拉说，"那让我难受死了。"她挂上了电话。

为什么他们不能离她远点儿呢？为什么她不能拥有一点点平静和安宁呢？

大卫看着他的非奥凡斯。他今天故意没安排什么事项，因为奥尔拉要回家了。他希望她到家的时候自己也在家。这一周以来，他非常想念她。有些话在电话里很难说出口，她听起来有些心不在焉，一直说上课让她很疲倦。他确信是这样。她回家后，他一定会向她道歉，是因为他自己对她新工作不满，所以对她态度一直不好。她对自己的工作本来就很敏感，所以当然不希望他总是想要影响她的决定。他非常清楚这一段时间自己的表现很愚蠢。最糟糕的是，他居然在她的离职派对上对她视而不见，整个晚上都在跟那个没脑子的办公室小甜心埃夫丽尔·格雷迪聊天。他根本就受不了埃夫丽尔，奥尔拉对此再清楚不过了。他在想，有时候在你意识到某些事情发生之前，局面就已经失控了。

这让他想起了婕玛。他闭上了眼睛，回忆起了那天婕玛在厨房里哭的场面，想起自己用手把她拥进怀里的感觉。那就像是回到了十五年前、他刚刚娶她的时候一般。那个时候他是那么深地爱着她。感谢上帝基林当时进来了，他释然地想着，因为在那种情绪下，他很可能会做一些非常愚蠢的事情，比如亲吻婕玛之类的，那绝对会带来莫大的灾难。不过，他转念一想，婕玛一定不会让他吻她的。她会吗？

他去机场接他们的时候，她看上去真的很不同，漂亮而充满活力，就像他很久以前和她交往时她的样子。那让他产生了一种很强的保护欲，希望自己可以照顾她。

他有些生气地放下了非奥凡斯。他到底是一个什么样的人呢，他自问着，居然听凭自己的情绪这样上上下下地波动？他知道自己非常爱奥尔拉，但他还是无法克制自己的怀疑：如果他真的那么爱她，又怎么会想去抱住婕玛呢？

他叹了口气。另一个让他心烦的想法就是：他曾经是那么深地爱着婕玛。至少他自己是这样认为的。会不会自己从来都不明白爱情是何物呢？难道自己只会用下半身思考，而不是大脑？因为就他的两段婚姻看来，两个女孩儿吸引他的原因都是她们的外表。婕玛的开朗欢快的性格，自然、年轻、充满激情的样子让他仿佛回到了自己在澳大利亚的生活。几年后，他又遇到了与婕玛如此不同的奥尔拉，她穿着套装的身材极其惹火，美丽的头发令他目眩。

他闭上了眼睛，觉得自己快要疯了。

基林和肖娜走进来的时候，电话恰巧响了。基林把书包放在了走廊上，拿起了听筒。

"嘿。"她说。

"基林,是我。"

"嗯,妈妈。"

"我晚上会迟一会儿回去,莉斯要过来做一个头发。对不起,我会尽早回去的。"

"没关系。"基林说。

"冰箱里有蘑菇馅饼,"婕玛告诉她说,"你如果愿意的话,可以把它解冻当晚餐。罗南下午和内维尔的妈妈在一起。他六点钟应该会回家。"

"好的。"基林说。

"一切都还好吧?"婕玛问,"抱歉我要晚回去了,不过——"

"一切都很好,"基林不耐烦地打断了她,"没有关系。"

"我希望我可以在家——"

"我说过没关系了。"基林重复了一遍,"到时见。"她挂断了电话,走进了客厅。肖娜正盘着腿坐在沙发上,翻着《十七岁》杂志。

"第十二页的那个男孩儿可帅了。"基林坐在她旁边说。

大卫看了看表,三点钟。他在想奥尔拉现在是不是已经出发了。他看着面前的电脑屏幕,望着那些没有填上约会的空格,盘算着他和她回家的时间应该差不多。他想好了一些要说的话,比如"我知道这一段时间我们有一些问题,不过一切都会好起来的",或者是"奥尔拉,我最近对你态度是不是不太好?对不起,我不是有意的"。但这些听起来实在是老套,而且不太真诚。他几乎确定他曾经和婕玛说过同样的话,这个想法把他吓了一跳。他不希望变成一个对女人很糟糕的男人,他不认为自己是那样的人。也许有时候他做得不太对,但他的初衷是好的,不是吗?他走进厨房,拿了一瓶里奥哈①。那不是他最喜

---

① 里奥哈,西班牙葡萄酒品牌。下同。

欢的酒，可奥尔拉喜欢。她喜欢他把瓶子打开，让酒香融进空气里。他刚刚拔出瓶塞，电话就响了。

"你好。"他说。

"嘿，大卫。"奥尔拉的声音很虚弱，仿佛她在很远的地方一样。

"奥尔拉？你在哪儿？"

"我还在科克。"她说。

"还在科克？"他重复了一遍，"我还以为你今晚会回来呢。"

"本打算今晚回去的，"她更正他，"我们小组的人想留下来，所以我想只是一晚而已，我也就一起留下吧。"

"但——"他咬了咬牙。

"我明天回去。"

"明天几点？"

"很早。"她告诉他说，"吃过早餐我就直接回去了。"

"我以为你会今晚到家。"他声音显得很严厉，"所以特意没安排任何约会，因为我觉得你会回来。"

"对不起，"她说，"真的很抱歉。只是很多人都留下了，我不希望自己太不合群。你能理解吧？"

他慢慢地吐了一口气。"我理解。"

"明天见。"她说。

"好的，当然，明天见。"他放下了听筒，盯着空空如也的客厅出神。为什么她不回家呢？她真的那么想离开吗？他闭上了眼睛。他希望她离开吗？

他睁开双眼时，突然意识到这房间和之前好像有点儿不同。他花了几分钟才弄清楚，他的那个非洲女人雕像不见了。他皱了皱眉。他没动过那雕像，这一点他很确定。那东西应该就在附近，这房子里也没有多少空间来放它了。

他走进了卧室，虽然他知道那雕塑不可能在那儿。它那么大，如果在他的衣柜里或是别的什么地方的话，他一定会注意到的。可他依然打开了衣柜门，朝里面望了一下，然后觉得自己傻透了。接着他又打开了奥尔拉的衣柜。她的香水味马上迎面扑来，那是一种三宅一生和 CK 混合在一起的香味。他深深地吸了一口气，突然非常想念她。他轻轻地抚摸着她的那套银绿色套装，又马上关上了柜门。如果那雕像还在房子里的话，唯一可能的地方就是走廊尽头的那个小储物间了。但他最近曾经进去过，如果那雕像在的话，他一定会看到的啊。

他打开储物门时第一眼看到的就是他的高尔夫球包。后面堆着一大堆衣服。那个他刚搬来时钉的小挂衣钩已经挂不住这么多衣服了。旁边是吸尘器、他装满了出海用具的针织袋，另外还有奥尔拉的网球拍。那个非洲女人也站在那儿。他盯着那座雕像，非常惊讶它一直站在那里，自己却没有注意到。肯定是奥尔拉把它搬过来的，但是什么时候呢？他摇了摇头。而且为什么呢？

好吧，他想，她是可能把它放在这儿了，可他当然不会让它一直站在这里。他把那堆衣服挪到了旁边，然后把那尊雕像摆回了客厅。

为什么他之前居然没注意到它不见了呢？他想道，这尊非洲皇后雕塑在那个储物间里已经站了多久了呢？

他坐了下来，又闭上了双眼。也许他真的是要疯了？

婕玛拿起梳子把莉斯的头发梳顺。

"你确定是要编辫子？"她问。

"很确定，"莉斯说，"我今晚要显得成熟些。我要穿我那件黑裙子，戴珍珠项链。"

"那条珍珠项链？"婕玛在她的头发中间分出了一条缝。

"我在马约尔卡买的那条。记得吗，我毕业那年？"

婕玛皱了皱鼻子。"好像有印象。你是和珍妮弗·托马斯和蒂娜·奥尔福德一起去的吧？"

"对。我很久没见她们了。"莉斯从镜子里看着婕玛，"很奇怪，对吧？我们在学校的时候那么好。"

"她们后来怎么样了？"婕玛问。

"珍妮弗结婚了，"莉斯回忆说，"我觉得蒂娜应该是出国了。"

"真是个坟墓，不是吗？"婕玛开始编辫子了，"她结婚了，然后生活也就结束了。"

"并不一定是这样。"莉斯说。

"不是吗？"

"希望不是。"莉斯朝她笑了笑，"不管怎么样，你的生活没有结束，婕玛。"

"那是因为我又离婚了！"

"你过得很好。"莉斯说，"有一栋漂亮的房子和两个可爱的孩子，而且你的前夫也不恨你。"

"这可不一定。"婕玛拉住了莉斯的一绺头发，莉斯疼得挤了挤眼睛。

"那他为什么出钱给你买电视机？那件事可不算坏吧？"

"哦，上帝，"婕玛叹了口气，"我必须要把钱还给他。我不能留着那些钱，真的不能。"

"别傻了，"莉斯说，"他给你钱买电视，你也确实买了台电视。"

"是的，但只花了三分之一的钱。"婕玛说，"而且他给我钱原本是为了给我们买客厅里的那台电视的，可爸爸已经帮我买了。"

"所有男人都给你钱不是挺好的吗？"莉斯笑了。

"如果我可以好好理财，那确实是件好事。"婕玛说。

"你应该让大卫帮帮你。"

"帮我？"婕玛在莉斯的头发里插了一根小卡子。

"让他分析一下你的经济状况，给你一些建议。这不是他的工作吗？"

"我知道，"婕玛说，"我之前就想让他帮忙，不过总觉得不太好。"

"为什么？"莉斯问，"你应该把他当成专业人士咨询一下。"

"他是我的前夫，"婕玛淡淡地说，"我很难把他当专业人士一样对待。"

"免费的理财咨询，"莉斯说，"何乐而不为呢？他可能会发现给你们的钱实在不够多，说不定会增加自己的抚养费呢！"

婕玛笑了。"这很难想象。不过也许我应该给他打个电话。"

"别让他的新太太知道。"

"这关她什么事呢？"

"做第二任太太没那么容易。"莉斯说。

"你了解?"婕玛从镜子里望着她问,"你准备进入这个角色了?"

"还没有。"莉斯笑了,"可能不会吧。不过我知道这一点,罗斯虽然会抱怨杰基有多糟糕,但他们之间还是有一种扯不断的联系。"

"但我和大卫之间可是什么都没有了。"婕玛边说边想起了大卫在厨房里抱着她的情景,"什么都没有。"

"为什么你不试试再寻找一个新的男人呢?"莉斯半转过身问她。

"别再提这事了。"婕玛深深地叹了口气,把莉斯的身子扭了回去。

"哎呀!"莉斯做了个鬼脸,"不再提什么事?"

"别再提让我去找什么男人的事。尼娅姆整天都在说这个。'走出去,找一个新的男人,有点儿自己的生活。'"

"她说得有道理。"

婕玛摇了摇头。"不行,莉斯。我要考虑到孩子们。"

"基林十四岁了,"莉斯告诉她说,"很快她就有自己的男朋友了——如果她现在还没有的话。到时候她会整天都不回家,让你着急。之后很快她就会离开家了,那时候就只剩你自己一个人了。"

"我还有罗南。"婕玛说。

"他也不会比她迟太多的,"莉斯说,"十年之后,他就二十一岁了。那个时候你会后悔今天没有抓住机会,开始自己的生活。"

"胡扯。"婕玛说。

"假期过得怎么样?"莉斯转过来对着她的姐姐问,"我早就该问你,你在那儿遇到了什么人没有?度假总是艳遇的好时机。"

婕玛感觉自己的双颊一下子红了。她从地板上捡起了一个烫发卷。

"究竟怎么样嘛?"莉斯又问。

"我哪有时间见到什么人呢?"婕玛说。

"那为什么我刚才问你的时候你会脸红呢?"莉斯朝着她坏笑,"好啦,婕玛,拜托了——难道连一夜情都没有?"

"事实上,"婕玛编完了一条辫子,"算是遇到了一个人。"

"算是？"

"我们遇见了一家人，妈妈，两个孩子，还有妈妈的弟弟。都是非常好的人。"

"那个弟弟？"莉斯问。

"他人很好，"婕玛说，"不过他比我小，而且我觉得基林也非常喜欢他。"

"只是一时冲动而已。"莉斯不以为然地说。

"可能吧。但我不可能和一个她喜欢的人上床。"

"你想跟他上床吗？"莉斯又转了过来，瞪大了双眼。

"我快编完了！你不要动，好吗？"

"到底想不想啊？"莉斯问，"告诉我。"

"那是度假时的特殊状态。"婕玛说，"而且我没有跟他上床。你把我看成什么人了？而且他比我小。"

"他多大了？"莉斯问，"十八？十九？"

"三十岁。"婕玛说。

"那也不算太小，"莉斯反对道，"而且对基林来说可太大了些。"

"基林说，他们之间的年龄差距跟大卫和奥尔拉的一样。"

"她说的？"

"她的意思差不多就是这样。"

"好吧，好吧。那你怎么说的？"

"我能怎么说呢？"婕玛反问道，"他们比我们早一天离开。我想我们应该再也不会见面了，他们住在威克洛。"

"你想再和他见面吗？"莉斯问，"他叫什么？长得什么样子？"

"莉斯，那已经没有关系了，我不会再见到他了。"

"但你喜欢他。"莉斯说。

婕玛耸了耸肩。"他是个不错的男人。"

"为什么你不去争取呢？"莉斯问，"你肯定已经厌倦单身生活了！"

"莉斯！"

她妹妹做了个鬼脸。"反正我是厌倦了，而且我希望当初能够多和你谈一谈我的感受。"

婕玛编完了最后一条辫子,站远了一些看着莉斯。"感觉怎么样?"

"很好。"莉斯有些不耐烦地说,"婕玛,拜托,尝试一下吧。"

"没什么可以尝试的,"婕玛说,"我就知道不应该告诉你,你肯定会小题大做。"

"真的吗?"

"看在上帝的分上,莉斯,够了!"婕玛拿起一面小镜子,对着莉斯的头发,"看吧。你觉得怎样?灰姑娘能去舞会了吗?"

"真好。"莉斯朝她微笑着,"谢谢了,婕玛。"

"别客气。"婕玛说,"只是下一次争取要和别人一样,提前预约一下。我希望你今晚能过得愉快。"

莉斯做了个鬼脸。"我很紧张。"

"没有必要紧张。"婕玛说。

"我知道,但还是……"

"他邀请你去的,不是吗?"

"是的。最后一分钟才决定。"

"也许他也很紧张。"

"也许他本来没想让我去,也许其他人都不希望我去。反正他们又都不认识我。"

"他们今晚之后就会认识你了。"婕玛笑了。

"哦,婕玛,我希望我做的是对的。"莉斯说。

"当然是对的。"婕玛搂住了妹妹,"你值得找到一个善良优秀的男人,莉斯,你真的值得。"

"你也是。"莉斯说,"再去寻找一个男人,给自己一个机会。"

婕玛干巴巴地笑了笑。"我已经拥有过机会了,我把它毁了。"

"别胡说!"

"高兴点儿,"婕玛说,"一切顺利。"

发廊里只剩她一个人了。她将所有的椅子都摆回到镜子前,然后检查一切是不是都收拾好了,最后,她盯着镜子中的自己。

微微深一些的肤色适合她。很久她没有这么漂亮过了,而且她的心情也变好了很多。她已经不像之前那样,觉得仿佛全世界的重担全都落在了自己的肩膀上。

莉斯说得对。她应该为自己创造机会,而不是坐在那里抱怨什么事都不能随她心意。她应该把自己的生活打理得更好些。她应该重新整理一下自己的财务状况。

她拿起了电话听筒,拨通了大卫的电话。

第二十八章

婕玛正在看电视，门铃突然响了。她站起身，整理了一下裙子，在镜子里检查了一下自己，然后走到了门前。

"嘿，大卫。"她说。

"嘿。"

"谢谢你能马上过来。其实不必要的，什么时间都可以。"

"我今晚反正也没有别的事。"大卫说，"奥尔拉明天才回来，所以今晚正合适。"

"她怎么样？"婕玛随便地问了一句。

"哦，很好。"大卫说，"她没怎么提那边的事——有什么可说的呢？那些课程肯定很烦人！"

"我肯定她很希望马上回来。"

如果她真的那么想回来，今晚就已经回来了，大卫懊恼地想道。她就不会要在那儿多留一个晚上，和同事联络感情或者是什么其他的。几个星期以前，她肯定会不顾一切地冲回家里见他。可现在他们两个人仿佛都会因为对方的存在而感到不适了。这是我的错，但同样是她的错，他对自己说。她应该早一点让我知道实情。我会支持她的。我会告诉她有关鲍勃·墨菲的一切，告诉她那家公司里的人绝非善类。

"大卫？"婕玛看着他，眼睛里写着迷惑。

"对不起，怎么了？"

"我在问你是不是打算整个晚上都站在那儿了！快进来吧。"

"对不起，我走神了。"大卫把关于妻子的思绪抛到了一边，跟着前妻走进了客厅。

她打开了顶灯，让客厅的光线更充足。"这样我们能看得清楚些，"她说，"你想喝点儿什么吗？"

"不用了，除非你想喝些什么。"

"你来之前我打开了一瓶葡萄牙青酒，"她说，"是我从葡萄牙买回来的，度数很低。你想来一点吗？"

"好吧。"大卫打开了公文包，"谢谢。"

婕玛从橱柜里拿出了两个酒杯，倒好了酒。她递给大卫一杯，他品了一口。

"不错嘛。"他说。

"在那里的时候会觉得更好喝！"她笑了，"大卫，再次谢谢你请我们去度假。我难以形容孩子们有多高兴。"

"不要客气。"

"而且他们能交到新朋友，这也是件好事。"婕玛说。

"基林和那个男人怎么样了？"大卫问。

婕玛的脸又红了。"什么事都没有。"她说。

"你确定？"

"当然。"

"我没办法守着她，所以会很担心。"大卫说。

她看着他。"你会吗？"

"当然会。"他把杯子放在了面前的桌子上，"婕玛，虽然我不能每分每秒陪伴着他们，但这不意味着我不担心他们。"

"我真希望你住在这里的时候能够多关心他们一些。"她说。

"我也希望。"大卫说着，从公文包里拿出了他那个大大的黄皮本。

　　

奥尔拉把车转到了那栋公寓大楼前面的院子里。院子是空的，这说明大卫出去了。奥尔拉咬住了嘴唇。她知道她应该再给他打个电话。她告诉他今天不回家的时候，她就应该想到他会打电话安排跟客户见面，肯定不会一个人留在家里。事实上乔纳森打电话到她酒店之前,她已经决定要回家了。可她想再见见他,她没办法控制自己。她希望可以再和他聊聊天,再经历一次很久以前对他的那种感觉。所以她又给他打了一个电话,告诉他她会再留一天。

"太棒了!"他开心地叫道,"我马上请个假。我们有一大堆事情可以做。"

那一大堆事情包括排上一个小时的队去亲一亲布拉尼古堡最高处的那块布拉尼石,传说这样可以获得语言的天赋,变得伶牙俐齿。奥尔拉和乔纳森站在长长的游客队伍中——其中大部分都是美国人——突然感觉到一阵凉风迎面吹来,秋天到了。

"为什么你要带我来做这个?"奥尔拉为了能找到一个亲吻那块石头的位置,脖子差点要扭断了,"我平时话说得应该够多了吧?"

"哦,语言的禀赋远不止如此。"乔纳森向她保证说,"我到这儿的第一个星期就过来亲这块石头了,现在我只要开口,什么事都可以办成。"

"好吧,"她上下整理了一下,"希望它能物有所值,显然亲完这石头之后,我肯定要去见我的脊椎医生了。"

"你的背不好吗?"他问。

"有时候不太好。"她揉了揉脊椎的底端,"我觉得是因为我大学的时候总是抱着一大摞书走来走去。"

"为什么你那时候那么认真呢?"他走到了她旁边。他们两个人一起离开了那座城堡,向他的车子走去。

"我不知道。"她回答说,"我想我当时是觉得,我在读书,所以应该把书读好,仅此而已。而且我当时有四个哥哥做榜样,没办法。"

"很少有年轻人会这么想,至少没有人像你一样把这个看得这么重。"

她耸了耸肩。"我就是这样的人。"

"可是你没想过生活里可以有更有趣的事吗?"

"你指的是什么?"她停住了脚步,面对着他问。

"找个工作,结婚。"他表情有些无助,"看起来——哦,奥尔拉,小心!"他抓住了她的胳膊,一下子把她拉到了草地上,一辆旅游大客车快速从路上开过。

"我的上帝！"她的心在狂跳着，"他的脑子里在想些什么！路这么窄，怎么能开那么快？你记住他的车牌了吗，乔纳森？我们应该可以投诉他。太不小心了，绝对是——"

"奥尔拉，奥尔拉！"他轻轻地摇了摇她，"冷静，冷静，你没事了。"

她依然因为刚才的事情在浑身发抖，虽然她并不知道自己这么激动是因为生气还是因为受到了惊吓。

"应该投诉他，"她又重复道，"我可能会被他撞倒，简直太危险了。我怀疑他有没有驾照，你知道有些人直接租一辆车就去拉旅客了，他们可能——"

"奥尔拉，"乔纳森打断了她，"我觉得亲布拉尼石头对你已经起作用了。"

她停止了牢骚，咯咯笑了起来。"我确实变得有点儿啰唆了。"

"非常啰唆。不过现在一切都过去了。"

"是啊，"她说，"谢谢你。"

"谢我？"

"谢谢你救了我，把我从死神的魔爪里拉了回来。"

"他可能根本撞不到你。"乔纳森承认道。

"也可能撞到。"

乔纳森笑了。"我很希望能扮演一个拯救者的角色，"他说，抓住她的那只手握得更紧了，"来吧，为了防止再发生什么事故，我们还是快点儿回到车里去吧。"

风有些冷了。远处的山峰消失在了雾气里，草坪上的羊群也聚集在了石墙脚下。她坐进了那辆路虎，浑身抖了一下。

"你需要点儿东西暖暖身子，"他说，"我们两个都需要。"

"打开暖气吧。"她说。

"我脑子里想的东西比这个更有创意。"乔纳森说。他发动了车子，车子行驶在乡间小路上，他们都沉默着，只有雨刷会偶尔嗖的一声在玻璃上划过。雾色包围了他们。

"我们去哪儿？"她问。

"去让你暖和起来。"他回答说。

她望着他。他正集中精力望着前面弯弯曲曲的小路。

"哎哟!"车子颠了一下,她跟着从座位上颠了起来,咬到了自己的舌头。

"对不起,"乔纳森说,"有个坑。这边的路实在太糟糕了。别着急,马上就到了。"

"马上到那里了?"

他转向她。"当然是到我家了。"

乔纳森的家是一栋花岗岩平层建筑,屋顶是黑色的,窗户用的是传统式设计。"这儿看上去还是很新。"她走出吉普后,他对她说,"不过和环境很相称,虽然窗户其实是 PVC[①]的。"

"这儿很不错,"她站在路旁看着这栋建筑,"非常温馨。"

"里面更温馨。"乔纳森说,"来吧,进去暖和一下。"

他打开了前门,她跟着他走了进去。

"哦,乔纳森,"她叫道,"简直太漂亮了。"

他朝她笑着,"确实漂亮,不是吗?"

她看着房子里光亮的地板,以及粉刷一新的墙壁。"这是你自己设计的吗?"

"你疯了吗?"他问,"当然不是,是之前的主人装修的。"他耸了耸肩。"我知道我应该对他们婚姻的不幸表示遗憾,不过正如他们所说,他们的婚姻本身就有问题,我也因为他们的离婚而获益匪浅。"

"你确实是。"奥尔拉走到了走廊尽头,打开了前面的那扇门。门的另一边是一间大大的厨房,铺了地砖,正对面是一个巨大的绿色煤气炉。"很具乡村风情啊。"她打趣说。

"我本来并不想要这个。"他笑了,"不过这个煤气炉很棒,能取暖,又可以做饭。在它和微波炉之间,我可不会选错的。"

"你要有一只拉布拉多猎犬,就可以和邻居打成一片了。"

"再在草棚子里挂上一对野雉。"他坏笑着,"不过我可不想那样。虽然我住在乡村,不过我可不想去琢磨食物究竟是从哪儿来的这种问题。我宁愿相

[①] PVC,聚氯乙烯,一种合成材料。

信眼前的肉是魔法变出来的。我不愿意想着自己吃的东西其实从路边的林子里就能抓来。"

"我懂你的意思。"奥尔拉边说边看着他在两个高脚杯里倒上了威士忌。

"你现在应该已经变成很棒的厨师了吧。"他举了举杯子,"干杯。"

"干杯。"她也回应着举了举杯子,抿了一口威士忌。她感觉浑身上下都热了起来。"我没有。"她说。

"什么?"

"没有变成厨师,我的厨艺非常糟糕。我们曾经邀请大卫的朋友来我家吃晚餐,结果简直糟透了。我把自己弄得极其狼狈。他们来之前我还不小心把装着蔬菜的塑料碗烤化掉了。"

他大笑了起来。"我真想能亲眼看看。"

"不,你不会想看的。"她摇了摇头,"熔化的塑料特别难闻,厨房里的烟很久都散不掉。可怜的大卫完全不明白我怎么会那么紧张。"

"他的前妻呢?"乔纳森随口问了一句,"她煮饭在行吗?"

"婕玛。"奥尔拉又喝了一口杯子里的酒,"婕玛是一个标准的家庭主妇,自己烤面包,自己装修房间,任何事情都可以自己来——婕玛是家务方面的楷模。"

"但他们还是分开了。"

奥尔拉点了点头。"她太唠叨了。"

"就是这个原因?"乔纳森一脸惊讶。

"其中的一个原因。"

"如果你开始对他唠叨,他也会跟你分开?"

"去你的,乔纳森。"奥尔拉说。她走到厨房另一边,朝着窗外望去。雾气变成了细雨,顺着玻璃滑下来。虽然她身上暖和了很多,却还是抖了一下。

"对不起。"乔纳森站在了她身旁。

"没关系。"

"你爱他吗?"他说。

她凝视着窗户上滑落的水珠。她曾经爱他吗?当然。但此刻她爱他吗?在他依然生她气的情况下?他如此幼稚地惩罚她,她现在对他到底是什么感觉呢?

"我告诉过你我爱他。"

"那你又为什么会在这里呢?"乔纳森问。

"因为你带我来了这儿。"她说。

六个小时后,她发动了车子,心里默默地庆幸自己可以一路顺利到家。她拒绝了乔纳森的第三杯威士忌。她喝了太多酒,本不该开车了,可她不在乎。她必须离开乔纳森家,她不能再留在那里了。

她希望大卫在家。她希望她到家的时候他可以等在那儿。她希望能尽快看到他,这样才能确定自己的判断是对的。

可他并不在意。他已经厌倦她了,正如他厌倦了婕玛一样,因此他根本不愿意等她。她揉了揉眼睛,钻出了车子,从后备箱里拎出了行李袋。

她心里还是希望他在家的,只是没有把车子开回来而已。但她走进房间时就知道家里没有人。她走到卧房,四处张望了一下,完全没有任何迹象可以让她猜到他去了哪里。房子里异常整齐,靠垫摆得端端正正,她的杂志都被放在了两个杂志架上。"两个。"她不禁说出了声。显然他又买了一个回来。那个非洲女人像回到了原来的位置。奥尔拉想着大卫不明所以地把它从储物室拉出来的样子,不禁笑了起来。她想再把它放回去,可是她实在没有力气了。她已经筋疲力尽了。

厨房桌子上有一瓶打开的葡萄酒。她本想喝些茶,可那瓶红酒看上去实在诱人。她给自己倒了一杯,满足地听着酒撞击瓶子的声音。接着,她拿着酒瓶和杯子向客厅走去。

"你觉得怎么样?"大卫看着婕玛,后者正在仔细地研究着本子上写的东西。

"你这样一讲,一切好像都很简单。"她抬起头来,撩开了眼前的头发,"为什么在你看来这么容易的事情在我看来就那么难呢?"

他笑了。"因为，我亲爱的婕玛，我从来不会用一半的收入去买套装，或者大衣，或者是眼影，或者香水，或者——"

"好了，好了！"她打断了他的话，笑了，"我明白了，停止不理智的花销，给自己做一份家庭开销计划，理性地生活。"

"你依然可以买衣服，"大卫说，"只是不要每天都买就可以了。"

"你完全无法想象，如果不买衣服，我的生活将会有多沉闷。"她把瓶子里剩的酒全都倒进了杯子里，"这是真的，大卫。我花了太多时间在家务事上，购物可以舒缓情绪。"

"你花时间打理家事之前，就在用购物舒缓情绪了。"大卫无奈地说。

她看着他笑了。"我猜你说得对。"

他也笑了。她今晚看起来非常漂亮，他想道，蜜糖色的皮肤、浅棕色的头发，还有那双满溢着笑容的眼睛。她再一次让他想起了那个他曾经为之疯狂的婕玛。他屏住了呼吸，不希望自己顺着这样的思路想下去。

奥尔拉又给自己倒了一杯里奥哈葡萄酒，看了看表。他去哪儿了？她想，见客户？见到晚上九点钟？可能性实在是很小。也许他又去酒吧了。她已经烦透了他每天晚上下班回家都要跑到酒吧去这件事，哪怕只是喝一杯。想到他独自一人坐在那里，和其他那些无所事事的人一样研究着眼前的那杯酒，她就会心烦意乱。难道他觉得人生中再没有更有意义的事了吗？难道他真的情愿喝一杯吉尼斯黑啤酒，也不愿意和她在一起？

她喝了一口里奥哈，茫然地盯着墙角的那尊非洲女人像。

婕玛吃惊地看着那个葡萄牙青酒的瓶子。她居然没有意识到他们已经把里面的酒喝光了——事实上应该说她把酒喝光了，因为大卫并没有喝多少。

"我想这样的奢侈生活也应该结束了，"她拿起那个瓶子说，"每晚的美酒。"

"你起码不用在这上面有太大的开销。"大卫告诉她说。

"你在这上面的开销才大呢。"婕玛拿开了桌子上的酒瓶,"记得吗,那个时候你还参加过葡萄酒俱乐部?经常要去试酒,而且还买回来一大堆酒。"

"那是投资,"大卫说,"这完全不是一回事。"

婕玛冲他做了个鬼脸。"我永远也看不出这有什么意义。"她说,"为什么储存上一大堆你永远不会去喝的酒?根本没意义。"

"它们会越来越有价值。"大卫说。

"什么价值呢?"婕玛困惑地望着他,"我买一条设计师设计的裙子,虽然贵,可我至少可以穿在身上,这让我心情舒畅。而且别人也会夸我,这让我感觉很好。这才是投资。可买一瓶你不能喝的酒!我没办法相信一瓶不能喝的酒会好过一条你可以穿的裙子。"

"我想我要是穿着那条裙子,恐怕看上去会相当白痴。"大卫面无表情地说,之后两人全都笑了起来。

他看得出她有些微醉了。他只喝了一杯,其他的酒全被她喝光了。她边说话边喝酒的样子和他们年轻的时候一模一样。她对他的讲解非常感兴趣,她还甚是愉快地询问着他现在她名下有哪些理财产品,价值多少钱,以及她是不是应该把它们兑现。

她不是个愚蠢的人。这个想法突然出现在他的脑海中,让他自己都吃了一惊。这么长时间以来,他一直觉得她很傻,也很不负责任,其实他错了。她问的问题都是他自己也会询问的。

"你今晚看上去很美。"他情不自禁地说,完全没办法控制自己的舌头。

"什么?"她惊讶地问。

"你很美,"他说,"很多年都没见到过你这个样子了。显然度假非常适合你。"

"确实很放松,"她说,"我想我是给自己充了些电。"

"不仅如此,"大卫说,"补充的绝不止是电。"

"大卫!"婕玛的脸红了。

"真的,"他告诉她说,"你看上去很不同,婕玛,好像变回了我以前认识的那个婕玛。"

"别傻了,"她短促地说,"我绝对不是你之前认识的那个婕玛了。"

"你想过这件事吗？"他问。

"什么？"

"我们的婚姻。你想过我们的婚姻有多美妙吗？"

"我每次想到它的时候，"她语气轻柔地对他说，"那些美好的东西好像都是很久以前的事。之后你就被缠在工作里了，而我则一天到晚都在照顾孩子们。我们已经没时间顾及彼此了。"

"但你不觉得我们可以作出些改变吗？"他问。

她耸了耸肩。"可能想过吧，但太晚了。"她站起身来，"我们之前谈过这个，大卫。我不明白为什么你最近会这么愿意谈这件事，你已经再婚了。"

"我知道，"他说，"可能正是因为这个，我才会经常回忆起我们之前的婚姻。"他对她微笑着。"如果让你感到不舒服的话，真的很抱歉。"

"没关系。"她说，"我只是不觉得再谈这个还有什么意义。"她走出了房间，向楼上的浴室走去。

这谈话让她心烦意乱。最近和大卫的好几次对话都让她内心甚是不安。他仿佛很愿意回顾他们的过去，可她却已经准备好了面对未来。她不明白，既然他的未来已经如此清晰，为什么会突然又流连于过往呢？

奥尔拉把最后一杯里奥哈倒进了厨房的水池子里。她本来之前就已经喝了威士忌，现在又喝了这么多葡萄酒，再加上晚上没有吃东西，此刻她感到疲倦极了。她往水壶里接满了水，又往自己的绿色大瓷杯里放了几勺咖啡。然后她打开了放面包的小桶，里面还有她走之前买的面包圈。他应该是吃了一两个，她盘算着。那个袋子黏糊糊的，上面粘着融化了的糖和果酱。她拿起一个，之后又把它扔回了纸袋里。

他喜欢我什么呢？她自问，他到底想要什么？我能给他吗？

"爸爸！"基林看到他的父母并排坐在沙发上，吃了一惊。

"嘿，宝贝儿。"

"你在这儿做什么？"她问。

"基林！"婕玛看着她，"这样跟你爸爸说话可不礼貌。"

基林耸了耸肩。"他从来都不在这儿，怎么现在来了？已经很晚了。"

"他在教我打理我们家里的财务。"婕玛说。

"那一个人可不够。"基林说，"他成功了吗？"

"哦，我想我成功了。"大卫朝她微笑着，"只要有一个不错的计划，没什么事是不能解决的。"

"这是不是意味着我们的零用钱能多一点儿了？"基林笑嘻嘻地问。

"别得意得太早，"婕玛警告她说，"你不如去做些有用的事，把水壶放在炉子上。"

"为什么我总是要做有用的事？"基林虽然嘴上嘟囔着，却还是走进了厨房，按照婕玛说的去做了。

"她看上去也不太一样了。"大卫看着女儿离开客厅评价道。

"她化妆了。"婕玛解释说。

"她那么小，怎么能化妆！"大卫说，"你实在不应该让她化着妆出门。"

"大卫，她化得很淡，你根本看不出她化过妆。"婕玛叹了口气，"我也不希望她这么早就开始化妆，不过我既然没办法阻止，也最好不要成天对她唠叨。"

"她有男朋友了吗？"他问，"我希望没有，婕玛，她才十四岁。"

"我十四岁的时候已经有男朋友了。"婕玛说。

"谁？"

"跟你无关。"她说，"事实上，我那时十四岁半，不过现在的孩子早熟，她有个男朋友也不为过。"

大卫叹了口气。他觉得很难想象自己的女儿已经开始对男孩子感兴趣了。不过看着她现在的样子，男孩子喜欢她也确实很正常。这想法真可怕。

"她会没事的，对吧？"他紧张地看着婕玛。

"当然了。"婕玛笑了，心里也希望自己是对的。

基林拿着一个托盘走了回来，上面是一些茶具。她把托盘放在咖啡桌上，自己坐在了他们旁边的地板上。

"要倒水吗？"她问。

"好的。"婕玛说。

看到他们在一起真是一件好事。婕玛望着父女二人，心突然收紧了——基林坐在地板上，背靠着沙发，旁边是大卫的腿。他们真像，婕玛想着。基林一直都和他比较相像，而现在看着他们坐在一起，婕玛更加意识到了基林和她爸爸的相似之处。她一直都把基林当成自己独有的——即使她会和大卫去度周末——因为她最终还是会回到她的家里来。但此刻，她明白了，基林属于他们两个人。无论她对过去的一切多么遗憾，但她永远都不会后悔有了基林，或者是罗南。

天空卫视的音乐响了起来，这也提醒了他们，时间已经很晚了。大卫看了看表，好像不相信居然已经十一点了。"我得走了。"他说。

"为什么？"基林问。

"太晚了。"

"没有那么晚。"

"已经够晚了，年轻的女士，你应该上床睡觉了吧？"

"哦，看在上帝的分上！"她盯着他，"你真的还以为我是个小孩子，对吧？"

"我确定——"

"她平常都是十点半睡觉的。"婕玛肯定地说。

"罗南九点就睡了。"大卫说。

"他是小孩子。"基林不服气地说。

"无论怎样都好。"大卫站起身来，把茶杯放在了咖啡桌上，"我要走了。我们还是周日见，基林。"

"你有什么好计划吗？"

"我不知道。"他耸了耸肩，"你们想去哪儿？"

"无所谓。"她简短地回答说。

"那我们到时再决定吧。"大卫说着穿上了外套，"我要回去睡我的美容觉了。"

"奥尔拉不会介意你那么晚回去吧？"基林问。

大卫摇了摇头。"她还没回来呢。"

"还没回来？"基林惊讶地看着他，"我记得你说她周末就回来。"

"明天也是周末。"大卫说。

"我要是结婚了，就不会在外面多留一夜。"基林说。

大卫和婕玛对视了一下。

"我不会的，"基林重复说，"而且我相信她一定很想你，爸爸。"

"可能吧。"大卫边说边找钥匙。

婕玛把钥匙递给了他，跟着他走到了门口。

"再次感谢。"她说。

"不客气。"大卫打开了大门，"周日见。"

"当然。"她说。

他探着身子在她脸颊上轻轻吻了一下。"保重。"

"你也是。"

她没等他把车开走，就关上了门。

第二十九章

大卫开到公寓楼前的停车场时，非常吃惊地发现奥尔拉的车已经停在那里了。他皱了皱眉头。她绝对说过她今晚不回来的，他清楚地记得那个电话的内容。为什么她又改变主意了呢？他走下车，按了一下车锁，几乎是跑到了楼门前。

开门的时候，他已经听到了屋子里电视的声音。他走进了客厅。奥尔拉正坐在沙发上，长长的双腿蜷缩在身子下面。她一边喝着咖啡，一边看着一部午夜电影。

"嘿。"大卫说。

她看了他一眼。"嘿。"

"我没想到你今晚会回来。"他说。

"看出来了。"

"你说你今晚会留在那边。"他的声音里带着指责的口吻。

她无所谓地耸了耸肩。"我改主意了。"

"如果我知道你回来，就会留在家里等你了。"

"会吗？"

"当然。"大卫说。

"我没意识到我在这里你就会留下。"

"别傻了。"他坐在了她对面的扶手椅上，"你知道我会留下来的。"

"你去哪儿了，这么晚才回来？"她把杯子放在了旁边的桌子上。

"我在……"大卫突然意识到，如果告诉她他在前妻家留到这个时间，事情一定会变得很严重。但是如果他撒了谎，而之后又被她发现的话，那结果则会更糟糕。奥尔拉看着他,感觉到了他犹豫的态度。

"我去见了几个客人,"他说,"然后又去了婕玛那里。"

"婕玛?"她表情很是惊讶,"为什么你会去婕玛那边?"

"因为她让我过去一趟,"大卫说,"她需要我帮她做一个理财计划。"

"哦,看在上帝的分上,"奥尔拉的口气里充满了鄙夷,"她自己完全可以打理财务。"

"她做不到。"大卫说,"在理财上她简直是绝望了。"

"我并不这么认为。"奥尔拉说。

"你什么意思?"

"在我看来,她过得相当好。她只要有需要就可以找你要钱——度假、电视机、给孩子的任何东西——而且你每次都会妥协。"

"不是那样的。"大卫说。

"那么是哪样呢?"奥尔拉问。

"她已经尽力了。"他告诉奥尔拉说,"只是她在理财上实在不在行。"

"别逗我了。"奥尔拉说。她拿起杯子,把里面的咖啡一饮而尽。"无论如何,"她继续说道,"为什么会留到这么晚?你看看时间!写张支票再走出来应该用不了多久吧?"

"我告诉过你,我要帮她做一个理财计划。"大卫说,"你不可能五分钟就讲完,奥尔拉。"

"那用了多久?"

"我不觉得这有什么关系。"他问。

奥尔拉把目光转向了别处。他不明白。她知道他不明白,也不指望他可以明白。想到他和婕玛在一栋房子里,她就感到非常焦虑。而且那栋房子和他们现在住的公寓比,绝对是个温暖的天堂。婕玛肯定给他吃了很多自家制作的食物,让他喝了酒,而且说了些让他自信心爆满的话。她用手旋转着无名指上的那颗钻石戒指。

"你怎么会突然回来了呢?"大卫问,"别告诉我你已经对塞雷纳失望了。"

"没有。"她短促地回答道。她回家是因为她害怕留在那里了。她在乔纳森的房子里走来走去，希望自己可以住在那样一个美好的地方，而且居然会畅想着如果和乔纳森生活在那里会是什么情景。然后，她站在厨房里看着窗外的山脉，他站在她身后，双手环住了她，吻了她的脖子。

她想到了那个吻，浑身一震。事实上，她内心有某一个部分已经预料到了他会吻她，也准备好了拒绝他。但她转过身去，于是他再一次地吻了她，而且是吻了她的嘴唇，那一刻，她居然完全失去了控制能力。她并不想吻他，从来没想过自己会那样做，但当他的嘴唇压住了她的嘴唇时，她不由自主地放下了所有戒备，瘫软在了他的怀抱里，完全享受其中。她甚至没有去阻止他的右手滑到她的外衣下面，而是感受着薄薄的白色上衣外面他温暖的抚摸。哪怕是他脱下她的外套，把它扔在沙发上时，她都没有任何的抗拒。直到他解开了她上衣的扣子和内衣的小挂钩，用手握住了她的双乳时，她才突然自问自己都做了些什么。

乔纳森对她的反应表示充分理解。他道了歉，说她当然有权好好静一下，弄清楚自己的想法，同时也向她保证他会永远爱她。然后他又吻了吻她，告诉她如果她要回去的话，最好马上出发。当时的她感到离开变成了一件很艰难的事。和乔纳森在一起让她回忆起了之前单纯而无忧无虑的时光。那个时候，她非常清楚自己想要些什么。

"你想喝点儿茶吗？"大卫的声音打断了她的沉思。

她摇了摇头。

"我去烧水。"他说，"我想喝点儿茶。"

也许和乔纳森在一起也会变成这样，她想道，开始的时候会是激情四射，可之后的生活还是会围着"烧水"这样的家庭琐事。

但乔纳森至少不会和自己的前妻在一起度过一个晚上的时光。奥尔拉咬住了嘴唇。我这是怎么了？为什么一切都变得这么艰难呢？

婕玛调好了闹钟，决定从周一开始，要提前半个小时出门。她已经决定了，之后的生活要完全服从于自己的理财计划，让一切都变得更有条理。早起意味着她在叫基林和罗南起床之前可以冲个澡,穿好衣服。他们洗漱的时候,她则可以准备早餐。因此,他们出门去学校的时候,婕玛已经把自己的一切也打理完毕了。这也是她记忆中自己第一次从从容容地开车去发廊,而不是一边大声咒骂着前面的车子,一边匆匆忙忙地赶路。

尼娅姆看到婕玛在九点前就走了进来,非常惊讶。通常她这位朋友永远都是行色匆匆地跑进来,为迟到道歉,然后慌慌张张地边脱外套边浏览今天的预约。而今天婕玛相当放松,表情很是愉悦。另外,尼娅姆还注意到,她在来之前就已经化好妆了。平时,婕玛总是在发廊后面的休息间里擦粉底和口红的。

"你今天是怎么了?"尼娅姆朝墙上的大钟努了努嘴问。

"你指什么?"

"现在还差一刻钟才到九点啊,"尼娅姆说,"你不仅早到了,而且还化好了妆,另外,你看上去美极了。"

"谢谢。"婕玛说,"你的意思是我平时看上去很差劲?"

"你知道我的意思是什么,"尼娅姆对她说,"自从我认识你以来,婕玛·加维,你从来都没在九点钟准时到过。到底怎么了?"

"别笑话我。"婕玛边挂夹克边对她说。

"我不会的。"

"大卫前天晚上来过了,"婕玛说,"我们一起分析了一下我的财务状况。他告诉我让我作一些储蓄,另外还教我如何把生活安排得有条理些。"她笑了。"我们在一起的时候,他说这些我从来都不想听,可这次我听得很认真。他的话很有道理,只是比较难以接受!不过他态度很好,也很肯帮忙,我觉得我需要打理的不仅是财务问题,而是我的整个生活。"

"上帝。"尼娅姆说。

"所以我开始打理生活了。其中一件事就是从现在开始,我不能再迟到了。"

尼娅姆朝她坏笑了一下。"但我知道你还是会迟到的。"

婕玛笑了。"不会的。你现在看到的是一个崭新的、生活有规律的婕玛·加维。"

"顶多一个星期。"尼娅姆说。

"哎,对我有点儿信心吧。"婕玛把梳子从消毒机里拿出来,准备迎接一天的工作。

基林坐在她的课桌上,脚放在椅子上,旁边坐着肖娜。她们在等麦格拉斯小姐来上经济课。她抠着自己大拇指上残留的珠光粉色指甲油。在学校是不可以涂指甲油的,可基林觉得珠光粉色很淡,侥幸地希望大家不会注意到。婕玛在早餐的时候还是发现了。她让基林把它弄掉,基林不同意,可这一次婕玛非常坚持。她们大吵了几分钟,最后婕玛告诉基林如果她不把指甲油弄掉的话,婕玛会亲自帮她洗掉。基林只能妥协,可洗甲水并不好用,最后还是留下了些斑斑点点。而这些斑点让她烦透了。

"你愿意让你爸爸晚上过去吗?"肖娜问道。基林把昨天大卫去她家和婕玛讨论财务问题的事告诉了肖娜。

"那感觉很好,"她承认道,"我觉得我们又是一家人了。我知道这想法很不正常,肖娜,不过那真的很能安慰人。"

"他们的关系好些了吧,你妈妈和爸爸?"

"这事才最蠢。"基林把眼睛前面的头发撩了起来,"自从他娶了奥尔拉以后,他和妈妈的关系比以前好了很多。我只见她生过一次气。他们之前整天都在吵架。"

"可能他现在和别人一起生活,才更明白你妈妈有多好。"肖娜猜测说。

基林皱了皱鼻子。"可那说不通啊。我以为他时刻都不想离开奥尔拉呢。不过,"她接着说,"上个星期她出去上课了,所以他才能到我家来。"

"你和她相处得怎么样?"肖娜看到基林突然很想谈论她家的事,恨不得能多问一些。在肖娜看来,基林总是隐藏着自己的想法,不愿意和人讨论。

"还好吧,我想。"基林耸耸肩说,"我几乎见不到她——我们每周和爸爸吃饭的时候,她都会回她的父母家。"

"你们昨天去了什么有趣的地方吗?"这是父母离婚的一大好处,肖娜想,如果父母在一起的话，就不可能那么频繁地出去玩了。菲茨帕特里克一家很少出去吃饭，可基林却总有机会到不同的地方吃东西。

"他带我们到马拉海德去了。"基林说，"真是浪费时间！不停地从一个地方到另一个地方。我们到一个酒吧去吃午餐，那儿还不错，然后我们又绕着码头走了一圈，实在是太无聊了。昨天风刮得那么大，我都要冻僵了。"

肖娜咯咯地笑了。"我昨天和贝吉和斯蒂芬还有一个小婴儿在一起。很有意思。"

"贝吉怎么样了？"肖娜的姐姐刚刚生了第一个宝宝。

"她很好，"肖娜说，"有点儿疲倦，给我们讲了生孩子有多可怕，"她浑身抖了一下，"听起来特别恶心，我非常肯定自己绝对不会要孩子了。"

"而且如果那孩子有可能会变成帕特·莱西的话，就更不能生了。"基林朝着教室里的一个同学努了一下嘴。

"可怜的帕特，"肖娜说，"每天早晨看到自己那张脸，真是难以想象。"

基林看了一下帕特那张长满痘子的脸，做出了一个感谢上帝的手势，对她来说，青春期最多也只是额头上长一颗小痘痘而已。

"嘿，基林！"

她回过头去，看到唐尼·格利森朝她走过来。她和唐尼非常熟，因为他就住在她家附近，而且他是她在入学之前就认识的这所学校里唯一的男生。他和她上同一个法语班，但此刻他绝对不应该在二号教室里，因为他读的是理科，不是经济。

"嘿，唐尼，怎么了？"

"有人让我带话给你，"他说，"是马克。"

"马克？"

"马克·迪宁。"唐尼不耐烦地说。

"哦。"

"他想知道你愿不愿意和他一起去艾丽森·福格蒂的派对。"

艾丽森·福格蒂和基林在一个班。这所学校的很多学生家里都很有钱，而艾莉森则是其中最富有的那个。她也是全年级年龄最大的学生，和她做朋友会很有面子。基林从来都不在她的好友名单里,不过艾莉森想办一个最大型的派对,所以她几乎邀请遍了全年级的人。

这是第一次有人想和我约会——虽然不管怎样我都会去那里的!这个想法在基林脑海中雀跃着。她突然意识到肖娜正坐在旁边,听着一个男生让别人带话约自己去一个派对。

"为什么他不自己来问我?"她问。

"因为你一直都对他视而不见,"唐尼说,"他有点儿怕你。"

"我要和肖娜一起去。"基林说。

"哦,我无所谓,"肖娜撒谎道,"你愿意的话可以和马克一起去。"

"我不能那样做,"基林说,"我说过要和你一起去的。"

"我觉得我们可以四个人一起去,"唐尼说,"你愿意吗,肖娜?"他看着肖娜,基林突然发现他很紧张。他想约肖娜,基林想,他喜欢她!

"你说呢,基林?"她的朋友问。

"听起来挺好玩。"

"好的。"唐尼朝着她们两个开心地笑了,"我去告诉马克。棒极了!"

他走出了教室时,教经济课的老师正好走了进来,命令基林从桌子上下来,好好地坐在座位上。

奥尔拉被堵在了唐尼布鲁克,心里充满了怒火。为什么他们要在路中间挖一个大坑呢?这样就只剩下一条车道了。她看了看手表。她约了一个律师事务所的合伙人在斯蒂尔奥根见面,现在已经过了时间。之前和布兰卡厨房装饰公司的达蒙·希金斯的见面完全没有任何成绩。希金斯好不容易才答应和她会面,她本希望可以把他们变成她为塞雷纳签的第一张大单的,因为到现在为止,她刚刚签到一些个人客户,只能算是成绩平平。她的队员进展得也并不顺利,这让她感到压力很大。布兰卡厨房装饰公司是她的一个好机会,可以让她在塞雷纳一炮打响。可等了这么久才见到他们的经理,结果却还是一场空。他一直在抱怨他们的行业利润很小,竞争压力又大,所以没有绝对的必要再为员工提供额外的福利了。在达蒙·希金斯看来，退休计划离他们的需求还非常遥远。

奥尔拉真希望他一开始就告诉她不要对他们抱任何希望，这样，她起码不用把他们所有关于厨房卫浴的宣传单都细细地看一遍了。

她换到一挡，往前挪动了三四米远。这简直是不可思议，她想，在这个城市里开车根本就是件不可能的事，然而从芬格拉斯到斯蒂尔奥根没有第二条路可以选择。她拿出手机，打给了那家律师事务所。

"请找一下汤姆·曼尼恩。"她说，"嘿，汤姆，我是奥尔拉·埃内西。对不起，我被堵在唐尼布鲁克了，看这个状况我可能还要十五分钟才能到你那儿。"她因为说谎而挤了挤眼睛，显然她要用的时间不止于此。汤姆·曼尼恩告诉她说，半小时后他有个会要开。奥尔拉咬住了嘴唇。她至多只有十五分钟的时间去说服他了。她挂掉了电话，用手按着自己的额头。此刻的她头痛欲裂，而且连脖子也感到很不舒服。

车龙又向前移动了几步。她不可能准时到曼尼恩的办公室了。她生气地用力捶了一下方向盘，电话响了。

"你好。"她说，心里想着是不是汤姆想要改时间。

"嘿。"

奥尔拉舔了舔嘴唇。"乔纳森？"

"还能有谁呢？"

"你在哪儿？"

"家里啊。"他回答说。

她想着他坐在那间铺着陶瓷地板、装着绿色暖炉的大厨房里的样子。"你在干什么？不用上班吗？"

"很多事我都可以在家做。"他告诉她说，"我正在桌子前面想着一个关于排风管道的问题，突然就想起你来了。"

"我能让你联想到排风管道？"

他笑了。"当然不是。不过我看着这张图，绞尽脑汁想着我应该怎么做，结果想到我应该做的就是把你搂在怀里。"

"乔纳森！"

"有什么问题吗？"他问。

"当然有。"她生气了，"我结婚了，乔纳森。"

"可你过得很痛苦。"他说。

车子又向前挪了挪。奥尔拉慢慢地挂上了自己那部本田车的挡位，后面的司机在冲她按喇叭。

"喂，着什么急！"她喊着。

"什么？"乔纳森问。

"我没说你。"她说，"我正在开车呢，唐尼布鲁克正在大塞车，我已经迟到了，后面那个傻瓜还在朝我按喇叭。"

"这就是住在城市里的问题。"他说，"想象一下，奥尔拉，如果你和我生活在这里，唯一需要担心的是就是隔壁邻居的羊群了。"

她沉默了。

"我想你。"他说。

"乔纳森，我知道我给了你我的手机号码，可我从来没想到你会打过来。"

"如果你不想我打给你，就不应该给我号码。"乔纳森打趣她说。

奥尔拉的心在狂跳。和乔纳森一起生活这个想法实在是很诱人。想着他之前用手环着她的腰，轻吻她的颈项、她的脸、她的嘴唇——想到他亲吻她的嘴唇，她闭上了双眼。后面的司机又开始按喇叭了。她睁开眼睛，往前挪了一米。

"奥尔拉？"

"乔纳森，我没办法和你在一起，就是这样。"

"你快乐吗？"他问。

"现在不。"她说，"堵车已经把我折磨死了。我刚刚结束一个糟糕的会面，而且还耽误了下一个。我完全谈不上快乐。"

"我的意思是和老船长在一起。"

"别这么叫他！"她告诉他她的丈夫喜欢出海之后，他就给大卫起了这个外号。

"我爱你,"乔纳森说,"我一直爱你,而且会永远爱下去。"

"你这样很傻。"奥尔拉在坐椅上擦着手心冒出来的汗水。

"我说的是事实。"

奥尔拉什么也没说。

"你希望我挂电话吗?"

"不,"她说,"你最好能跟我说说话。反正我哪儿也去不了。"

"我有过很多女朋友,"乔纳森说,"这个你一直都知道,但我对她们的感觉不及对你的一半。"

奥尔拉咬住了嘴唇。

"马蒂告诉我你结婚的消息时我根本没办法相信。我真的不能相信。我说,奥尔拉不会的,奥尔拉没有时间结婚,奥尔拉一直想要过自己的生活。"

"结婚不是生活的一部分吗?"她打断了他的话。

"对你来说不是。"

她挂上了挡位。这一次她应该可以开十米的距离。

"奥尔拉,如果你真的很爱他,那么我绝对不会打扰你的生活。你知道的,我不会。但如果你并不开心,那么就应该做一些改变了,在你浪费掉你的人生之前。"

"我没有浪费我的人生。"她说,她开到了路上挖的大坑旁边。只要车队再动一动,她就可以开过这个大坑了。前面的路相当通畅,或许她可能赶得及和汤姆·曼尼恩谈一谈。

"如果我没有碰到你的话,应该不会主动和你联络的。"乔纳森说,"这看起来像是命运之类的事。"

"别胡扯了,"她尖酸地说,"你根本就不相信命运。在我的记忆中,几年前我们曾经激烈地讨论过这个问题。"当时他们喝了很多酒,最后的结果是一个浪漫之夜。奥尔拉希望她没有记起这件事。

乔纳森咯咯地笑了,他也清楚地想起了这段往事。

"我喜欢和你聊天。"他说。

"好啊,可这次谈话就要结束了。"她边说边挂上了一挡,开过了那个大坑,"我已经开过了拥堵的路段了。现在要赶着去见客户,不能跟你说了,乔纳森。"

"你爱我吗?"

她开始加速。"不。"她说。

"你关心我吗?"

她换了条车道。"当然。"

"你会打电话给我吗?"

"我不这么认为。"

"为什么?"乔纳森问。

"因为我不觉得那是个好主意。"她说。

"我们是老朋友。"他告诉她说。

"我们是老情人。"她又一次尖酸地回复道,"这两者完全不同。如果你想和老朋友见面,给艾比打个电话就行了。我相信她会很愿意接到你的电话的。我觉得她一直喜欢你。"

"哦,奥尔拉,你在说傻话。"

"我没有。"她又换了一条车道,从内侧超过了一辆开得很慢的菲亚特,"听着,乔纳森,我必须要挂了,我太忙了。"

"好的。"他说,"记住,如果你需要的话我会随叫随到。"

"我会记住的。"她边说边超过了另一辆车。

十几分钟后,她到达了曼尼恩与巴蒂斯特公司。

"对不起,"前台对她说,"汤姆让我告诉你他去开会了。他建议你打电话过来重约时间。"

奥尔拉咬了咬牙,闭上了眼睛。她觉得简直要哭出来了。

"好的。"她最后说,"告诉他我很遗憾错过了这次会面。"

她转过身走出了那间办公室。直到在回去的路上,她才意识到应该问一下那位接待人员她是不是已经买了保险。

第三十章

婕玛自从莉斯和罗斯·哈灵顿见面那天后就再没有见过她。莉斯给她打过电话，告诉她一切都进展得很顺利，她和每个人都相处得很好，罗斯也非常贴心。婕玛听着她妹妹兴奋的口吻，心里想着这一次说不定莉斯真的遇到了她的真命天子了。可如果这个真命天子是个离过婚、带着孩子的男人，这件事就变得有点儿讽刺。她想象着弗朗西丝会对莉斯的这段感情作何反应。她情不自禁地在脑海中勾勒着母亲听到莉斯居然会想和一个被妻子抛弃的男人组合新家庭时惊诧不已的样子。

我想知道如果是大卫主动离开我的，我会有何感受？她边从楼梯下面拿出吸尘器，开始她每周日的清洁日程，边在心里盘算着。如果不是我引发了这件事，又会是怎样呢？我想我应该无法忍受吧。

她看了看表，大卫应该马上就来接孩子了。以前，基林很喜欢和爸爸出去，可现在她越来越不喜欢出去了。今天她就说有很多功课要做。婕玛看到女儿对做功课这份反常的兴趣，实在有些不知所措。她当然愿意鼓励女儿用功学习，但她却没办法不怀疑基林只是在等着大卫和罗南离开后，马上跑到肖娜·菲茨帕特里克家去。

她走上楼，敲了敲基林的房门。

"进来吧。"她女儿说。

婕玛打开门，走了进去。基林正坐在她的书桌前，桌上摊着她的数学课本。

"做得怎么样？"婕玛问。

"哦，还好。"基林叹了口气，"数学实在不是我的专长。"

"也不是我的。"婕玛承认道。

"我喜欢语言。"基林说,"我的法语、德语和西班牙语都还不错。当然英语和爱尔兰语也不差。虽然地理麻烦一点儿,但我的分数也能过关。可是数学——我永远都搞不定。"

"我最强的科目是家政,"婕玛说,"当然也只是烹调那部分。家庭管理我可是一塌糊涂。"

基林朝她笑了笑。"不过现在爸爸已经帮忙解决了。"

"只要我能严格按他的计划做就行。"婕玛说。

"我喜欢他在这儿,"基林说,"感觉很好。"

"我知道。"婕玛说。

基林皱了皱眉头。"你曾经想过不应该和他离婚吗?"

婕玛认真地思考了一下。"没有。"她告诉基林,"有时候我确实希望你爸爸在身边,但原因是因为我觉得有些事我一个人做不到。最初我想可能不应该离婚,是因为整件事很难接受。但这个决定是正确的,基林,即使有时候表面上看上去好像不是那样。"即使他现在又再婚了而我却没有,也不意味着我的决定就是错的,她暗自想道,虽然有时候我心里也不免怀疑。

"我觉得有一天他还是会回来。"基林说,"他觉得他想念我们。"

婕玛摇了摇头。"不会的,基林,我不希望出现那样的事。"

"我知道,"基林说,"但有时候这样想想也挺开心的。"

"今天下午你会和爸爸出去吗?"婕玛问。

基林叹了口气。"必须吗?"

"这是我们抚养权的协议。"婕玛说。

"但我也有权说我想要什么。"

"我会和你爸爸谈一谈这件事。"婕玛说,"不过我还是希望你今天能和他出去,除非你真的有很多功课要做。"

"为什么?"基林问,"我们不在的时候,你要做什么吗?"

"给你们洗衣服,"婕玛摸了摸基林的头发,"打扫卫生间,吸尘。很多有趣的家务事。"

基林合上书本，咧开嘴笑了。"哦，好吧。反正我已经做完功课了，我还是尽尽做女儿的义务吧。"

"太好了。"婕玛亲了亲她的额头。

大卫来晚了，他到的时候已经一点钟了。

"对不起。"婕玛开门的时候他说，"我实在没办法。"他没告诉她之所以迟到是因为奥尔拉想和他谈谈，想坐下来把事情都讲清楚。他说他非常想和她聊聊天，但今天不行，今天他要去见孩子们。她看上去很不开心，他觉得有些自责。而他出来之后交通又堵得一塌糊涂。

"我想问你一件事。"他跟着婕玛走进厨房时说。

"什么？"

"下个月就是我父母的金婚纪念日了，他们希望你和孩子们过去和他们一起庆祝。"

"哦。"

"婕玛，你知道你和他们一直相处得很好。他们也很爱孩子们，很希望你们能过去。"

"奥尔拉会去吗？"婕玛问。

"你觉得呢？"大卫耸了耸肩，"她肯定会去啊，婕玛。如果你不想去，我当然也可以理解。不过爸爸妈妈真的非常希望你能去，我也是。"

"为什么帕齐和布莱恩不亲自问我呢？"婕玛问。

"他们怕你拒绝。"大卫说，"我告诉妈妈我会劝你去的。"

"你怎么觉得你就能成功呢？"婕玛问，"把我捆起来绑去？"

"当然不是！"

她笑了。真奇怪，她想，最近和大卫说话她居然总是会大笑。"开玩笑的，大卫。"

"哦。"

她叹了口气。"和奥尔拉相处，有点儿困难。我知道我应该可以处理那个局面，但是——"

"你不用和她讲话。"大卫说。

"我知道。"

"其实与其说你怕见到她，不如说她更害怕见到你。"

"你怎么会这么想？"婕玛问。

"哎，婕玛，你比她年长，比她成熟，比她更会为人处世。"

"什么？"她盯着他，"我才是那个连财务都弄不清楚的人，记得吗？为人处世一向不是我的特长。"

"婕玛，你已经把一切都料理得很好了。"大卫说，"我知道我经常说你不会理财，但其实生活中的事绝不止理财这一件。你把孩子们抚养长大，你工作，你打理家务——这些事都很不容易，婕玛。"

"不是的。"婕玛说。

他用双手握住她的手，"说真的，"他对她说，"我之前太不懂得欣赏你了。真的。"

"别傻了。"她对他微笑道。

"你会来吗？"他问。

"什么时候？"

"他们的纪念日是二十九号，但那是个周四，他们想在周五办派对。"

"在哪儿？"

"就在家里。"大卫说。

婕玛做了个鬼脸。帕齐和布莱恩住在坦普里奥格的一栋非常大的房子里，那可是个办派对的好地方。她在和大卫离婚前去过那里很多次，但她真的很不希望派对是在那里举行。那就像是回到了往日的生活，而她现在想的是未来。

"哦，好吧。"她有些无奈地说，"不过我希望得到一份正式的邀请。我可不希望大家不知道我们会过去。"

"他们不准备寄请柬。"大卫笑了，"这是次很随意的聚会，婕玛，只有亲人和朋友。"

"还有前妻。"她淡淡地加了一句。

大卫看上去很糟糕，婕玛看着他带着孩子们上车时想，他的黑眼圈很明显，而且看到孩子们下楼时，他的笑容也显得很勉强。婕玛本来想问他发生了什么事，但又怕显得自己太过多事。也许他只是遇到了一个难缠的客户。他们没离婚的时候，他会因为生意进展不顺利或是丢了一个重要客户而变得疲惫焦躁。婕玛十分惊讶自己居然还是很关心他。她觉得他今天实在是没有心情带着基林和罗南出去打保龄球，或是看电影，或是做什么别的事情。自从上次奥尔拉给基林准备了有肉的意大利面之后，他就再没有带他们回过家。

想到这儿，婕玛淡淡地笑了。事实上，她觉得奥尔拉也挺可怜，她可能是太紧张了，于是反而出了错。看来我是老了，才会变得这么包容，同情那个红头发小贱人实在不应该被列在我的日程表内啊。她边用吸尘器吸着地板，边哼起了歌——虽然弗朗西丝一直说婕玛五音不全，但她还是很喜欢在做家务时听着自己的歌声伴着吸尘器的嗡嗡声。

"一切——会更好！"她拉着吸尘器从客厅一直唱到了走廊。她每次都会唱她年轻时代流行的歌曲，霍华德·琼斯[①]一直占据着她心里一个柔软的部分。

她突然看到地上有个人影，这才知道有人站在了门口，不禁吓了一跳。他在那里多久了？她关上了吸尘器，希望刚才吸尘器的噪声盖过了她的歌声。她打开了走廊门。

"哦！"她吃了一惊。

"哦？"萨姆·麦科尔根应了一声，"这就是我受到的欢迎吗？"

"不。"她盯着他，慢慢地回答了一句。他的头发剪短了，而且打了发蜡，这让他看起来更年轻了。"不，当然不是。你怎么样？"

"很好，"他说，"你呢？"

"我也是。"她庆幸自己没有穿着一件皱巴巴的衣服打扫房间。因为大卫

[①]霍华德·琼斯，美国歌手。

要过来，所以她选择了一条宽松的黑色裙装。那是条旧裙子，穿它是想表明自己要开始严肃的生活了。她希望自己看起来理性而有责任感，这裙子正合适。而且它剪裁得当，让她可以显得苗条些。

"你看上去很不错，"萨姆说，"皮肤还是有点儿黑呢。"

婕玛笑了。"我很容易晒黑，而且会保持很长的时间。现在已经不流行这种肤色了。"

"看上去很健康。"萨姆说。

"谢谢。"

他们站在那儿面面相觑。她必须强迫自己才能把目光从他脸上移开。

"我打扰你了吗？"他最后问，"你很忙吗？"

"哦，没有。"她回答道，"只是在打扫房间。"她在喉咙里咕哝着。这话听上去也太土气了，让她觉得自己完全就是一个住在郊区的无聊的中年妇女。她应该说自己正在冥想。

"我听到你吸尘的声音了。"萨姆说，"我按了好几次门铃。"

"对不起。"

他耸了耸肩。"没关系。"

"我没听到门铃。"婕玛解释说，"我在走廊看到了你的影子。"

"如果你很忙的话，我真的不想打扰——"

"不，没什么打扰的。"

"如果是那样的话，"他朝她微笑着，"有没有可能让我进去呢？"

"哦，可以，当然。"她打开了门。"别绊到电线，"她提醒他说，"你可以到厨房去，直接往前走就是。"

萨姆迈过电线，走到了厨房或者说是餐厅里。这房间非常温暖，他边环顾四周边想。金属的燃气灶嵌进了浅色的山毛榉操作台里。墙面上挂着一个个小相框，里面是基林和罗南的照片。角落里电冰箱的门上贴着五颜六色的冰箱贴。一摞刚刚洗好的衣服被摆在了操作台上。

"抱歉。"婕玛跟着他走进了厨房，把衣服拿了起来。

"没关系，婕玛，"他说，"不用忙了。"

"你想喝点儿什么吗？"她一边把衣服放到墙角的一个篮子里，一边问他。她顺势把自己那件白色蕾丝胸衣塞到了罗南的彩色T恤衫下面。

"啤酒就挺好。"他坐了下来。

婕玛从冰箱里拿出一瓶百威啤酒，递给了他。

"谢谢。"他说，之后又望着她问，"你自己不要喝点儿什么吗？"

"我不渴。"她说。

他拉开了拉环，喝了一口啤酒。婕玛坐在了早餐桌旁的一把高凳上。

"这不公平。"萨姆说。

"什么？"

"坐在那儿，高过我，这样我会觉得自己像是你的孩子。"

她微微地笑了。"对不起。"

"我以为你会愿意看到我。"萨姆带着询问的口气抬了抬眉毛。

"我当然愿意。"婕玛说，"只是你怎么会过来？我们回来之后就再没有你的消息了——并不是说我盼着听到你的消息，"她迅速加了一句，"但你怎么会突然出现了？"

"我想见你。"萨姆说，"我之前没有联系你，是因为我需要鼓足勇气。"

"别胡说了。"婕玛短促地回答说。

"为什么我不能鼓足勇气呢？"萨姆问，"在葡萄牙的时候，你对我一直不太友好，所以，我觉得如果我来这里，你的态度可能会更糟糕。"

"我没有对你不友好。"她反对道。

"也没有多友好。"他对她说，"上帝可以证明，我简直是乞求你去和我喝东西的。"

婕玛什么都没说。

"我一到家就想给你打电话，"萨姆说，"不过我思考了一下，觉得最好还是再等一等吧。"

"别傻了。"

"你知道的，事实上好像是你在大学工作，而不是我。"他朝她笑着，"你和我讲话的时候，就像是在和一个两岁的孩子说话一样。"

她笑了。"也许是因为我是个做母亲的人。"

"我猜是吧。"

"萨姆,你能过来确实很好,但我今天真的有很多事要做。"

"打扫房间?"他看着她,"好了,婕玛!还有很多更有意思的事可以做。"

"比如呢?"

"我来是想约你吃午餐的。"

"午餐。"

"是的,"萨姆说,"午餐。"

"为什么你不打电话给我呢?"她问,"而且你怎么知道我住在这里的?"

"我知道你住在这里是因为孩子们交换了地址。"他告诉她说,"而且如果你觉得我会打个电话然后听你找借口拒绝的话,那显然你还是不太了解我。"

"你可能会碰到大卫,"她说,"或者是孩子们。"

他摇了摇头。"不,我不会的。"

"他每周日都会见他们。"

"我知道,"萨姆站起来,把剩下的半罐啤酒放在了桌子上,"你告诉过我,每周日十二点到一点之间接他们。"

"他今天迟到了。"

"是的,"萨姆淡淡地说,"我注意到了。"

婕玛突然意识到自己的心在狂跳。"你当时在外面?"

"当然。"他说,"然后我一直等着他的车开远,我怕他们因为罗南忘带了什么东西再回来。"

她温柔地笑了。

"所以呢,怎么样?"他问。

"去哪儿?"她问。

"我无所谓。"他笑了,"你喜欢去哪里都行,婕玛。"

"我不知道有哪些地方可以吃午餐。"她说。

"那就让我选择吧。"萨姆说。

她抠着自己的手指甲。"我不知道我能不能去。"

"为什么不能？"

"我有太多事要做了。"

"先放下别管。"他朝她做了个鬼脸，"忘了那些事。你不一定要今天完成。"

"哦，我要的。"婕玛说，"你不知道我一直都是严格按照时间表工作的！一切都计划好了。孩子们明天上学要穿的衣服需要都烫好。如果我不把家里清洁干净，就又要等上一个星期——"

"婕玛，婕玛！"他打断了她，"人生很短暂，你知道吗？"

"不，"她说，"事情是要做的。我计划好了，一切都已经安排得有条不紊。"

他看着她。他仿佛看到她的眼睛里浮起了泪雾，但他并不确定，因为她有着一双他见过的最晶莹的眼睛。

"婕玛，"他轻轻地说，"那些事任何时候都可以做。"

"不，我不能。"她对他说，"你不明白吗？我把一切都安排得很妥当，所以这个星期才过得很顺利。"

"为什么？"他问。

她盯着他。"因为如果不这样的话，孩子们就会吵吵嚷嚷，我也要四处找东西，然后我们就会大吵一架，他们会发脾气——萨姆，你可以做一个很随意的男人，家里怎么样都无所谓，但我不行。我是那种家政课能拿最高分的人，我擅长打理家务——做饭、洗衣服、打扫房间。没办法，这就是我。"

"你为什么会觉得我的家很糟糕？"他问。

她的脸红了。"对不起，我不该那么说。没有什么原因。我猜我只是有点儿偏见。刚遇到大卫的时候，他就是我所见过的最混乱的人。我用了一年的时间才教会他怎么用洗衣机。当然后来他改变了，"她加了一句，"他工作上越成功，在家里也就越讲究。"

"我不是大卫。"他静静地说。

这句话仿佛凝固在了空气里。婕玛咬住了嘴唇。

"不，"她最后说，"你不是。有一些地方你和他非常像，但在其他方面，你和他完全不同。"

"我不认识大卫,"萨姆说,"不过我不希望自己和他有一点儿相似的地方。"

他很不一样,婕玛想,她刚认识大卫的时候,他从不会这样和自己说话。

"我不知道你是什么样的人,萨姆。"她说。

"我希望给你一个了解我的机会。"

她看了一眼那堆脏衣服,还有那些已经洗好了等着熨烫的衣服。

"另外,"萨姆轻声说,"你去度假的时候,也没有这么在意烹饪或是打扫房间啊。"

"那不一样!"她告诉他说,"那不是真正的我。你可能喜欢在葡萄牙时的我,但如果是那样的话,你喜欢的就是度假时的婕玛,而不是真正的婕玛。"

"有这么大的区别吗?"

她叹了口气。有区别吗?她在度假的时候很开心,当然除了时常会担心基林爱上萨姆之外。可笑的是,此刻看着他穿着一件耐克T恤和一条灰色牛仔裤坐在自己面前,她居然没有度假时的那种欲望了,不过他依然是很有吸引力的,即使剪短了头发也是如此。那头发剪得也不算太糟糕,她想道,蛮适合他,虽然他长头发的时候非常迷人。想到他从沙滩上跑过来,衣服完全湿透了,头发沾在了头皮上,她不禁笑了。一个渔夫。上帝,她想道,她那个时候完全被迷倒了。这一次他完全没有让她想起以前的大卫。他是另一个人,虽然他的面孔依然迷人。不过他现在不是一个会让你的生活围着他转的男人。她没有那么强烈的欲望了。

事实上,婕玛希望对自己保持坦率,他确实依然让人激情澎湃。否认这一点根本就是在骗自己。

"婕玛,我喜欢你,我觉得我们相处得很好。"

"相处得很好?"她叹了口气,"我们在一起的时间还谈不上相处呢。"

"那是谁的错呢?"萨姆问,"我尝试了所有方法了!"

"哦,萨姆,我也很喜欢你,但这样做太傻了。"

"为什么?"他站在了她旁边,"为什么这样太傻?"

"我们是不同的人。"婕玛说,"你年轻,而且单身。你活得自由自在。而看在上帝的分上,我是两个孩子的母亲!"

"你觉得这就是我们不能相处的理由吗?"他棕色的眼睛研究着她的脸。

"不全是,"她在妥协,"但你的生活很不同,萨姆。"

"婕玛,你这样说太奇怪了。"萨姆说,"我喜欢你,你也喜欢我,这就够了。我只是请你吃个午饭!"

"可你之后可能会再邀请。"

"很可能。"他坏笑了一下,"我们会从喜欢变成很喜欢。但无论如何,我们不能空着肚子这样发展下去。"

"问题是孩子们。"婕玛绝望地说,"谁能猜到他们知道我们交往的话会有什么反应呢?尤其是基林。"

"婕玛,我每一周的每一天身边都围满了一群情感丰富的孩子,"萨姆说,"我非常了解那些孩子。在威克洛,我曾经带过一支十岁以下的足球队!而且说到基林,你只是在拿她当挡箭牌而已。"

"我没有!"

"每一次我想和你走近一步的时候,你都会把基林拿出来作为障碍,诸如说她有什么感觉、她会怎么想之类。"

"她是我的女儿,"婕玛说,"我关心她胜过一切。"

"我知道。"萨姆点了点头,"我百分之百明白,婕玛。但她是一个独立的人,你必须信任她。"

"我信任她。"婕玛辩驳道。

"对她来说,理解你们的离婚是一件很难的事,"萨姆说,"而再让她接受大卫又娶了奥尔拉的事实,就更是难上加难了。但她已经在尝试了,婕玛。"

"如果她觉得很难接受大卫和奥尔拉在一起这件事,就更没办法接受我们在一起。"婕玛对他说。

"谁说什么在一起的事了?"萨姆朝她笑着说,"我只是邀请你去吃午餐啊。"

她想和他去。她知道。

"为什么这对你来说这么难呢?"萨姆问,"是什么在阻止你呢?"

"我不知道。"这太疯狂了,她对自己说,他想你跟他一起吃午餐,你也想去,可你一直在找借口拒绝。为什么?

他望着她，而她则尽量收敛着自己的表情。可他看得出她的心里充满了疑虑，很多想法在交织着。

"你对自己的惩罚已经够多的了。"他对她说。

"惩罚自己？"她看着他，"为什么说我在惩罚自己？"

"显然你觉得自己应该为离婚而受到惩罚，"他说，"所以才不敢拥有自己的生活，婕玛。"

"我有自己的生活。"她反驳说，"我有工作，我会见朋友，我……"她住了口，艰难地咽了一下口水。

"生活里还包括很多别的东西。"萨姆想用手拉住她，可是却害怕那样会把她吓着。他为自己希望带走她的强烈愿望而感到惊异。在葡萄牙的时候，他就很吃惊她竟是这样深地吸引着自己，而听到她已经是两个孩子的母亲时更是完全惊呆了。当然，他看得出她已经不是十几岁的小姑娘了，但依然无法把她和两个孩子的母亲联系在一起。她看上去那么可爱。他喜欢她闪烁的眼睛、卷曲的头发，也喜欢她开心时微笑的样子。从那时起，他就一直盯着她看，哪怕是她被淋得像个落汤鸡，他依然迷恋着她。

"那是我的错。"她说。

"什么？"萨姆问。

"离婚。"

"你的错？"萨姆盯着她，"我以为你想离婚是因为他永远都不在你身边，因为你们都变了。这是你告诉我的，婕玛。"

她低下头望着自己的双脚。"我并不是一定要把他赶走。"她静静地说，"当然，他总是很晚才回来；当然，我觉得他和比之间的关系很蹊跷。但他对我并没有什么不好。他对孩子也非常好，还赚了很多钱来养家。只是我总觉得一切不应该是那样的，所以我让他离开了。"

"你那时并不开心。"萨姆说。

"是的。"她说，"但我把自己的感觉放在了其他人之上。我应该忍下去，可是我没有。"

"婕玛，你对自己太残酷了。"萨姆轻轻地把手放在了她的肩膀上。

"我应该再尝试一下。"她说,"我当时太想惩罚他了,萨姆,因为我总是见不到他,因为我不开心。但结果我惩罚的其实是孩子们,这就是为什么我很担心基林。好吧,她也许没有爱上你,但她需要一个你这样的人。她和你说的话远远多过和我说的,或者是和她爸爸说的。那当然就不正常了。"

"你的想法太过激了,婕玛。"萨姆说,"杂志里可能会说十几岁的孩子们会信赖父母,向他们倾诉,但我总觉得父母其实才是他们最不愿意去倾诉的人。"

婕玛笑了。"我觉得自己真失败。"她对他说。

"不是的,"他说,"你真的不是。"

她离开灶台边,走出了厨房。她不想在他面前哭,但她觉得有一种强烈的想哭的冲动,却不知道为什么。他身上的某种特质让她觉得他可以保护她、安慰她,可她不希望这样。

萨姆打开了客厅门。

"对不起,"他说,"我显然影响了你的生活。我让你伤心了,可这绝对不是我希望的。我想请你去吃午餐,我想让你跟我在一起的时候能开心些。"

婕玛看着他。他确实让她想起了很久以前的大卫。他带给她的感觉和那时大卫给她的感觉非常相像。在温柔、体贴之外,他其实是个爽朗、帅气而幽默的人——这也是当初大卫让她喜爱的地方。但在他们的婚姻中,这些特质全都消失了。她想要的比大卫能给的多得多,所以最后变得无路可走了。或者本来是还有路可走的,也许他们如果再努力地尝试一下,她就不用经历这样的分别之苦了。之前没人会跟你谈离婚是怎么回事,没人会告诉你让家人分离是一件多么糟糕的事。虽然这可能是你想要的结果,可它实在是太艰难了。

就是因为害怕再经历一次离婚,她才不想考虑再婚。但大卫显然已经抛开这样的担忧了。大卫再婚了,他找到了那个红发长腿小贱人。大卫显然一点儿都不担心再离婚之类的事情。

如果她今天不去的话,尼娅姆一定会对她失望的。她曾蜻蜓点水般地告诉过她有关萨姆的事,尼娅姆却兴趣浓厚地问她会不会再和他见面。她当时耸了耸肩,尼娅姆则大笑着朝她挤了挤眼睛,表示对她了如指掌。她此刻几乎可以听到尼娅姆在问她还在等什么。一个英俊的单身男人来邀请自己吃饭，这样的机会能有多少呢？尤其是在她这个年龄。

婕玛颤抖了一下。几个月以来，她几乎抛却了之前觉得自己已经人老珠黄的想法。她对生活的感觉好了很多，对目前的状况也变得满意了。她甚至可以面对大卫的再婚了。

但如果她也和别人约会……她实在无法想象和别人约会这件事。这仿佛是很久很久以前的事情了。在葡萄牙时是不一样的，度假的时候，什么事情都可能发生。但在都柏林的这个冷冷的秋天，事情远远比那时复杂得多。如果他之后不再打电话给她怎么办？她怎样让自己释怀？或者更糟糕的是，如果他们约会了一段时间之后，他觉得没兴趣了，那又该怎么办呢？人们会嘲笑她。婕玛·加维觉得一个那么英俊的男人会爱上自己，真是个白痴！

而且基林会怎么说呢？她知道，萨姆说的是对的，她喜欢他，但仅此而已。另外，自己确实也在拿基林做借口。但这也不意味着基林会乐于见到她和萨姆约会。如果基林很反感？她那时又该怎么做？

萨姆若有所思地看着她。"这真的是一个这么重大的决定吗？"他问，"如果因为我而让你这么为难，真的很抱歉。也许你是对的，婕玛，也许我在犯一个大错误。"

她转过脸去望着他。如果细想想，他和年轻时的大卫实在没有任何相似之处。大卫比他要高一些，头发也黑一些。另外，大卫的眼睛是蓝色的。大卫没有萨姆这样的耐心，就这样静静地倚着墙壁等着她回答。和他一起去吃午餐这个想法实在是太有诱惑力了。她实在想忘记打扫房间洗衣服这些琐事，做一些疯狂的事情。好像周日出去吃午饭也算得上疯狂似的，她心里暗想。

"我还是离开吧。"萨姆把手从裤子口袋里拿了出来，"是我的错，婕玛。我不想让你为难。"

"我决定了，我们可以去吃饭。"她一边说一边露出了一个谨慎的微笑。

他们去了"大象与城堡"。那是坐落在圣殿酒吧街的一间吵闹而欢快的餐厅。他们坐在窗边，萨姆叫了一份辣鸡翅。

"那菜又热又辣，"他告诉她说，"绝对美味。我经常在这里吃东西，鸡翅是我的最爱。"

"很好。"婕玛把她那件羊绒毛衣裹得更紧了。

"你冷吗？"萨姆问。

"不。"她摇了摇头。她在出门的时候想，那件黑色的裙子可能会让她显得很没精神，所以她又跑上楼去，拿了一件缀着珍珠扣子的软羊绒开襟毛衣，这样能提亮一下整体的颜色。不过她实在没有时间去选择任何首饰或者是涂点口红了。这是五年来她第一次和一个男人约会，可她居然连口红都没有涂。

至少我穿着自己最漂亮的内衣，她想道，虽然没多大用处。她里面穿的那套萝贝拉①，是她买给自己的三十五岁生日礼物。那件黑色的文胸和同色的内裤花掉了她信用卡上仅有的余额。她今天选了它的唯一原因是她所有其他颜色的文胸都在洗衣篮里，而她实在难以想象用其他颜色的内衣来搭配那条黑裙子。既然选择了黑色的文胸，她就一定会选择与之搭配的内裤。她并不是希望让萨姆有机会看到她的内衣，当然，穿上高品质的内衣确实让她整个人都变得自信起来。

"你度假回来之后都做了些什么？"萨姆问道。他用叉子叉了一下鸡翅，几滴橙子酱一下子溅到了他的额头上。

"没什么特别的。"婕玛回答说，"你呢？"

"开学的时候一般都会特别忙碌。"他擦掉了额头上的酱汁，"我一直都在安排课时，还有一些行政事务。"

"一定很有趣。"她说。

"是很有趣。第一个学期是最有意思的，因为会有很多新学生。"他朝她笑着，"他们本来可能是之前学校里最棒的，可来了以后却突然不知道周围的一切究竟是怎么回事。这应该是人生中非常重要的一段教育经历。"

"你真正喜欢做的事情是什么呢？"她问。

---

①萝贝拉，高档内衣品牌。

"什么?"

"如果你没有做行政这一类的事情,如果你没有学商科,你想做什么呢?"

"说真的,我想学数学。"

"数学?"她吃惊地看着他。

他点了点头。"那是我最喜欢的科目。这就是为什么爸爸会一直对我唠叨,他觉得只有天才才能明白数学是怎么一回事。"

"可你为什么没学呢?"她问。

"因为我不够优秀,"他说,"而且我太懒了。要想赶上那些真正有天赋的人,我必须付出很大的努力。恐怕我不太希望那样。"

"你算术如何?"她问。

"算术?"

"加减乘除之类的,还是你比较擅长方程?"

他笑了。"都还不错。"

"很好。"她坐回椅子里,"四百零六乘以八十五?"

"三万四千五百一十。"

"八千零三除以二十七。"

"二百九十六点四。"

"带你去超市用处很大,"她说,"这样我就不用带计算器了。"

"我在超市完全就傻眼了,"他说,"我总会买一些完全没用的垃圾回家。我也绝对不会拿一个计算器去,有什么用呢?"

"我会看一下价钱,"她说,"我买东西有预算。"

"钱不够用吗?"他问,"你生活很艰苦吗,婕玛?"

"我离婚之后看到了一些报道,上面说离婚后的女人生活水平会下降百分之七十五。"

"开玩笑!"

"那是一本美国人写的书,"她说,"所以可能完全是错的。关键问题是孩子们的花销非常大,可我在理财方面可以说是一塌糊涂。其他事情我都搞得定——你刚刚看到了,我简直是有洁癖。前几天大卫来帮我整理了一下财务状况，给了我一些建议。看来我并没有自己想象的那么糟糕，不过还是有乱花钱的坏习惯。计算器能帮我减少不必要的开支。"

"我在用钱上还是比较理性的。"萨姆说。

"你看上去可不像。"她对他说。

"为什么？"

"我觉得用钱理性的人，看上去应该像大卫那样——西服革履，头发整整齐齐的，鞋子油光发亮。"

萨姆笑了。"他也不是一直都那样吧？至少他今天看起来不是那样啊。我看到他了，记得吧？"

"他今天穿的是保罗衫和斜纹裤，这是他休息时的穿着。哪怕是休闲装，他也会把自己弄得非常整齐。"

"这真的让你很介意，是吗？他从一个邋遢鬼变成了整洁的人？"

她淡淡地笑了。"有一点。"

"就是那个时候，你们的关系才开始出问题的吗？"

"但并不是因为这个原因。"她喝了一口水，"萨姆，咱们能不再谈大卫吗？我无法想象现在我们坐在一起，话题却是我的前夫。"

他朝她微笑。"我也不想谈他，我只是希望表现得善解人意而已。"

"善解人意？"

"你明白的，感受到你所感受的，诸如此类的事情。"她盯着他，他突然笑了起来，"在你思考着自己该不该生气的时候，看起来很可爱。"

她不想笑，可是却控制不住。

"你也有着最漂亮的笑容。"

"别瞎说。"

"是真的。你难道什么都不想吃吗？"他把那碗鸡翅推到了她面前。

"当然要吃。"她拿走了一只鸡翅。事实上她并不太饿，坐在萨姆对面让她心跳不已，结果就什么东西都不想吃了。

"你想念我吗？"萨姆问。

婕玛笑了。"不！"

"谢谢。"他满面悲怆地看着她,"这真是个愚蠢的问题……"

"我想念度假的时光,"她说,"想念海的声音,想念沙滩埋住我的脚的感觉。"

"婕玛,你住的地方离海非常近。"萨姆说。

"那不一样。"她说,"如果你从我家走到海边,首先看到的就是鸽子笼、烟囱,还有港口的那些机器。那可一点儿都不美。"

"至少比我住的地方风景好。"萨姆说。

"你那边是什么样的?"婕玛问。

"我的窗子对面是另一栋公寓楼。"他告诉她说。

"你住在哪儿?"她问。

"格拉斯奈温。"他说,"离大学很近,至少比住威克洛方便多了。"

"塞利娜怎么样了?"婕玛问。

"她非常好。"萨姆叉走了最后一个鸡翅,"度假回来之后她情绪非常好!孩子们也比以前开心了。"

"我喜欢她。"

"她也喜欢你。"

"我或许可以给她打个电话。"

"那她肯定很开心。"

服务员走了过来,拿走了那只空碗。婕玛吃了两个鸡翅,其他的全都被萨姆吃掉了。他边吃边说的样子让婕玛觉得很奇怪。

她第一次和大卫出去吃饭的时候,他带她去了"烂人咖啡馆",那地方离这儿不足一百米。那是她第一次吃"比萨乐"——那种折起来的比萨饼。她当时根本不知道那是什么东西,所以才想点来试试。我后来再没有那样做过了,她突然间想,如果现在我不知道那是什么,我一定会先问。后来他们去了一家酒吧,但她不记得是哪家了。那晚她赶末班车回家。当然在此之前大卫把她按在了街边的墙上,深深地吻了她,她从来都没有经历过那样的吻。

"你还好吗?"萨姆打断了她的沉思。

"是的,很好。"

"你在思考。"他说。

"没想什么重要的事。我觉得你的头发剪成这个样子很不错。"

他笑了。"我本来想着来找你帮我剪头发的,后来我想你可能不太愿意那样做。"

"这发型适合你。"

"我一般在暑假会把头发留长,开学前再剪短。所以你正好看到了这个阶段的样子。你要是在学校看到我,肯定认不出我。"

"你还想吃些什么呢?"萨姆换了一个话题,"你今天几乎什么都没吃。别以为我在这儿只顾吃鸡翅,而没注意到你没吃东西。"

她笑着摇了摇头。

"甜品呢?"

她看了看菜单。吃甜品实在是一种犯罪。吃蜜糖果仁酸奶可能是罪行最轻的了,但无疑还是会在屁股上增加上几斤肉的。在诱惑面前还能不觉得饿可真好。

"酸奶还不错吧。"他建议道。

"咖啡吧。"她说。

"卡布奇诺?"

"好的。"

萨姆向服务员示意。他最后问了一下婕玛要不要甜品,但她依然摇头拒绝。食物不重要,和他在一起才重要,听着他讲话,了解他,喜欢他。他很值得人喜欢。简直完美得不真实了,她有些凄凉地想,一个英俊潇洒、性格和善的男人。他可能有着某些隐藏得非常深的秘密。

"为什么你想请我吃午餐呢?"服务员一离开她就马上问道。

"因为我想再见见你。"

"为什么?"

"为什么不呢?"

她把头发别到了耳朵后面,向前探了探身子。"你听我说,萨姆,虽然我看上去像是——像是在等着别人夸自己一样,可你其实有很多选择,为什么是我呢？"

萨姆向她靠近了一些，她马上挪开了身子。"我喜欢你。"他说。

"你喜欢我？"

"当然。"他微笑着，"我们在鲁伊的酒吧碰面的时候，你浑身都湿透了。那时我就想抱住你，让你能马上暖和起来。"

"你这是胡说。"

"当然不是！然后你跟我聊天了。"他把头歪向了一边，"你是一个很好的聆听者，婕玛，你倾听我说话的样子让我觉得自己很重要。你说那是美发师的职业病，也许是的，但你确实在认真听我说话。"

"听你说话很有意思。"她说。

"我可不是那种第一次遇到一个女人就和她谈我父亲的人，"萨姆说，"但我当时觉得自己好像和你认识了很久一样，婕玛，和你说话非常轻松。"

"你说得对，"她笑了，整个脸都容光焕发了起来，"这是美发师的职业病。"

"不只如此，"他说，"那感觉像是一见钟情。"

她希望相信他们是一见钟情的，但她并没有准备好完全相信他的话。"也许吧。"

服务员端来了咖啡。婕玛用勺子把上面的泡沫舀了起来，然后喝了下去。

"为什么人们会喜欢喝这个呢？"萨姆问。

"我也不明白。"她舔了舔勺子，把它放在了咖啡杯下面的浅盘上。

餐厅此刻已经很拥挤了。婕玛居然没注意到那里聚集了这么多的人，也没有留意身旁那些人满为患的餐桌和嘈杂的交谈声。她仿佛和萨姆置身于一个肥皂泡泡里，每个人都和他们保持着距离，无法碰触到他们。

"哦，我的上帝！"突然，她弯下身子，几乎是蹲在了桌子下面。

"婕玛！你怎么了？"

"是他们，"她小声说，"他们在找桌子呢，会看到我们的。"

"谁？"他问。

"大卫！还有孩子们。别转身，萨姆，求你了。"

萨姆没有理会她的请求，依然回头寻找着。他马上认出了基林，不过她正背对着他，没有看到他们。

"别担心。"他悄悄地对婕玛说，婕玛几乎都钻进了桌子里，"没有空桌子了。"

"他们可能会等。"她呻吟着，"我应该想到他们可能会来这家，罗南喜欢这儿。"

"除非他们等，否则恐怕他们什么也吃不到。"萨姆说，"而且我了解你的儿子，我觉得他是不会等的。"

萨姆是对的。他的话音刚落，大卫他们三个人就转身走出了餐厅。

"你可以出来了。"萨姆看着他们走去了舰队大街，对婕玛说。

婕玛坐直了身子，用手指理了理头发。萨姆大笑了起来。

"怎么了？"她问。

"哦，婕玛！你每天都在说自己已经老了，是两个孩子的妈妈，可刚刚你的表现就像是个十几岁的孩子，怕妈妈看到自己和男生约会似的。"

她情不自禁地咯咯笑了。"他们很有可能会看到我们。"

"那又怎么样？"

"哦，萨姆，你不能那么说。"

"我承认，"他赞同说，"这确实不是我计划中的一部分。"

"如果那样的话，简直就是噩梦。"婕玛说。

"但他们并没有看到我们，所以也没关系。"萨姆朝她一笑，"你躲在那里的时候真的很好玩。"

"好了，好了。"

他们对视着笑了。然后萨姆握住了婕玛的手，用他的手指包住了她的手。

第三十一章

萨姆把他开了四年的雪铁龙停在了婕玛家门口。她下意识地朝四周张望了一圈,看看是不是有什么熟人在附近。

"怎么了?"萨姆问。

她摇了摇头。"没事。"

"那为什么鬼鬼祟祟地到处看?"

"没有原因。"她转向他,"我要进去了。谢谢你邀请我吃午餐。"

"不邀请我进去吗?"他问。

"今天不行。"

他微笑着。"害怕了?"

"没有!"她没想到自己的声音居然高了一个八度。

"真的?"

"当然。"她冷静了下来,"我只是想在大卫和孩子们回来之前把衣服洗好。"

"希望森迪蒙特的浪漫永生。"他说。

"对不起。"她抱歉地望着他,"我很过分,是吧?"

他点了点头。

"下次吧,萨姆。"

"所以还有下次?"虽然他的语气是打趣的,可目光很严肃。

"如果你愿意的话。"她说。

"哦,我愿意。"萨姆说着用手指尖碰了碰她的脸颊,"我真的很愿意。"

他的触碰轻得让人难以察觉。她希望靠在他的怀里,把头靠在他强壮的肩膀上。强壮,是啊,她边想边心跳不已。可以依靠?——谁知道呢。

"我得走了。"她说。

"我会给你打电话的。"萨姆说,"下周末怎么样?"

"给我打电话吧,"她打开车门下了车,"我们到时再商量。"

"保重。"他说。

"你也是。"

她进门后飞快跑到楼上,对着浴室的镜子观察着自己。她的脸颊绯红,双眼闪亮,嘴角挂着难以掩饰的微笑。

她飞快地吸了地板,没有时间去理沙发和床下面了。然后她把那堆衣服全部塞进了洗衣机,可突然间想起了罗南的海军袜子会掉色。她马上想方设法暂停了机器,把那双脏袜子从里面捞了出来。上帝保佑,她暗暗想道,平时我可能根本想不到这一点,那样的话可就糟了,基林的校服很可能会被染成灰色。但这不是平时。她从没期待过这一天会这么完美,它真的很完美。

她用手抚摸着脸上萨姆刚刚碰过的那个地方。真傻啊,她想,她居然差点因为他抚摸自己的脸而昏过去,居然会想他的指纹可能会留在自己的皮肤上,真是愚蠢啊。可回忆起那个时刻,那实在是妙不可言。

她刚把衣服从洗衣机里掏出来,大卫和孩子们就回来了。她很开心他们看到自己在做着家庭主妇应该做的沉闷无趣的家务活。

"今天过得好吗?"她问。

"不错,"基林回答说,"爸爸带我们去逛街了。他给我买了一件新T恤!然后我们去运动咖啡馆吃了午饭。"

"新T恤!他很慷慨啊。"

"是啊。"基林说。

"运动咖啡馆怎么样?你们吃得如何?"

"很好。"罗南说,"那儿有跑车。我还坐进去试了试呢。"

"很好。"婕玛说,"能把脚从床单上拿开一下吗?"

"对不起。"罗南马上挪开了他不小心踩在刚洗过的床单上的脚。

"你今天做什么了?"大卫问,"有什么有意思的事吗?"

婕玛弯下身子去拿洗衣篮,这样大卫就看不到她脸上的绯红了。"我做的什么事你会觉得有意思呢?"她问。

"我也不知道。"大卫说。

"可不是嘛。"她直起身子,用手理了理头发。

"也许你下周末应该和我们一起去,"他建议道,"四个人去玩。"

她盯着他。"我不觉得奥尔拉看到我们那样做会高兴。"

"她不会介意的。"

婕玛看到基林和罗南都靠在墙上看着他们。

"你们两个没什么别的事要做吗?"她问。

"没有。"基林说。

"那就把这些东西拿上楼吧。"婕玛把一篮子衣服递给了她。"罗南,去洗洗你的脸。真脏。"

基林不情愿地接过了洗衣篮,离开了那个房间。罗南也跟在她后面慢悠悠地走了。

"你不应该那么说,"他们离开后婕玛对大卫说,"这会让他们误会的。"

"误会?"

她耸了耸肩。"误会我们还是一家人?"

"我们本来就是啊。"大卫说。

"我们不是了。"婕玛说,她靠在了厨房的台板上,"而且我也不愿意跟你和孩子们一起出去,大卫。我们以前有很多机会那样做,但我们都没有做。"

"啊,"大卫说,"你又旧事重提了,婕玛。"

"我没有,"她坚定地否定说,"我只是实事求是。"

他有些惊讶地望着她。她从来都没有用这样的语气和他讲过话。他印象中婕玛的语气总是在请求,或是无助,或是气恼,但不会是这样仿佛掌控了大局一般。今天的她非常不同。而且她的样子也变得不一样了,他突然意识到了这一点。她的双颊绯红。最近他每次见到她,她仿佛都比之前更美了。没多久前，她还总是一副疲惫的样子，但今天——今天的她真的是美极了。她看上去完全就是那种男人见到就马上想约出去的女人，那种你希望回家的时候会在那里等你的女人。

奥尔拉听到大卫开门的声音，一下子跳了起来。她把一大摞照片掉到了饼干色的地毯上。"你今天晚了。"她抬头看着他走了进来。

"不算太晚。"

"要喝咖啡吗？"

他摇了摇头。"你在干什么呢？"

"看一些以前的东西。"

他坐在了她对面的那张扶手椅上。"旧照片？"

她耸了耸肩。"我把一些旧东西都拿了出来。"

"为什么？"

"哦，扔掉。"

"照片又不是垃圾，"大卫说，"照片很有趣，而且我从来没看过你以前的照片。"

"你不会想看的。"

"我想看。"他说。

她又耸了耸肩。"里面的人你都不认识。"

他拿起了一张照片看了看。奥尔拉，她的朋友艾比，还有另外两个他不认识的女孩子，四个人手挽着手大笑着站在三一学院的门廊上。奥尔拉的头发比现在长一些，梦幻般的发卷四散在脸周围。

另一张照片。这一次奥尔拉穿着一条珍珠白的裙装，戴了一条银项链。她的旁边站着一个身穿燕尾服的男子。

"这是学院舞会。"她马上说。她刚刚正在回忆这件事。那晚她喝醉了，是她一生中醉得最厉害的一次。但她还是等乔纳森消失在她的视野里后，才到垃圾桶旁大吐特吐了一番。

大卫把照片从头到尾看了一遍，大部分照片都是同样的几个人，每个人都笑得很开心。奥尔拉是其中笑得最灿烂的一个。

"你大学时代过得很开心？"他说。

"是的。"

"你现在还和这些人见面吗？"他问。

"艾比，当然了。"她说。

"其他人呢？"

"这是瓦莱莉，你不记得我参加过她的订婚派对吗？"

大卫点了点头。"那个男生呢？"

"乔纳森，"她说，"我上学的时候和他约会过。"她努力保持着声音的镇定，即使是在他看着她的时候。"那是马丁，艾比以前曾经和他在一起过。这几个男生是斯蒂芬、格雷汉姆和肖恩，他们很有趣，总是做一些疯狂的事情。"她短促地笑了一声。"我猜他们现在仍然那么疯狂地生活着。"

"为什么你会这么想？"

"为什么不是？"她问，"他们很可能还住在一起，租房子，每晚都出去混，吃一些乱七八糟的东西。"

"你更喜欢那样吗？"大卫问。

"跟什么相比？"

"跟和我一起生活相比。"

奥尔拉突然感到眼泪一下子涌进了眼眶。十分钟前她也许更喜欢那样。十分钟前她正在想自己为什么浪费青春，生活得像老太太一般。她最疯狂的时光也不过是和艾比住在一起时而已。即使是那个时候，她的日子也谈不上疯狂，不是学习，就是工作。她总是把别的事情放在享受生活之前。

"奥尔拉？"大卫望着她，"你之前想要谈一谈，那时候我没有时间，现在谈怎么样？"

她现在没办法和他谈。她此刻心里挂念着乔纳森·帕斯科。如果现在和大卫谈，那么她一定会说出一些令自己后悔的话来。她需要先想想清楚。

她摇了摇头。"现在不行。"

大卫凝视了她片刻。"好吧,"他说,"但别指望我会一直等着你。"

  每个人都会在塞雷纳人寿保险公司的团队会议上营造友善的气氛。新来的人会为大家煮咖啡,团队主管会准备饼干。会议不会在那间让人紧张的会议室举行,而是会选择它附近那些小一点儿的房间。但会议本身永远不会是友善的。如果有一大堆人对你的客户名单指指点点,所有的褒贬都直接和你的提成有关系,那么这样的会议又怎么可能友善呢?无论你在哪里工作,团队会议都是一个样。可奥尔拉在格雷维塔斯开团队会议时,可从来没像在这里这么担心过。
  她看了看表,八点五十五分。会议九点整开始。她想道,一会儿会听到队员大谈着各自的优异表现,然后他们会暗示让她谈谈她的出色战绩。可那是不存在的。就目前的状况来看,她实在没什么战绩可言。她简直无法想象何时才能重新找回自己在全国保险行业最出色的公司之一得到第四名优异成绩时的那份自信。她绝望地想着,那个时候她能做到的,为什么现在却不能了呢?
  当然,作为团队主管,别人没办法击倒她,至少在会上是不能的。他们当然会知道,她的业绩实在不怎么样,但对他们来说这并没有什么所谓。她的工作就是要鼓励他们,给他们一些新想法。她的团队不会在乎她个人的业绩有多糟糕。但鲍勃·墨菲显然会在乎。
  她是最后一个走进房间的。强烈的灯光照在头顶上,让她觉得很不舒服。她很想把灯关掉,但外面的天灰蒙蒙的,不开灯的话房间里会很黑。
  她克制着自己的紧张情绪,清了清嗓子。她开会前总是习惯这样。她自己可能没有意识到,正是她这种柔弱的气质让她成功地完成了多次销售任务,人们不会认为这个美丽而害羞的红发美女会卖给他们一些没用的东西。
  "早晨好,"她说,"欢迎大家又一起迎来了一个新的星期。"
  那四个团队成员咕哝了一声。
  "上星期我们总体表现得没有那么好。"她又清了清喉咙,"梅芙做得很不错——拿到了三张单,总额比预期目标还要高。恭喜你,梅芙。"
  梅芙·伯内特是一个中年女人,对于销售退休计划来说,她算是起步很晚的了，可她的销售成绩一直很好。听了奥尔拉的赞扬，她礼貌地点了点头。

"肖恩，你这个星期的安排很满，可是却一张单都没有拿到。你认为原因是什么呢？"

"我也不知道。"肖恩坐进了椅子里，凝视着窗外，"我觉得一切都做得没什么问题，可结果却是这样。"

"有什么我能够帮忙的吗？"奥尔拉问。

肖恩意味深长地笑了一下。"这一点我非常怀疑。"

奥尔拉感到自己的脸一下子红了，但她什么也没说。"德克兰和以前一样顺利完成了任务，不过当然了，如果能够超额完成任务的话，对你的收入将意义重大。而且别忘了，如果能够再提高一些业绩，你就可能享受到光辉瀑布酒店的周末度假奖励了。"

奥尔拉太想到肯梅尔那家漂亮的光辉瀑布酒店去度周末了。她从来都没有去过那儿，但大卫去过。他曾经向她描述过那幅宁静祥和的图景。当你迈过那个门槛，便进入了一个如孩童般被溺爱着的世界里。塞雷纳人寿会奖励给销售成绩位列前五名的员工在那里度一个周末。几个月以前，她曾信心满满地准备迎接挑战，可此刻，能保住这份工作就已经是个奇迹了。因为她自己的销售成绩不佳，所以她需要依赖队员帮她完成任务。想到这里她觉得很不舒服。

"最后，格雷格。格雷格，你这周很糟糕，是怎么回事呢？"

"我才不在乎，"格雷格说，"我实在是够了。不错，我是在卖一些大家都需要的东西，可那实在也算不上多神奇的东西，对吧？我可不会因为自己置身在一幅公司自己绘制的发展图景里而觉得有什么可兴奋的。"

他打了一个哈欠。奥尔拉看着他说："我们私下谈吧。我不知道你是不是真的希望在会上说这些话。"

"随便。"

"好了，"奥尔拉说，"我再提醒一下大家我们的目标。这一周每个人都需要至少完成两份销售任务，当然，如果可以超额完成任务的话，就会有更多的奖金，周末去度假的希望也就更大。希望在光辉瀑布酒店度一个完美周末吗？我知道我很希望！"

"希望渺茫啊！"格雷格嘟囔了一句，坐在他旁边的肖恩笑出了声。

奥尔拉咬了咬嘴唇。如果她的队员不尊重她，那她就没办法管理他们了。可她的状况这么糟，他们又怎么可能会尊重她呢？她再次清了清嗓子。"现在谈谈大家的想法。谁有什么促进销售的好主意吗？梅芙，你这个星期有什么新打算？"

"我会给我负责的地区的几所学校做一个讲座，"梅芙说，"这属于他们的商业组织与社会事务课程的一部分。我会带上一些宣传册，让孩子们拿回家去。"

"非常好。"基林说，"其他人呢？"

"我已经把一些宣传册放到附近的一个划艇俱乐部去了。"德克兰说，"我明天晚上就会过去。"

"很好。"奥尔拉说。

"我这个星期的会面已经排满了。"肖恩说。

"你上周也是这样，但好像没什么效果。"奥尔拉对他说，"是不是你的交流方式有点儿问题？还是其他的什么原因？"

"我不知道。"肖恩说，"你觉得呢？"

"也许你可以示范一下你的讲解过程，让我们看看有什么问题。"奥尔拉说。

"明天吧，我半个小时之后有个会面。"

"什么时间都可以。"奥尔拉说，"请每个人都不要忘记，你们的销售成绩越好，收入就越高。我确信你们对自己的生活有着更高的期待——如果你能完成销售，这些梦想就可以实现！塞雷纳是一家很棒的公司，每个人的薪金都不菲，但薪水是支付不起名牌跑车的，所以加油吧！"即使是对她自己来讲，她的话听上去也相当的空洞。这一切的可信度实在是太低了。

会议结束之后，她和格雷格谈了一次话。"格雷格，你得振作起来。鲍勃一直在监督着我们这个团队的销售额。你上周一张单都没有签到，再上一个星期也只卖掉了一份产品，这实在不够。"

"如果每个人都加把劲，那我的表现也就无足轻重了。"格雷格反驳道。

"不是那样的，"奥尔拉说，虽然她心里已经是厌恶至极，却还在继续说下去,"每个人对团队来说都很重要。这一点你应该懂,格雷格,团队的整体表现是非常重要的。"

"也许我已经受够了和团队合作了,"格雷格说,"也许我更适合自己工作。"

"和团队合作要容易很多,"奥尔拉说,"我们可以相互鼓励。"

"那谁鼓励你呢?"他问。

"我承认,"她竭力地控制着自己的声音,"我本人对团队的贡献也没有那么理想,但那是我自己的问题,格雷格,不是你的。"

"如果你自己表现得不怎么样,那只是你的问题;但如果我表现得不好,你也会有问题。是这样吧?这才是事情的关键!你搞不定自己的工作了,所以需要我们给你弥补。"

"格雷格,没必要这样说话。"

"是啊,好吧。"格雷格耸了耸肩,"我已经烦了,已经烦了。我二十三岁了,奥尔拉,我希望我的人生不只是要告诉别人他们需要为自己有可能得的重病买一份保障。"

"那么你需要什么呢?"她说。

"我的三个朋友想到印度远足,我想我应该和他们一起去。"

"哦。"奥尔拉吃惊地看着他,她完全没想到是这个结果,"你已经决定了吗?"

"还没有。"格雷格说,"不过如果我下周还没有出现的话,你也不要感到奇怪。"

"你决定后请马上告诉我。"奥尔拉说。

"当然。"格雷格从桌边站起身,"你也可以试试,奥尔拉,那可能会让你精神焕发。"

"谢谢,"她说,"我会记住的。"

也许她真的应该试试,她想,也许她应该忘记一切,马上消失。坐上一架去伦敦的飞机,或者买一张去这个世界上随便什么地方的机票,在地球的另一端醒来。可能会得肝炎,她对自己说,或者是疟疾,至少会被蚊子叮得浑身大包。

她走进了自己的小单间。电话答录机的灯在一闪一闪地亮着,她希望是某个潜在客户回了她的电话。但不是的。留言的人是鲍勃·墨菲,他想见她。

奥尔拉感到整个人都在发抖。她不想见他。她不希望听他说她的表现有多糟糕。她想蜷在一个角落里好好睡上一觉。

"然后我跟他说,如果你觉得我还想再多听一次你的谎话,那你简直是在做白日梦。"琼·克拉克从镜子里看着婕玛修剪着自己的发梢。

"我以为你和他相处得不错呢。"婕玛柔声说,她用左手按住了琼的头,以让她不要摇来晃去。

"哦,拜托,亲爱的婕玛,我已经四十岁了,我没时间和谁'相处'了。现在对我来说,就是'行'或者'不行'这么简单。"

婕玛笑了。"你不觉得其实男人带来的麻烦远比好处更多吗?"

"当然。"琼朝她微笑着,"我实在不知道我们和男人在一起干什么。大部分男人身体长大了,心却还是个孩子。但好像没什么事能跟和一个男人在一起相比啊,你说呢?"

没有,婕玛想道,没有什么事能和与男人在一起相提并论。直到现在她还没有忘记和萨姆·麦科尔根约会时的感觉。每每闭上双眼,那间空气里充满了喧闹声和辛辣味的餐厅的情景依然那样清晰,而那一刻的她,却如同与萨姆一起被包在了一个蚕茧里。她还记得他朝她微笑的样子,记得他望着她时眼睛里的温柔。她回想着他用指尖轻触她脸颊时的感觉,和她心中那种突然冲进来的欲望。

"婕玛?"琼看着她,"你还好吗?"

"当然了,琼。"

"你好像在走神呢。"琼瞪大了眼睛,一脸好奇,"婕玛,别告诉我——"

"别告诉你什么?"她放下了剪刀,拿起了吹风机。

"先别把那个家伙打开!"琼转过脸去看着她,"婕玛,你找到什么人了吗?"

"你怎么会这么想?"婕玛把吹风机调到了冷风挡。

"你有！"琼一脸开心的表情，"哦，婕玛，你一定有！"

"别发疯了。"不过婕玛的脸上泛起了红晕。她开始给琼吹头发了。

"坐吧，奥尔拉。"鲍勃·墨菲指了指对面的座位。

奥尔拉小心翼翼地坐了下来，等着鲍勃填完他面前那张绿色的表格。鲍勃的办公室非常安静，她可以听到房间外面电话铃声和讲话声乱成一团，这里面却鸦雀无声。他的办公桌上几乎空空如也。鲍勃喜欢干净的办公桌，他之前跟她讲过。除了一个文件夹，还有一个笔筒，里面放着几支钢笔、几支铅笔和一支黄色的荧光笔。旁边的公文篮只利用了一半的空间——或者说是有一半空间没有利用到，这要看你从哪个角度去看了。另外就是一部台式电脑、一部笔记本电脑，还有一张他妻子玛丽和两个孩子的照片。他有两个女儿，大女儿比基林大一岁。

"好了，奥尔拉。"他放下了手里的笔，定睛望着她，"看来事情和计划有些不一样啊，你说呢？"

她咽了一下口水，她怕自己会马上哭出来。近来她一直徘徊在流泪的边缘，她非常讨厌这种感觉。在此之前她从来没有过这样的经历。

"怎么了？"他问，"为什么没有收获呢？"

她摇了摇头，尽量保持着声音的平静。"应该是我的运气不太好。"

"你的运气好像一直都不太好。"他对她说，然后拿出了一张她进公司以来的业绩记录，那份记录非常短。"这可不太好，奥尔拉。"

"我知道。"

"你想怎么办呢？"

"我重新整理了一份讲稿，"她说，"还准备了这周要会面的客户名单。我想应该会成功的。"

"你之前看好的那些客户都怎么样了呢？那家厨具公司，还有那家电脑公司？"

达蒙·希金斯！她现在想到被他浪费掉的时间依然感到很气愤。"那家厨具公司很糟糕，"她告诉他说，"如果达蒙·希金斯继续在那里，估计他们还没等到员工退休就已经破产了。不过我这个星期五会约见那家电脑公司的负责人蒂姆·邓恩。还有，我已经和福克斯洛克附近那栋工业大楼里的几个人约好了见面。"

"问题在哪儿？"鲍勃问，"约见会面还是签单？"

"我——也不太清楚。"她说。

"如果你愿意的话，我可以跟你一起去几次，看看你哪里出了问题。这应该很简单，奥尔拉。多出色的人都可能遇到这种事。"

"之前我从没有遇到过这种情况。"她说。

"家里一切都好吗？"鲍勃问，"大卫还好吧？"

"大卫很好。"奥尔拉说。

"他没有给你任何压力吧？没让你很为难吧？"

"你是什么意思？"

"他有没有跟你耍心机？"鲍勃问，"我了解大卫，他没从你这里偷客户吧？"

"当然没有！"奥尔拉很生气。

"只是问一下。当然，如果你有什么困难，其实也可以从他那里找找客户。"

"我不会的。"

鲍勃笑了。"这个我有义务提醒你，奥尔拉。"

"我们是专业人士，"她说，"我们不会互相抢客户的。"

"我希望不会。"鲍勃说，"我可不希望大卫把本来属于你的客户给抢走。"

"他不会那样做。"而且无论你会不会笑话我，事实上大卫根本没有机会知道我有什么客户，因为我们几乎很少交谈，奥尔拉想道。

"很好。"鲍勃说，"你有一个月的时间把一切调整好，奥尔拉。我们到时候再谈吧。"

他的话带着明显的警告语气。她硬生生地咽了一下口水，走出了房间。

第三十二章

基林看上去美极了。婕玛不得不承认她的女儿在化妆方面很有天分。她第一次用美体小铺和封面女孩化妆品的时候,就处理得恰到好处,让自己看上去很自然。基林不像别人那样错误地认为化妆品用得越多越好。她的粉底打得非常薄,画了一点点腮红,灰色的小烟熏妆也显得干净利落。她把头发松松地绑在后面,但梳得很整齐,脸旁掉下来的几绺碎发仿佛是特意设计的发型一般,而不是不小心散落下来的。她穿着黑色的李维斯牛仔裤、黑色皮靴,再加上一件黑T恤。又一次地,她看上去远远地超过了自己的实际年龄。

"我希望我认识那个叫艾丽森·福格蒂的女孩儿,"婕玛看着坐在客厅里等肖娜、唐尼和马克·迪宁的基林说,"而且,我更希望能了解和你一起去的那个小伙子是什么人。"

这是她人生中第一次理解了弗朗西丝为什么会在她出门前要问她成百上千个问题。她已经尽可能少地打听关于她出去玩的事了,而且每次询问的时候还要装出一副不经意的样子,以免让基林觉得她是在刺探她的私人生活。但你不得不问啊,她自言自语着,你是有责任在身的。虽然和萨姆·麦科尔根的午餐让她重新审视了一下自己的生活,不再觉得自己已经走上了下坡路,但基林和别人约会这件事又一下子让她回到了一个中年女人的角色。

"他不是什么小伙子,"基林说,"他叫马克。他人很好,否则我也不会和他出去。"

"好吧,不要和他单独相处。"婕玛说。

"妈妈!"基林生气地看着她。

"我这是在试着——"

"对我有点儿信心，"基林说，"我不是傻瓜。"

婕玛叹了口气。"你是我唯一的女儿，"她说，"我希望保护你。"

"这会让我窒息的。"基林话音未落，门铃就响了，"是他们，我去开门。"

婕玛跟着她走到了门口。她朝肖娜和她旁边的那两个男孩儿笑了笑。当然，她认识唐尼，但她并不认识马克·迪宁。她仔细地观察着他，希望可以找到他身上的任何缺陷，让她知道他根本不适合她女儿。他只是一个长相平庸、脸上有雀斑的男生，没有什么吸引力，婕玛想道，基林完全可以找到一个更有魅力的人。

"你确定你爸爸会去接你们吗？"婕玛紧张地问。

"当然啦。"肖娜说，"我带了他的电话，如果有问题，我可以给他打电话。"

"好主意。"婕玛说，"基林，你也带上这个。"她把手机递给了她的女儿。

"我不用了，妈妈，"基林说，"肖娜有电话，我就不需要了。"

"万一你需要找我的话可以用这个。"婕玛说。

"我不需要找你。"基林说。

"万一。"婕玛又说。基林重重地叹了口气，接过了手机。

派对在艾莉森的家里举行，这让婕玛心里轻松了一些。婕玛给弗格蒂太太打了个电话，询问了关于派对的情况。艾莉森的妈妈听上去是个和善而容易相处的女人，她告诉婕玛那是艾莉森十五岁的生日聚会，而且她和她丈夫都会在场。"不过我们会留在自己的套间里，不想打扰孩子们。"

婕玛恐怕不太喜欢听到这个情况，她觉得打扰他们应该是很有必要的。

虽然你自己曾是一个不守规矩的十四岁女孩，但这并不意味着你女儿也会那样，她对自己说道，基林是个懂事的孩子，基林绝不会自找麻烦。

弗朗西丝可能也是这样去担心她和莉斯的，婕玛边想边跟在他们后面关上了大门，弗朗西丝很可能以为她们留心听了她那些有关男孩子有多不可靠的教诲。她会一相情愿地相信婕玛和莉斯参加派对的时候只是喝了一点儿柠檬水，跳跳舞，而且一定会对她们身边围着的毛手毛脚的男生躲得远远的。

她要是见到了真实情况，一定会疯掉！婕玛十五岁的时候第一次喝了一杯苹果酒，之后又穿着高跟鞋在马路上摇摇晃晃地走了很久。她十五岁半的时候，罗尔坎·史密斯就把一只手伸进了她的外衣下面，用力抚摸着她左面的乳房，直到她疼得叫出了声。十八岁的时候，她把自己的第一次献给了德克兰·莫纳汉，那是她在美发沙龙的第一个客人。他坐在了她前面，她用手抚摸着他的头发——那成了她之后工作的一个模式。

在这个年代，十八岁才有第一次已经显得太保守了，婕玛想道。她不知道在基林回来之前，除了派对的事她还能不能想些别的。

她听到钥匙开门的声音时，已经是十二点半了。婕玛躺在床上，因为她不希望基林认为她整晚都在担心。弗朗西丝之前总是等到她回家才上床睡觉，这让她烦透了。弗朗西丝那时会看一看表，然后抱怨说有些人永远都不明白，夜晚的时光应该是用来睡觉的。

婕玛关掉台灯，闭上了眼睛。她听见冰箱门打开之后又关上了，然后又听见基林关掉了楼下的灯，之后就是她上楼的脚步声。

脚步声在她的门口停止了。

"晚上好，妈妈。"基林说。

婕玛睁开眼睛。"你玩得好吗？"

"很好，"基林说，"非常棒。"

"你想跟我说点儿什么吗？"

"你的卧室对着马路，"基林说，"我看见你的灯是亮着的，一直到我进来。"

"哦。"婕玛说，她听到基林咯咯笑了。

"晚安。"她女儿说。

"晚安。"婕玛说。她翻了个身，心里一下子踏实了下来，马上就入睡了。

奥尔拉一直没睡着，她一点儿睡意都没有。凌晨两点钟，她下了床，留大卫一个人被埋在被子底下。她拿起睡袍裹在身上。

她给自己倒了一杯酒，蜷缩着坐在窗前的扶手椅上。大卫晚上都会把窗帘拉上，奥尔拉欠着身子把它们拉开。如果这是我的公寓，她想，只属于我一个人，那我永远都不会把窗帘拉下来，这样就能时时刻刻看到大海了。今晚的夜空很晴朗，圆圆的月亮投下了柔和的光，照射在墨黑色的水面上。她抿了一口酒，深深地叹了一口气。

她到底是怎么了？她自问道，她想要些什么？什么对她来说才是真正重要的？她简短地回忆了一下前几天自己和鲍勃·墨菲的那场对话，想着自己是不是应该思考一下自己的婚姻，当然还有自己的工作。

如果我没有接受这份工作，就不会和大卫吵架了。她心里暗想着，眼睛望向远处的海平面。我也不会再一次遇见乔纳森·帕斯科。上帝啊，她呻吟着，那可是她第一次离开自己的丈夫孤身在外，结果居然就遇到了她之前唯一一个正式交往的男朋友。这究竟是怎样的巧合啊？最糟糕的是，她居然不能和任何人说出心里的想法。她的母亲会叹一口气，对她说"我跟你说过会是这样的"。艾比则会尝试着安慰她，同时也提醒奥尔拉在她结婚前她就建议过不如先和大卫同居试试，不要结婚。奥尔拉悲伤地想着，艾比肯定会再重复一遍，和一个比自己大那么多的人生活肯定很麻烦。最终，艾比一定还会加上一句，说她相信奥尔拉和乔纳森会是很好的一对。这就是艾比会说的话，奥尔拉非常确定。

她几大口喝完了杯子里的酒。如果马丁告诉艾比奥尔拉又遇到了乔纳森，那又该怎么办？突然闪过的这个想法让她焦虑起来。乔纳森很可能打给他的死党，说他又遇见了奥尔拉，而且他很难不说他们差点上床那件事。她咬住了嘴唇。她想和他上床，她真的很想。那是因为她真的喜欢乔纳森，还是因为想要报复大卫？如果是后者，那她岂不是一个极其糟糕的人吗？

她又倒了一杯酒，心里盘算着大卫有没有发现她已经不在床上了。他睡眠很沉，很可能滚到了她睡的那边，很开心自己有地方可以伸展开腿脚了。她每天醒来的时候都会发现他不是手搭在她的头上，就是膝盖正压着她的后背。

但如果他能醒来就好了，她想，如果他意识到她不在床上，能赶忙下床来看看她怎么了，那样该有多好啊。她想象着他走进客厅，看见她坐在扶手椅上，突然间他们之间的一切隔阂都消失了。他把她抱了起来，再次告诉她他爱她。

她轻轻地哼了一声。她太高也太重了,他根本就不可能把她抱起来。婕玛的身高会更合适一些,她自言自语着。不过婕玛可能比她重。胖乎乎的婕玛,她居然要参加大卫父母的金婚派对。

她用力握住了酒杯。大卫告诉了她关于金婚派对的事,她刚想着这可能是一次不错的机会,她可以再次和他的亲戚们碰面,可他马上就又加了一句,说婕玛和孩子们也会过去。她一句话也说不出来。她能说什么呢?说她不想和他的前妻同处一室?说她和他的孩子们见得已经够多了?他好像觉得这件事完全和她没有关系,婕玛就像他很久以前交往过的一个女友。其他嫁给已婚男人的女人是怎么和他们的前妻和平相处的呢?有没有什么书介绍了这种事呢?第一章,怎么样礼貌地向对方宣战;第二章,刀子插向何处。

她颤抖了一下。大卫告诉过她,他的家人都很喜欢婕玛。主要是因为她生了两个孩子,奥尔拉估计着。大卫有一个妹妹,比他小一岁,他妹妹一直都没有结婚。所以他的父母当然非常喜欢他的两个孩子。他告诉过他父母,奥尔拉应该不会生孩子了,他们也没有什么异议。奥尔拉突然想,如果她自己改变想法了呢?这个时候大卫又会怎么想呢?

她想起母亲曾经警告过自己,男人再婚后很可能不愿意重新经历一次生孩子、养孩子的过程了。她当时跟母亲说她自己也不想经历那个过程,可如果有一天她变了呢?此刻她也许不想要孩子,可几年之后她可能会改变想法,而那时的大卫却很可能更不能接受了——如果那时他们还没有离婚的话。

电话一响,基林就马上拿起了听筒,她正等着马克·迪宁打给她呢。这是第一次一个男生说会给她打电话,虽然她之前一直发誓说对这种事她一定会表现得很酷,但此刻她就像是一只坐在滚烫屋顶上的猫,等着铃响的那一刻。她看了看表,现在是周六晚上七点。他说他会在六点半到七点半之间打过来。

"嘿。"她对着听筒说。

对方沉默了片刻，然后一个声音说："你好，基林。"

"布鲁？"她有些犹疑，"是你吗？"

"是的，你还好吗，基林？"

"我很好。"

"学上得如何？"他问。

"哦，还不错吧。"她回答说，"很闷，真的。"

"怎么会？"

"拜托啦，布鲁，"她说，"你离开学校已经很久了！"

他笑了。"你说得对。"之后，他清了清嗓子，"基林，我其实是想打给婕玛。她在家吗？"

"为什么？"

"想和她说几句话。"

"有什么事吗？"

"基林！"萨姆笑了，"饶了我吧！"

"她不在。"基林说，"今天发廊关门晚，她要到八点之后才能回来。"

"你一个人在家吗？"萨姆问。

"怎么可能。"基林哼了一声，"外婆在呢，其实我完全不需要她照顾，可她还是会来。"

"她每周六都过去吗？"萨姆问。

"不是，"基林回答说，"妈妈不是每周六都要工作到这么晚的。尼娅姆只是今天让她留晚一些，于是她就一定要叫外婆过来，真是奇怪。"她的声音提高了八度，"我妈妈居然因为觉得我会杀了罗南，所以就让一个老太太大老远过来监视我们。"

萨姆笑了。"真是这个原因吗？防止谋杀？"

基林也笑了，不过笑声里有一点儿犹豫。"也许吧，妈妈不放心让我们单独在一起，所以让外婆来看看是否一切正常。其实并不是因为我需要她，外婆来主要是为了看着罗南。"

"我明白。"萨姆说。

"因为我要是出去的话，就没有人可以照料他了，他才十一岁。"

"绝对不能信任一个十一岁的男孩儿。"萨姆说。

"不能信任任何年龄的男孩儿。"

"这话听起来很成熟嘛。"萨姆对她说。

"我知道，我正在练习。"

他笑了。"你能告诉你妈妈我打过电话吗？"

"当然。"基林说。

"告诉她我会再打过来。"萨姆说。

"好的。"

"跟你聊天很有趣，基林。"

"布鲁？"

"怎么了？"

"你喜欢我叫你布鲁还是萨姆呢？"

"无所谓啊，"他回答说，"你叫什么我都会应的，就像是条精神分裂的小狗一样。"

基林大笑了起来。"我要告诉妈妈你有什么事吗？"

"没什么重要的。"他说。

"你会约她出去吗？"

"你怎么会这么想？"

"哦，布鲁！"

"拜托，基林，"萨姆也在笑，"给我留一点面子吧。"

"我喜欢你，"她说，"不过我爱我爸爸。"

"我知道，"萨姆说，"这一点永远都不会变。"

"我会告诉她你打过电话的。"

"谢谢，基林。跟你说话很开心。"

"我也是。"她挂上了电话。

她走回了客厅。弗朗西丝·加维正坐在基林最喜欢的扶手椅上。弗朗西丝总觉得她是这里的主人，基林边想边在沙发上坐了下来。她一进屋，就开始对一切挑三拣四。

"谁打的电话？"她外婆问。

"一个男的。"基林回答说。

"男孩儿吗？"弗朗西丝问，"你是在和一个男孩儿聊天吗？"

"事实上，应该说是一个男人。"基林拿起一张报纸。

"他想干什么？"弗朗西丝接着问。

"他要找妈妈。"

"他是谁啊？"

基林耸了耸肩。她打开报纸，把脸藏在了后面。这件事和弗朗西丝无关，而且她总觉得弗朗西丝是不会认同布鲁的。当然，基林也不知道自己是不是认同布鲁——至少难以把他想象成婕玛的伴侣。显然他非常喜欢婕玛，这一开始让基林有些吃惊，因为她从来没有想过有人会爱上她的妈妈。可那天她看到婕玛和塞利娜坐在酒吧里聊天的时候，她突然意识到她妈妈真的非常漂亮。不是那种非常耀眼的美丽，也不是时髦——就像奥尔拉那样，而是一种柔柔的、温文尔雅的美。基林当时都吃了一惊。显然布鲁喜欢她也不是什么奇怪的事，而且在和马克一起相处了五个小时之后，她现在已经有资格去评判激情或者欲望这一类的事情了。

她猜测着婕玛对布鲁是什么感觉。度假的时候她对他的态度很冷淡，一直都在保持着一定的距离，没有任何迹象表明她也喜欢他。基林翻了一页报纸。不过她转念一想，自己的感情还没有搞定，就去思考父母的事情，实在是有点儿太多事了。

电话又响了，她马上从沙发上弹了起来。

奥尔拉和艾比来到了托马斯·里德酒吧。那家酒吧里已经是人满为患，不过她们到得早，所以找到了一个靠窗的座位。她们坐在那儿，看着窗外的人们在秋日的寒风中穿梭。

"我希望我可以生活在一个暖和一点的地方。"艾比看着外面一个女人在冒风疾走,不由自主地打了一个寒战,"我今年没能去度假,真是遗憾。"

"真抱歉我没能和你一起出去。"奥尔拉说。

"你太忙了。"艾比喝了一口她的爱尔兰咖啡,"你去度蜜月了。"

那真像是前世发生的事了,奥尔拉想。她几乎难以相信在这个世界上还有那样一个温暖的岛屿,阳光明媚,蔚蓝的海水冲刷着白色的细沙。在那里,人们仿佛永远都不会有争执。蜜月应该是她人生中最美好的时光了,她想道,那是完美的两个星期。

"每次我提起你度蜜月的事,你都好像会灵魂出窍一样。"艾比悲叹着,"这让我觉得我自己也应该度一次蜜月了。"

奥尔拉看了她一眼。"你真的希望吗?"

"别傻了。"艾比又喝了一口咖啡,"我还没遇到男人呢,哪来的蜜月?"

"马蒂怎么样?"奥尔拉问,"你又见过他了吗?"

艾比耸了耸肩。"我们出去喝过几次东西,仅此而已。"

"瓦莱莉订婚那天,我觉得你和他在一起很开心啊。"

"我喜欢他,"艾比承认道,"但那是过去的事了,奥尔拉。他让我想起了自己之前是怎样一个人,可那个人并不是我希望成为的人。我已经离他远去了。"

"深刻。"奥尔拉嘟囔着。

"什么?"

"没什么。"奥尔拉叹了口气,"我不觉得人们应该离开彼此而远去。两个人应该是越走越近的。"

艾比笑了。"我猜你是对的。只是马蒂好像还生活在青春期,这就是为什么我们会分开。他对什么事都不认真。"

"我以为那是我和乔纳森分开的原因。"奥尔拉说,"在我印象中,每个人都告诉我我对待事情太过认真了,包括你,还有乔纳森。"

"你确实如此啊!"艾比朝她笑着说,"不过其实也是因为他们都太不认真了。"

"但马蒂有所改变,不是吗?"奥尔拉问,"他写了本书。"

347

"当然,"艾比说,"一本极其奇怪的书,奥尔拉!你看了吗?"

"没有。"奥尔拉摇了摇头,"但出书对他应该很有好处吧?"

"你疯了吗?"艾比问,"又不是什么主流书籍。他的出版商告诉他,能卖到一千块钱就已经很走运了。"

"谁出版的?"

"不知道。他没有说。"

"那他在靠什么生活呢?"奥尔拉问。

"他在一家快递公司工作。"艾比说,"他有一辆摩托车,成天在路上穿来穿去,把那些开车的老太太吓得魂飞魄散。"

"听起来很是马蒂的风格。"奥尔拉赞同道,她往自己的伏特加里加了一些金汤力,"他买过保险吗?或者是退休计划?"

"哦,看在上帝的分上,奥尔拉!"艾比愤怒地看着她,"能停停吗?"

"这很重要,"奥尔拉说,"对他来说。"

"对你呢?"

奥尔拉笑了。自从和鲍勃谈过话之后,她每天都在外面和潜在客户会面。她这个星期卖掉了两份理财计划,不过数额都很小。她对这个月底自己的成绩能让鲍勃满意而不把她炒掉表示怀疑。这个想法让她浑身一震。

"你还好吗?"艾比的声音打断了她的思绪。

她点了点头。"对不起,我正在想工作的事。"

"奥尔拉,我们来这里是为了放松的,不是让你想工作的。"

"我没办法。"奥尔拉揉了揉眼睛,"我最近的情况很糟糕。"

"真的吗?"

她点了点头。"我好像一张单都卖不出。我找的客户都不对,一切都是白费工夫。"

"不会那么糟糕吧!"

"真的,"奥尔拉语调激烈地说,"我打电话,约时间,去和他们见面,可最终却一败涂地!这种事之前从来都没发生过。然后我回到办公室,发现其他人一切都很顺利,至少这个星期是这样。要是你看到我们上周的业绩,一定会把我们派到撒哈拉去找雪球。"

艾比笑了。

"这是真的。"奥尔拉满目凄凉,"如果我不加把劲,他们会把我炒掉的。"

"怎么突然之间一切都变得这么困难了呢?"艾比问,"我一直觉得你很善于应对高压的工作环境。我还从你那儿买过理财计划呢,不是吗?我其实连负担那个计划的钱都没有。"

"困难大吗?"奥尔拉问,"我可以帮你调整一下……哦,我调不了,那是格雷维塔斯的计划。"

"当时你说那是最好的。"她的朋友提醒她说。

"我卖给你的那个计划真的很好。"奥尔拉说,"别担心,艾比。"

"我没有担心,"艾比说,"我不会为这些事烦心。我烦的是今年居然没去度假!"

奥尔拉虚弱地朝她笑了笑。

艾比沉默了片刻。"一切都还好吗?"她问。

"还好?"奥尔拉有些吃惊地看着她。

"是啊,"艾比说,"奥尔拉,我觉得你不太开心。我知道也许我完全是在胡说八道,如果我说得不对我先道歉,但我总是觉得你心里有事请。也许是因为你的工作。"她定定地看着她。

"你要做我的心理医生了?"奥尔拉问。

"别傻了。"艾比喝光了杯子里的咖啡。爱尔兰咖啡的问题在于它一旦凉下来,就会很难喝,之前的那几口是相当美味的。"我们以前什么都谈。"艾比说,"好啦,奥尔拉,到底发生什么事了?"

她不能告诉她。她没办法向她的朋友承认——虽然她们的关系那么亲密——她之前的警告都是对的,她和大卫的婚姻已经惨败了。

"真的没什么,"她对艾比说,"工作的事让我很烦,仅此而已。"

"大卫不能帮忙吗?"艾比问,"无论如何,你说过他是爱尔兰最棒的保险销售人士。他肯定能给你点儿建议啊?"

"我不需要大卫的建议。"奥尔拉坚定地说,"我自己可以做好。"

"我相信你可以。"艾比说,"可是如果——"

"我说过了,我可以的。"奥尔拉喝完了杯子里的酒,"好了,艾比,我想喝个一醉方休。再来一杯?"

风太大了,婕玛开车的时候都能感觉到风力的强劲。她打开车窗把一团纸扔到垃圾桶的时候,一股冰冷的寒气直扑到她的脸上,她马上把车窗关了起来。

她觉得非常累。尼娅姆昨天晚上给她打电话问今天能不能全天工作,她同意了。在站了整整十二个小时后,她简直筋疲力尽。有些美发师会坐在一把高脚凳上工作,但婕玛喜欢站着。为了能展现更好的手艺,忍一忍也值得了,她总是这样说。直到今天她才觉得这种坚持简直就是愚蠢,她的后背此刻疼得要命。她在驾驶位上换了个舒服些的姿势。

婕玛想着等弗朗西丝一离开,她就马上去泡个热水澡,而且要泡上一个小时。她看了看旁边副驾驶座位上的那个袋子。她买了一瓶雅诗兰黛的沐浴油,她希望那瓶子上写的功效是真的。另外她还买了一款肌肤再生面膜。她不太确定那面膜是不是能让她的皮肤焕然一新,不过还是值得一试的。为这些奇贵无比的东西付钱的时候,她心里感到了那种一如既往的自责,如果是在乐购百货,恐怕用四分之一的价钱就可以买下这些了。可那肯定不一样,她这样自我安慰着。至少她已经努力过了。此外,她买那瓶沐浴油用的是今天收到的小费,所以她并没有浪费钱。这项开销她还是负担得起的。也许是吧。

她一打开门就闻到了家具打光料的味道,她咬了咬牙。弗朗西丝只要过来她家,就一定会天翻地覆地大动一番干戈,不是擦玻璃,就是把屋子里的每一块陶瓷片都清理一遍,或者把银器擦个锃亮。事实上,这些工作婕玛平时也都会做。无论她跟她妈妈讲多少次,弗朗西丝就是对她的话置之不理。弗朗西丝绝对有清洁癖。她记得小时候,家里永远是一尘不染的,地板也永远光亮如新,所有大家随手放下的东西也都会被她收起来。这简直把他们几个小孩子弄疯了。婕玛自己已经是一个称职的主妇了,所以弗朗西丝的行为就更让她无法忍受。她叹了口气,勉强地挤出了一个笑容,推开了客厅的门。

弗朗西丝正坐在那张离电视最近的扶手椅上。那是基林的座位,婕玛想。

"嘿。"她把手提包放在了沙发上,"你今天过得如何?"

"我把客厅的地板重新打了蜡。"弗朗西丝说,"坦率地讲,婕玛,你实在应该在家务上再用点儿心,地板就像是一个月都没擦过的样子。"

"那是因为罗南。"婕玛说,她尽了最大的力气保持冷静,"他总是不管鞋子干不干净就直接走进去,所以不管我怎么擦,那地板总是脏兮兮的。"

"他和他的朋友内维尔在房间里呢。他们一直在外面玩儿,直到下雨他们才听我的话进屋来。他们两个人好像是在踢足球,搞得自己浑身脏兮兮的。现在他们应该正在玩电脑。"

"基林呢?"

"她也在房间里。"弗朗西丝闭紧了嘴巴——那是一个标志,婕玛知道,这意味着她想说什么,却又住了口。好吧,婕玛想,她不会给弗朗西丝抱怨基林的机会。她脱下外套,随意地扔在了手提包上。

"为什么不把东西放好呢?"弗朗西丝问,"既然早晚都要收拾,为什么不现在就放好呢?"

"因为我累了,"婕玛一下子坐进了另一把扶手椅,"今天发廊里非常忙。我很想能回到家坐一会儿。"

"如果你没和大卫离婚——"

"妈妈,求你了,不要再开始这个话题了,我已经听够了。那是五年前的事了,大卫已经再婚了。停止吧,行吗?"

"你就喜欢这样,不是吗?"弗朗西丝的脸红了,"不谈就表示没事了吗?只要去商场买上一堆东西,你就开心了。"

"胡说八道!"婕玛坐直了身子,非常生气,"如果我真是这样的话,你觉得我是从哪里学来的呢?"

"你这是什么意思?"

"哦，拜托，"婕玛说，"是你把我带大的，不是吗？你从来都不是一个谈话高手，对吧？我不记得小时候你曾经和我谈过心，至少和我没有谈过。你和迈克尔肯定是经常聊天的。"

"别胡说。"

"我没有胡说。"婕玛说，"你根本就懒得理我和莉斯。你唯一在乎的就是迈克尔。而且我离婚正合你的意——那证明你完全是对的，我是个没用的人。可能莉斯生孩子也让你很高兴吧——你一直都觉得她轻浮。迈克尔和他完美的家庭当然也是你成功的证明了。"她听到了自己声音中的颤抖。她咬了咬嘴唇，不希望她妈妈知道她有多生气。

"我从来都没觉得你傻，直到现在。"弗朗西丝声音尖锐地说，"看来我错了。你应该知道，我对你们三个的爱是一样多的。"

"狗屎！"婕玛愤怒地说。

"你没必要表现得这么粗鄙。"弗朗西丝说，"如果你都没办法文明地和我交谈，那看来你比我想象得要没教养得多。"

"哦，看在上帝的分上！"婕玛从椅子上站起身来，穿过了房间。她从橱柜里拿出了一瓶杜松子酒，倒了一些在水晶杯子里，之后又加了一些金汤力。

"喝酒更能助兴了。"弗朗西丝刻薄地说。

"是啊，"婕玛说，"确实可以。能帮我忘记我妈妈觉得我是一个又蠢又无能的女人，留不住自己的丈夫，也打理不好自己的家！"

弗朗西丝什么都没说。婕玛的眼睛里充满了泪水。她绝对不能在母亲面前流泪。她从十二岁起就没有当着弗朗西丝的面哭过了，那时候弗朗西丝告诉她，这个年龄的女孩子不应该哭。当时她不信，现在也不信。人生中实在有太多的事值得她哭了。而且很多时候，哭过之后感觉会好很多，但绝不能当着弗朗西丝的面。

"如果你想把家打理好，最好就先从把那些东西收拾起来做起。"弗朗西丝说，"否则那些冰冻的食物化了之后会把沙发弄湿。"

"你难道还不懂吗？"婕玛问，"我不蠢！里面当然没有任何冰冻的东西。你难道觉得我不知道冰冻的东西会化掉？你真的觉得我是傻瓜吗？"

"现在吗?"

婕玛喝了一大口酒。"听我说,"她说,"我的婚姻是个错误。我嫁给他的时候你就反对,但从我离婚开始你就一直在说他是上帝给我的礼物。事实上,他不是。你一开始说的是对的——显然你会对自己很满意。现在他已经娶了别人,再也不可能回到我身边了——你信不信都好——我一点儿也不在乎。我很开心。我不爱他了,或者说我很久以前就已经不爱他了。没有他,我会生活得更好,虽然有时候我没有立即把东西放到应该放的地方,或者没有给地板打蜡。好像——"她喝光了杯子里的酒,"好像这些破事他妈的多重要一样!"

"婕玛!"

"怎么了?"

"我说过了,没有必要说脏话。"

婕玛的笑声有点儿歇斯底里。"事情看上去是什么样子才是你在乎的,对吧?究竟是怎么回事对你是无所谓的。我虽然悲惨无比,但只要没有和大卫离婚,你就已经满足了。对莉斯来说也是,她嫁给任何人都无所谓,因为无论他是什么人都要比做一个未婚妈妈强。"

"不是这样的。"

"不是吗?"

"当然不是。"弗朗西丝从扶手椅里站了起来,"如果你真的那么想,那么我还是回家吧。我不想做个不受欢迎的人,至少我现在是不受欢迎的。你工作的时候显然很欢迎我来。你需要时我就要过来,对吧?但只要没用了,我就得灰溜溜地离开!"

婕玛揉了揉额头。"对不起,我不是——"

"你不是这个意思?"弗朗西丝说,"你的每一个字都是这个意思。"

"只是——"婕玛困难地解释着,"你总是在批驳我。我不需要你告诉我错在哪里。我需要你爱我,可你并不爱。"

"你怎么能这么说?"弗朗西丝问,"你知道我爱你。你、莉斯和迈克尔。"

"但你最爱迈克尔。"

"哦,长大点儿吧,婕玛,"弗朗西丝松了松脖子上的围巾,"我对自己孩子们的爱是平等的。"

"显然看上去并非如此。"婕玛说。

"我简直无法相信你的话，"弗朗西丝生气地说，"我为你付出了这么多！"

"付出了什么？"婕玛急了，"你对我做的就是一直告诉我不应该嫁给大卫，然后再告诉我应该和他勉强维持下去。从早到晚地教训我怎样清理厨房，告诉我家里有多么的脏。只要到我家来就打扫这儿打扫那儿，根本不顾我的想法。"

"你这个不知感恩的小恶魔！"弗朗西丝恨不得把这几个字吐到婕玛脸上。

婕玛眨了眨眼睛。两个女人静静地面面相觑。

"我要走了。"弗朗西丝简短地说了一句。

"不要。"婕玛觉得如果她母亲走出了大门，恐怕她们永远都不会再见面了。

"你希望我留下，接着怒骂我？"

"不，"婕玛说，"当然不是。但我不希望你生着气开车离开。"

"我并没有生你的气。"弗朗西丝说，"我只是对你失望。"

"你一直都对我很失望。"婕玛苦涩地说，然后突然间打起了精神，"也许你应该对我失望。我确实把生活搞得很糟，而且我想我也确实是个不知感恩的人。你来帮我照顾基林和罗南，我应该感激你才对。对不起。"

"我失望的是你没有过上更好的生活，"弗朗西丝小心地说，"我并不是对你失望，婕玛，不应该那样说。而且我也不想让你感激我。我只是不希望你已经受够了我了，恨不得我是别人，一个帮你看孩子的人。"

"我当然没有那么想。"婕玛对她说。

"真的没有吗？"

"没有！"婕玛摇着头，"我信任你。我知道有你在，他们一定没事。"

"你知道我爱他们？"

"当然。"弗朗西丝确实爱他们，婕玛想，她只是怀疑她的母亲对迈克尔的孩子们的爱要更多一些而已。

"我不会偏爱任何人，"弗朗西丝说，仿佛读出了婕玛的想法，"我绝没有偏爱托马斯或者是波莉，或者苏西、基林、罗南。他们都是我的孙子孙女。我每一个都爱，对我自己的孩子也是一样。"

婕玛撇嘴笑了一下。

弗朗西丝叹了一口气。"如果你不相信，那我也只能表示遗憾。"她说，"事实是我本来觉得迈克尔会是最麻烦的一个。一个男孩儿——我完全不知道怎么教育培养男孩子。我以为他会在屋子后面的田地里聚集一大帮人喝酒，或者和别人打上一架。但他居然变成了一个学者，他去英国那个学区的时候我真的很骄傲。然后他遇到了黛比，他的一生就定型了。"

"然后他们就生了托马斯和波莉，变成了英格兰中部地区的绅士和太太。"婕玛说。

弗朗西丝微微地笑了笑。"应该是吧。"

"从此以后就幸福地生活着。"

"因为他没有像你一样寻找着生活里的挑战。"弗朗西丝说，"因为他不会一直不满于现状，或者总希望寻求变化。因为他很快乐，乐于接受现在的一切。更因为他知道自己究竟想要什么。"

"我觉得我也知道自己想要什么。"婕玛说，"我之前以为我想要的是大卫。"

"我一直都知道你想要的不是大卫。"弗朗西丝说，"但你既然结了婚，还是应该努力把婚姻经营下去。"

"我试过了！"婕玛喊道，"你不知道我有多努力。"

"我想我不知道，"弗朗西丝说，"在我看来，你一直那么爱他，这应该不会变。我现在都记得，你知道吗？那天你回到家，嘴里说的全都是他，他有多英俊、多性感。"她做了个鬼脸。

"我没有说他性感。"婕玛争辩道。

"事实上，你的原话是，他是一个'性机器'。"弗朗西丝淡淡地说。

婕玛的脸红了。"我那个时候并没有和他相处太久。"

"你的意思是他不是一个'性机器'？"

"妈妈！"婕玛瞪着她，"你是在开玩笑吗？"

弗朗西丝耸了耸肩。"算是吧。"

婕玛没办法掩饰她的惊讶，弗朗西丝从来没有开过玩笑。事实上，她和莉斯一直开玩笑说弗朗西丝可能都不知道玩笑为何物。

"是不是'性机器'都好,"她开口说道,"他不适合做我的丈夫。这很令人悲哀。"她揉了揉鼻子,"我不希望离婚,真的不想。但我那个时候简直要疯了,而且我知道事情绝对不会有什么好转。"

"我是想帮你的,"弗朗西丝说,"我想告诉你,一切都会好起来。但你不让我帮你。"

"你告诉我事情会自己好起来。"婕玛提醒她说,"你让我忍耐下去。"

"我认为那是对的,在那个时候。"弗朗西丝说,她用手指捋了一下头发,"我想我是错了。"

"我希望你是对的。"婕玛说。

"我不想让你依靠自己一个人生活,"弗朗西丝说,"我希望你和莉斯能有一份自己喜欢的工作,然后结婚——"

"之后过上幸福的生活。"婕玛帮她完成了她的话,"哦,妈妈,如果人生真的是那样就好了。可惜不是。"

"我知道,"弗朗西丝说,"也许我是个傻瓜吧,婕玛,我居然会那么想。"

"你不是傻瓜。"婕玛的语气很激动,"我也希望基林可以那样。我想有一天我可能也会因为某个男孩子和她大吵大嚷的。"

"哦,对了,"弗朗西丝突然想起了什么,"一个男孩子刚刚打过电话。她说是一个男人。"

"找基林?"婕玛问,"什么男人?"

"她不说。"弗朗西丝说。

"是马克吗?"婕玛问,"她和一个叫马克的人去参加了一个生日聚会。他没什么出色的地方,可她好像挺喜欢他。"

"我不知道。"弗朗西丝说,"我问她是不是男生,她就跟我说是个男人。"

婕玛坏笑了一下,这是基林对待弗朗西丝的典型态度。她不明白为什么她母亲跟她和基林的交流都不得法。不过此刻她觉得和弗朗西丝之间的距离仿佛突然拉近了许多。

"我从来没跟你大喊大叫过。"弗朗西丝回到了她们之前的话题。

"什么?"

"跟你吵关于男孩子的事。我没有跟你发过脾气，虽然有时候我很想发作。"

"好啦。"婕玛笑了，"这个我承认。你太有教养了，不会那样做的。"

"我不觉得父母应该和孩子们喊叫，"弗朗西丝说，"我想做一个和善的母亲，不会总是发脾气。"

"你完全不需要喊叫，"婕玛对她说，"你的声音已经够有效的了。我也试着学你那样做过，但从来都没有用。我觉得自己没找到一个合适的音调。"

弗朗西丝淡淡地笑了。"基林麻烦的时期才刚刚开始，"她说，"我希望你做得能比我好。"

"哦，我觉得她应该会恨我。"婕玛说，"不过在内心深处，我还是希望她能一直爱我。"

"我真的爱你，婕玛。"弗朗西丝盯着她说，"我理解我们在很多事情上观点都不一致，但我一直都爱你。"

"我也爱你。"婕玛说，"但我需要自己掌控生活，不想让你一直指摘我哪些事情做得不够好。"

弗朗西丝沉默了片刻，然后点了点头。"我只是希望你能过得好。"她说，"你和莉斯两个人都是。我一想到你们的生活不够完美，就总想去责怪你。当然，其实我应该支持你才对。我以为那样你才能明白事情应该怎么做。"

"真的吗？"婕玛问。

"是的。"弗朗西丝说，"你是不是觉得我选错了教育孩子的书？"

婕玛叹了口气。"我想在这方面没有什么书是正确的。"她说，"基林和罗南经常让我不知所措。尤其是基林，她突然对男生产生了兴趣，每次打扮起来就像是个十七岁的女孩儿。这把我吓着了。"

"没错！"弗朗西丝的眼睛一下子亮了，"绝对如此，婕玛。这就是你第一次去迪斯科跳舞的时候我的感觉。你还记得吗？那时候你才十三岁，根本就不应该进那样的地方。但你跟我保证说十三岁没问题，那地方就是给十几岁的孩子开的。结果你从楼上下来的时候就像是十八岁的女孩子一样。"

婕玛当然记得。她穿了一件非常紧的白色礼服和极高的白色高跟凉鞋，还用发胶把刘海梳得高高的,就像金发女郎乐队①里的歌手一样。那个时候她可是金发女郎乐队的超级粉丝,现在也是。

"我玩儿得很开心。"她对她母亲说。

"我怕的就是这个。"弗朗西丝说。

"不是你想的那样!"婕玛吃惊地看着她,"可能我看上去很成熟,但无论如何我只有十三岁。"

"因为你看上去太成熟了……"弗朗西丝叹了口气,"我那时非常害怕,婕玛,你那么活泼,又容易头脑发热,总是什么都想尝试。"

"我不傻,"婕玛说,"至少不是永远都那么傻。"

"你很独立,"弗朗西丝说,"你和莉斯都是。而且在习惯了迈克尔那种性格之后,我完全不知道怎么和你们相处。"

"我们独立对你应该是好事。"婕玛说,"你应该觉得骄傲,我们可以靠自己生活。"

"我知道。"弗朗西丝说,"我本来就很为你们感到骄傲。"

"真的?"

"当然。"弗朗西丝答得很是肯定,"我当然骄傲。也许我没有表现出来,但我确实觉得你们很出色。我只是希望你们不用那么辛苦地生活。就是这样,婕玛,真的。"

婕玛还是不希望在弗朗西丝面前流眼泪。她拼命地眨着眼睛。"谢谢。"她说。

"你不用谢,因为我爱你,"弗朗西丝说,"我一直爱你。如果我表现得不够,那么我很抱歉。"

"我也应该为自己没有能理解你说抱歉。"婕玛吸了吸鼻子。

弗朗西丝用胳膊揽住了婕玛的肩膀。这是她多年来给她女儿的最亲密的一次拥抱。

"好了,"她最后说,"现在我真的必须走了。我出来之前给烤炉定了时间,

---

①金发女郎乐队,成立于一九七四年,是美国二十世纪七十年代的朋克乐队。

你爸爸的晚餐就要好了。"

"谢谢你能过来。"婕玛的声音有些颤抖。

"别和我客气。"弗朗西丝短促地说,"下周如果你需要我过来就给我打电话吧。"

"我会的。"婕玛说。

"保重。"弗朗西丝拿起大衣,离开了。

母亲离开后,婕玛把衣服挂了起来,然后拿出她的沐浴精油和面膜上了楼。今天应该是这些年来她们吵得最凶的一次了,她边把头发梳到脑后边想,当然也是她们谈得最深入的一次。看来我们是可以沟通和解决问题的。除了喊叫之外,这次谈话还真是蛮成熟的。

每次处理和母亲之间的关系都让她觉得自己回到了十六岁。她总觉得母亲对自己的各种挑剔归根结底是因为她不爱自己,而不是因为她的所言所行。但今晚她的感受很是不同,她把弗朗西丝当做另一个和自己对等的成年人来看待,这可能是她人生中第一次这样面对她。在母亲面前把自己也看成个成年人,这感觉真奇怪。

不过那不是她母亲的错。婕玛把杏仁味的面膜涂在了脸上,心里想道。除了有时候心情沉重地抱怨自己已经三十五岁了,除了偶尔会心灰意冷地感到自己的生活已经走到了尽头,除了要见律师去处理离婚事项,看在上帝的分上,她仿佛从来就没有长大过!

她是个带着两个孩子的离异女人,但她有时觉得自己对生活的掌握能力还没有十六岁时合格。这个世界上有很多成年人都在做着成年人应该做的事。现在她才开始觉得,自己真正要成为他们中的一份子了。

第三十三章

"我不想去。"基林站在那里,双手叉着腰看着正在洗碗的婕玛。

"听我说,基林,他只有周末才能见到你们。"婕玛带着恳求的语气说,"如果你不愿意去,你想想他会有什么感受呢?"

"他怎么会在意呢?"基林说,"他很可能也觉得每次带着我们出去乱转很烦人。"

"这样说很不公平,"婕玛说,"我觉得你应该理解,基林。"

"我已经不想再理解谁了。"基林的下嘴唇在颤抖,"我不想被拖到这家餐厅,那家保龄球馆,看这个展览,或是到那个他觉得有意思的地方去。我是个大活人,你知道吧?"她用手玩弄着自己的发尾,带着一种挑衅的眼神看着婕玛。

"如果他直接把你们带到他住的地方去呢?"婕玛问,"这应该不算是被拖到这儿拖到那儿了吧?"

"不要。"基林说。

"为什么?"婕玛有些失去耐心了,"你今天有什么特别的安排吗?别告诉我说你要看书,我不会相信的。"

"我想和马克出去。"基林说。

"哦。"婕玛挠了挠头。她完全理解基林不愿意和大卫出去,而是想和男朋友约会的心情。在父亲和男朋友的战役中,父亲永远是输的那一方。她知道男生带女孩子出去约会的感觉有多令人振奋。

"爸爸会失望的。"婕玛告诉基林说。

"他不能指望所有事都能按他的意愿进行。"基林说。

"他从来没有指望过所有事都按他的意愿进行。"婕玛辩驳说。

"他有。"基林坐在厨房的台板上,摇晃着双腿,"他拥有我们,还拥有奥尔拉。"她若有所思地看着母亲。

"什么?"婕玛问。

"他和奥尔拉的关系很奇怪。"基林说。

"什么意思?"

"我也不知道。"基林耸了耸肩,"只是和正常情况有点儿不同。"

婕玛把茶壶冲洗干净,转过身来看着基林。"你怎么会这么想?"

"他们从来不在一起。"她说,"我问爸爸他每天是怎么过的,他说他一直都在工作,奥尔拉也是。每周日他都要和我们在一起。所以他们两个只有周六的时候会一起度过。"

"每个人的生活都不一样。"婕玛听到基林对大卫和奥尔拉生活的看法,觉得颇有兴味,"可能这样生活他们感到很开心也说不定。"

"我肯定不会开心的。"基林说。

"你很难想象,"婕玛说,"有时候你会不想总和对方黏在一起。"

"说到这个话题,你觉得布鲁怎么样?"基林问。

婕玛感到双颊发热。"布鲁?"

"你没给他回电话吗?"她已经跟婕玛讲了昨天晚上萨姆打电话过来的事。婕玛向她道了谢,接着便继续看自己的美发杂志。基林本想再问些什么,可婕玛的表情让她明白还是不问为妙。

"回了。"婕玛说。她打电话给他的时候几乎是午夜了,她想等到基林睡了之后再打给他。他们大概聊了一个小时,说的都是一些傻话。

她那时都不想挂断电话了。

"他找你有什么事吗?"基林问。

"想见见我。"瞒着基林和萨姆交往让婕玛觉得很不舒服。但她到现在也没告诉女儿她已经和萨姆·麦科尔根去吃过一次午餐了,而且也不打算告诉她。除非以后她还要和他出去。

"我喜欢他。"基林说,"不过他毕竟不是爸爸。"

"当然不是!"婕玛抱了抱她。"当然不是。"她重复了一遍。

361

"你会和他出去吗？"

"你觉得呢？"婕玛问。

基林耸了耸肩。"我觉得有点儿怪。"她承认道，之后又朝婕玛微笑了一下，"度假的时候他看你的样子让我觉得很怪异，妈妈。当时我和菲奥娜把这件事当笑话，但其实从头到尾我都觉得有点儿不对劲。他应该是爱上你了。"

"别傻了。"婕玛把块状清洗剂放进了洗碗机里。

基林抠着手指甲。

"你应该涂一些护甲油，"婕玛说，"这样可以防止指甲裂掉。"

"你爱他吗？"

"不。"婕玛肯定地回答说，"不过我喜欢他。"

"我也是。"

"我知道，"婕玛说，"我以前以为你可能爱上了他呢。"

"妈妈！"基林瞪着她，"太恶心了，他比我大那么多。"

"你当时说你和他的年龄差距跟爸爸和奥尔拉的年龄差距是一样的。"

"所以他们的关系才岌岌可危。"

"基林，他们没有。"

"打赌吗？"基林叹了口气。"大人们都是怎么回事啊？"她问，"你以为你现在已经成熟了，其实你和我们一样糟糕。"

婕玛笑了。"所以生活才有趣啊，"她说，"你永远也摸不透它。而且，"她加了一句，"我也是昨晚才弄清楚这一点的。"

基林笑了。"我不知道自己愿不愿意你和布鲁出去约会，"她说，"我喜欢他，不过我不知道是不是——"

"基林，别担心。"婕玛说。

"我怎么可能不担心呢？"基林学着婕玛平常的语调说，"你都把我的心搞乱了！"

接着，母女二人一起笑了起来。

大卫是十二点半到的。他看上去依然非常疲倦，婕玛看到他走进房门的时候想道。他的头发里夹杂的灰发好像更多、更明显了。他走进厨房的时候满脸微笑地望着她。

"真香。"

"是炖锅。"她对他说。

"可惜你要一个人吃了。"

"没关系,我会把剩下的冻起来。"

"够我们一起吃的吗?"大卫问。

婕玛挑了挑眉毛。"什么意思?"

"我今天留下来吃饭行吗?有我的份吗?"

"我……"婕玛一时不知怎么回答。

"如果很麻烦的话就算了,但我知道孩子们已经不想在城里转来转去了。他们小的时候跟着我到处走还可以,但现在基林已经烦死了,她上次就跟我说了。我本应预先跟你讲一下的,我想我如果能在这儿吃饭的话,我们可以聊聊天,她还可以做自己的事情。"

"但奥尔拉呢?"婕玛问。

"她不会介意的。"大卫说,"她周日中午会去她父母那里。"

"还要一个小时饭才能好。"婕玛看了一眼炉子上的计时器。

基林跑跑跳跳地进了厨房,耳朵里塞着耳机。"嘿,爸爸。"

基林穿着平时穿的黑色牛仔裤和那件红色的T恤——她唯一有颜色的衣服。但今天的她看上去很不同。不是衣服的问题,大卫想,是她本身发生了一些变化。她的眼睛清亮,也没有再像往日那样皱着眉头了。她看上去很漂亮。事实上,应该说她看上去非常美丽。我应该怎样去想这件事呢?她是我的女儿,是我的一部分,而她居然那么美丽。他的心缩紧了一下。

"嘿,"他说,"我们今天留下来吃午饭怎么样?"

"留在家里?"她关上了随身听,"在这儿?"

基林看了看婕玛,后者什么都没有说。

"很好啊。"她说,"不过那就意味着我们要把之后的一顿饭吃掉。妈妈周日总是会做很多东西,这样她加班的时候就不用急着给我们做饭了。"

"你生活得真有条理。"大卫说。

"我还是有一些方面不需要你帮忙的。"婕玛幽默地说。

为什么他会觉得她周日没有任何其他事可做,只是等着他把孩子们送回来呢?他问都没有问她今天是不是有安排,他从来没想过这会给她带来什么不便。在他心里,她就是一个煮饭婆。

"我不想强迫你。"他的话打破了她的思绪,"不过基林告诉我你周日的时候会打扫房间。我想吃完午饭后,我可以帮帮你。"

"你?"她不可思议地望着他。

"怎么了?"他问,"我知道怎样打开吸尘器。"

"大卫,你以前根本没时间收拾房间。"婕玛说。

"忙得不知道怎么享受生活了。"大卫说,"不过我在改进。"

婕玛完全不知道怎样去拒绝他。她知道大卫可能和孩子们一样,已经疲于整日在外面晃荡了,她很是为他感到难过。她无助地耸了耸肩,而大卫建议马上就开始清洁房间。她让他先开始,自己则到冰箱里找了一些水果,想做一份甜品。

她不得不承认跟大卫和孩子们一起共进午餐还是很有趣的。大卫完全没有跟她抱怨什么,或者说一些让她感到自己很没用的话,就像以前那样。他赞美着她的厨艺,询问了她关于发廊的情况。此刻的他相比之前简直有天壤之别,让人觉得非常亲切而容易相处。他也讲了一些自己生活里的事,说了他刚刚结婚时候的一些情况。基林仔细地听着,而罗南则把婕玛匆匆做的那份水果拼盘吃了个精光。

"还记得格雷维塔斯奖给我的第一次带薪假期吗?"大卫问,"在阿姆斯特丹度周末那次?"

婕玛点了点头。她非常喜欢阿姆斯特丹运河边上的街道和高高的像玩具一样的房子。他们租了自行车,在城市里面兜了一圈,最后走了个晕头转向,完全搞不清楚什么绅士运河、国王运河或者是王子运河。最后婕玛看到了一栋房子外面装的一个特别的钩子,他们才搞清楚身在何处。

"那个钩子是做什么的?"基林问。

"为了把家具弄到房子里。"婕玛说,"以前荷兰人的房子是按正面的面积收税的,所以他们会把房子盖得又高又窄。但这样的话,把家具弄到楼上就变得非常困难了,所以他们会装那样的一个钩子。"

"有意思。"基林感叹道。

"然后我们去了咖啡厅。"大卫提醒她说。

"哦,是的。"婕玛咧开嘴笑了。她吃了一个大曲奇饼,之后整晚她都撑得不行。不过她不想告诉基林这个小细节。如果女儿知道了她曾经像只风筝一样在阿姆斯特丹游来荡去,恨不得向全世界展示自己的爱情,那么恐怕之后她再跟基林说什么她都不会听了。

三点整,马克来找基林了。婕玛微笑着邀请他进来坐一会儿,可他还是摇了摇头,说要站在外面等。她没有再坚持。基林从楼梯上跑下来,轻轻地吻了一下婕玛的脸颊,说她一会儿就回来。

"下午茶前要回来哦。"婕玛说。

"妈妈!"

"如果你有什么其他安排就给我打电话吧,六点前回来。你有三个小时呢,基林。三个小时的时间有多少话应该都可以说完了。"

基林做了个鬼脸,点了点头。

大卫转向婕玛叹了口气。"她长大了,"他说,"我都没意识到,她已经不再是个孩子了。"

"她还是个孩子,"婕玛坚定地说,"只不过突然发现了异性的吸引力而已。这并不意味着她已经长大了,只是正在成长。"

"这让我恐惧,"大卫说,"我觉得自己都老了。"

婕玛笑了。"她开始懂得跟我说'不'的时候,我就觉得自己已经老了。那个时候我才意识到她是一个独立的人,有自己好恶的人。"

"这对我来说更艰难,"大卫说,"我不能每天都见到他们。"

"哦,大卫,你可以经常见到他们。"

"那不一样。"他有些悲凉地说,"我以前觉得无所谓,你知道的,不过现在才发现,还是很不一样的。"

"我当然不觉得父母离婚对孩子们是件好事。"婕玛走进了客厅,大卫也跟着她走了进来。"不过至少我们的关系处理得很好。这应该还算不错。"

"我能出去吗?"罗南冲了进来,"我想去内维尔家。"

婕玛看了大卫一眼。"当然可以,"大卫说,"不过要按妈妈规定的时间回来。"

"下午茶时间。"她说。

"好的。"罗南笑了,"一会儿见。拜拜,爸爸。"

他走了之后,房子里顿时变得寂静了许多。

"你今天和他们相处的时间不太多啊。"婕玛说。

"不过还是比往常要好,"大卫对她说,"他们更放松。而且说实话,我也是。谢谢你,婕玛。"

"不用客气。"她站起身来,"我要再来点儿咖啡,你想要一杯吗?"

"好的。"他说。

他喜欢这栋房子,他坐在扶手椅里等着她倒咖啡的时候,心里想着。这里让人放松。在设计装修上,婕玛并没有像他对自己的公寓那样花太多心力,他家里的家具要精致许多,而这儿一看就知道有小孩子住。他刚刚就差点儿被罗南的足球绊倒。但这里才更像一个家,一个舒适的家。他闭上了双眼。

婕玛拿着咖啡回来,发现他已经睡着了。她有些吃惊。他的头歪向了一侧,嘴巴半张着,还轻轻地打着鼾。她把咖啡放到了他旁边,但他并没有醒。她坐了下来,打开了报纸。幸福的家庭,她边想边翻开了电视节目单。

奥尔拉回到公寓的时候,已经五点了。每周日到妈妈那里吃午餐已经变成了一种定规。她几乎是和大卫同一时间出门。有一两次,她回家的时候发现大卫和孩子们还在。基林表现得一直很冷淡,而罗南则会微笑着向她问好,但其实也根本没有在意她是否存在。大卫也会朝她笑笑,但她知道他心里希望自己回去得晚一些。所以这几个星期,她回来都晚了很多。但今天罗姗娜和格里两个人都感冒了,奥尔拉知道他们希望能安静地休息一下。他们并不饿,所以她自己在厨房吃了点儿煎三文鱼,而她父母则在电视前面打盹儿。他们醒了之后,她问他们需不需要她帮他们做点什么,他们很肯定地告诉她说让她回家。赶在大卫回去前到家吧,罗姗娜对她说。

每周奥尔拉过去的时候,她母亲都没有询问过他们的婚姻状况。奥尔拉知道,终有一日罗姗娜一定会忍不住问她为什么每个周末他们都分开度过,大卫陪着孩子们,而她却独自回这边吃饭。所以她一直都在练习回答这个棘手的问题,以便到时候可以说得很自然。"我们平常见得太多了,所以,周末他应该跟孩子们独处一下。"她终于可以轻而易举地说出这句话了,语调得当,重音突出,面带微笑,仿佛她完全不在乎这件事一样。

我真的不在乎,她打开公寓门的时候还在自言自语着,我再也不在乎他去做什么了,我已经度过在乎的阶段了。

她跪在沙发上,整个身体缩成一团,头抵着膝盖。她感到头痛欲裂,而且眼睛也很不舒服。她真是筋疲力尽了。每每闲下来,她第一个想到的问题就是她的婚姻,直想到她头疼为止。如果不去想大卫和她的关系,那么进入脑海的就是工作问题。她的工作此刻简直就像是一场噩梦。在出了一身冷汗之后,她不得不盘算着这个月剩下的日子她要怎样约见客户,怎样签到单子,反省自己为什么卖不掉任何东西。然后她会担心如果大卫离开了她,她将怎样一个人生活,那个时候她恐怕没办法在业内找到任何工作了。她对眼前的状况感到茫然。

她可以搬去科克。几天以来,这个想法在她脑海里出现的次数越来越多了。她可以搬去科克和乔纳森一起生活。他真的爱她。他能理解自己的热望和野心。他懂得她的可爱之处,也会让她的生活变得更加美好。如果他在都柏林就好了,她想,她就可以见到他,和他谈谈,然后作一个选择。

"就好像我能选择一样,"她自言自语着,"就好像我可以把一切都抛开一样。"

但为什么不行呢?为什么留在让两个人都备受煎熬的生活里呢?她的人生还很长。大卫呢?两次离婚恐怕会让他的简历很出彩吧!她笑了。他们的婚姻还不到一年,她就已经在计划离婚了。她是那种看到某个女明星结婚三个月就离婚的消息时，非常反感的人。每每读到这样的消息，她都会感到很费解，不知道那些女孩子究竟怎么了。为什么会嫁给她们完全不了解的男人？现在她知道了，有些时候，你会发现你嫁的那个男人原来和你想象中的完全不一样。

有些事情你是不应该去尝试的，你该明白这一点。

电话的铃声把大卫惊醒了。他有些惶惑地四处看了看，感到自己的脖子疼得要命。在几秒钟之后，他才意识到这里不是自己的家。他看了看表，五点钟了。他要回去了，回到那间冷冰冰的公寓去，面对着奥尔拉责难的表情。他已经恐惧回家了。

婕玛的声音从那个关着门的房间里传了出来。她的口气很愉快，甚至可以说是兴奋的。"不，没关系的，"她说，"我可以等……我可以，你就可以。"她停了一会儿又加了一句。

之后是一段短暂的沉默，然后她笑了。"大卫在这儿呢。不！我当然不知道他会留下来。"

大卫靠在门上，想听得更清楚些。是不是因为他留下来吃午餐，所以打乱了她周末的安排？可她并没有反对啊，再说她能有什么事呢？

她又笑了。他很长时间没有听到婕玛这样笑过了。大卫想道。

"好，"她说，"不过如果你不给我打电话的话，我也会打给你的。"

她在跟谁说话？莉斯？弗朗西丝？他哼了一声。婕玛从来不可能和弗朗西丝这样说话的。她和她母亲是截然不同的两个人。

婕玛打开了门，走了进来。"嘿，"她说，"我吵醒你了吗？"

他摇了摇头。"我本来也该醒了。谁打的电话？"

"大卫！"她做了个鬼脸，"这已经不关你的事了。"

"对不起，习惯了。"

"你想再喝点儿茶或者咖啡吗？"她问。

这是在赶他走吗？她已经厌烦他待在这里了？"不用了，"他说，"我已经喝得够多了。"

"好的。"她说。

他站起身来。"我明白了。我已经不受欢迎了。"

"当然不是,"她说,"但你的生活里还有别人,不是吗?奥尔拉肯定希望你能赶快回家。"

"我想她是的。"大卫淡淡地说,然后穿上了他的外套。

第三十四章

布莱恩和帕齐·埃内西刚刚搬到坦普里奥格的时候,那个地方在整个村落里都算是个很偏僻的地方了。帕齐的母亲住在离市中心几步之遥的克兰布拉西尔大街上。她简直难以相信自己的女儿会住到那样的一栋房子里,屋后有一个大花园,旁边的田地里牛羊遍地。帕齐的母亲是个绝对的都市女性,她完全不能理解帕齐居然会住到一个出门就可以到树丛里去摘乌梅的乡下宅子里去。但坦普里奥格现在可不能算是乡下了,那已经成为了城市的一部分,甚至可以说是一个非常抢手的地方。在帕齐和布莱恩搬过去一段时间以后,在那个地区又盖了很多宅子,面积小了一半,而且也都没有花园。基林他们小时候非常喜欢在祖父母的花园里玩。

离婚后,婕玛和前公婆依然保持着很友好的关系。帕齐经常会给她打电话聊天——话题通常都是基林和罗南,不过帕齐还是会问及婕玛的情况。她不是个善于表达的女人,但婕玛依然觉得和她比和弗朗西丝相处容易得多。她从来都不会像弗朗西丝那样挑剔她。虽然婕玛已经努力去理解弗朗西丝的感受了。

出租车停在房子大门外时,她缓缓地呼了一口气。她一点都不期待这一晚的到来。她一定是疯了,才会答应大卫的邀请。

房子里灯火辉煌。门前花园里的樱花树也被灯光映照得更加娇艳,它们在微风中轻轻摇曳着。连花园里也挂着风铃——婕玛想,不知道邻居们会不会哪天受不了它们的声音,把它们摘下来扔出去。

"快点,"她对孩子们说,"你们准备好了吗?礼物拿好了吧?"

"当然拿好了。"基林拿着一个装了她和罗南照片的金相框,"你在出来之前已经问过一百次了。"

"抱歉。"婕玛说。

基林打开车门,被晚风吹得抖了一下。她穿了一条裙子,是上周四晚上她和婕玛一起去逛街的时候婕玛送给她的。那是一件红色天鹅绒裙装,领口开得很低。基林没想到婕玛会接受这个尺度。这样的设计刚好展现出了她晒得微微发棕的皮肤。她的头发梳到了脑后,更加衬托出她脸部的轮廓和红红的嘴唇。基林今晚显得相当优雅。

"你想想看,妈妈,"看到婕玛对着她成熟的样子叹气,基林说道,"有的模特才十三岁!相比之下我简直就是一个小丫头。"

"这样也算是小丫头。"婕玛看着她涂了眼影的脸,还有突然间发育得凹凸有致的曲线。

"我希望我能穿牛仔裤。"罗南用手拉着自己的西服上衣抱怨着,"奶奶不会介意我穿牛仔裤的。"

"我知道,"婕玛说,"但我希望我们今天晚上都能很得体。"这样就不会有人责怪我没有照顾好你们了。这样我就可以觉得自信一些,相信自己把一切都处理得还不错。这样我就可以在大卫一家和他太太面前抬头挺胸了。

她付了车费,跟着孩子们走进了院子。

"婕玛!"帕齐打开了大门,伸出手去拥抱她,"能再见到你真好。"

"我也是,帕齐。"婕玛吻了吻老人的脸颊,"你看上去美极了!"

"谢谢。"帕齐说,"我在美容院待了一天才变成这样。而且如果我笑得太多,马上就会露馅儿的。基林,上帝,你太漂亮了。真是长大了!我简直不敢相信。"

基林的脸红了。"谢谢,奶奶。"她说。

"你让我觉得自己实在是老了。"帕齐说,"你也是,罗南,西服真好看。"

"我想穿牛仔裤。"罗南说。

帕齐朝他笑了。"下次吧。"她用手揽着婕玛的腰。"快进来,"她说,"已经来了一大堆人了。"

婕玛特意晚来了一些。她不想在一间没几个人的房子里待那么久,而且还不得不去应付一些让人尴尬的对话，尤其是如果大卫在场就更糟糕了。

她跟着帕齐走进了客厅。客厅和餐厅之间的门没有关，这样可以让空间更大一些。两个房间都重新装修过，之前的海蓝色地毯换成了木地板。婕玛观察了一下，那应该就是最初盖房子时铺的地板，只是重新抛了光。抛光的活应该是布莱恩自己做的——和大卫不同，他可是 DIY[①]高手。

婕玛认出了帕齐的几个邻居，还有几个他家的远亲。她用眼睛巡视了一圈，想看看大卫和奥尔拉在不在。她没有看到他们，却见到了大卫的妹妹莉薇。

"嘿，婕玛。"莉薇朝她笑着。

"嘿，莉薇。你怎么样？"

"哦，很好。"莉薇说，"你呢？"

"很好。"婕玛重复着她的话。

"婕玛，亲爱的，来一杯香槟！"帕齐把一个杯子递到了婕玛的手中，"基林呢？可以喝吗？"

"只可以喝一杯。"婕玛说。

基林跟着帕齐走到房间另一端的吧台前，把婕玛和莉薇留在了那边。

"我没想到你会来。"莉薇说。

"我也没想到会被邀请。"

"我很惊讶他们说要请你来。我没有别的意思。"

婕玛从来就没喜欢过大卫的妹妹。莉薇比婕玛大一岁，经常让婕玛觉得很不自在。婕玛知道她参加了都柏林国立大学的一个非常复杂的研究项目，钦佩万分，所以也从来不敢轻易和她谈有关她工作的事，而莉薇当然也不会问她有关美发沙龙的事。她应该好好修理一下头发，婕玛想，她头顶的头发太多了，刘海也太长了。也许莉薇本想这样可以显得比较年轻，但结果却让她看起来笨笨的。当然，莉薇从来都不在乎她的外表，她一直坚信思想要比外貌重要得多。

"大卫在吗？"婕玛问。

"怎么了？"莉薇反问。

---

① DIY, do it yourself, 自己动手做。

"我只是想问问而已。"

"还没到。"莉薇说,"可能他想再婚之后来一个隆重登场。"

也许每个人都是这么想的吧,婕玛想道。也许人人都在想大卫和奥尔拉出现的时候会发生点什么事。也许他们在心底盼着大卫的两任太太在遇到时会有些火药味。帕齐和布莱恩当然希望她们可以和平相处,但其他人为了好玩,肯定有更高的期待。她微笑了一下。她知道离婚是自己作出的一个正确决定,她知道大卫的再婚对她已经不存在杀伤力了。当然,她也知道,虽然萨姆还不是她的正式男友(他们只是一起吃过一次午餐,在晚上出去喝过几次东西而已),但他让她觉得自己和那个二十四岁的红发小贱人一样有魅力。而且在她心里,奥尔拉也不再是一个红发小贱人了。

"你喜欢她吗?"莉薇打破了沉寂。

"什么?"婕玛看了一眼大卫的妹妹。

"奥尔拉。你觉得她怎么样?"

"没什么。"婕玛耸了耸肩,"我几乎不认识她。"

"你肯定会见到她,不是吗?"

"为什么?"婕玛问。

"送孩子过去——或者其他的什么事。"

"大卫过来接孩子们。"婕玛说,"我只见过奥尔拉几次。他们结婚后我就再没去过他们的公寓。"她本来也不喜欢那间公寓。太现代,太时尚,太特别了。如果和孩子们住在那儿,那简直难以想象。那个房间只是一个室内设计师的梦想而已。

"我也没怎么见过她。"莉薇说。

"你也不常见大卫啊。"婕玛喝了一口香槟。她什么都没吃,所以没喝多少酒就觉得有点头晕了。她下班后就急忙赶回了家,用了半个小时梳洗打扮。她根本没有时间吃东西,而且上班的时候也忙得连一个面包都来不及吃。

"确实如此。"莉薇捋了捋头发,"我和我哥哥一直都不太亲。当然,他娶了那个红头发妓女之后,就再没时间见任何人了。"

"不能说她是妓女吧。"婕玛温和地说。听到莉薇给她的后继者的相处时间也没有比给她的多到哪里去，婕玛心里还是有一丝欣慰的。

"她勾引他勾引得很成功啊。"莉薇坏笑了一下。

"我觉得有可能是他勾引了她也说不定。"婕玛说。

"我一直觉得你们不会离婚。"莉薇说，"我觉得你们的问题会解决。"

"结果没有。"婕玛短促地回答说。

"你们很相配。"莉薇说，"和这个女人在一起，他永远都会想她会不会离开自己，或者超越自己。"

"不是吧？"

莉薇点了点头。"你知道的，他一直想找到第二个你。"

"哦，别开玩笑了！"

"坦率地讲，我不觉得他认为奥尔拉在结婚后会放弃自己的工作，但我想他至少会希望成为一家之主。你了解大卫，婕玛，他喜欢控制一切。但这次恐怕他要失望了。"

"你怎么知道的？"婕玛说。

莉薇挠了挠鼻梁的一侧。"这是妹妹的直觉。"

婕玛很惊讶。她从来都不觉得莉薇会对大卫的事有任何"直觉"。

"婕玛！见到你真高兴！"布莱恩·埃内西简直就是个老年版的大卫。他把双手搭在了她的肩膀上。

"我也是，布莱恩。"婕玛朝他微笑着，"我一直都很想见到你。"

他笑着抱了抱她。"你今天能过来真好。"

"我也很开心能来。"她回答说。

"我们不知道应不应该问你。"

"可能确实会有些尴尬，"婕玛承认道，"不过我还没见到大卫和奥尔拉。"她谈起他们的时候觉得很自然。

"大卫打电话说他们会迟一些到，"布莱恩说，"奥尔拉好像下班晚了。"

大卫和奥尔拉被堵在了长达两公里的长龙后面。前面十字路口的地方出了车祸，出事的两辆车停在那里动不了了。

奥尔拉可以感受到大卫无声的怒火。她尽量避免看他，因为她知道如果她没有迟回家一个小时，就不会赶上塞车了。预订的出租车到的时候她刚刚洗完澡，大卫让司机等十五分钟，但他说他还有别的活。于是，她让大卫再给调控台打电话叫一辆出租车。虽然她看不到他的脸，却感受到了他的怒火已经充满了整个房间。

那辆车到得很晚，大卫站在露台上望穿秋水也看不到车的影子。他决定自己开车，那时奥尔拉正在找她的丝袜。大卫的语气让奥尔拉明白这个晚上已经毁了。她知道大卫不想自己开车去帕齐和布莱恩那边，他希望可以喝点酒。他们刚刚上了大卫的宝马车，那辆出租车就到了。

大卫跟司机说了几句话，奥尔拉虽然听不清楚，但她知道他把责任都推到了她身上。为什么最近发生的一切都要归罪于什么人？她想，迟到怪她，等出租车怪他，把热水用完怪她，忘记开暖气也怪她。

现在，她靠在出租车硬邦邦的坐椅靠背上，想着一会儿他们就会到达那间充满了她不熟悉的大卫家亲戚的大房子里，和大卫的前妻共处一室了。他们会认为大卫离婚是谁的错呢？

婕玛锁上了洗手间的门，端详着镜子里的自己。她又拿出了腮红和唇膏，补了一下妆，再在耳朵后面喷了一些快乐香水。最好那味道能带来厂商描述的效果。她想到一会儿要见到大卫和奥尔拉，突然紧张了起来。这感觉在她和大卫的表哥安德鲁和他太太格兰妮聊天的时候突然袭来，当时格兰妮正在对她的样子大加赞赏。

"虽然有时候你还是会觉得很不舒服。"她加了一句。

"什么意思？"婕玛问。

"拜托，婕玛，"格兰妮朝她笑着说，"大卫和他的新太太！我在他们婚礼之后就再没有见过她，不过婚礼那天她可真是美得不得了。"

"谢谢你了，格兰妮。"婕玛淡淡地说。

"当然你在你的婚礼上也很漂亮。"安德鲁马上插了一句,婕玛感激地朝他笑了笑。

"你和她相处得怎么样?"格兰妮问。

婕玛真希望人们不要再问她和奥尔拉相处的问题了。看在上帝的分上,他们觉得她和奥尔拉会相处得如何呢?她做了一个模棱两可的回答,然后就去了洗手间。

她看着镜子里的自己,整理了一下前额上的一绺头发。她今天晚上确实很美。皮肤清透,眼睛明亮,那条本德里希①的裙子更是把她衬托得十分出众。她很想买一件新衣服,可这个月的预算都用在基林那条裙子上了,所以她自己的购置计划只能搁浅。她几乎把衣柜里所有的晚装全都拿了出来,那些衣服她五年来一次都没穿过。结果她很惊讶地发现那件本德里希和另一件弗兰克亚瑟②居然还合身。她多年前买它们的时候一定是买错了尺码。虽然在拉拉链的时候她还是费了一点点力气,但那裙子还是让她在顷刻间变得艳光四射。这样一来,之前在它身上花的不可思议的大价钱也就真的变成了——就像她跟大卫说的——一种投资。

她紧了紧黑珍珠耳环,调整了一下与之相配的珍珠项链,之后深深地吸了一口气。他们马上就到了。她也准备好了。

她走到了楼梯前,刚好帕齐正在开门。婕玛几乎来不及转身回避大卫看到她时惊讶的眼神。

奥尔拉跟着他走了进来,她也看到了婕玛站在楼梯顶端的样子。她咬了咬嘴唇。胖婕玛居然这么美。那件裙子的剪裁突出了她的曲线,颜色也非常适合她的肤色。她的头发非常有技巧地用一个和裙子颜色很匹配的发饰盘在了脑后,露出了脸部的轮廓。另外,她戴的黑珍珠首饰也让她显得更加优雅。奥尔拉瞬间感到穿着一件黑色小短裙的自己显得非常幼稚傻气。她的头发垂在肩上,不太正式。而且她很后悔自己只戴了一条金项链,那实在太平凡了。在没进来之前,她还觉得那条项链简单得体。可与婕玛的珍珠一比,奥尔拉觉得自

---

① 本德里希,著名时装品牌。下同。
② 弗兰克亚瑟,著名时装品牌。

己真是幼稚。

"嘿，大卫。"婕玛竭力保持着声音的平稳。她的心脏正在狂跳，她很希望可以控制住整个局面，但并不确信自己能够做到。

"嘿，婕玛，"他扶住了她的肩膀，在她的嘴唇上轻轻地吻了一下，"你今晚真美。"

"谢谢。"她转向了奥尔拉，"你好。"她说。

那个小贱人很漂亮，婕玛想。她希望自己也可以穿着这样一条薄纱一样的裙子，并且还能把身材的优势全部都展现出来。她那条裹着黑色丝袜的长腿简直长得没有止境。

"你好，婕玛。很久没见了。"

"我想我们确实见得太少了。"

"我想也是。"为什么她会让我有这样的感觉呢？奥尔拉想。她没有我漂亮。她站在楼梯上的样子很美，但她比我老，眼角已经有了几条皱纹。她也比我胖，虽然隔着裙子你看不到她的小腹。

"你进去过了吗？"大卫问。

"哦，进去过了。"婕玛说，"孩子们就在里面，肯定是在吃东西呢。我刚才在和莉薇聊天。"

"莉薇。"大卫不屑地重复了一句，"我猜和她谈话应该不太容易。"

"她还好。"婕玛生平第一次为她的小姑子辩驳了一次。

"我们进去吗？"奥尔拉问，"站在这儿恐怕不太合适吧。"

大卫点了点头。婕玛跟着他和奥尔拉走了进去。

她恐怕穿什么都不会显得臃肿吧，婕玛看着那个年轻女孩儿的背影想。我永远都不可能穿跟那么高的鞋子。我每天站在沙龙里，脚已经累得不行了。

"我不知道应不应该请她来。"帕齐和布莱恩肩并肩地站在一起，看着婕玛和他们的一个邻居聊天。帕齐边说边把头靠在了布莱恩的肩膀上。

"如果不请的话，会显得更怪。"布莱恩说。

"没有那么怪,"帕齐说,"人们应该不会问我们,为什么不把大卫的前妻也请来。"

"我也不知道。"布莱恩耸了耸肩,"这种事情我从来都没碰到过。"

帕齐叹了口气。"我希望这个国家没有离婚这件事存在。"

"不过如果他们不离婚,情况可能会更糟。"布莱恩猜想道。

"会吗?"帕齐抬眼望着他,"如果他们不能离婚,那么就会想办法解决问题了。"

"这是大卫的新太太。"莉薇向布莱恩和帕齐的邻居乔安妮·麦卡洛指了指奥尔拉,"她很漂亮吧?"

"她确实不错。"乔安妮说,"大卫怎么追到她的?"

"哦,我哥哥本身也不差啊。"莉薇说,"至少上学的时候那些女生是这么想的,她们经常会向他投怀送抱。"

"她看上去可真小。"乔安妮说。

"二十四岁。"

乔安妮叹了口气。"我还记得我二十四岁的时候。印象虽然没有那么深了,不过还是记得的。"

"我也是。"莉薇说,"而且我很开心当时没有结婚。"

"他们可真礼貌。"乔安妮在房间里寻找着婕玛,"如果我和里奇分开了,我绝对不可能和他同处一室,更别说同他的新太太了。"

"我想这都是装的,"莉薇说,"婕玛心里肯定想把奥尔拉的眼睛挖出来。"

"看奥尔拉的表情,估计正相反。"乔安妮随着奥尔拉的眼神找到了婕玛。大卫的前妻正站在屋子的另一端,和帕齐的姐姐埃伦聊天呢。婕玛正在笑,她的头微微地倒向一边,身体非常放松。而奥尔拉却孤身一人,僵直地靠在墙上。

"我最好去救救她,"莉薇说,"以防她做出什么出格的事来。"

"我们给爷爷奶奶送了一个相架,"罗南告诉大卫,"相片上是我和基林。

妈妈给我们约了一间工作室,让我们自己设计那张照片。我不知道为什么爷爷奶奶想要一张照片,不过妈妈觉得他们需要。"

大卫朝他微笑着说:"这样他们就可以经常记得你们。"

"他们不需要记得我们,"罗南说,"他们随时都可以见到我们。"

大卫抱了抱他的儿子。基林拿着一杯香槟走了过来。

"希望你没在喝酒。"大卫说。

"妈妈说我可以喝。"

"她说只能喝一杯。"罗南对她说。

"奶奶帮我又倒满了。"基林辩驳说,"她说没问题。"

大卫叹了口气。"我希望能把你教育成一个优雅而生活简单的淑女。可你现在居然开始偷喝香槟了!"

"总比偷喝劣质酒要好啊。"基林开心地说。

大卫实在不知道作何反应。他看着她喝着杯子里的香槟,心里想着究竟是在哪一个时刻,她从一个小姑娘一下子变成了个小大人了。这是他人生中第一次觉得自己老了。

"想加点儿酒吗?"莉薇走到大卫新太太的面前,拿着酒瓶在她面前晃了晃。

"谢谢。"奥尔拉点了点头。

"感觉怎么样?"莉薇边帮她倒酒边问道。布莱恩和帕齐把酒都放在了后花园里,那里的温度低。现在正赶上天气降温,外面冷得厉害。

"这是个很不错的派对。"奥尔拉含糊地回答说。

"哦,那就好好玩吧!"莉薇笑着说,"你知道每个人都对你和婕玛的关系很感兴趣。我真觉得爸妈是特意把你们两个都请来的,这样可以让气氛变得更有趣。"

"不会吧?"奥尔拉说。

"也许不是,"莉薇承认道,"但妈妈总是会做这样的事。她喜欢搞些事情出来。"

"我可不希望出现任何事。"奥尔拉坚定地说。

"我知道你不想,"莉薇说,"所以,跟我说说吧,你们的爱情童话怎么样?"

奥尔拉觉得自己的脸一下子红了。"我不会把我们的关系叫做爱情童话。"

"为什么不?"莉薇问,"大卫为你简直昏了头,你也很年轻。他可能觉得自己像是在做梦呢。"

"我对这一点很怀疑。"奥尔拉说。

"你知道,妈妈曾试过劝他不要和你结婚。"莉薇说,"她告诉他说你以后会改变的,至少比他改变得要多。她说他已经知道自己想要的是什么了,可你的心思还没有稳定。她觉得这对你不公平。"

"看来我们的父母都很有意见,"奥尔拉说,"我父母也说了一些不赞成的话。"

"那么为什么你要嫁给他呢?"莉薇问,"当然如果你觉得这问题让你为难的话,也可以不用理会。"

"是有一点儿。"奥尔拉把头发别到耳后。

"没关系。"莉薇笑着说,"我和大卫也不经常交流。并不是说我们关系不好,只是我们对生活的看法很不同。我们本来性格很相似——放松,随和——和我们的父母一样。但后来大卫变成了生意狂,之后我就很难和他交流了。"

"我不觉得你是一个很放松的人。"奥尔拉说,"你不是在做研究吗?"

"那是我的生活。"莉薇简单地回答说,"我不会因为做那些研究赚太多的钱,但我不在乎。这就是我和大卫的不同。他可以用尽每一秒钟去赚钱。"她朝着奥尔拉微笑道,"当然,也可能不是每一秒钟,可能我有点儿过分了。但钱对他来说很重要。"

"为什么你会这么想呢?"奥尔拉问。

"我不知道。"莉薇思考了一下,"他一直是一个很愿意和别人竞争的人。以前是在运动上和人比——他什么运动都玩过——而且一定要赢。他放弃了那些运动之后就开始一门心思赚钱了。"

"他在钱方面很大方。"奥尔拉想着他之前买给她的无数鲜花,想着他每次带她出去玩,想着那些珠宝,还有那些昂贵的内衣——他们刚开始约会的时候他会给她买很多内衣。不过,他已经有很长时间没有给她买过任何东西了。

"你还好吗?"莉薇有些好奇地看着她。

"很好。"奥尔拉说,"我很好。只是今晚实在是太仓促了,交通简直一塌糊涂。"

"所以你们到的时候大卫才一脸怒气。"莉薇笑了,"他还以为十五分钟就可以在都柏林转上一圈呢。他忘了十年来这个城市的变化有多大。"

婕玛正在倒香槟,安德鲁突然在她的脖子后面亲了一下,她差点把酒泼在身上。

"要是酒洒了一桌子,我肯定要打你一顿。"她说。不过她脸上的微笑淹没了她生气的语气,她喜欢安德鲁。

"你今天实在太漂亮了。"他对她说,"你简直是席卷了整个派对啊。"

"别胡说了。"她的脸红了。

"我可没有胡说。男人们都在给你和奥尔拉打分,目前看来你还是占上风的。"

"安德鲁,这简直是胡闹!"她瞪着他,"你是乱说的,对吧?"

"绝对没有!"他向她保证道,"评的是性感程度和性格。"

"我希望你是在说谎。"她虽然这么说,但心里还是很开心。整件事虽然幼稚,不过她还是愿意在某些事情上能够胜奥尔拉一筹。

"我以性命担保。"他庄严地说。

"你实在应该被判死刑,"她对他说,"有没有人跟你说过,把女人当做战利品是政治错误?"

他笑了。"我以为你会开心。"

"我——哦,走开吧,安德鲁,"她说,"否则我会把酒泼在你身上。"

"我给你的穿着打了最高分。"他对她说,"你穿这条裙子简直美极了,婕玛。"

"走开。"她又重复了一遍,不过她的口气还是相当和缓的,"否则我就告诉大卫你们都在做些什么。"

"现在我可真的担心了！"安德鲁朝她笑了笑，然后拿了一杯啤酒，消失在了人群里。

奥尔拉已经忘记之前和她说婕玛有多好的那个女人是谁了。奥尔拉满心怒气地想，如果她这么好，大卫也就不会离开她了。为什么这些人都这么喜欢她？她没有让他感到快乐，不是吗？她把他轰走了，不是吗？奥尔拉看着婕玛跟大卫的一些亲戚谈笑风生。蠢婆娘，她想，我打赌他们并不喜欢她，只是出于礼貌而已。婕玛离开吧台后，奥尔拉走了过去。她需要再喝一杯，马上。

"你怎么一个人在这儿？"基林站在了奥尔拉身边。

奥尔拉眨了眨眼睛。三杯酒过后，她的头有些昏昏沉沉的。

"我不认识几个人。"她说。

"爸爸应该给你介绍一下。"基林对她说，"不过他确实不太擅长社交。"

奥尔拉做了个鬼脸。"你这么觉得？"

"不是，是妈妈经常这么说，她总说爸爸只顾自己。他确实如此。"

"也许你说得对。"基林的表现和她想象中很不同，她友善得让人意外。奥尔拉想知道这是为什么。

"你不经常来爷爷奶奶这边吗？"那个小姑娘又问，"爸爸妈妈没离婚的时候我们经常过来。"

"我从结婚那天起就没有再来过。"奥尔拉说，"我觉得他们不是很喜欢我。"

"为什么？"基林问。

"因为我嫁给了你爸爸，"奥尔拉说，"也许她们认为他应该回到你妈妈身边。"

基林叹了口气。"我也这么想。"

"你希望那样吗？"奥尔拉不确定自己是否想知道答案。

"不知道,"基林说,"有时候吧。可有时候又不想。"她困惑地看着奥尔拉。"你爱他吗?"

"什么?"

"我爸爸。你爱我爸爸吗?"基林问。

"我嫁给了他。"奥尔拉实在不觉得自己应该和基林进行这样的对话。她是大卫的女儿,虽然今晚她看起来非常成熟,但她依然是个孩子。"我想既然我嫁给了他,那我一定是爱他的吧。"

"但他已经很老了,你又那么漂亮。"基林微笑着说,"我知道我一开始对你不太友好,奥尔拉,但我那时候实在没办法相信你和我爸爸在一起。那感觉有点——恶心,应该这么说吧。"

奥尔拉用手指摆弄着发卷。"那现在你还觉得我们在一起'恶心'吗?"

基林皱了皱眉头。"有时候吧。"她承认道,"但如果你们相爱,也就无所谓了。"

"你的说法很有趣。"奥尔拉说。

"妈妈已经不爱他了。"基林说。

奥尔拉向之前大卫待的地方望过去,他已经不在那儿了。婕玛也消失了。"也许吧,"她说,"但也许你爸爸还爱她。"

基林并没有听到她的话。她的手机响了,她知道唯一可能打给她的人就是马克·迪宁。她溜出了房间,到楼上去听电话。

"你还好吗?"大卫突然出现在她身边。

奥尔拉点了点头。

"酒喝够了吗?"

"当然。"奥尔拉说。

"你怎么一直一个人待着?"他问,"为什么不和人们说说话?"

"大卫,我谁都不认识,"奥尔拉说,"为什么我们不一起和别人去说话?"

他叹了口气。"你想认识谁呢?"

"你不用把这件事看做一项任务。"

"不是任务。"他简短地说,"好了,奥尔拉,我们去找爸爸妈妈聊聊天吧。"

奥尔拉把手搭在了他的腰上。我是他的太太,她对自己说,他们最好能相信这一点。

婕玛看到他们在跟帕齐和布莱恩说话,感到喉咙有些发紧。奥尔拉靠在大卫身上,完全倚靠着大卫来支撑着自己的身子。她喝得太多了,婕玛想。今晚对她来说应该很难挨,要和一群自己完全不认识的人打交道。婕玛的同情心又升腾起来,她赶忙压抑住这种感觉,昂首挺胸地走过了他们四个人。奥尔拉可以嫁给大卫,而她,婕玛,也可以做到对他毫无感觉,但她希望自己能像很久以前一样美丽迷人。这样他才能知道她的人生还没有走下坡路,奥尔拉也要明白这一点。

她走到了静谧的花园里。天空漆黑,因为地面上灯光明亮,所以几乎看不到任何星星。她记起第一次和大卫来这里时的情景,他们就站在这个花园里仰望着星斗满天的夜空。他指着一群星斗告诉她,那是猎户座,它有一条三颗星星组成的"腰带";另一个漂亮的 W 形星座叫仙后座。她使劲仰着头,但完全分不清那些星座。那个时候她真的非常爱他,而且认为他们会永远在一起。

她颤抖了一下,揉了揉肩膀。这里很冷,但她需要一个人待一会儿。虽然她现在对大卫的感觉已经改变了,但看到奥尔拉和大卫在一起的情景确实还是让她感到不太舒服。这是一个界限的问题,她对自己说,就算她不想要他了,可还是不希望看到别人占据自己的位置。

她希望萨姆在这里,用手臂揽着她,告诉她他爱她。然后她又开始嘲笑自己了,他才不会跟她说什么海誓山盟,那是基林和马克那个年龄的孩子做的事。成年人不会这样做。但她还是希望他会作出承诺。自从他们开始约会,她的生活仿佛完全改变了。她尽可能不让自己有一些幼稚的想法,但她依然会像个孩子般感到莫名的兴奋,而且那感觉好极了。大卫在很久以前就给过她这样的感受。

婕玛从花园里走进了房子。大卫刚好正要出去拿几瓶酒。
"哎呀!"婕玛看到门突然开了,马上往后退了一步。
"婕玛,对不起!"大卫看着她,"你怎么在外面?天气这么冷!"
"我只是想呼吸点儿新鲜空气。"她说,"里面太闷了。"
"不过派对还是很不错的。"大卫说。
"是啊。"
"基林真漂亮。"
"当然。"婕玛笑了,"她花了几个小时准备。我以为我们午夜前来不了了呢,她实在是打扮了很久。"
"不过结果确实很震撼。我希望和她交往的那个男孩儿能珍视她,当然最后还是离她远一点儿。"他阴沉沉地加了一句。
"哦,马克是个好孩子。"婕玛温和地说,"她非常喜欢他,这也是件好事。"
大卫好奇地看着她。"为什么是好事?我觉得现在她最好还是不要太过于喜欢谁为好。"
"她需要学习,"婕玛说,"十四岁不算太小了。"
"我还记得我十四岁的样子,"大卫说,"所以我可不希望哪个满脸痘子的男生成天围着我女儿转。"
婕玛笑了。"每个当爸爸的人都会有这种恐惧吗?"
"我想是吧。"大卫也笑了,"我记得一个女孩儿,叫安托瓦内特·加尔文。她很漂亮,我那个时候对她很着迷。"
"你以前从来没提起过她。"婕玛说。

"那时我十五岁,"他说,"她十四岁。她简直是太美了——"

"我能想象。"婕玛打断了他。

"我每天都在做梦和她在一起。"大卫对她说。

"大卫,我实在不想知道你做的关于她的梦。"婕玛说。

"有一天我看到她和她母亲在一起,结果我马上确定她并不是我想找的女孩儿。加尔文太太是个极丑的老太太。"

"大卫!"

"她本来就是啊。"他辩驳说。

"那这个故事的意思是?"

"如果女孩子们长大之后会和妈妈很像的话,那我就没办法不担心基林了。婕玛,你今晚真美。"

"看在上帝的分上!"她看着他,"你这种恭维我的方式可真是费尽心思啊。"

"我不知道现在你怎么看待我。"他说,"这种感觉真奇怪,我们曾经一起生活,睡在同一张床上,有两个孩子——而此刻我们得保持礼貌。"

"嘿,别轻视礼貌这件事。"婕玛笑了,"对于离婚的夫妻来讲,保持礼貌实在是一种成就。"

他叹了口气。"也许吧。"

"无论如何,你以后也会和奥尔拉生孩子的,然后你就需要为他们担心了。"婕玛说。

"我们不会要孩子的。"大卫说。

"你确定?"

"一定。"

"她可能会想要。"婕玛说。

他摇了摇头。

婕玛又揉了揉自己的肩膀。

"你要进来吗?"大卫问,"或者是要冻死在外面?"

"我是要进来。"婕玛说,"你也得赶紧把酒拿进来,否则大家就只能喝冰块儿了。"

奥尔拉看到他们两个一起走了进来，咬了咬牙。他们在外面搞什么鬼？婕玛若无其事地进来当然没有任何问题，大卫在她后面拿着几瓶酒走进来也没有任何问题，可他们为什么会一起出去呢？大卫是她的丈夫，不是婕玛的。婕玛只是他的前妻。前妻，她对自己说。但看到他们默契的样子，你根本想不到他们已经离婚了。别再信他说的什么离婚的夫妇也应该和平相处之类的鬼话，那都是狗屁。前妻本就不该跟前夫和平相处。那是不对的。

布莱恩说了几句话，讲述了他和帕齐五十年来的幸福婚姻。

"她嫁给我的时候是那么小巧娇弱，"他对来参加派对的亲朋好友说，"我非常惊讶她居然已经和我共度了五十载的岁月，当然，感受到的大都是幸福，因为能娶到她是我一生中最幸运的事。同时，我也很开心大家能在这里为我们作见证。"

每个人都鼓掌举杯。婕玛突然意识到自己正在和一群与自己几乎没有任何关系的人一起为他们庆祝金婚。如果我活到那个岁数，恐怕连身边发生了什么事都不知道了。想到这儿，她居然笑出了声。

"你还好吗，婕玛？"布莱恩问她说。

她朝他莞尔一笑。"我知道我在自言自语呢，但我没疯，我保证。"

"我希望是。"他也笑着对她说，"否则我就惨了。"他拉着她的手。"来吧，我们跳支舞。"

"和我跳舞。"奥尔拉拍了拍大卫的手臂，打断了他和安德鲁的谈话。

"马上。"他说。

"哦，快去吧。"安德鲁朝他笑着说，"如果你不和她跳，大卫，我就跳喽。"

　　大卫拉起了奥尔拉的手，另一只手搂住了她的腰。她把头放在了他的肩膀上，闭上了眼睛。她心里想着，如果什么都不想，她就可以骗自己说他们还和以前一样。她可以把此刻假想成他们结婚的那天，那时她是他在这个世界上唯一的女人，而且那时她毋庸置疑地爱着他。但她不能当什么都没有发生过。她心里想着乔纳森·帕斯科，想着他抱着自己的感觉，想着他有多么想要她。她能感觉到他的欲望，而她对他也充满了同样的情愫。

　　手镯合唱团①曾唱，那种感觉是不是可以被称为"永恒的火焰"？她浑身抖了一下。

　　"你还好吗？"大卫问。

　　"很好。"她说。

　　那个晚上，安德鲁·埃内西客串了DJ②的角色。

　　"别总是放这些靡靡之音，"他喊着，"大家都动起来吧。"他开始放起了格兰·米勒③的激光唱片来。帕齐听到之后笑了。

　　"有谁想跳一曲？"帕齐拉住了罗南的手，跳起了舞。

　　"她最好小心点儿，心脏不要出什么毛病。"莉薇跟她的哥哥嘟囔着。

　　"她身体完全没问题。"大卫说，"我希望自己也有她的精力。"

　　"我觉得你需要她两倍的精力，才能应付那个长腿大胸小姐。"莉薇说。

　　"我猜你是在说我太太吧？"大卫说。

　　"还能说谁？"莉薇笑了，"那些老男人一直在跟着她满屋子转呢，大卫。我都没意识到她这么有魅力，很自然的美。她让男人们想保护她，不过他们必须要先打败你才行，这让事情变得更有趣了。"

　　"别胡说八道了。"大卫生气地说。

---

①手镯合唱团，美国二十世纪八十年代的流行乐队。
② DJ，disc jockey，此处意为舞厅司仪。
③格兰·米勒，美国二十世纪四十年代最受欢迎的乐团之一。

"哪句话是胡说？"莉薇问，"是他们跟着她转还是说你要保护她？"

他什么也没说。

"你还好吧？"莉薇沉默片刻之后问。

"当然。"

"你不会是后悔再婚了吧？"

"怎么会这么问？"大卫问她说。

"我是你妹妹，"她说，"我了解你，大卫。追逐的过程是最重要的，对吧？拥有就是另外一件事了。"

"哦，别幼稚了，莉薇。"他哼了一声，走过去又拿了一瓶啤酒。

奥尔拉知道自己喝多了。她没有醉——没有醉倒，没有四处摇晃——但她知道如果她坐下来，就一定会睡着。因为鞋跟太高，她的脚疼得不行。她靠着墙，看着基林和大卫在一起跳舞。今晚的基林让她很震惊，成熟、美丽、头发乌黑、眼睛深而湛蓝，尤其是那件红色裙装，让她显得更加娇艳夺目。

而她居然是我的继女，奥尔拉想。如果我们一起去酒吧，别人肯定以为我们是姐妹。婕玛以前也是这个样子吗？不过婕玛应该更淑女一些，没有那么戏剧化。她的吸引力不会让人感受到威胁。今晚的婕玛是奥尔拉所见过的最美的一次。她明白为什么大卫曾经那么迷恋她了。那时的她一定有着更紧实的胸部、更美丽的曲线——就像他曾经形容过的，一个性感的身体。

"嘿，奥尔拉。"婕玛决定自己先来破冰。她早晚要和大卫的太太打招呼的。她已经感觉到整个房间的人都在等着看她们究竟会和对方说些什么。什么都不会说吧！她朝奥尔拉走过去的时候还在猜测着，那个年轻的姑娘可能会什么都不说就走开。但事实上，她并没有。

奥尔拉站直了一些，脚感觉更疼了。

"你好，婕玛。"

"觉得派对怎么样？"

"很好。"奥尔拉耸了耸肩，"虽然我不太适应这种场合，不过还好。"

她适应什么呢？婕玛想，整夜的性爱？

"帕齐真美，你说呢？"

"她是个很漂亮的女人。"奥尔拉说。

"也许大卫就是遗传了她的外貌吧。"

奥尔拉挑了挑眉毛。

"我一直觉得他很帅，"婕玛说，"尤其是我刚见到他的时候。"想到那个情景，她笑了。"长头发，健硕的身材——我当时实在是情不自禁。"突然，萨姆·麦科尔根的形象闯入了她的脑海，又是一个长头发、身材健硕的男人。她咬了咬嘴唇。她真的要再走一次老路吗？她觉得自己不应该再把萨姆当做人生中的一个固定角色了，就好像她注定要嫁给他一般。她已经有过一次失败的婚姻，原因是她在真正了解大卫之前就嫁给了他。你以为你会吸取之前的教训，但其实你是在一次又一次地犯着同样的错误。

奥尔拉看到婕玛在踌躇着什么。她还爱着他，她猜想，她想把他夺回去。奥尔拉胃里一阵搅动。

"不好意思，"她说，"我要去洗手间。"她马上离开了那个房间。

婕玛看着她的背影。她想友善一些，她想打破窘境。如果那个蠢八婆不想合作，那就是她的问题，而不是我的问题了，婕玛想道。她环顾四周，每个人都在回避她的眼神。去他的吧，她想，我不需要和他们任何一个人交往，我不需要在乎。

奥尔拉坐在洗手间的地板上，她浑身颤抖着，嘴里满是酒味。为什么我会嫁给他？她自问着。为什么我会相信他的鬼话，信他说在这个世界上只爱我一个？为什么我会相信他和婕玛已经结束了？根本没有结束，永远都不会结束。她依然爱他，他同样也爱着她，而我则是这个世界上最大的傻瓜！

婕玛拍了拍安德鲁的肩膀。

"跳舞的时间到了。"她对他说。

他朝她笑着。"好啊。但如果要和你跳舞的话,我还是想配上靡靡之音。稍等。"他换上了一张惠特尼·休斯顿的《我会为你保留所有爱》。"来吧,婕玛,我们跳舞吧。"

她把头靠在了他的肩膀上。他是个好人,她有些昏昏然地想。大卫的家人都非常温和可亲,很遗憾大卫自己没有那么亲切。

"抱歉。"婕玛抬头看了看说话的人,大卫站在他们旁边说:"恐怕这支舞应该是我们跳。"

安德鲁看看婕玛,又看看大卫。大卫笑着解释说:"这首曲子是我们的。"

婕玛离开了安德鲁,转到了大卫怀里,"这不是我们的曲子,"她说,"我们根本就没有自己的曲子。"

"只有这样我们才能离近一点儿啊,"大卫说,"记得多里蒙特吗?"

她点了点头。他们刚开始约会的时候,大卫曾经带她到多里蒙特的"公牛墙"去——那可是一个在车后座上做爱的好地方。

他那时候借了布莱恩的车。在那辆米拉费奥里汽车的后座上做爱完全没有问题,不过他们还是选择了沿着海岸散步。两个人站在海边,让涌上来的海水冲湿了双脚。婕玛当时被冻得直发抖,大卫抱着她走在沙滩上。那天是他们第一次做爱。

那次经历真的棒极了,虽然环境有一点点不舒服。婕玛记得在大卫进入她的身体时,她的脸颊被旁边的杂草扎了一下。她疼得叫了一声,大卫马上停下来望着她,问她是不是不舒服。她告诉他,是因为杂草扎到了脸,而不是因为他,他棒极了。他听完之后笑了起来,然后开始充满激情地和她缠绵着。她忘记了旁边的杂草,忘记了夜的寒冷,完全陷入了大卫带来的快感中。他是一个那样完美的爱人。他尽量拖长了时间,而且还询问着她的感受,问她是不是满足,并抚摸着她最敏感的部位,就如同那是他与生俱来的本能。她马上认定他是这个世界上她唯一的男人,她情愿和他永远相拥在这里。

后来,他们回到了车子里。大卫打开了收音机,惠特尼的歌声让她心旌荡漾。他微笑着告诉婕玛他的感受,告诉她一切是那么完美。

"你记得吗?"大卫问。

"当然。"她悄声说。

"我那时真的很爱你。"他说,"真的。"

"我知道,"她回答说,"我也是。"

她感到了他的心跳,而她自己也是一样。我对他依然有吸引力,她突然想,我还是可以引起他的欲望。她离他更近了些。

心碎去吧,傻瓜小贱人。她想。

第三十五章

奥尔拉关上了洗手间的门。她还是想吐，但她知道自己根本什么也吐不出了。她的双腿在发抖，感觉自己很难保持平衡。她想回家，她已经受够了布莱恩和帕齐这场见鬼的派对。她不想再看到人们观察自己的样子，也更不希望继续忍受这种输给婕玛的感觉。

她走进了客厅，看到那两个人仿佛在互相包裹着移动，顿时觉得头晕目眩。她很难形容那种情景。婕玛的手吊在大卫的脖子上，而大卫的手则揽着婕玛的腰。他把她抱得那么紧，而她也欣然接受了他的环抱。他们彼此微笑着。虽然没有任何人在注意他们，可奥尔拉看得出，也没有任何人把他们当做一对已经离婚的夫妻。

他依然迷恋我，婕玛想。虽然我不再迷恋他了，但知道这一点还是一件让人开心的事。

她还是那么性感，大卫想，我居然忘了她原来这么性感。

我不会允许自己大吵大闹的，奥尔拉一边这样想，一边晃晃悠悠地朝他们走了过去。

音乐停止了。大卫在婕玛的脸颊上轻轻地吻了一下，而婕玛则紧握了一下他的手。然后她看到了奥尔拉，便离开了大卫的怀抱。

"我们走吧。"奥尔拉说。

"什么？"大卫看着她问。

"我们该走了。"她重复了一遍。

"还很早呢,"他说,"没有人要离开。"

"我们要离开,"她坚定地说,"已经凌晨三点钟了,我很累。我们现在就离开。"

"她说得对,"婕玛说,"我也要走了。"

"你确实该走了,肥婆!"奥尔拉生气地说。

"奥尔拉!"大卫一脸惊恐地叫道。

"很享受吧?"她的话如同流水般一发不可收拾,"很想让我看着你和你前妻搂搂抱抱吧?你也是,对吗?"她盯着婕玛问,"我猜你一定很高兴有男人陪吧?就算是别人的丈夫也无所谓?"

"奥尔拉,看在上帝的分上,小点声!"大卫说,"我没有——我不知道你怎么会——"

"我们什么都没有,奥尔拉,"婕玛说,"真的。"

"别让我笑话你了,"奥尔拉说,"你这个老肥婆!"

"奥尔拉,你太累了。"婕玛尽量安抚她的情绪。

"你醉了。"大卫生气地说。

"我很好,"奥尔拉说,"简直他妈的好极了。"

这里的空气仿佛要爆炸了一般。大卫环视四周,人们都在默默地聊着天,尽量回避着他们。

"大卫,奥尔拉,外面有一辆出租车。"莉薇朝他们走了过来,"我本来想走的,不过你们可以先走。"

"好主意,莉薇,"他说,"谢谢。"

"想让我滚蛋吗?"奥尔拉问。

"你太累了。"莉薇说。

"我很好,"奥尔拉说,"你去哪儿呢,肥婆?"她看着婕玛。

"我要带孩子们离开了,"婕玛说,"很幸运他们没看到你这场秀。"

"快一点,奥尔拉。"大卫拉住了她的胳膊,她一下子挣脱开了。"快,"他重复着,"你说得对,我们是该离开了。"

这一次她跟着他走了。

大卫把钱给了出租车司机,然后生气地走上了公寓楼的台阶。奥尔拉需要小跑着才能跟上他。可那个时候,她的脚几乎已经走不了路了。他打开了房门,直接走进了卧室,然后脱下外套,规规整整地挂进了衣柜。奥尔拉看着他。

"看在上帝的分上,"她终于喊出了声,"你为什么不直接跟我吵?"

"和你吵?"他的声音很镇静,"我为什么要和你吵?"

"因为我生气了,因为我们离开了。"她说。

"我当然不希望离开。"他摘下了领带,解开了衬衫领子上的扣子,"不过你也没给我太多选择。"

"我知道你不想离开,"她冷冷地说,"那也太明显了。你今天真是得意,在我面前和婕玛卿卿我我。你这个浑蛋!"

大卫脱下了鞋子。他叹了口气,看着她。"不要蛮不讲理。"他说。

"你才蛮不讲理。"她模仿着他的口气。以前他一定经常用这种口气和孩子们说话。那样的家长做派,那样的轻蔑而傲慢。

他站起身来,走向了洗手间。她听到水流的声音,他在刷牙了。她坐在他刚刚坐的地方,竭力控制着自己颤抖的身体。他冲了一下马桶,从洗手间里走了出来。

"你今天让我丢脸极了,"她说,"你完全对我视而不见,你嘲笑我。你整个晚上都在跟着你的前妻乱转。你基本上是在众目睽睽之下和她做爱!"

"奥尔拉,我娶你是因为你的头脑,但我没想到你只在那个时候有头脑。"

"你简直狗屁不如。"她咬牙切齿地说,"你怎么敢这样跟我说话。"

"我说的是事实。"

"我猜婕玛——那个曾经被你形容成脑子没有一颗豌豆大的女人——应该比我有头脑吧?所以你才愿意花这么多时间和她在一起?"

"我没有花'这么长时间'和她在一起。"大卫说,"我只是出于礼貌。我和她跳了一支舞。她在那里,我需要和她打招呼。你不要像个孩子一样,赶紧上床睡觉。"

"为什么?"她问,"这样你就可以把我当做她然后跟我做爱?"

"看在上帝的分上，奥尔拉！"

"这才是事实，对吧？你从来都没有停止爱她！是她把你赶出来了。你假装没感觉，因为你无法接受一个没有你聪明的人抛弃了你。你装做一个工作狂，说你的妻子没办法理解你。其实她实在是太了解你了，她完全知道怎么样控制你，大卫·埃内西！'哦，大卫，我真可怜，我不会理财，你能帮帮我吗？''哦，大卫，可怜的孩子们需要度假，我不会要求你这个，可他们太需要离开这里一段时间了。'然后今晚，她把自己打扮得像只天鹅一样在你前面晃来晃去，你马上就开始自问怎么能离开她了。别以为我不知道发生了什么，大卫。"

"奥尔拉，你需要去查查你的大脑。"大卫对她说。

"我需要吗？"她生气地喊，"也许我真的需要，我需要知道为什么会以为你爱我。"

"这真是个好问题。"

奥尔拉咬住了嘴唇。"你说得太对了！不过你一直了解婕玛，对吧？你知道她'可爱'的性格，这是你说的。还有她征求你建议的样子，当然还有她向你投怀送抱的模样！"

"够了，奥尔拉。"

"不，还不够。"奥尔拉已经怒不可遏了，"完全不够，永远都不够。哪怕是和我度蜜月的时候你都会给她买礼物。上帝啊，我怎么会这么蠢？我居然忘了你比我认识的任何人城府都要深。我让你买东西给她，我真是疯了。"

"你现在显然是疯了。"大卫说。

"你真的这么觉得？"奥尔拉打开衣柜，把大卫所有的东西都扔了出来，"你真的是这么想的，对吧？那让我们看看我能疯到什么地步。我觉得你还爱着婕玛，希望和她在一起。我会让这一切变得容易一些的。去找她吧，大卫。我相信她知道了你关心她一定会很高兴的。也许她引诱前夫的手段都可以载入史册了——和他离婚。真是聪明！"

"别再胡闹了，奥尔拉。"

"不！"奥尔拉喊道，"我不会的。我这次终于有自己的立场了。我的立场就是要你回去找那个肥婆，看看那感觉有多好。"她从床底下拿出了一个旅行箱。大卫定定地看着她。

"你的幼稚简直超乎我的想象。"他说。

"随便吧，随便侮辱我，我一点儿都不在乎！"她把他的裤子从衣架上拽了下来。

"奥尔拉，你喝多了，你现在完全就是个孩子。"

"我相信我要是基林的话你会给我一个耳光。"

"很可能。"大卫阴沉地说。

"好啊，那就是虐待。"奥尔拉把那堆衣服放进行李箱，然后拉上了拉链。

"你把我的东西都弄坏了，"大卫说，"你需要赔给我钱。"

"我可不这么认为。"奥尔拉提起了那个半拉着拉链的旅行箱，"这足够你在外面生活的了。"

"奥尔拉，别在这里发疯了。我知道我们的生活确实有问题，但你现在的表现简直是蠢到家了，我简直无法相信自己的眼睛。"

"相信吧。"她把箱子拉进了客厅里，"相信你的眼睛吧！"她又回头说了一遍。

大卫深吸了一口气，从一数到了十。他走进了客厅，看着她拿着箱子走到了露台上。

"看在上帝的分上，奥尔拉！"他叫道。

"我告诉过你，这些东西足够你在外面住的了。她今晚看到你回去肯定很高兴！估计你们跳过舞之后她正欲火难平呢！"

"奥尔拉！"

大卫完全来不及阻止她把那个箱子扔到楼下。几件衬衫从箱子的开口处掉了出去。

"你这个蠢货！"

她耸了耸肩，把他推到了一边，走回了客厅。

"如果这是你希望的。"大卫说。

"是的。"她说。

"好。"他走回卧房，穿好衣服，一句话都没有说，砰地摔门而去。

"很好！"在门关上的那一刻，她说。

然后眼泪便开始夺眶而出。

大卫坐进了车，打开暖气，沿着海岸向前驶去。他开得很小心，心里清楚这个时候他根本不应该开车，所以很怕被警察抓到。如果被发现酒后驾驶，那简直就是雪上加霜，他停在交通灯前时想。那样他会丢掉工作，丢掉一切，而这都因为那个蠢女人。上帝，他简直不知道她怎么会变成这样。为什么呢？因为他和婕玛跳舞？因为他和她讲了几句话？再没有其他了。奥尔拉绝对是疯了。

他打了个哈欠，车子向左边偏了一下。他睁大了眼睛，打开了车窗。他需要用冷风让自己保持清醒。他此刻并不应该清醒，这应该是他躺在床上睡觉的时间。但她在他的床上，在他的公寓里。他应该回去把她轰出来！他当时太吃惊了，根本没办法思考。他摇了摇头。也许他应该回去。

可他实在没有力气了。此刻他已经开到了婕玛家附近，实在不想再冒险回敦劳费尔了。这已经很幸运了，交通顺畅，而且没遇到警察。最好别给自己找麻烦。

他停在了婕玛家门前，看了看表。他看不太清楚，但显然已经超过五点了。他突然想到婕玛也许还没到家，她可能还在派对上。他和奥尔拉离开后，婕玛可能会愿意留在那里。她在他父母的派对上玩得很开心，可他却被妻子轰出了自己的家。

他按响了门铃。

婕玛听到了门铃响，可是却不知道是哪里传来的声音。她拼命睁开了眼睛，觉得上下眼皮仿佛粘在了一起。

"妈妈。"基林摇了摇她的身子，"妈妈，有人在按门铃。"

婕玛坐了起来，看着她的女儿。"什么？"

"有人在按门铃。"基林重复了一遍。

"谁?"

"我不知道。"基林的表情有些担心,"我没去看。"

婕玛掀开了被子,冷得抖了一下。她走到窗边往外看了一下,结果看到大卫的车子停在外面。她的心里一震,知道一定发生了什么可怕的事情。

"我想是你爸爸。"她对基林说,"待在这儿别出去。"

"为什么?"基林跟着她,"我也想下去。"

婕玛拿起了自己的睡袍。"待在这儿。"她又说了一遍。

她关上了警报器,打开了大门。大卫靠在墙边,眼睛半闭着。

"大卫!"她吸了一口气,"你怎么会在这儿?发生什么事了?"

他眨了眨眼。"我只能来这里。"他说,"我没有别的地方可以去。"

"你在说什么啊?"她盯着他问。

"她把我的东西扔出来了,"他说,"那个蠢女人。"

"什么?"婕玛又抖了一下,"你最好还是进来说。"她让大卫进了走廊。基林在楼梯上俯身向下张望着。

"基林,回去睡觉。"婕玛说。

"爸爸怎么来了?"基林问,"发生什么事了?"

"发生什么事了?"婕玛问大卫,"和孩子们有关系吗?"

大卫摇了摇头。

"我们明天早晨再说。"她对基林说,"快,回去睡觉,基林。"

基林了解婕玛的底线,她走回了自己的房间。

婕玛让大卫走进了客厅,打开了暖炉。他一下子坐在了沙发上。

"大卫!"她瞪着他,"你不许睡觉!我想知道你怎么会来这里。你想要什么?为什么你觉得我会让你进来?"

大卫把脸埋在了手心里。

"对不起。"他说,"也许我不应该过来,但是她让我过来的,我只是照样做罢了。我应该回去和她争,可我实在是没有那个力气了,婕玛。"

"谁让你来的?"婕玛问,"奥尔拉?她怎么会让你来这里?到底发生了什么事?"

他抬起头来看着她。"她完全失控了。"他说,"她说我今晚侮辱了她,说我和你旧情复燃,说每个人都在嘲笑她。我们回家之后她开始大发雷霆。她把我的东西全都从衣柜里拿了出来,放进了一个箱子,然后把箱子扔到了楼下。"

"什么?"婕玛想到那个情景,情不自禁地咯咯笑了起来。

"我把箱子留在了车里。"

婕玛咬住了嘴唇。"她怎么会这样呢,大卫?不会因为我们跳舞她就吃醋了吧?"她想起刚刚他们跳舞的样子,生硬地咽了一下口水。她是故意的,故意对着他微笑,在他面前展示着自己的成熟和性感。她明白自己前夫想要的是什么。"她为什么会吃醋呢?"

大卫无助地耸了耸肩。

婕玛坐在暖炉旁,伸出手来取暖。"我弄点茶水吧,"她说,"我又冷又累,估计你也是一样。我们喝点茶,你可以跟我讲讲事情的经过。"

大卫点了点头,把头靠在了沙发上。婕玛走进了厨房,接了一暖壶的水。她对发生的一切很是震惊。她实在不敢相信凌晨五点钟大卫会来到她家,告诉她奥尔拉把他赶了出来。我一定是在做梦吧,她边想边从柜子里拿出两个茶杯。肯定是刚才酒喝多了!

可是基林也曾经怀疑过他们两个有问题,她靠在厨房台板边上想着,还有莉薇。她和大卫亲密地跳舞,也是为了气气奥尔拉,可结果好像比她想的还要严重。

"妈妈。"基林悄悄地叫了她一声。

婕玛转过身去。"我刚刚让你上床去睡觉了。"

"我知道,"基林说,"可是——可是他怎么来了,妈妈?发生什么事了?"

"我不知道,"婕玛说,"他好像和奥尔拉吵架了。"

"哦,哇哦!"基林深深地吸了口气,"他要回到我们身边了,妈妈。"

"他今天可能会留在这里,不过他会睡客厅。"婕玛坚定地说。

"但是,妈妈——"

"基林,我不知道发生了什么事,但如果我把他留在这里,我就完蛋了。"

我是他的前妻，你明白的，我们离婚了。"

"但如果他和奥尔拉离婚了呢？你会和他复合吗？"基林看着婕玛，"你们可能又相爱了呢，妈妈？"

婕玛努力控制住自己的情绪。她知道基林非常希望他们复合，但她也告诉过她很多次那不可能了。

"基林，他现在是奥尔拉的丈夫。如果他们吵架，那是一件非常不幸的事，但这和我们复合与否没有任何关系。他见到奥尔拉以前我们就已经分开很久了，你知道的。"

"我知道。"基林无精打采地回答说，"我只是觉得这一次可能会不一样。"

"哦，基林。"婕玛把她揽到了怀里，"对不起，可事情不是那样的，真的不可能了。"

"我爱你们两个。"基林揉了揉眼睛，"我希望每个人都能快乐，妈妈，仅此而已。"

"我知道。"婕玛把她抱得更紧了，"我知道。"

她拿出了两个茶包，把罐子又放回橱柜里。然后她在杯子里倒上了热水，慢慢地搅了搅。忽然她感到有些头晕，因为酒精，也因为大卫刚刚说的事情。她不会真的把他的东西都扔出来了吧，婕玛想，他一定是编的。她拿着杯子走回了客厅。大卫的头靠在了沙发上，双眼紧闭。

"茶来了。"她大声说。他一下子醒了，坐直了身子。

"谢谢。"他拿起了一个杯子，双手握着杯身取暖。

"你最好马上告诉我到底发生了什么事。"婕玛说，"我已经晕了。"

"你晕了！"大卫哼了一声，"我要比你晕好几倍，婕玛。我为她已经付出了一切，一切！她现在居然这样对我！"

"你为她做了什么？"婕玛问。

"我给了她最初的工作。"

"行了吧，大卫，你跟我讲过的，你只是给她做了培训，仅此而已。"

"我给他们打了分，我给她的分数很高。"

"她值那个分数吗？"婕玛扬了扬眉毛。

"当然值，"大卫说，"但问题不在这里。我给了她很高的评价，我让她进了一个很好的团队，给了她很大的帮助。"

"当然。然后你娶了她。"婕玛淡淡地说。

"是的，"大卫一脸的挫败，"我娶了她。"

"因为你爱她？"

他叹了口气。"因为我觉得我爱她。"

"现在呢？"

他把手里的杯子放在了面前的茶几上，"哦，上帝，婕玛——我现在真的不知道了。"

他看上去糟透了，婕玛想。几个星期以来，婕玛看着他从疲倦变成筋疲力竭，再变得恍恍惚惚。她从来没有见过他这样不知所措的样子。她看到了他额头和眼角的皱纹。那不是一张老迈的脸，但显然是一张年过四十的面孔。

"那么你想怎么样呢？"婕玛问，"你为什么会来这里呢？"

大卫抬眼望着她，他的双眼通红。"我真的不知道，"他说，"她喊着让我来这里，所以我就来了。"

婕玛叹了口气。如果他们回到以前——她摇了摇头，现在再想这些已经太迟了。

"你和奥尔拉到底怎么了？"她问。

"她说我侮辱了她，她不喜欢我们跳舞的样子。"

婕玛做了个鬼脸。"这也不能怪她。我确实在做傻事，大卫。"

"她说你完全裹在了我身上。"

"我太蠢了，"她说，"我在炫耀。"

"是吗？"

"是的，"她直率地说，"我应该理智些。"

"我当时很吃惊，"他说，"你太性感了。"

"是的，我不应该那样。"她揉了揉自己的手臂，"但昨晚只是一个晚上，如果你们关系很好，那根本没什么问题。你们是不是发生了什么别的事情？"

他在喉咙里呻吟了一声。"很多事，婕玛，真的是很多事。我们去之前还在吵架。一切都是从她换工作开始的。"

"我以为那件事已经解决了呢。"婕玛惊讶地说,"我记得你跟我说过,你觉得鲍勃·墨菲给她这份工作是因为想要挖你过去,我当时说你自以为是。你应该和她谈过这件事了吧?"

"我没有,"他说,"我当时太生气了。而且她从科克培训回来之后,就好像变了一个人,我根本没办法和她对话。有一次我主动提出来想要谈谈,可她却拒绝了。你了解我,婕玛,我最讨厌在一些很美好的时刻发生什么变化。那实在是……"他无助地耸了耸肩。

"但是大卫,你那时候简直为了她神魂颠倒。"婕玛喝完了杯子里的茶,把睡衣又裹紧了些,"每次你来接孩子们的时候,都不失时机地和我描述你有多么爱她、她有多聪明。难道你现在的意思是说你从来都没爱过她?"

"我不知道!"大卫的口气近乎于绝望,"我以为我爱,但最近的生活实在是太糟糕了,婕玛。每次我到这边来的时候,都会感到无比的平静。我真的不想离开。"

婕玛摆弄着睡衣的腰带。"别胡说了,"她说,"你在夸张,因为你和奥尔拉的关系没有按照你的意愿发展。你会想起我们之间最美好的那段时光,然后和现在作对比,但把其他的一切都忘记了。"

"不,"他说,"不是你说的那样。我知道我们有过很糟糕的经历,尤其是最后那段时间。我一直在想,问题可能出现在我这里。我娶过两个女人,却让她们每一个人都那么不开心。我到底怎么了,婕玛?"

"别把一切说得像是戏里一样。"婕玛说,"如果你已经不爱奥尔拉了,那么应该和她谈一谈。如果你还爱她,就更应该和她谈谈了。但无论如何,大卫,该与你谈论这件事情的都是她,而不是我。"

"你已经完全不再爱我了,对吗?"他问。

"大卫,你觉得我为什么要和你离婚呢?"

"你可以依然爱着一个人,却没办法和他生活在一起。"大卫说。

"那不可能。"婕玛说。

"我今晚不能和她谈。"大卫叹了口气,靠在了沙发上,"她把我赶了出来,这已经够了,不是吗?那是我的公寓,可她却把我赶了出来。"

"你已经习惯被赶出门了,是吧?"

他痛苦地看着婕玛。"是我的问题吗?"他问,"我到底做错了什么?"

婕玛笑了。"你是个男人,大卫。你做的一切都是错的。"

"真好笑。"他说。

"你想自己想得太多了,"她说,"考虑事情对你有什么影响、你有什么感觉。一切都因为塞雷纳的那份工作,对吧?你生气是因为她没有跟你说这件事,所以我打赌你一定是跟她冷战了,对吧?不和她说话,沉默相对。"

大卫紧紧地盯着她。

"大卫,我们每次吵架的时候你都会这样做。一段时间之后,我就受不了了。以前出了问题,去做修正的那个人永远是我。道歉、妥协、让你高兴起来,后来我受够了。看来奥尔拉也是,只不过她没有忍受那么长时间而已。"

"我不是那样的。"大卫说。

"我累了。"婕玛突然觉得非常疲倦,"我不想在这里熬夜和你谈你的婚姻,大卫。我想上床睡觉。"

"我不能回家。"大卫说,"今晚不行。而且我不能再开车了,婕玛。我刚刚没被警察逮到已经算幸运了。"

"你可以睡在沙发上。"她对他说。

"谢谢。"

"我去给你拿毯子。"她站起身来,把杯子端到厨房里。她把大卫没喝完的茶水倒进了水池,把杯子洗干净。然后她走上楼去,把毯子拿到了楼下。

"非常感谢。"大卫说。

"只是今晚。"她说,"明天去解决问题。"她打了个哈欠,揉了揉脖子。"晚安,大卫。"

"晚安,婕玛。"他说。

奥尔拉一直在发抖,她讨厌一个人躺在床上的感觉。她把被子裹紧了些,希望自己能睡着。但她实在无法入睡，脑子里总是出现她把箱子扔下去的时候大卫脸上的表情——既恐慌又震惊，还有怒不可遏。她在他脸上看到了每一种情绪，当然应该还有对她的厌恶。他还爱她吗？她想道。她应该是爱他的，否则今晚就不会如此气愤。当然也可能仅仅是因为他和婕玛之间的亲密行为。

可恶的胖婕玛！她今天居然那么漂亮，而且与每个人都周旋得如此自然。她在大卫面前的笑容，还有跳舞时的姿态，都让她完全不能接受。奥尔拉和大卫走出大门的时候就已经激动得不能控制了，可婕玛却定若磐石，仿佛一切都与她无关。

她翻了个身。

乔纳森·帕斯科怎么样了？她上个星期一直都没有跟他说过话。他只是给她发了两条信息。她不想听他说她的生活已经一团糟了，没有大卫她会过得更好之类的话。

也许我不该和任何人在一起，她想。也许我注定了要孤独一生，做一个独立的职业女性，就像我之前想的那样。

她又翻了个身。可我的事业同样也是一团糟，她想。她紧紧地闭上了眼睛。她不能再想下去了，她需要休息。明天一切都会变得清晰起来的。

第三十六章

她尝试了每一种方法之后,依然难以入睡——她数了绵羊、试着自我催眠、竭力清空了脑子里的各种想法——但睡眠就是不来。她越是不想思考,各种想法越是涌进脑海中。甚至数绵羊都变得一团糟,那些羊非但没有跨过栅栏消失在远方,而且还一只踩着一只,堆成了一个巨大的金字塔。

七点钟左右,她再也受不了了,只好从床上爬起来,煮了一壶咖啡,冲了个热水澡。可这并没能让她感到舒服一点儿。她的眼睛依然觉得异常沉重,身体也如同灌了铅,每一块骨头都感到筋疲力竭。她穿上了一条慢跑裤、一件运动衫,还有那件炭灰色的阿兰①外套和步行靴,再裹上一条羊毛围巾,戴了一顶帽子,然后便出了公寓,朝着海边走去。

天气冷极了,她能感到冰冷的空气穿透了她的每一层衣服。她沿着火车道的方向走着,经过了渡轮终点和游艇俱乐部,走到了码头。在这个冰冷的早晨,街上几乎一个人都没有。风很大,愤怒的白色浪花拍打在岩石上,然后跌进海里。

奥尔拉抱紧了双臂。我在这儿做什么呢?她自问着。这里又黑又冷。可是夏天的时候,大卫曾牵着她的手,给她讲他玩风帆的事,还吓唬她说准备再买一个帆板。那时,她可一点儿都没觉得孤独。她记得自己还嘲笑他身穿紧身潜水衣在水面上滑行的样子。他看着她大笑,很是不好意思。她紧紧地把他拉入怀里,满怀热情地亲吻着他,不顾旁边一群群的路人。

突然,她是那么希望能和他重新开始。她留恋着那种切近的感觉,留恋

---

① 阿兰,服装品牌。

他的安慰，留恋被他深爱的感觉。

如果这是一部电影，她想，那么我会按回放键，停在他站在码头上拿着一捧玫瑰花的那个时刻。我会转过身去，和他对视。我们站在那里，待立片刻，之后他会把我揽进怀里，一切便都圆满了。

那个图景是如此令她震撼，她几乎要信以为真了。她凝望着海港对面，不想转过头去，以免让自己发现一切都只是自己的想象。因为此刻的大卫其实正在婕玛家里，和她共进早餐。

而她自己，奥尔拉，则站在敦劳费尔码头受冻。

她看了一下表，事实上这个时候大卫和婕玛应该都还没起床。她闭上了眼睛，想着他们可能同床共枕，也许此刻他们依然同床共枕。

最后，她转过了身去。

那里没有大卫，也没有玫瑰花，码头上依然空无一人。虽然她非常清楚他不会在那里，可她依然还是抱着这样的幻想。

罗南爬下了床，在睡衣外面套上了他那件曼彻斯特联队的运动衫，然后跑下楼梯，准备到厨房给自己弄点儿早餐。他本以为婕玛应该在下面忙里忙外了，可屋子里却一片寂静。他意识到她应该还在睡觉，他们昨天回来得实在是太晚了——他在爷爷奶奶家里睡着了，她走的时候叫醒了他，之后他又在出租车上睡着了。现在他完全清醒了，而且觉得饥肠辘辘。

他站在一把三脚凳上，想从碗柜里拿出他的早餐碗——那是一个有三条白线的红碗。他往里面放了一些麦片圈，再加了一些牛奶，之后又从台板上的小桶里拿了一只勺子，然后走进了客厅。

他看到大卫正躺在沙发上时，差点把手里的碗摔在地上。他把碗放在咖啡桌上的时候，一些牛奶和麦片洒了出来。他摇了摇大卫的肩膀。

大卫哼了一声，把毯子裹得更紧了一些。

"爸爸！"罗南着急地喊道，"爸爸，醒醒！"

最后，大卫终于睁开了眼睛。他看到罗南站在面前，有些吃惊。过了片刻，他才慢慢回忆起昨晚的事情来。

"早上好。"他用手摸了摸罗南的头发。

"嘿。"罗南坐在了他身边。"你怎么会在这儿,爸爸?"

"我昨晚在这里睡的。"大卫说。

"这个我知道,"罗南有些不耐烦地说,"我的意思是,这也太明显了吧。我是问为什么,爸爸。"

大卫叹了口气。他实在不知道怎么回答这个问题。

"你们吵架了?"罗南问,"你和奥尔拉?"

他不想承认,至少不想向他面前这个表情仿佛智者一般的十一岁的儿子承认。

"我们发生了一些分歧。"他最终回答说。

"上帝。"罗南笑了,"所以你就来我们这里了?"

"只是昨晚。"大卫赶忙强调说,"仅此而已,罗南,只是昨晚。"

"你在楼下不冷吗?"罗南问,"暖气九点钟才来。"他们两人都看了一眼壁炉架上面放着的马车形的金表,现在是差五分九点。那是他们在一起的第三个圣诞节时,弗朗西丝和格里送的礼物。

"你穿着衬衫睡的。"罗南说。

"是的,不过我可不建议你也这么做。"大卫朝他微笑着说。

"她从来不可能让我穿着衬衫睡觉。"罗南说,"不过我也不想那样,我讨厌衬衫。"

"我也是。"大卫说。

罗南看了一眼自己的牛奶麦片。巧克力已经完全溶化了,牛奶变成了棕黑色。"你想喝点麦片吗?"他问大卫。

"不用了,谢谢。"大卫摇了摇头,感到一阵头痛。他的某根神经仿佛在跳动,想要吃东西,可又几乎要呕吐出来。他已经不记得昨天晚上自己喝了多少酒了,恐怕数都数不清。不过他虽然不舒服,心情却还不错。那是一场有趣的派对,很多疏远了的亲戚朋友突然又聚在了一起。婕玛和奥尔拉同时在场,这无疑让一切都变得更加刺激。

我到底是怎么了？看到我前妻和现在的太太在同一个屋檐下，居然还觉得兴奋？对于多数男人来讲，就算是在大街上偶然撞见，恐怕都会马上傻掉吧，更不要说是在同一个房间了。但我——我居然觉得兴奋！不过此刻他也没有任何力气了。

"我要告诉妈妈你醒了吗？"罗南边吃着麦片边问道，"她应该想和你打个招呼。"

"这一点我很怀疑，"他坐起了身，一条腿差点撞在咖啡桌上，"她根本不希望我出现在这里。"

"她说你没希望了。"罗南看着他的父亲说，"她说你是个很好的员工，但对我们来说，你没希望了。"

"很好。"大卫嘟囔了一句。

"我们去度假的时候还聊到你了呢。"罗南接着说。

大卫竭力抑制着自己想吐的欲望。如果他要教儿子一件事，那一定是在宿醉后不要呕吐。

"她说你对我们很好。"罗南盘着腿坐在他父亲身旁，"她说你出钱让我们去度假，她只是建议了一下，你马上就同意了。而且她还说你给我们买了电视机。其实你是给我买了电视机，这一台是外公买的。"

"是吗？"

"是的，不过我不应该告诉你。"罗南解释说，"妈妈怕和你说了以后，你会责怪她。"

"为什么？"

"我不知道。"他懒得去想了。

"好吧，"大卫说，"她还说过些什么？"

"没什么了。"罗南皱了皱眉头，"她还说你是一个好爸爸。"

大卫感到眼泪涌进了眼眶。婕玛从来都没跟他说过他是一个好爸爸这样的话。在他的记忆里，她一直都在指责他是个多么无能的父亲。他不记得孩子们的生日。在圣诞的时候，他总是想让她包揽买礼物的全部工作。她希望在家里得到安慰，可他却从来都没有尽过责任。她从没当着他的面说他是一个好爸爸。

可他绝不是一个好丈夫。此刻他突然明白了为什么她总说他从没有在该出现的时候出现过了。就像此刻,以前的他甚至没有时间和孩子们肩并肩地坐着。他爱他们,这一点毋庸置疑,但他从没想过他们会谈到他,对他产生意见。他们的看法会因为婕玛对他的描述而改变。她完全没有把他们分开时她痛苦的感受转移到孩子们的心里。

"奥尔拉生你的气了?"罗南问。

"我想应该是吧。"大卫说。

"为什么?"

"哦,因为一些很傻的事。"大卫耸了耸肩膀。

"她昨晚很漂亮,"罗南说,"我喜欢她的裙子。"

"罗南!"

"真的很好看。"

"你可不能喜欢我的太太!"大卫笑了。

"我没有喜欢她。"罗南做了个鬼脸,然后父子二人一起笑了。

基林在卧室听到了楼下的笑声。中央暖风刚刚自动启动的时候,她就已经被吵醒了。她躺在被子里听着楼下传来的说话声,马上意识到是罗南在和他们的爸爸聊天。她想下去看看他们在做什么,可是又有些犹豫。

笑声让她改了主意。她站起身,穿上了粉红色的睡袍,把腰带紧紧地系在了腰间。之后她又梳了梳头发,走下了楼梯。

"早晨好。"她走到客厅里说。

"嘿。"大卫朝她微笑着,"觉得怎么样?"

"很好啊,"基林说,"我猜应该比你好很多。"

"为什么?"大卫问。

"你看起来糟透了。"她直率地说,"眼睛是红的,头发粘在了一起,而且你还是穿着衬衫睡的。"

"我知道,"大卫惨兮兮地说,"所以我要洗个澡,换身衣服。"

"你有换洗的衣服吗?"基林问。

大卫什么都没说。他那个半空的箱子还在车的后座上。

"你要在这里留多久呢?"基林带着探询的语气问道。

"不会太长。"

"为什么会来这里呢?"

"他们吵架了。"罗南说。

"你和奥尔拉?"

"还能有谁?"他看着她说。

"所以你就回到这儿来了?"

大卫叹了口气。"我喝了太多酒,这是本能吧。"

"你的本能应该让你留在家里。"基林说,"你和她结婚了,不是吗?"

"饶了我吧。"大卫说。

"你不能一吵架就回到这儿来,"基林说,"这太傻了。"

"我知道。"他说。

"不过你要是和妈妈复合就不一样了。"她说,"那就是另一回事了。"

"你希望那样吗?"他问,"那样你会开心吗?"

基林咬着手指甲望着她的父亲。她曾经非常想他能回来,希望他和婕玛可以和好。可婕玛告诉过她太多次了,那是不可能的。可现在他回来了,他在这里过了夜。

但不是和婕玛一起睡的。大卫在沙发上裹着几条旧毯子睡了一晚上。她以为他们会一起过夜,结果却没有。这也很正常,她想。大卫已经娶了奥尔拉,婕玛已经离开了大卫,他们都有了自己的新生活,基林之前的想法可能不会实现了。

"基林?"他看着她,"你希望我回到家里来吗?"

"这不是你的家。"她说,她不能相信自己竟然说出了这样的话,"事情不一样了,这是我们的家,我、妈妈和罗南的家。"

"明白了。"大卫说。

"但这并不意味着我不爱你了。"基林推开了罗南,把手搭在了大卫肩膀上,"我爱你。我非常希望你能回来,但事情已经变了,对吗?你有了奥尔拉,

411

一切都不一样了。"

"你们两个好像突然间都很喜欢奥尔拉了。"大卫说。

基林叹了口气。"我一开始很恨她。"她承认道,"你那么希望我们喜欢她,所以我就偏不。但她很好,爸爸。我们昨天晚上聊天来着,她很友善。"

"是吗?"大卫惊讶地问。

"你们为什么吵架?"基林问,"我知道她昨晚不太高兴,是因为你和妈妈吗?"

"为什么我会因为自己和你妈妈而跟她吵架?"

"哦,爸爸!"基林有些激动地看着他,"你和妈妈比她开心多了!你们谁都认识,可是奥尔拉谁都不认识。她觉得人们都在观察她。"

"这个我同意。"大卫说,"她很漂亮,连罗南都这么说。"

"当然啦,"基林说,"但你一直围着妈妈转。"

"我没有!"

"好啦,爸爸,"基林站起了身,"你有。现在你想要喝一杯咖啡吗?我简直要昏倒了,需要喝点东西提提神。"

将近一个小时以后,婕玛醒了。她帮大卫安顿好之后一直睡不着,过了很久才不知不觉地睡了。她迷迷糊糊地听到有人在走来走去,冲澡,说话,但她实在不想睁开眼睛。她太累了。突然她想起大卫还在家里,于是马上从床上爬了起来。她穿了一条纯棉的长裤和一件长袖T恤衫,走下了楼。

大卫和孩子们在厨房里,基林在教他怎么用洗衣机。

"在帮忙做家务吗?"婕玛走进厨房问。

"这个我还是可以做的,"大卫说,"我也一个人生活过。"

"我从来没说过你不能啊,"婕玛坐在一把高脚凳上,"觉得怎么样?"

"好一点了。"他笑了一下,"事实上我是努力不让自己昏过去,这才是真话。"

婕玛望了孩子们一眼。"能让我和爸爸单独说几句话吗?"她问。

"当然了。"基林拉着罗南往屋外走去,"反正我也正要给马克打电话呢。"

"她真是长大了,我都不知道应该怎样和她对话了。"大卫说。

"我知道。"婕玛站起身来,接了一壶水,"可惜的是,我们这些人都还没长大。"

"你在说我吗?"大卫问。

"你觉得呢?"她拿出一个长条面包,切成了片,"想吃一点吗?"

"不用了,谢谢。"他说,"现在吃东西可不是个好主意。"

"咖啡呢?"她问。

"茶吧,如果你不介意的话。"大卫说。

婕玛往面包上涂了一些黄油,给大卫倒了一杯茶,又给自己倒上一杯咖啡。然后她重新坐在了那张高脚凳上,"今天早晨是怎么回事?你怎么还没回去?"

"我没办法直接离开。"大卫说,"而且我的酒还没醒呢。如果他们查酒驾的话,我一定过不了关。"

"你给奥尔拉打电话了吗?"婕玛问。

"还没有。"大卫说。

"哦,看在上帝的分上!"

"婕玛。"他拉住了她的胳膊,她觉得自己浑身僵硬。"放松些,"他说,"我什么都不会做的。"

"对不起,"她喝了一口咖啡,"我需要一些咖啡因。"

"你一直都是这样。"他说,"不喝咖啡的时候就不知道怎么和人交流。"

"大卫,我实在没有心情和你说这些。"

"我也是。"他说,"我刚刚和孩子们在聊天,他们基本上算是告诉了我不应该留在这里。"

"真的?"

"基林让我去解决自己的问题。"

婕玛虚弱地笑了。

他揉了揉脖子,"你把他们教育得很好,婕玛。"

婕玛什么都没说。

"事实上，离婚后我对你更欣赏了。我知道这样说很奇怪，也很不公平，但这是实话。"

"我因为错误的原因嫁给了你。"婕玛说。

"什么？"他有些吃惊地望着她。

"我嫁给你是因为我想结婚，尤其是想嫁给一个像你那样特别的男人——一个曾经周游世界的人。我想有一处自己的房子，希望我妈妈嫉妒我。"

"婕玛！"

"当然我也很爱你，大卫。但那个时候我太年轻，太幼稚，不应该结婚。"

他很吃惊。

"别以为我这样想会很开心，"她说，"你和奥尔拉结婚的时候我非常生气，那感觉很难受。"

"你生气？"

"当然。"婕玛说，"看在上帝的分上，大卫，你娶了一个那么年轻漂亮又聪明的女孩儿。你觉得我会怎么想？"

大卫拿起了那个小勺子，在杯子的托盘边上轻轻地敲着。"我能够想象你的感觉，"他承认道，"其实这也是我当时娶她的一个原因。"

"大卫！"

"哦，当然不是全部原因。"他马上说，"当我想要娶她的时候——我娶她的原因有很多，婕玛，但伤害你是其中的一个理由——我想要伤害你。"

她什么也没说。

"因为是你提出的离婚，我当时完全傻了。是你，婕玛，你结束了一切。"

"我不得不那样做。"

"我懂。"

她又倒了一杯咖啡。"现在呢？"她问，"你们现在有何打算？"

"我也不知道。"他坦白地说，"婕玛，我知道的是我很在意她。我喜欢她的独立、她做事的风格。她从来不要求我什么，一切都习惯自己解决。"

"和我截然相反。"婕玛说。

"是的，"大卫说，"她没有征求我的意见就换了工作。"

"这是你希望的——独立，有勇气。可你却生气了。"

大卫沉默了。

"为什么这件事那么重要呢？"婕玛问。

"因为我发现自己其实还是希望对方能参考我的意见，依赖我的决定。"

"哦，大卫！"

"事实上，我希望她和你一样，婕玛。"

"可你娶她是因为她和我不一样。"

"我知道。"他叹了口气，"看来我是需要去做心理辅导了。"

"也许你真的需要。"婕玛说。

"你应该安慰我的。"大卫说。

婕玛笑了。"我知道。"

"孩子们说觉得她昨晚很可怜。"大卫又在托盘边上敲了敲勺子。

"别那样，"婕玛说，"你一心烦就会那样做，弄得我要发疯了。"

"真的？"

"是的，真的。"

"他们说我和你在一起的时间太多了，没有陪她。"

"确实如此。"婕玛说。

"我也不知道为什么。"大卫说。

婕玛正视着他的眼睛。"你当然知道为什么，"她说，"你想让她吃醋。我也希望她吃醋。"

"我不是，你也不是。"

"你在骗自己，"她说，"你是的。我也难辞其咎。我觉得自己糟透了，真的。"

"我真的那么差劲吗？"大卫绝望地问，"我的意思是，我这么没用？是我一个人的问题，还是她也有责任？"

"我不知道！"婕玛喊道，然后她叹了口气，"对不起，大卫。我太累了，什么也想不清楚。你为什么不给她打电话？向她道歉，让一切恢复正常。"

"我不知道我是不是真的想那样做。"他说。

"为什么？"她若有所思地看着他，"你们真的结束了吗，大卫？真的吗？"

"我不知道能不能挽回了。"他说。

"大卫，如果你们不能，我真的很遗憾。"婕玛从椅子上站起身，"但你必须尝试。我想，也许我们就是因为尝试得不够。你不能再犯同样的错误了，想想吧。我去洗个澡，换身衣服。"

他坐在厨房台板旁边，看着她离开了厨房。他希望可以当一个更好的丈夫。他叹了口气。难道他在乎的只是她的外貌吗？最后的结果也是因为这个吗？不可能的，他想，我们曾经很幸福，我们有着共同的爱好。他闭上了眼睛，头痛得更厉害了。

婕玛回来的时候，他还坐在那把椅子上。她穿了一条灰色的裤子，上身套了一件淡粉色的外套。她淡淡地化了个妆，因为她的宿醉也还没有完全过去。只是做母亲的人没有时间醒酒，她想道。

电话响了。她本来想去听电话，可基林接得比她还快。

"哦，嘿，"她说，"她在呢。你想和她说话吗？"她把听筒递给了婕玛。"是找你的，"她说，"是布鲁。"

"谢谢。"婕玛的脸一下子红了。她接过听筒，基林朝她挤了挤眼睛，然后母女二人都笑了。大卫有些困惑地望着她们。

"你好。"她说。

"什么事那么可笑？"萨姆问。

"没什么。"她说，"你怎么样？"她感到了大卫在看着她。

"我很好。你怎么样？昨晚过得好吗？"

"我醉了。"婕玛说，"派对很有趣。"

"什么叫有趣？"

"就是有趣，没什么别的意思。"

"你想和我一起吃午餐吗？"萨姆问。

"今天不行。"她对他说，"大卫今天不能照顾孩子们，我也来不及作别的安排。"

"晚一点儿呢？"萨姆问。

"我今天不能出去,"婕玛说,"真的不能。"

"那我过去吧?"萨姆建议说,"我可以带一些吃的,你也可以省些力气。"

婕玛的确想见到他,她很吃惊自己居然这么想见他。

"好吧。"婕玛说,"几点?"

"现在?"

"现在不行。"婕玛说,"我有些事要处理。今晚?"

"婕玛!那还要等好几个小时呢。下午行吗?四点?"

"好的,"他声音里的温情撩动着她的心,"下午吧。"

"好的,"萨姆说,"一会儿见,婕玛。"

"是谁啊?"

"一个朋友。"她对他说。

"谁?"他又问。

"大卫!"她打开了冰箱,拿出了一盒苹果汁,她简直严重脱水了。"这和你没关系。"

"你在和人约会吗,婕玛?"

"没那么严重。"她倒了一杯果汁。

"为什么之前你不告诉我呢?"他问。

她耸了耸肩,什么都没说。

"是认真的吗?"大卫问。

"别傻了。"

"真是不可思议,"他看着她,"你有男朋友了!"

"别这样说,"她喝完了果汁,把杯子放在了桌上,"听起来真老土。他是一个朋友,仅此而已。"

"你认识他多久了?"

"大卫,求你别问了!"

他若有所思地望着她。她的面颊绯红,眼睛闪着光芒,脸上焕发着光彩。这就是为什么她最近变得这么美的原因,他终于明白了。她的生活里出现了一个男人,这让她变得自信了。

"我得走了。"大卫马上说。他走进客厅拿起了他的外套,然后跟正在洗指甲油的基林和紧盯着电视机的罗南道了别。

"下周见。"基林说,"帮我向奥尔拉问好。我希望你能解决所有的问题。"

"谢谢。"他走到了走廊上,婕玛正站在那里。

"这次一定要好好处理,大卫。"她边开门边对他说。

"你呢?"他问,"你处理得怎么样?"

"我还没有任何事需要处理呢。"她说,"但你有。"

"也许吧。"他吻了吻她的脸颊,"谢谢你让我昨晚留在这里。"

"别客气。"她说完便关上了大门。

第三十七章

奥尔拉再也无法忍受一个人留在房间里了。她从来就不觉得那个地方属于她，此刻自己更像一个闯入者了。她无法相信大卫居然还没有回来。事实上，她甚至无法相信大卫居然走出了自己的公寓，开车离开了。她知道他没有什么选择——可至少他应该把她扔出窗外的那些衣服收拾起来。

我一定是疯了，她想，那不是我会做的事情。那是非常情绪化的人才会做的事，而我不是一个情绪化的人。我是一个非常理性的女人。

女人！她哼了一声。她的表现根本就像个孩子。不，她坐在床边上想，她根本就是个孩子。一切都太不真实了。她的生活不该是这个样子的。她仿佛在观察着别人的故事，看着另一个人在把自己的人生搞得一团糟，而不是她自己。

可恶！她咬了咬牙。她本该是个理性的人。她是一个拥有自己事业的女人，她不需要大卫每天在屋子里陪着她。她身材绝美，有着诱人的红发。那么，为什么此刻的她会觉得自己是一个稚气未消、头脑简单的孩子呢？为什么她脑子里还在不停地回想昨晚的事呢？

孩子们对她的态度好像变好了很多。尤其是基林，她从来都没有对她那么友好过。

也许那是因为他们了解了一切。这个想法像利剑一般刺痛了她。也许那是因为他们知道大卫不再爱她了，他们相信大卫会回到他们身边，所以愿意对她友善些了。

她觉得自己就要崩溃了。所有的细节在她的脑海中像要爆炸了一般——婕玛走下楼时大卫看着她的充满赞赏的眼神（那个贱人怎么那么清楚自己应该在什么时候出现呢?),大卫和婕玛到花园里去兜了一圈之后一起回到房间时的情景(她很希望出去看看他们在做什么,但她的骄傲没有允许她这样做),他们一起跳舞的时候婕玛对着他笑的样子。然后就是在那个恐怖的时刻,她走到婕玛面前,骂她是个胖八婆。然后莉薇冲过来劝架,把他们带出了房间……奥尔拉呻吟了一声。

她实在不知道应该做些什么,但她不能坐在这儿等着他回家。

最后她决定去见艾比,也许艾比会安慰她一下。不过她太了解她的朋友了,她只会告诉她挥剑斩情丝,让一切重新开始。

但我真的不想那样做。

这个想法让奥尔拉吃了一惊。几个星期以来,她一直在想自己怎么可能爱上大卫,思考着自己对他的感情到底是怎样的,想着他们那些相爱的时刻都跑到哪里去了。可偏偏在这个时候,她却想起了他们相爱时候的那种感受。她想起了醒来时用自己的身体贴着他的感觉,不是为了性,只是想离他近一点。她想起他们在人满为患的房间里,虽不说一个字,却可以彼此交流,他们的目光会交会于一点,然后两个人便马上会明白对方的心思。她记得他们之间的那种默契,沉默对他们来讲曾意味着分享快乐,而不是冰冷的障碍。

她自问是谁让这一切都消失了。

她拿起了钥匙。现在还太早,艾比一定还没起来,被她扰了清梦一定会不开心的。但她知道她的闺蜜会安慰她的。

她坐进车里的时候觉得疲惫万分,仿佛所有的能量都被耗尽了一般,连发动车子都让她觉得筋疲力尽。

她按响了艾比公寓的门铃,连续三次之后才传出她朋友的声音。

"谁?"艾比问。

"是我。"奥尔拉听到自己的声音非常沙哑,"奥尔拉。"

"奥尔拉!"艾比听上去非常惊诧,甚至有点儿紧张。奥尔拉想:"怎么了?"

"让我进去吧,艾比,这太冷了。"

"好的,当然。"

门开了。奥尔拉不想搭电梯,直接走上了楼梯。她曾经和艾比一起住在这里。

她的朋友站在门口。她穿了一件红色的上衣和一条非常陈旧的运动裤。她看上去有些紧张,奥尔拉想。

"嘿。"艾比说。

"早。"奥尔拉对她笑了一下,"我能进去吗?"

"当然了。"

奥尔拉对艾比的反应有些失望。她知道艾比不到中午是不会起床的,但她急需她的安慰,可艾比的反应让她觉得她像是一个不速之客。

"睡得很晚吗?"奥尔拉环顾了一下那间小小的公寓。桌子上有五六个啤酒罐,还有一个葡萄酒瓶和一些外卖饭盒。

"算是吧。"艾比皱了皱眉,"我收拾一下吧。"

"不,不要了。"奥尔拉摇了摇头,"这让我想起曾经住在这里的日子。没事的,艾比,真的。"她坐在了那张橘黄色的沙发上。

"发生什么事了?"艾比问。

奥尔拉觉得嗓子里堵了一个硬块。"我把大卫的衣服从窗户扔出去了。"

"什么?"艾比吃惊地看着她。

"我把大卫的衣服从窗户扔出去了,我们吵了一架。"

"吵架?"

奥尔拉靠在了沙发上。"是因为他爸妈的金婚派对。我告诉过你,你还记得吗?我没有告诉你的是婕玛也过去了。我们去之前就吵了一架,因为我回家太晚了。然后我们去了那个派对,而我们见到的第一个人就是婕玛,而且她看上去美极了。大卫也是这么想的。他和她跳了舞。你真应该看看他们!哦,艾比,我们最近的关系简直糟透了。"

顷刻间。一切都爆发了。大卫如何把工作看得比一切都重要,他如何因为她新工作的事而生她的气,公司如何变成了她眼中的地狱,他如何去机场接前妻和孩子们回家——这是基林在某一天告诉她的,她显然很喜欢看到奥尔拉脸上挫败的表情,他如何花了很长时间给她的前妻讲解理财的方法。当然,还有她的感觉,感到如此疏远,感到不再被爱、不再被需要。之后,她又告诉了艾比关于乔纳森·帕斯科的事，以及她差点要和他上床的经过。

"那实在太顺理成章了，艾比，"她有些悲凉地说，"他想要我，而我也需要有人爱我。得不到爱情，我会感到很难过。特别是就在那天晚上，大卫居然去了婕玛家，帮她料理什么开支问题。我打赌他们做的不止是那些。我在想为什么我没让乔纳森撕破我的衣服，为什么我没有和他在他家厨房的地板上做爱。"

"为什么你没有呢？"

奥尔拉的话被堵在了喉咙里。她有些不可置信地看着他，再一次感到自己仿佛已经分身两地，她的另一个自我在观察着眼前这一切。

"乔纳森。"她动了动嘴，没有发出声音。

"嘿，奥尔拉。"他穿着一件T恤和一条牛仔裤，看上去放松而自然。奥尔拉明白了，他昨晚一定是和艾比睡在了一起。从他站在那里的姿势和艾比脸上恐惧的表情里，奥尔拉看出了端倪。

"你怎么在这儿？"她看了看乔纳森，又看了看艾比，之后目光又转回了乔纳森的脸上。

"我是昨天来的都柏林。"乔纳森说，"我给你打过电话，奥尔拉，我给你的手机发了信息。"

"我没看过留言。"她说，"我昨天很忙。"

"我想也是。"

"然后你就来了这里，来找艾比。"

"不是你想的那样，奥尔拉。"艾比看上去满脸愁苦，"不是那样的，真的。我和乔纳森——我们只是——"

"我是来找艾比聊天的，"乔纳森说，"我想了解你和那位老人家的生活。"

"不要这么叫他。"奥尔拉厉声说。

"艾比和我还聊了聊以前的事。我们喝了几杯，然后……"

"是我的错，"艾比说，"我觉得很孤独，情绪低落，结果乔纳森来了。"

"你显然在这方面很有天赋，"奥尔拉看着他，语气尖锐，"找一个情绪不好的女孩儿，朝着她的耳朵说几句甜言蜜语，然后等着她和你上床。"

"哦,拜托,奥尔拉,"乔纳森说,"你这样说很不公平。你没有和我上床,不是吗?"

"没有,"她缓慢地说,"我没有。"

"我也不是像你说的那样。"艾比说,"我想和他上床,他并没有占我的便宜,奥尔拉。我需要和人做爱,是我占了他的便宜。"

"哦,拜托你了!"奥尔拉看着她的朋友,"你难道真的以为我在乎到底是谁占了谁的便宜吗?"

"你不在乎吗?"乔纳森问。

"我当然在乎我的两个好朋友上床了这件事,"奥尔拉说,"但这不会让我伤心,乔纳森,如果你指的是这个的话。"

"奥尔拉,我绝对不会伤害你的。"艾比的双眼充满了恳求,"事情是这样的,就在那个时间发生了,我并不是爱乔纳森。这件事什么都说明不了。"

奥尔拉揉了揉眼睛。"当然。"

"对不起,奥尔拉,"乔纳森说,"我也绝不会伤害你。但我们谈到了你,艾比说你很爱你的丈夫,说我如果以为你对我有感觉,那一定是疯了。她说她知道你遇到了一些问题,但这些问题早晚会解决的。"

"哦,真的?"奥尔拉没法掩饰声音中的反讽。

"真的。"乔纳森说,"我知道她是对的,奥尔拉。你在科克的时候就没有想和我在一起。你坚持要回家去找他,虽然那时已经很晚了,而且天气又很糟糕。你爱的是他,不是我。"

"所以在这个前提下,你认为和艾比上床就是对的了。"

"奥尔拉,那只是性,没有别的。"艾比又一次解释道,"别怪乔纳森。"

"我没有责怪任何人。"奥尔拉说,"乔纳森显然很确定我疯狂地爱着我的丈夫,所以你们完全不用再找借口解释一起过夜这件事。我结婚了,你们都是单身,有什么问题吗?"

"按你这么讲,显然没有任何问题了。"艾比说,"但事实上问题很大,不是吗?"

"你之前想过和她上床吗?"奥尔拉转向乔纳森问,"在上大学的时候?"

"没有。"他说,"直到我们分手,你是我唯一喜欢的女生。"

奥尔拉叹了口气。"我都不知道自己为什么问这样的傻问题。这根本没有意义,不是吗?"

"是的,"乔纳森说,"没有意义。我对你的感觉,或者说曾经对你的感觉,根本没法和你对大卫的感觉相提并论。"

"你会离开他吗?"艾比问,"你来不是为了这件事吗?"

奥尔拉摇了摇头。"我不知道应该怎么做。"她回答说,"我实在是困惑极了,好像在坐过山车一样。有时候我觉得我爱大卫,他也爱我。有时候我觉得我爱他,可他却恨我。有时候我又感到他爱我而我却恨他。我的生活简直一团糟!"

"如果你离开了他,"乔纳森的声音很平和,"你会和我约会吗?"

"别臭美了,帕斯科。"她生气地说。

"你想怎么做?"艾比问。

"我想睡觉。"奥尔拉说,"我累极了。我现在像个醉鬼,非常需要休息。"

"你可以在珍妮特的房间里睡一会儿,如果你愿意的话。"艾比说,"她回卡文度周末了。她不会介意的。"

"不用了,谢谢。"奥尔拉站起身来。"你们上床的事我可以理解,"她疲倦地说,"很正常,没有任何问题。"她拿起了提包。"我要走了。"

"奥尔拉,你太累了,应该留下来休息一会儿。"艾比把手臂搭在她的肩膀上,"到珍妮特的房间里去睡一会儿吧。"

奥尔拉摇了摇头。"没关系的,"她说,"我其实并不累。我只是认为自己很累而已。"

"奥尔拉,"乔纳森站在她身边,"我——"

"走开,乔纳森,"她说,"我要一个人待一会儿。"她走出了那间公寓,关上了身后的门。

乔纳森和艾比四目相对。

"你真是疯了,"乔纳森说,"我不敢相信你竟然会让她上来。"

"我没法拒绝,"艾比说,"我以为你会躲在房间里。"

"她早晚会发现的。"乔纳森耸了耸肩,"早发现比晚发现好。"

"你爱她吗?"艾比问。

"不知道。"乔纳森笑得苦涩,"我一直都很希望能保护她。从我见到她那一天起,我就觉得她很美、很迷人,虽然她极其要强又严肃,但我还是觉得自己应该保护她。那次在科克见到她,我那种保护欲又来了,仿佛在那个时刻就应该那样做。"

"那昨晚呢?"艾比问,"是个错误?和我上床?"

"你也觉得那是个错误啊,"他说,"你刚刚说的。"

"我知道。"艾比说。

"我得走了。"乔纳森说,"我去换衣服。"

他走进了卧室。艾比坐在那张橘黄色的沙发上,盘起了腿。为什么人们心里明明非常清楚,却还是会做一些不可思议的傻事呢?她自问着。而她什么时候才能有机会和乔纳森再做一次这样的傻事呢?

奥尔拉坐进了驾驶位,把手搭在方向盘上。她不知道自己应不应该有被背叛的感觉。乔纳森和艾比,她最好的朋友和她曾经爱过的男人上床。或者她可能依然爱着他,她想。她已经不信任自己了。她不知道自己应该作何感想。此刻,她好像已经感觉不到任何事了。

她发动了车子,心里并不知道自己想驶向何方。她只是机械地开着车,跟随着每一个标志转着方向,看到交通灯就停下来。她放了一张激光唱片,听罗比·威廉姆斯大声唱着歌,只有这样才能让她不至于睡着。

她不知道自己怎么会停在了婕玛家门口。她没想要来这里,至少她不认为自己想要来这里。但她想找到大卫,而昨晚是她让他来婕玛家的。她很确定他一定在这一点上听从了她的建议。

你真是咎由自取,她边按门铃边想,在同一天里看着自己爱过的两个男人和两个别的女人在一起。

她听到屋里的脚步声时,脑子里才意识到大卫的车并没有停在这儿。这意味着他应该没有来这里。

她已经没时间离开了,虽然她非常想马上消失。门开了,婕玛一脸错愕地站在了她面前。

"嘿。"奥尔拉说。

婕玛盯着她。"你好。"

"我能进去吗?"

"当然。"婕玛打开了门,奥尔拉走了进去。

"到厨房来吧。"婕玛说,"罗南在客厅,基林出去了。"

奥尔拉头重脚轻地跟着前面那个女人走进了厨房。她觉得一切仿佛变得更不真实了。

"请坐。"婕玛说,"你想喝点儿什么吗?"

奥尔拉摇了摇头。

"果汁?茶?或者烈一点的酒?"

"不用了,谢谢。"奥尔拉觉得绝不能再摇头了,自己的脑袋仿佛马上就要掉下来了。

婕玛坐在了她对面。她实在不知道该说什么。

然后奥尔拉哭了,泪水顺着她的脸颊流了下来,掉到了木头桌面上。婕玛从架子上拿了几张纸巾,一言不发地递给了她。奥尔拉接过纸巾,擦了擦眼睛。

"他去哪儿了?"奥尔拉终于开了口。

"我不知道。"婕玛说。

"他来了吗?昨天晚上?"

婕玛沉默了。她不知道是承认还是否认好。

"是的。"她最后还是说了实话。撒谎没有任何意义。

"为什么你会去那个派对呢?"奥尔拉强迫自己问了这个问题,"为什么你去了,然后让他觉得你才是他想要的人?"

"他不觉得我才是他要的人。"婕玛说,"我曾经是,但现在已经不是了。"

"他依然还爱着你。"奥尔拉抬头望着她,双眼通红,"他还爱你,而且这种爱已经把我们的婚姻毁掉了。"

"他不爱我，而且可能从来都没有爱过。"

"哦，行了！"奥尔拉很生气，"昨晚算什么呢？谈笑风生，一起跳舞。"

婕玛咬住了嘴唇。

"你在他眼中太完美了。婕玛把家里收拾得井井有条。婕玛厨艺高超。婕玛很会教育孩子。"奥尔拉的声音里充满了痛苦。

"哦，别傻了。"婕玛没想到自己的语气会这么生硬。奥尔拉皱了皱眉。"我这么好，可是却没能让他每晚都回家陪我。那是不够的。如果我们再努力一些，情况可能会好转，但结果却是我们的婚姻结束了。"

奥尔拉一言不发。

"他昨晚来过了，但是在沙发上睡的，奥尔拉。"

"你和他跳舞，我必须发作，你在侮辱我。"

"我知道。"婕玛说，"对不起，我不应该那样做。我也是在做傻事，奥尔拉，我想证明自己和你一样性感。"

奥尔拉吃惊极了。"你很美而且你应该知道。你让我们的关系变得糟糕透了。你希望我们的关系变成这样。"

"奥尔拉，我——也许有一段时间是你说的那样。"婕玛承认，"但相信我，大卫很爱你。我知道，他亲口告诉我的。如果有人在几个月之前告诉我，我需要告诉大卫的太太他很爱她，我肯定会把这人送到医院去。"婕玛说。

"不，他不爱。"奥尔拉说。

婕玛叹了口气。"我觉得你错了。"

"你为什么会关心呢？"

"因为我希望他开心。"她说。她站起身来，从冰箱里拿出一盒苹果汁。我确实希望他开心，她边倒果汁边想，我真的希望。我也希望奥尔拉开心。"你想喝一点儿吗？"她看着奥尔拉，奥尔拉点了点头。我不再在意大卫娶她这件事了。我真的不介意了。我曾经介意过，但我现在一点也不了。哪怕萨姆和我没有结果，也没有关系了，我依然不会介意的。我希望他找到他爱的人。

"他昨天过来的时候样子简直糟透了。"婕玛说，"我没想到他会喝那么多酒。"

"我以为他会撞车呢。"奥尔拉说,"我看到他把车开走了,当时我很害怕。我一直在想会不会有人打电话告诉我,他撞在某一根路灯灯柱上了。"

"他没有撞车,"婕玛说,"虽然他来的时候看上去比撞了车还要糟,但至少他没出什么事。"

"他说什么了吗?"

婕玛笑了。"他告诉我你把他的东西从窗户扔出来了。"

奥尔拉也虚弱地笑了。

"我喜欢你的做法,奥尔拉,我觉得你很棒。"

"那简直傻透了。"奥尔拉说。

"哦,我不知道,"婕玛说,"我想你当时应该很有成就感吧。"

"当时是的。"奥尔拉承认道。

"有一次,我和他吵架,我把他最喜欢的一件外套放在了洗衣机里,"婕玛说,"用的是热洗。结果拿出来的时候,那件外套变得只有两英寸长了。他简直疯了。我告诉他我气坏了,根本不知道自己在做什么。"

奥尔拉笑得浑身颤抖了起来。

"他不是个坏人,"婕玛说,"他只是——他喜欢拿主意。他自己都不知道他是那样的人。他喜欢显示自己,喜欢做最出色的那一个。我想这可能和他的童年经历有关,或者他天生就是那样的人。"

"我以为我们有很多共同点,"奥尔拉说,"但后来我突然觉得他想要的根本就是你。"

"这并不容易,"婕玛说,"你以为你了解一个人,但其实你只是了解他的一部分。当他离开你的时候你以为自己会死掉,但后来一切又都变得风平浪静了。你觉得很多事你们没办法交流,但其实你们可以。"

"和大卫!"奥尔拉的眼睛里又出现了一点儿光芒,"那简直就像是对牛弹琴!"

"我明白,"婕玛说,"上帝,我太清楚了。"

"他的表情就像是关上了一道门,"奥尔拉说,"他好像把你从他的大脑里赶了出来。"

"他的眼睛会看着你身后的某一个点。"婕玛说。

"他的眼睛会眯起来。"

"然后他的鼻孔会一张一合的。"

"他看着你的样子就好像你是个六岁的小孩子。"

两个女人一起笑了起来。

"他在沙发上睡的。"婕玛又重复了一遍。

"但他还是没有回家。"奥尔拉的声音在发抖。

"他会回去的。"婕玛说。

奥尔拉叹了口气。"我曾经很恨你,你知道吗?"

"为什么?"

"因为你先嫁给了他。因为你永远会存在于我们的生活里。"

"我也很恨你。"婕玛说。

奥尔拉眨了眨眼睛。"我?"

"拜托,奥尔拉,"婕玛笑了,"你比我年轻,比我苗条,你穿着那件贴身的真丝裙子那么美。"

"我昨晚恨不得戳你一刀。"奥尔拉说,"你看上去那么成熟,我简直像个孩子。"

"我们不需要喜欢对方,"婕玛说,"我们甚至不用相处。不过我们也不需要憎恨彼此。"

"我知道。"奥尔拉话音未落,门铃就响了。

"妈妈!妈妈!"罗南冲了进来,"猜猜谁来了!!哦。"他看到了奥尔拉,马上住了口。"嘿,奥尔拉。爸爸呢?你们吵架了吗?"

婕玛和奥尔拉站起了身,看到萨姆·麦科尔根跟着罗南走了进来。婕玛用手捏着自己的鼻梁。她太疲倦了,实在受不了这样一次又一次的刺激。

"罗南,奥尔拉马上就回家了。你能不能带萨姆去看看你新买的电子游戏机呢?"

"那游戏太棒了,萨姆,"罗南说,"你会被困在一个山洞里,然后还会有很多巫婆什么的。我打赌我能赢你。"

"我也打赌你能赢。我马上就过去，罗南。"他把手里的一捧鲜花递给了婕玛。"真对不起，"他说，"我没想到。我本来想早点儿过来给你一个惊喜的。"

"没关系。"她说。

"不，婕玛，真的对不起。"

"萨姆，这是奥尔拉。奥尔拉，这是萨姆。"

"嘿。"她和萨姆轻轻地握了握手。

"很高兴认识你。"萨姆说。他看了看婕玛，又看了看奥尔拉。"我先上去了，婕玛。"

婕玛和奥尔拉对视了一下。

"他是……"

"一个朋友，"婕玛快速回答说，"一个好朋友。"

"大卫没跟我说过。"

"大卫不知道。不过现在他知道了。"

"你真的不想和他和好了？"

"我真的不想。"婕玛说，"而且奥尔拉，这不是我想不想和他和好的问题。他真的不想回到我身边。他可能有时候会谈起以前的事，但那都是垃圾。我们在他遇见你之前就已经分开很久了，他从来就不需要在我们两个之间作选择。"

"也许你说得对。"奥尔拉说。

"绝对是这样。"婕玛说。

"我不知道我是不是还爱他。"奥尔拉用双臂环抱着自己的身体，"有时候我觉得我爱，可有时候——这实在很难搞清楚，不是吗？"

"我希望一切都能简单些。"婕玛说。

"你和萨姆也不简单吗？"

"我也不想让它太简单。至少现在不想。"婕玛笑了，"我和大卫就是太冲动了。虽然我仍是一个性子很急的人，但我会尝试让一切都放慢节奏。"

"孩子们都认识他？"

"我们是在度假时认识的。"婕玛解释说。

"我应该走了，"奥尔拉说，"给你们留点时间。"

婕玛朝她笑了。"祝你好运。"她说。

"谢谢。"奥尔拉慢悠悠地出了一口气，"我想我确实需要好运。"

第三十八章

大卫把车停在了圆形石堡塔附近，然后下了车。他希望能想清楚一会儿怎样和奥尔拉进行交谈。他想把一切在头脑里都准备好，这样才能表现得像个理性的成年人，而不是像之前那样，两个人都像不懂事的孩子一般。但也许他们已经来不及再进行一次理性的对话了，也许他会再次在自己全然没有察觉的情况之下毁掉一段关系。我真是个自私的人，他对着阴霾的天空和盘旋着的海鸥长叹道。我永远都希望事情按我的意愿进行，婕玛说得很对。我并不是故意的，但结果却真的是这样。可能我不应该把工作看得那么重，可能成功也没有那么重要。他踢了一脚面前的一块黑色的小鹅卵石，那石头经过长年的冲刷，被磨得浑圆。也许我不需要向每个人证明我和莉薇一样出色。

他想到了自己的小妹妹，她是他们两个之中更为聪明的那一个，大家一直都那么说。他永远记得儿时的那一幕。他把成绩单递给了父亲。布莱恩抿着嘴唇，望着大卫，问他为什么成绩都是 C 和 D，而莉薇却永远都能得到 A？

"我想，她应该是我们家里最聪明的人吧。"布莱恩对着成绩单叹了口气。他再没有多说些什么。他没有说大卫太蠢，或者 D 这种成绩太让他失望，或是大卫因为不够聪明，之后的人生一定是一塌糊涂之类的话。但大卫当时感觉自己真是失败极了，因为莉薇是聪明的那一个。直到有一天，大卫买下了敦劳费尔的房子，而莉薇，他聪明的妹妹，还在基尔曼汉姆租着那间狭窄的、鞋盒子一般大的公寓。到底谁比谁更聪明呢？他当时想。

想到这里，他叹了口气。你以为你掌控了自己的生活，你以为你明白做任何事情的缘由，但最后起作用的其实是你的潜意识，而它几乎把你的生活全给毁了。

显然是他把和奥尔拉的关系搞砸了。昨晚发生的事在他的脑海中已经模糊了，但她歇斯底里的神情和说出的那些有关婕玛的话，他依然记忆犹新。他指责她愚蠢，这种说法实在是太过分了。此刻一切可能都已经太迟了。几年前他非常确定婕玛会后悔，他们会再重新走回到一起。现在他明白了，他的习惯就是把事情拖到最终无法解决的地步才能翻然醒悟。

他的头更疼了，嘴里的味道非常难闻，而且下巴上长出了硬硬的胡楂——他今天早晨没有刮胡子，奥尔拉没有把他的刮胡刀和其他东西一起从窗户扔出来，他也不好意思用婕玛的女士刮刀。

我看上去一定糟透了，他想。一个无聊的老头子漫无边际地独自在海边徘徊，因为自己失去了两个优秀的女人。

萨姆听到奥尔拉离开了，便离开了罗南的房间，从楼梯上走了下来。婕玛正靠在墙上，用手按着自己的额头。

"你还好吗？"他的声音里充满了关心。

她点了点头。"只是刚刚结束了一件奇怪的事。"

"婕玛，我很抱歉提早过来打扰了你。我太自私了。"

"是啊。"她说。

"你生活里有很多事我不清楚，而且也不应该去打听。"萨姆说。

"我之前就跟你说过的。"她走进了客厅。

他站在原地。他本来以为早一点过来应该是个好主意，鲜花和他的笑容可能会让她惊喜一番。上帝啊，他想，我真是个傻瓜。她刚刚离开了一个这样的男人，一个希望让她去适应他的生活的男人。难道我也是同样的人？

他打开了客厅的门。她坐在沙发上，目视前方。

"你想我离开吗？"他问。

她什么也没说。

完了，他想，我已经失去她了。这是我的错，一个最愚蠢最愚蠢的错误。

"给我打电话吧，"他说，"如果你愿意的话。"

她依然保持沉默。

她听到他离开了。她想追出去，把他叫回来，但她很害怕。她太想得到他了，这感情之强烈已经伤到了她自己。他走进厨房的时候，她希望疯狂地扑到他怀里和他拥吻。但他不该来。她告诉过他要晚些过来，可他却不听，就如同大卫经常对她的话置之不理一样。如果他认为送一束花就可以让一切变得不同的话，那么他就大错而特错了。

罗南走下楼来。

"布鲁走了？"他问。

婕玛点了点头。

"我以为他会留下来的，"罗南说，"我还想和他玩游戏呢。"

"你花太多时间在那个蠢游戏上了。"婕玛说。

"我喜欢那些游戏。"罗南反驳道，"你也喜欢啊！而且布鲁——"

"我想他玩得应该很棒吧。"婕玛说。

"不是。"罗南笑了，"他老是从屋顶上掉下来。"

婕玛向他伸了伸手，罗南走过来在她身边坐下。她紧紧地抱住了他，直到他喊着让她松手。

奥尔拉听到了有人开门，她的胃里感到一阵绞痛。他回来了。来拿他的衣服吗？还是要和她和好？她拿起了一本杂志，坐在了屋角的一把扶手椅上。她要冷静一下，放松。

他看上去糟透了，她看着他走进门心里想道。他的头发被海风吹得乱糟糟的，眼睛里面布满了血丝，也没有刮胡子。然后她又把目光转回到杂志上。

"嘿。"他说。

"你好。"

"你觉得怎么样了？"他问。

她把杂志放到身边的沙发上。

"我很好。"

他把皮包放在了地板上,坐在了她对面。"我想我还没把所有东西都带走。"他说。

"什么?"她吃惊地看着他问。

"我的衣服。我确定我的一条平脚裤掉在了我们楼下的阳台上。"

"我很怀疑。"

"真的,"他对她说,"那条真丝的。"

"没有。"

"我看到你把那条平脚裤从窗户扔出来了,但并没有掉到地上。"

"哦,好吧。"她说,"如果它真是掉到别人家的阳台上,恐怕人家会觉得尴尬,不好意思还回来。"

"我真的希望人家不知道那是我的,"大卫说,"你知道我们楼下住着麦斯特森夫妇,他们都已经八十几岁了。恐怕捡到我的内裤对他们来说也没有任何用处。"

"哦,我不知道。"奥尔拉说,"他们可能能用它做点儿什么。"

他们四目相对。

"昨天晚上可真是场面惊人啊。"大卫说。

"是的。"奥尔拉咬了咬嘴唇。

"我罪有应得。"他告诉她说,"我和婕玛之前也大吵过,不过她从来没把我的衣服从窗户里扔出来过。"

"我不是婕玛。"奥尔拉说。

大卫笑了笑。"我知道。"

"我今天去见过她了。"奥尔拉在椅子里调整了一下姿势。

"什么?"

"我去见她了,或者说我去找你了。我以为你会在那边。"

"我确实去过,"他缓慢地说,"你告诉过我让我过去,所以我真的那样做了。但我没有和她上床。"

"你希望吗?"

"什么意思?"

"如果她同意,你会和她上床吗?"

他用手摸了摸下巴。"我不知道,"他说,"如果我那样做了,原因也是因为我想要打击你,而不是因为我想和她在一起。当然我很庆幸她没有给我那个机会。"

"你真是诚实。"奥尔拉说。

"你和婕玛说了些什么?"他问。

"说你。"她说。

"她告诉了你什么?告诉你我是个一无是处的浑蛋,完全不值得信任?"

奥尔拉摇了摇头。"完全不是。"

"她应该不会说我也是个敏感的人,我猜。"

"没有。"奥尔拉说,"我们只是聊天,聊得很好。我们相互都很坦诚。"

"我希望我们之间也可以很坦诚。"他说。

一切居然会是这样。她想,我们居然等到事情发展到今天才可以坐下来坦诚相对。她浑身一震。

"我和婕玛在一起的时候,也没有察觉到我们之间究竟有什么问题。"

奥尔拉闭上了眼睛,她很怀疑自己究竟愿不愿意听他说这些。

"之后我的情绪一直很糟糕,脾气很坏,所以根本没有意识到,我们的离婚其实可以算是离婚史上最友善的案例了。"

她感到泪水在眼眶里在慢慢积聚起来。

"而且显然我更加没有意识到,我遇到你是一件多么幸运的事。"

她什么也没说。

"想一下我多幸运啊,奥尔拉。我是一个中年男人,已经到了走向衰老的时候,头发花白,看东西时需要戴眼镜,离过婚,还有两个孩子——我简直一塌糊涂,奥尔拉。可我却遇到了你,和你相爱,而且还和你结了婚。"

她咬住了嘴唇。

"我没有因此感到幸福,反而还把你当成了我的管家。"

"偶尔吧。"奥尔拉说。

"我真不了解我自己。"大卫望着她栗色的眼睛,"我娶你是因为觉得没有你就无法生活，可显然我一直在做让你对我生厌的事情。我实在不明白自己究竟是在做什么。"

"你希望我变成她。"奥尔拉说。

"她？"

"婕玛。"

"不。"大卫坚定地说，"我永远不会想让你变成婕玛。"

"但我想你是的。"奥尔拉玩弄着自己的小手指，"我想你把跟我结婚当成了和婕玛的另一次机会。你希望这次可以成功。"

"奥尔拉，我发誓我没有一秒钟时间把你当成第二个婕玛。"

她叹了口气。"你希望我可以像她一样把家里收拾得井井有条。你希望你在家的时候我都会在家陪你。你希望我做任何事都会征求你的意见。"

"比如工作的事。"他说。

"我觉得你根本不在乎我的事业发展。"她对他说，"只要我可以在格雷维塔斯和你一起工作，你就可以掌控我的一切。这就像是我们家庭生活的延续。我一旦离开，独立工作，一切就都变得不同了。"

他若有所思地敲着手指。所有人关于他对奥尔拉新工作态度的评价居然都如出一辙。

"我承认我表现得很糟糕，"他说，"对不起。"

她又咬了咬嘴唇。"这没什么用。也许你是对的。"

"我是对的？"

"我恨死这份工作了，"她说，"我从第一天起就没有做对过一件事。"

"不可能，"他说，"你一直都很出色，奥尔拉。我看过你的工作状态，人们信任你，想想萨拉·本顿！"

"情况已经变了，"她说，"我在塞雷纳的这段时间简直就是我人生中最糟糕的时刻。鲍勃·墨菲给我一个月的时间赶上来，否则就要把我赶走。我只卖掉了一些非常小的计划，这样的业绩就连一个大学毕业生都做得到。而且我还搞砸了两个公司客户的签约机会。真是噩梦！"她用手捂住了脸。

"哦，奥尔拉！"他用手揽住了她。

"我不需要你的同情,"她说,"我不要听你告诉我一切都会变好的。我知道你看到这个情况一定很得意。"

他把她的手从脸上拉开,"我没有得意,"他说,"我怎么可能得意呢?是的,我不喜欢鲍勃·墨菲,但我爱你,奥尔拉,我不希望你遇到任何不愉快的事——哪怕是在塞雷纳。你说得对,可能我确实觉得你离开格雷维塔斯之后,我就没办法掌控你的情况了。而且我觉得——觉得受到了伤害吧,我猜是的,因为你没有早一些告诉我关于那个新工作的事。但我确实表现得像个孩子。真的对不起。"

"现在说对不起有点儿太迟了。"她说。

婕玛也这样说过。他记得那时她站在厨房,穿着一件绿白条纹的围裙,脸上的表情十分伤感。他记不清那是在他们谈论离婚问题之前还是之后了,但那应该算是他们众多次吵架中的一场。他也记不得当时他做错了什么事,要向她道歉。但他记得她说那太晚了。他听到了婕玛声音中的决绝。然后他朝她发了火,说她是一个愚蠢的八婆,永远希望事情像她期望的那样发展,从来不知道感谢他所做过的事。

他看着奥尔拉,她的目光里带着倨傲的神情。

"我知道,"他说,"但我依然还是要说对不起。"

然后她哭了,大颗大颗的泪珠顺着她的脸颊滑了下来,掉到了大腿上。

"奥尔拉,我爱你。"大卫非常坚定地说,"直到今天我才意识到我有多爱你。如果我真的失去了你,那也说明我是罪有应得。但我不想失去你,我真的真的不想。"

"你把我当成一个孩子。"她说。

"有时候是的,"他承认道,"我不是故意的,但有时候我是情不自禁。"

"婕玛呢?"她问。

"婕玛怎么了?"

"你还爱她吗?"

"我不爱婕玛,"他说,"我关心婕玛。这不一样。而且说实话,我很尊敬她。我曾经以为如果身边没有男人,她一定什么都做不成。我当时觉得她会崩溃，但她把一切都搞定了，把孩子抚养得很好，而且还有了自己的生活。"他把奥尔拉拉近了些。"昨天晚上——我猜我是想伤害你。我们之间的关系太糟了，那是一个伤害你的机会，所以我就那样做了。"

"她很美，"奥尔拉说，"而且你和她在一起很相配。"

"奥尔拉，人们看到我娶到了你这么美的女人都惊讶极了。爸爸就这么说。没有人能相信你会爱上我，如果你现在还爱我的话。"

"说起来也可笑。"奥尔拉说，"但我第一次和你出去之后，我一直数着时间等待下次和你见面。没人让我有过这样的感觉。我每天都是如此，直到我们度蜜月回来，然后你就转换到了一个销售人员的模式。突然间，好像我对你没有任何意义了。除非我离开家，否则，你总是想方设法把我留在家里。"

"我是个白痴。"大卫说，"我想证明自己有多聪明，证明我可以赚一大笔钱养家，可以在给婕玛生活费的同时，还能把我们家的生活维持得很好。不仅是维持，我希望我们过上优质的生活。"

"但我也有工作，"奥尔拉说，"你根本没有必要那样想。"

"我是一个传统的人。"大卫有些悲哀地说，"我觉得我必须那样做。"

他依然用胳膊揽着她，她感觉得到了安慰。之后她深吸了一口气。"这不是你一个人的问题。"她说。

"哦？"

"我有件事也要告诉你。"

她讲了关于乔纳森·帕斯科的事。她告诉他她去了他在布拉尼的住所，他们喝了威士忌。她没有说有关乔纳森把手放在她的胸脯上的事，也没说他撩起了她的欲望。有些事她觉得大卫应该不会希望知道。但她必须要告诉他她见到了乔纳森的事。

她说完之后，他非常惊讶地看着她。

"我完全没有想到，"他说，"完全没有。"

"我觉得你和婕玛会再走到一起。"奥尔拉说，"我想报复。"

大卫叹了口气。"人们对身边发生的事实在是太不了解了。我们生活在一起，可我居然一点儿都没有察觉。"

"对不起。"奥尔拉说。

"应该算是公平吧,我想,"他说,"你怀疑我和前妻有染,所以就去找了前男友。"

"我不希望你承担所有的责任,"奥尔拉说,"而且我的前男友已经和我最好的朋友上过床了。"

"什么?"大卫难以置信地望着她。

"我今天早晨去了艾比那儿。乔纳森昨天晚上来了都柏林,他想见我,但最后却碰到了艾比。"

大卫甚是惊讶。"她告诉你的?"他问,"女人们究竟都是怎么了?怎么会把这么重要的事情都和对方说?"

"我相信她确实会告诉我,"奥尔拉说,"不过不需要了。我去的时候他还没走。"

"哦。"大卫突然笑了。"好吧,"他说,"我的遭遇虽然不能跟你比,不过也差不多。我猜婕玛是有男朋友了。"

奥尔拉看着他。"我知道,"她说,"我碰到他了。"

"什么?"大卫盯着她。

"她看到他在门口的时候很惊讶,我看得出来。他说想给她一个惊喜,还带了花过去。"

"婕玛喜欢鲜花。"大卫说,"他看上去怎么样?"

奥尔拉沉思了片刻。"相当迷人。"

"你这么说是为了气我,还是事实?"

"他真的相当迷人。"奥尔拉又重复了一遍。

"比我还迷人?"大卫假装吃醋地问。

"恐怕是的。"她已经忍不住想笑了。然后他们两个人一起笑了,直到笑到浑身发颤为止。大卫把她抱紧在怀里,她的头靠在了他的胸脯上。

"好了,"笑声消退之后,大卫说,"看来我们只剩下对方了。我们都被抛弃了。你觉得如何?"

"我不想成为你退而求其次的选择,大卫。"

"你当然不是，"大卫说，"你怎么可能是我退而求其次的选择呢？我爱你。可能有一段时间我忽略了这个事实，但没有人像你一样能给我这样的感觉。包括婕玛，包括任何人。"

"也许吧。"她说。

"也许我们错误地把一切想得太容易了。"他说，"事情有些尴尬，但我们恐怕都要作出改变。我不是一个擅长改变的人，但我不想失去你，奥尔拉，虽然这意味着可能要忍受你经常把我的衣服从窗户扔出去。"

"对不起，"她说，"不过我当时想做一些极端的事。"

"你做到了。"他说。

"我太生气了，"她说，"对你，对我，对所有事。"

"现在呢？"他问。

"现在简直是筋疲力竭。"

"想上床休息吗？"他问。

"我要睡上一觉。"她说，"我昨晚都没有睡。"

"你看，"他朝她坏笑了一下，"我们就像是老夫老妻一样，爬上床马上就能睡着。"

她吻了吻他的嘴唇，他吻着她的脖子。他们静静地对望着，已经等不及要回到床上去了。

四点钟，电话响了。家里只有婕玛一个人，她让它响了几声，然后拿起了听筒。

"你好。"她说。

"对不起。"萨姆说。

"别再说对不起了。"

"我不知道还能说什么。"

"我不想被强迫着做事。"婕玛说，"我喜欢你，但我不喜欢你给我压力。"

"我不会了。"他说，"我总会做一些蠢事。今天的事就很蠢。"

"那并不蠢，"她说，"但你找的时间不对。我的生活里还有一些别的事，萨姆，那些事我需要自己来处理。"

"我能过去见你吗？"他问。

"可以，"她说，"你什么时候能到？"

"现在。"他说，然后他挂断了电话，按响了门铃。

婕玛开门的时候情不自禁地笑了。

萨姆棕色的眼睛定定地望着她。

"进来吧。"她说。

"我不会再说对不起了，"萨姆说，"你说得对。这样的事做得太多就没有价值了。"

"萨姆，你是我和大卫分开之后交往的第一个男人，我还不知道什么时候发脾气比较合适。"

"原谅我了？"他问。

"算是吧。"婕玛说。

"你想跟我谈谈之前的事吗？"萨姆问。

"我也不知道。"

她不清楚是不是应该让他走进她的生活，让他了解她和大卫、大卫和奥尔拉等等一系列复杂的关系。直到现在，他们谈过的也仅限于她和大卫的婚姻以及他们是怎么结束的。但婕玛刚刚才意识到，很多事情是不会结束的。那些事会变得没有那么重要，不过依然是你人生经历的一部分，永远存在着。你不可能简简单单地关上门，就当它们从来没有存在过一样。

"我昨天晚上做了一些很糟糕的事。"他们走进了客厅，婕玛坐在沙发上，抱着一个靠垫对他说。

"怎么回事？"萨姆问。

"我和大卫调情了。"

"哦。"

"我最初根本没想要那么做，"婕玛说，"但之后却变成了那样。"

"为什么？"

"因为有那样的机会。"婕玛很惭愧,"所以我就把握了机会。我不应该那样,但却那样做了。"

"然后?"

"他们回家以后,奥尔拉狠狠地发作了一通。事实上还不仅如此,"婕玛轻轻地笑了笑,"她把大卫的东西都扔到了楼下。"

"哇哦!"

"她让他到我家来,他就真的来了。"

"哦。"萨姆从沙发上站起了身,走到了窗户旁边。

"他在这里过的夜。"婕玛说。

"知道了。"萨姆说。

"在沙发上。"

萨姆转身望着她。"为什么?"

"你说为什么呢?"她问,"我和他已经离婚了,萨姆。我和他调情,他和他太太吵了一架,然后他非常生气地来了这里。"她叹了口气,"我们不再相爱了,但他出现在门口,我总不能把他轰走吧。"

"为什么你要和他调情呢?"

"因为我是个贱人。"婕玛说,"我昨晚看上去还不错,萨姆。看得出来,大卫看到我之后很吃惊。就因为我完全不在乎他了,所以我才可以和他谈笑风生。当你爱一个人的时候,其实是很难去诱惑他的,反之一切才变得更容易了。而且我……"她顿了一顿,"我想气气奥尔拉。这真是世界上最糟糕的事情,可我却那么做了。"

"为什么你会有这个想法呢?"

"因为也许我看上去还不错,但她又年轻又漂亮,而且大卫娶了她。"

"但你已经不爱大卫了。"

婕玛把手里的靠垫扔到了沙发的另一端。"我当然不爱他了。"她有些不耐烦地说,"我是个很糟糕的人,萨姆,我有个惩罚别人的机会,所以就那么做了。"

"这并不意味着你是个糟糕的人。"

"我是的。"

"那么刚刚奥尔拉来是想要做什么呢?"

"她冷静下来了,以为大卫会在这儿,所以来找他。"

"这简直像一出俄罗斯悲剧,"萨姆说,"表面的平和下隐藏着阴暗的情感。"

"别嘲笑我。"婕玛说。

"我没有。"萨姆走到了她身边,"而且我不怪你和大卫调情那件事。"

"我怪我自己。"她说,"我真可恶。"

"让我们整理一下。"萨姆说,"奥尔拉和大卫是相爱的,虽然他们经历了一个不太好的阶段。你昨天晚上让他们的矛盾上升到了顶峰,引起了争吵。然后他们现在就可以好好解决两个人之间的问题了。"

婕玛抬头望着他。"你这么认为?"

"婕玛啊婕玛,当然是这样了!有什么能比争吵再和好更能给婚姻以刺激呢?"

她叹了口气。"我和大卫也吵过。"她说,"但我们只是吵,不会和好。"

"也许那个时候有些不同。"萨姆告诉她说,"他们的婚姻和你们的不一样,婕玛。"

她抠着手指甲。"我还是觉得很自责。"

"也许你真的帮了忙呢。"萨姆说,"他们之前矛盾很深,而你让他们爆发了出来,那么你就真的是帮了大忙。如果不是这样,那你也只是加速了一段错误婚姻的破裂。"

"可能吧。"

"婕玛,你不能帮助他们生活。"

"我知道。"她咬了咬嘴唇,"我真的希望他们能和好。几个月以前,我不知道自己希望他们怎样发展,不过现在我真的想他们好好地过下去。"

"那你自己呢?"

"糟糕,"她说,"我把指甲弄坏了。"

"婕玛?"

她咬着指甲的边缘。

"你想要什么，婕玛？"萨姆问。

她看着他。他用棕色的眼睛回望着她。她走到他面前，投进了他的怀里。他紧紧地吻住了她，她的身体马上灼热了起来。

之后，他们听到了钥匙开门的声音。在基林进来之前，两个人用最快的速度跳到了沙发的两端。

第三十九章

"基林，你能进来帮我拉一下拉链吗？"婕玛喊道。基林跑上楼来，推开了房门。

"我以为这件衣服很合身呢。"基林帮她把拉链拉了上来。

"本来是合适的，"婕玛说，"只是拉链不好拉而已，很容易开。"

"好了。"基林帮她把拉链拉好，然后站远了一些，从上到下打量了一番她的母亲。"妈妈，你很漂亮，真的。"

婕玛笑了。"谢谢。"

她又选了那件本德里希。这一次是莉斯和罗斯的订婚晚宴，他们在梅里恩酒店里定了一间包房。酒店绝对是上乘之选，所以婕玛也把自己精心地打扮了一番。她一直在想是不是应该买一条新裙子，但每个人都告诉她，她在布莱恩和帕齐的晚宴上穿的那条裙子非常美。最终她放弃了再买一套衣服的想法。

莉斯听到她说已经选定了穿什么衣服的时候很是惊讶。她们要一起到城区去给莉斯买一件性感的新衣服，她以为婕玛一定也会在那天买件衣服在订婚宴上穿。

"真不敢相信你居然放弃了一个购物良机，"莉斯说，"你从来不会这样。"

"我和以前不同了呀，"婕玛对她说，"而且我家里确实有一条很理想的裙子。不过，对你来说，"她看着莉斯正在试穿的那件暗红色长裙，"这件绝对完美！"

莉斯和罗斯三个月后就要结婚了。莉斯一直在说订婚这件事听起来真是疯狂，更不要说专门要为此大宴宾客了，但罗斯非常坚持。

"会很有趣的。"婕玛向她保证说,"哦,看莉斯——那个手包!多漂亮!你一定得买下来!"

婕玛还是没能完全抗拒购物的诱惑,她买了一双极贵的长袜。莉斯向她扬了扬眉毛,她坏坏地朝莉斯挤了挤眼睛。

"我们和小时候一样糟糕。"莉斯在走出那间店铺的时候说。

"男人很危险!"婕玛咧嘴笑了。

此刻,她观察着镜子里的自己。基林说得对,她看上去很美,自信、快乐,而且凹凸有致。

"妈妈,"基林微笑着对她说,"你知道你今晚一定艳压全场。萨姆肯定会呆掉了!"

婕玛笑了。今晚萨姆会和她的家人见面。这是他第一次见格里和弗朗西丝。他已经见过莉斯了——他们彼此都非常欣赏。

"你的东西都准备好了吗?"婕玛看了看表,"爸爸和奥尔拉马上就到了。"

"好了,都准备好了,"基林叹了口气,"我都等了很久了。"

"罗南呢?"

"我重新帮他打过包了,"基林告诉她说,"他带了三件T恤,却没带内裤。"

婕玛笑了。孩子们准备去跟大卫和奥尔拉度周末,他们准备了一个惊喜。

"事实上我们是准备去诺尔摩尔酒店,"大卫已经告诉了婕玛,"路程不算远,而且在那里他们有很多事情可做。那儿有一个室内休闲中心,所以天气好坏也没什么关系。"

"你应付得了他们吗?"婕玛问。

"可能有点儿困难,"大卫开心地说,"不过我会努力的。"

门铃响了,基林跑下楼梯去开门。

"嘿,爸爸!"她在父亲的脸上亲了一下,"嘿,奥尔拉,你的发型很不错。"

"谢谢。"奥尔拉笑了,"不过还是感觉很怪,基林。"

"很漂亮,"基林说,"我得说妈妈的手艺真的不错。我在考虑是不是也让她帮我剪一下。"

"我喜欢你留长发,"大卫说,"只要不把脸挡起来就行了。"

"嘿，你们到啦。"婕玛走了下来。

她真是很擅长走楼梯这件事，奥尔拉想，那姿势简直性感得不得了。不知道她自己意识到这一点没有。

"你真美。"奥尔拉对她说，"上次你穿这件裙子的时候就很漂亮。"

两个女人彼此相视一笑。

"我比那个时候重了好几斤，而且很明显，"婕玛说，"刚刚我是让基林帮我拉的拉链。"

"完全看不出来。"奥尔拉说。

"你们走之前想不想喝点儿咖啡，或者茶？"婕玛问。

大卫摇了摇头。"我想尽快出发。"

"奥尔拉，你呢？或者可以吃点儿什么？"

她摇了摇头。"谢谢，婕玛，不过我今天中午吃得太多了。我是和客户一起吃午饭的，吃了一大堆东西。"

"她帮她的新公司卖掉了一份大单。"大卫用胳膊环住了奥尔拉，抱了抱她，"看来还是按揭更容易了。"

"新房子搞得怎么样了？"婕玛问，"我觉得你们真了不起，愿意买一栋房子，从头到尾修整一遍。我实在是没有那样的耐心。"

"你觉得这个周末我们为什么要离开家呢？"奥尔拉笑着说，"工人正在整理地板，下周房子就可以住了。现在那里是尘土飞扬。"

"那里比以前的公寓大多了。"

"和那间公寓很不同。"奥尔拉说，"这一点比较重要。"

基林拿着旅行袋出现了，身边跟着罗南。"我们准备好了。"

"太棒了。"大卫拎起了她的袋子，"基林，我们只走两三天。这里面是什么？"

"一些东西。"她说。

"你们女人都是一个样。"他把旅行袋扛在了肩膀上，"你能自己拿你的行李吗，罗南？"

"当然可以。"

"要听话。"婕玛说,"玩得开心点儿。"

"告诉莉斯我向她问好,"大卫说,"还有,恭喜他们。"

婕玛点了点头。她望着他们向车子走去,大卫,他的太太,还有孩子们。

几个月前,她简直无法想象大卫和奥尔拉会带孩子们去度周末,也无法想象自己会同意他们这么做,而孩子们也不会愿意去的。

这真不容易,她想,对这样的一个扩展的大家庭来说。不过很多事你都要去学着适应。

奥尔拉上车前朝她挥了挥手。那个红头发的小贱人看上去也不再像是个虚有其表的小贱人了,这还要感谢婕玛给她新剪的头发。之前那样去定义她,也是因为婕玛想要取得一些心理上的安慰,她从来都不像是个虚有其表的小贱人。只是现在这个发型更适合她了,你可以更清楚地看到她的脸(漂亮的轮廓,婕玛想着),而且这个风格让她显得更有权威。不过她是否真的有权威,恐怕还要看这个周末她应付基林和罗南的本领了。

等他们彻底消失在她的视野里之后,婕玛才关上了门。她给自己倒了一杯百利酒,坐下来等萨姆来接她。

我怎么会找到了一个这么守时的男人呢?她闭上了眼睛,在那间安静的房子里冥想着。守时的男人,结果把我也变成了一个守时的女人。和大卫在一起的时候,她几乎从没在出门前十分钟就准备好过。门铃响了。萨姆站在门前,手里拿了一捧玫瑰花。

"哦,萨姆,谢谢你!"婕玛笑了,"太美了。进来吧,我去把花放起来。"

萨姆跟着她走进了厨房。他望着她把花分成两束,分别放进了两个玻璃花瓶里。

"你怎么做到的?"他问。

"什么?"

"轻而易举而且很利落地就可以把花插得那么漂亮?"

"是一种天性吧,我想。"事实上她很高兴自己在插花的时候没有把裙子弄脏。

"这些花真美。"萨姆说,"当然你也是。"

她笑了。"恭维可以让你——让你了解我，我可喜欢听人家恭维了。"

萨姆用胳膊环住了她。"你是我见过的最美丽的女人，婕玛，这不是恭维，是实话。"他的表情很严肃，直直地望着她的眼睛。

"谢谢。"

他轻轻地吻了吻她的嘴唇，她还没来得及反应，他就轻轻向后撤了一步。

"我给你带来了一样东西，为了今晚。"

"我知道啊，"婕玛说，"那些花很美啊，谢谢你。"

"别的东西，傻瓜。"

她望着他，他从口袋里拿出了一个长长的小盒子。

"我想送你一样礼物，"他说，"让你知道我的感觉。我不知道应该买什么，这是基林的主意。"

"哦，上帝！"婕玛的眼睛闪着光。

"我问她你需要什么，"他说，"她说你好像什么都不缺，说你把自己的一切都安排得很好。"

"她这么说？"

"她觉得你非常棒，婕玛，我也是。"他把那个盒子递给了她。

婕玛打开了盒子。里面有一只纤巧的手表，银制的表链，表盘上有一颗钻石。

"萨姆！"她望着他，"这——这太漂亮了。你不应该买这么贵重的东西，真的。"

"为什么？"

她没有回答。

"我想让你知道我每分每秒都在想着你，婕玛。"

"萨姆，你不是这么肉麻的人啊。"婕玛说。

他朝她微笑着。"我们要去参加你妹妹的订婚派对，"他说，"浪漫是应该的。"

"我已经不是能浪漫的年龄了，"婕玛说，"我的浪漫时光已经结束了，我只是——"

没等她说完，萨姆已经吻住了她的嘴唇。

"我们要迟到了。"婕玛气喘吁吁地说。

"还有很多时间。"萨姆毫不在意地回答，"我们可以说表慢了。"

她笑了。"我们得走了。"她说，"真的要走了。"

"我知道。"他又吻住了她。

"你怎么做到的？"她问。

"什么？"

"那样接吻。"

"这件事需要两个人做。"萨姆说。

他把她拉得更近了，深深地吻着她的双唇，然后是她的额头、她的脸颊、她的颈项。然后，他拉下了她那件本德里希的拉链，闪亮的丝绸轻轻地滑落到了地板上。

她很久很久没有过这样的感觉了。仿佛时间都静止了，仿佛他们合并成了一个人，仿佛世界上的一切都如此美好。

她知道，属于她自己的生活又要开始了。